ВАЛЕРИЙ БОЧКОВ

БРАТ МОЙ КАИН

AF150138

2025

На развалинах России царствуют, где исламисты, где новопровозглашенный «император», а где и никто. Остальной мир закрывает на них глаза, думает, будто новые правители слишком слабы, чтобы представлять серьезную угрозу. Но не стоит недооценивать стремление узурпатора к власти: он готовится уничтожить мир – пусть вместе с собой. Сможет ли современная Юдифь – внучка советского генерала Катерина Каширская – спасти если не мир, но то лучшее, чего добилось человечество? Об этом заключительная книга трилогии-предупреждения Валерия Бочкова.

Bibliografische Information der Deutschen Nationalbibliothek:
Die Deutsche Nationalbibliothek verzeichnet diese Publikation in der Deutschen Nationalbibliografie; detaillierte bibliografische Daten sind im Internet über http://dnb.dnb.de abrufbar.

Satz: ORDEN COMPANY LTD
Druck und Verarbeitung: Libri Plureos GmbH, Hamburg

Printed in Germany

ISBN 978-3-68959-957-7

* * *

Страх? Да не было никакого страха. И сейчас тоже нет. Я тебе, друг мой любезный, так скажу: страх — самое паскудное на свете чувство. Самое никудышное. Трусом быть — самое распоследнее дело. Ведь трус он не только дрефло и заячья душа, он ведь еще и дурак — трус по дури всегда погибает первым или его свои же расстреливают. После боя... Ты вот только не путай трусость с осторожностью. Осторожность, друг мой милый, это совсем другая материя. Совсем другая.

Да и чем ты, друг мой, рискуешь? Жизнью?

Но ведь есть на свете вещи и поважнее жизни...

Часть первая

ЗЕМЛЯ

1

Отчего дед обращался ко мне в мужском роде, мне так и не удалось выяснить, он умер тридцать три года назад. Сейчас и отсюда этот временной отрезок — тридцать три года — кажется неизмеримо значительней — лет сто, двести, может, другая жизнь, иная галактика. Впрочем, «сейчас и отсюда» все выглядит как другая галактика.

Почему вспомнился дед? Из-за роз? Да, наверняка из-за роз. После психушки у меня появилась идиотская привычка анализировать свои мысли, искать причинно-следственную связь. Я наблюдала за садовником, подрезающим розы. Старый таджик, тощий, с кирпичного цвета босыми ногами, — на нем какая-то белая хламида, похожая на бабье исподнее, и нелепая шапочка вроде детской тюбетейки. Слишком маленькая, с пестрым шитьем по краю. Старик бережно трогал цветок пальцами, точно разговаривал с розой, гладил стебель. Подносил ножницы, примеряясь, где отрезать. Стальные лезвия медленно сходились у стебля, садовник сладострастно медлил, будто наслаждаясь абсолютной властью над жизнью прекрасного цветка. Упивался — вот верное слово. Но в последний момент, словно передумав, медленно разводил острый металл лезвий и отпускал цветок на волю. Даровал жизнь.

Леди Гамильтон — имя всплыло само собой; так назывался сорт роз, которые разводил дед. После ухода в отставку (тут дед употребил бы матерный глагол) старик зачудил: перебрался из московской квартиры на дачу, перестал бриться и отпустил библейскую бороду. Ходил босиком круглый год и помешался на розах — сейчас-то я понимаю: и розы, и дача были попыткой бегства. Классический пример эскапизма — думаю, именно такой диагноз поставил бы мой доктор Лурье из Бруклина.

Беззвучно возник сонный официант и неуверенным жестом опустил передо мной чашку кофе. Блюдце звякнуло, кофе расплескался, два куска рафинада в бумажной обертке подмокли и быстро начали темнеть.

— *Tea*, — начала я по-английски, потом перешла на русский. — Я просила чай.

Официант помедлил, после нерешительно забрал чашку. Он тоже был в исподнем, как и садовник, и в такой же забавной тюбетейке. Я не успела посмотреть на ноги, наверняка этот тоже был бос. Садовник быстро отвел глаза и помиловал очередную розу. Звякнув ножницами, переместился к следующему кусту.

От звона цикад, низкого унылого звука, ломило в висках. За дальним столом у стены скучала пара мятых немцев из *«Ви-Дабл-Ю»*, между ними стояла миска с тархан-сумом, куда они поочередно лазали оранжевыми от шафрана пальцами. В углу, вытянув страусиные ноги во вдовьих чулках, курила Лора Зоннтаг из IFC. Рядом испорченным унитазом журчал убогий фонтан, он напоминал пластиковую автопоилку для собак. Такие я видела в Нью-Джерси — неубедительная имитация несуществующего в природе камня цвета молочного шоколада, внутри моторчик гонял одну и ту же воду, мутную и теплую. В Нью-Джерси даже собаки отказывались пить такую.

Цикады вдруг заткнулись — зуд точно отрезало, до меня дошло — это гудел генератор. Как все-таки коварно наше подсознание, в любой момент готово услужливо откорректировать реальность. Впрочем, не все поддается лакировке. Например — эта убогая веранда с хлипкими столами и шаткими стульями; трехметровая стена, выкрашенная мелом, плоское коричневое небо. Тут подсознанию в одиночку не справиться, тут нужны медикаменты, на худой конец алкоголь. Выпивку в городе продают только в Белой зоне, еще в посольствах, у гяуров можно купить *хмурь* или *хрусталь*. У абреков можно достать все, но с ними нужна предельная осторожность — тут, как говорят, гешефт может стать гештальтом.

На той неделе в Сети появилось видео, теперь вместо тесака они используют стальную проволоку, что-то вроде рояльной струны. Жертва лежит лицом вниз, палач накидывает стальную петлю на шею и быстрыми движениями рук вверх-вниз, вроде как полируя, перепиливает шею. Казнь занимает секунд пятнадцать. Я смотрела с отключенным динамиком, но и без звука видео производило впечатление.

Потом выяснилось, что с казненным я пару раз встречалась на посольских пьянках; рыжеватый, почти альбинос, англичанин по имени Вилл Бут; помню его чудной акцент, кажется, он был откуда-то с севера, из Ливерпуля или Манчестера, что ли. Да, оттуда или из Йорка. Вилл Бут из Йорка... Пьяно таращя рачьи глаза, он безуспешно пытался заманить к себе, но я тогда проявила несвойственное мне благоразумие. Теперь ему отпилили голову стальной струной от рояля. Когда его голова была еще на плечах, Вилл работал на «Бритиш Петролеум».

Садовник, в профиль он напоминал копченую камбалу (если, конечно, у камбалы есть профиль), добрался до дальнего куста, официант вернулся с чаем — бледножелтой водицей в прозрачном стакане, часы на стене показывали без четверти полдень. Доктор Фабер опаздывал на сорок пять минут. Да, надо было вчера выжать из него хоть что-нибудь. Но было лень, было поздно, хотелось просто выпить и не думать обо всей этой бодяге. Забыть, что ты здесь, забыть обо всем — насколько такое возможно без ущерба для собственной безопасности.

Разумеется, никакой он не доктор; я снова достала его визитку, серую картонку с подслеповатыми буквами, своим видом намекавшую на необходимость использования вторичных ресурсов и безусловную важность защиты окружающей среды. *Макс Фабер, доктор, координатор фонда «Астро-Эко»*. На визитке не было ни адреса, ни телефона, ни сетевых контактов. Снова загудел генератор — точно не цикады; с той стороны реки, усиленный динамиками, долетел голос муэдзина. Наступал зухр, обеденный намаз.

— Чертов город... — проворчал кто-то за спиной.

Я обернулась. Фабер обошел стол, выдвинул стул и сел.

— Извините, опоздал.

Кивнула, мол, чепуха. Сама думаю: вот ведь сволочь, на целый час.

Он протянул руку, я пожала. Сухая ладонь, крепкие пальцы; если доктор и строил эротические планы на мой счет, то лишь в качестве довеска к основной задаче. К сорока трем у меня выработалось безошибочное чутье на этот счет — да, лучше поздно, чем никогда. Знание, оплаченное болью и унижением.

При дневном свете Фабер выглядел старше — далеко за полтинник, вчера, в норвежском посольстве, я дала бы ему лет сорок восемь. Почти старик — какого черта он делает в этой дыре? Лебединая песня, деньги, последний шанс перед пенсией? Достала из сумки блокнот, раскрыла. Щелкнула ручкой. А сама-то какого черта *я* делаю в этой дыре?

Фабер вытащил сигареты, закурил. Поискал глазами пепельницу, стряхнул на пол.

— Что вы пьете? — кивнул на мой стакан. — Чай?

— Чай. Вчера вы говорили...

— Да. Экологическая катастрофа... Это реальность, наша сегодняшняя реальность.

Сдержанная трагичность тона, которую я должна принять за «озабоченность», безликая затертость банальных фраз. Я несколько раз нервно щелкнула ручкой. Доктор продолжил тем же тоном:

— Коричневое небо? Когда последний раз вы видели солнце? А эти фламинго?

Неделю назад над городом один за другим проплыли караваны красных фламинго. Птицы летели на запад. Одна стая остановилась переночевать на крыше «Метрополя». Сотни багровых птиц: изящные клювастые силуэты на ломких голенастых лапах на фоне темнеющего неба.

— Новые коридоры миграции, — буркнула я и, закинув ногу на ногу, стала чиркать в блокноте.

Нарисовала неплохую табуретку, к ней пририсовала себя — джинсы, высокие сапоги, лохмы в разные стороны, острый нос — весьма критично, но похоже. Доктор к тому времени уже говорил про взрыв на Бакинской АЭС, о радиационном фоне, о ртути в крови волков. Я дорисовала веревку с петлей перед своим носом. День пропал, доктор Фабер оказался пустышкой.

Вчера мне показалось, что из него можно выжать материал. Доктор был из тех людей, которые теребят твой рукав и, оглядываясь по сторонам, тащат за собой в дальний угол, где драматичным полушепотом вещают в ухо: «Если у вас хватит смелости написать об этом...» или «Информация, которой я обладаю, пострашнее Армагеддона...» Они говорят это так, точно до этого ты блуждала во тьме без малейшей надежды на истину. Такие типы не редкость, они встречаются постоянно. Но что-то остановило меня послать его к черту, что-то заставило тащиться на эту встречу. Что? Меня сбило с толку несоответствие формы и содержания: я много работала с экологами, с учеными — это люди, слепленные из одного материала, у них редкая группа крови, думаю, та же, что и у Дон-Кихота. Фабер явно не принадлежал к этой касте. Он напоминал металл, который прикидывается деревом, — вроде чугунной парковой скамейки, имитирующей деревянную лавку. Да, именно несоответствие формы и содержания. Ну и интуиция — как же без нее.

— Доктор, — перебила я. — Я давно перестала делать что-то из вежливости. Или потому что так принято в приличном обществе. Мне плевать на приличное общество. Точно так же, как моему редактору в Нью-Йорке, этой крашеной суке Ван-Хорн, плевать на истории про радиационный фон и ртуть в крови волков. Мы угробили планету, это не новость. Никого не интересуют взрывы ядерных реакторов и радиоактивные выбросы. Душа и мозг человека атрофированы от неупотребления, за живое его может задеть лишь демонстрация откровенной жестокости. Говорю банальности, извините уж...

Фабер курил, не перебивал.

— Люди хотят читать про смерть, про казненных заложников и изнасилованных школьниц, они хотят видеть отрезанные головы и лужи крови. Только это. И еще взорванные автобусы, куски человеческого мяса на асфальте. Там, в Цинциннати или Чикаго, мои читатели должны физически, до оргазма, ощущать, как им сказочно повезло; домохозяйка, учитель, шофер и сантехник — все обязаны боготворить существующее мироустройство, которое обеспечило им безопасность и завтрашний день. Вы думаете, люди ходят в цирк любоваться бесстрашием укротителя или ловкостью канатоходца? Нет, они тайно надеются стать свидетелями трагедии, а если страшно повезет, то и смерти, которая явится подтверждением их собственной безопасности. Надежности их бессмысленного бытия.

Доктор докурил, наклонился и вдавил большим пальцем окурок в цемент пола. Все это время он внимательно слушал. Я сделала глоток, чай остыл до комнатной температуры.

— Наполеон, — уже спокойней продолжила я, — говорил: «Религия — единственный инструмент, который удерживает народ от того, чтобы перерезать глотки богачам». Религия обанкротилась. У богачей двадцать первого века, увы, желание делиться с народом не больше, чем у Марии-Антуанетты. Интернет взял на себя функции религии, того сдерживающего инструмента...

— Интернет, — перебил доктор негромким голосом. — Это лишь средство доставки.

— Безусловно. Так же как и телевидение. Но лишь Интернет позволил осуществить полномасштабный контроль всего человечества. Той части человечества, которое имеет значение и играет роль; маргинал, монах в пустыне или дикарь в джунглях — эти ребята никого вообще не интересуют. Они не могут влиять ни на что. Активная часть населения, встроенная в цивилизацию и являющаяся ее планктоном, находится в Сети постоянно. Как пациент под капельницей.

— А вы врач? И от вас зависит, что влить в вену — яд или эликсир, правильно я вас понял?

— Не врач, медсестра. Которая смешивает лекарства, — добавила я. — Дайте мне сигарету.

На этот раз мне удалось продержаться девять дней. После второй затяжки голова поплыла, окружающий мир приобрел относительную приемлемость. Попытки бросить курить очевидно не делают мой характер покладистей, мне стало неловко за излишне страстную речь.

Доктор Фабер, явно американец, плотный, с большими руками и алкогольным румянцем на бритых щеках, напоминал человека, страдающего от какой-то хронической боли, которую он не очень успешно старался скрыть от окружающих. Но которая проскальзывала в жестах и интонациях.

— Ну, так даже проще. — Он провел ладонью по редкому седому ежику, словно проверяя количесть волос. — Очень понравилась ваша метафора про нашу цивилизацию — цирк. Да, мы сами превратили наш мир в круглосуточный цирк. Зрители жрут попкорн и с нетерпением ожидают, когда очередной гимнаст свалится с проволоки, лев сожрет следующего укротителя, а факир чокнется и взаправду перепилит девицу пополам.

От его речевых штампов меня бесило. Под конец он добавил:

— Немного, чисто по-человечески, разочарован вашим цинизмом и абсолютным безразличием к судьбе красных фламинго...

— Почему же? Даже сделала репортаж. Вы видели их на крыше «Метрополя»?

— «Метрополя»... — Доктор покрутил обручальное кольцо на мясистом мизинце, очевидно, оно перекочевало туда с другого пальца, но и на мизинце кольцу явно было тесно. — Да, птиц мне тоже жаль. Вы правы и насчет информации, именно информация уничтожила коммунизм в прошлом веке. Нам тогда казалось, что если рассказать правду всем, то проблемы исчезнут сами собой. Народ свергнет тиранов, кончатся войны...

— Кому — нам? Экологам? Фонду «Астро-Эко»?

Щелкнула ногтем по картонке визитки. Иронии особо не скрывала.

— В интервью с Шейхом Мансуром... — Он сделал паузу, посмотрел мне в глаза.

Ага — отлично! Я сделала стойку — подбираемся к сути. Значит, не ошиблась.

— ...Вы его спрашиваете о возможной причастности «Железной гвардии» к мытищинским событиям и взрыву на рублевском водозаборнике.

— И?

— Откуда у вас эти сведения?

— Какое вам дело? Экологам?

— Послушайте, я думал...

— Мне плевать на ваши думы, доктор. Вы вытащили меня в эту вонючую харчевню, обещая какую-то информацию; оказывается, никакой информации у вас нет и даже более того, вам что-то нужно от меня. И при этом вы продолжаете мне морочить голову.

— Хорошо, я...

— Именно хорошо! Но не вы, а я! И вот что я вам скажу: или вы прямо сейчас перестанете валять дурака и выложите все как есть... или я немедленно ухожу.

— Вы чай не допили.

Я подняла стакан и вылила желтую жидкость на пол. Доктор поморщился и негромко сказал:

— Нас интересует ваш источник у гяуров. Возможность выхода через него на Питер, на руководство «Молотов-центра». На «Кулак Сатаны»...

— Вы из Бюро? — перебила я.

Вопрос явно был риторический, Фабер кивнул.

— Выход на сектор Мирзоева, — тихо сказал. — На людей Сильвестрова в Питере. Но главное — «Кулак Сатаны». Это... это главное.

Он облизнул нижнюю губу, замолчал; я посмотрела ему в глаза.

— И что должно меня сподвигнуть на это? — насмешливо спросила я. — Журналист не сдает свои источники. Тут дело не в профессиональной чести или еще каких-то глупостях, вопрос сугубо практический — единожды предав, кто тебе поверит. Журналист без источников мертв. Вам это должно быть очень хорошо понятно... особенно как профессиональному шпиону.

— Я и не рассчитывал на ваш... — доктор скривил рот, — энтузиазм патриотического разлива.

— Отлично! Остаются всего два варианта — шантаж и подкуп.

— Ну почему? — Он попытался усмехнуться, получилась болезненная гримаса. — Есть и третий вариант...

Узнать подробнее о третьем варианте мне не удалось.

Снаружи, совсем рядом, протрещала автоматная очередь, совершенно машинально я отметила, что стреляли из «калашникова»; доктор что-то гаркнул мне, сшибая стулья, он кинулся к стене — злой и красномордый, в руке — полевой «лекс»; я рванулась к выходу, краем глаза заметила, как Лора Зоннтаг упала, запутавшись в розовых кустах. Ее падение было плавным, тягуче красивым, точно в замедленном кино. Лора ломала и увлекала кусты за собой, лепестки разлетались в стороны, как красные брызги. Розы, сочные, пунцовые розы, размером с кулак, были последним, что я увидела.

Небо, серо-коричневое — унылый индустриальный цвет, таким красят стены в глухих конторах, где по пятницам уволенные сотрудники совершают ритуальные самоубийства, вскрывая себе вены в тесных туалетных кабинках. Небо — плоское и безнадежно низкое. Я попыталась сесть. Ноги были на месте, я подняла к глазам ладони — руки тоже.

Не было звука.

Тишина — абсолютная тишина. Собака, одна из тех бродячих дворняг, драная, в клочьях пегой шерсти, стояла передо мной и беззвучно лаяла. Ее левый глаз вытек и был затянут лиловым пузырем. Собака гавкала мне прямо в лицо. Жалкая и омерзительная одновременно.

В стене зияла дыра. Почти идеальный круг метра два в диаметре с обрывками ржавой арматуры. Мне была видна часть пустой улицы, между домов маячил сизый контур Блаженного. Ле Корбюзье как-то назвал собор бредом безумного кондитера. Ироничный галл, трубадур прямых углов, еще он считал ракушку воплощением красоты: ни одна из божественных идей, говорил он, не воплощалась с таким изяществом и гармонией. Ракушка — это спираль, которая раскручивается изнутри наружу. Удивительная дичь иногда всплывает в моей сломанной башке!

Снег? Все вокруг было белым, нежным; во мне шевельнулся отзвук забытого детского умиления первым снегом, утренним, девственным, так неожиданно и просто решавшим проблему уродства заоконного пейзажа. Где это было? Когда? Рядом на полу лежала рука, мясистая ладонь, растопыренные короткие пальцы. На мизинце я заметила обручальное кольцо.

Слух начал возвращаться постепенно, точно кто-то не спеша прибавлял громкость. Появился собачий лай, сиплый и монотонный. К нему добавился протяжный звук, на одной высокой ноте, противный, вроде сигнала занудной сирены. Но звук был явно живой. Я повернула голову. Там, у стены, среди алюминиевой путаницы смятых столов и стульев, среди вырванных и растерзанных розовых кустов, присыпанная снежной пудрой, лежала Лора Зоннтаг. Она лежала и выла на одной невыносимо протяжной ноте, а из ее левой груди узким серпом, точно ранний месяц, торчал полуметровый осколок стекла.

Слабой рукой Лора указывала мне на дыру в стене. С той стороны в нее пробирались люди. Абреки. Первый, длинный бородач, похожий на сухой стручок, неуклюже перешагивая через обломки, остановился у Лоры и, подняв тупорылый десантный «калашников», выстрелил ей в голову. Другой, коротконогий, в лиловом спортивном костюме, направился ко мне. На рукаве его куртки пестрела эмблема какого-то футбольного клуба. Опершись на локоть и не отрывая взгляда от вороненого ствола его автомата, я попыталась встать. Момент, прикинуться мертвой, явно был упущен.

Мой дед оказался прав — страха я не ощутила.

Этот финальный момент рисовался в моем воображении во всех возможных вариациях: от мясорубки уличного взрыва — смерти анонимной, грязной и обидной, до остро персональной процедуры «усекновения главы» (как данное действие называлось в древних рукописях, включая Библию), с посмертной славой в тысячу *кликов* на канале *YouTube*. Пуля в лоб из «калашникова» десантной модификации выглядела вполне банальной и весьма вероятной. Уже почти неизбежной.

Каждый лишний день пребывания в «зоне повышенного риска» — эвфемизм нашей нью-йоркской штаб-квартиры — простым арифметическим действием сжимал твои шансы на возвращение домой живым. Моим преимуществом было отсутствие дома как гипотетической точки возвращения. Меня никто не ждал. Никто не ждал тут, никто не ждал и на том полушарии. Абсолютное, тотальное одиночество, свирепая тоска прокуренных навылет ночей, липких стаканов и душных простыней, — совершенно неожиданно, при внимательном взгляде в черноту дула автомата, показалось мне почти удачей. Один точный выстрел. Чистосердечная наивность столь простого решения выглядела убедительной и логичной.

Коротышка поднял автомат. Мне удалось разглядеть эмблему на рукаве — «Барселона», конечно же «Барселона»; ненужное знание успокоило, точно имело какое-то значение. Органы чувств, будто прощаясь, напоследок решили продемонстрировать свои превосходные качества: мой взгляд одновременно выхватил палец на спусковом крючке, глубокий шрам над правой бровью — короткий и аккуратный, как удар резцом, бездомную собаку за спиной убийцы, мозаику на стене и кусок скучного пейзажа.

Слух предоставил затейливый саундтрек: на фоне упругого ритма крови в висках, низкого, как басовый барабан, раскрывалась целая симфония звуков — рык моторов, автоматные очереди и крики за стеной, вой полицейских сирен и рыдания неизвестного младенца.

К сухому запаху мела и пыли примешивался жирный дух ружейной смазки, кислая вонь горелого пороха, горечь чадящих тряпок; а откуда-то, наверное с кухни, вдруг пахнуло свежевыпеченными лепешками.

Точно ныряльщик, пытаясь вобрать в себя все сразу одним могучим вдохом, я выпрямилась и посмотрела в глаза абреку.

— Нога ходить? — спросил он по-русски.

Ткнул мне в грудь стволом автомата, потом крикнул что-то напарнику. Длинный ответил. Абреки говорили на пушту. Афганцы или паки.

— Пошел! — Коротышка подтолкнул меня к дыре в стене.

Я кое-как встала. Смерть откладывалась на неопределенное время.

Но если уж начистоту, то я должна была погибнуть примерно полвека назад.

Тогда меня спас дед, и, может быть, оттого я до сих пор ощущаю какую-то особенную связь с ним, с отцом моей матери. На интуитивном уровне или мистическом, не знаю, это мое второе рождение стало гораздо значительней рождения физического. Вялое присутствие на периферии моего сознания матери, фигуры расплывчатой и невнятной, текущей сквозь меня ручьем бесконечного горя и вины, лишь оттеняло монументальную мощь дедовского величия.

Чудо моего второго рождения случилось на даче в конце апреля. Двадцать седьмого, если точность имеет значение. Стоял ветреный полдень, деревья пьяно разгоняли синеву руками, белая пурга облетевшего яблоневого цвета мешалась с розовой метелью цветущей вишни. Моя коляска была пришвартована у нижней ступеньки крыльца. Хамски хлопали ставни, поскрипывала старая сосна у колодца, где-то на крыше гремел жестью кровельный лист. Дед возился в сарае, гремел молотком, что-то мастерил.

Как он мне потом рассказывал, необъяснимый импульс заставил его отложить все и направиться прямо к коляске. Дед, не отличавшийся чадолюбием, неожиданно для себя самого взял меня на руки и поднялся на крыльцо. Буквально в этот момент старая сосна у колодца крякнула, затрещала и со всего маху рухнула на землю. Одна из ветвистых лап расшибла коляску вдребезги. Согласно фамильной легенде, я даже не проснулась.

2

Их было всего трое. Плюс джип.

Коротышка (тот самый болельщик «Барселоны») запрыгнул за руль, длинный (который «стручок») сложился пополам, влез рядом. Они поленились связывать мне руки, втиснули в багажное отделение джипа и захлопнули дверь. На заднее сиденье забрался раненый пак, он зажимал ухо тряпкой, коричневой от крови. Кровь текла по шее под воротник и расплывалась мокрым пятном по спине. Пак оглянулся, вперил в меня дикие глаза. Ничего не сказав, отвернулся. Где-то выла сирена, но нас никто не преследовал; коротышка дал газ, лихо развернулся, сбив несколько мусорных баков у входа в харчевню.

Я увидела закопченную стену, посередине — круглую пробоину: судя по всему, абреки подогнали машину со взрывчаткой к самой стене. Стандартный ход. Искореженный кузов моей машины валялся на другой стороне улицы. Обломки и мусор дымились, от горящей шины лениво и тяжело поднимался жирный столб смоляного чада. Прислонясь к стене, точно пьяный, сидел Умар, мой водитель. Его горло было перерезано от уха до уха. Рядом, выставив голые пятки, лежал труп садовника.

Манеж. Выбрались с Манежа. Длинный что-то буркнул, шофер послушно свернул направо и погнал вверх по брусчатке. Выехали на площадь, слева чернел сожженный остов ГУМа. Коротышке приходилось лавировать между бетонных блоков, которые остались со времен штурма. На месте мавзолея темнела воронка, наполненная коричневой водой. Там, под мавзолеем, начинался подземный ход, ведущий в Китай-город. Говорили, что Сильвестров сам взорвал ход, когда бежал из Кремля.

У коричневой лужи кружила стая бродячих псов. Длинный абрек выставил ствол автомата в окно и дал очередь, одна собака взвыла, закрутилась на месте, точно пытаясь поймать свой хвост. Стая отпрянула, замерла и вдруг разом набросилась на раненого пса.

На месте Спасской башни зиял провал, заваленный горой битого кирпича, за ним гигантской закопченной свечой высился обрубок взорванной колокольни Ивана Великого. Джип трясло на брусчатке, шофер, не сбавляя скорости, кидал машину из стороны в сторону. Я сползла на пол и с силой уперлась подошвами в борт, но меня все равно болтало. Воняло бензином и мужичьим потом. Раненый пак убрал тряпку, вместо уха в голове чернела кровавая дыра с блестящими, как от лака, краями.

Мы выскочили на Ордынский мост. Справа, вздыбившись, точно пытаясь подмять фонарный столб, застыл мертвый танк. Трафарет волчьей головы белел на броне. Дивизия «Терновые волки». Другой танк, без башни, протаранив гранит парапета, свешивался над рекой. Башня танка, с изогнутой в дугу пушкой, валялась метрах в тридцати. Сильвестров расстреливал колонну «Терновых» прямой наводкой, орудие било с кремлевской стены. Третий танк, черный от копоти, перегораживал спуск к «Балчугу».

Гостинице тоже досталось, в здание угодила авиабомба, и фасад отеля был срезан точно бритвой. Из стен торчала гнутая арматура, стальные балки, похожие на рельсы; из бесстыже оголенных комнат выглядывала неопрятная мебель — кресла, стулья, кровати, на ленивом ветру линялыми флагами шевелились выцветшие шторы. Жерар говорил, что три года назад, еще до моего приезда, там в пентхаусе был шикарный «Пиано-бар» с приличным джазом и лучшими драй мартини в городе.

Мне не повезло, я этого уже не застала. Жерар, сибарит и бабник, поклонник Майлса Дэвиса и вычурных коктейлей, был единственным человеком, которому я доверяла; прошлым сентябрем его сожгли заживо в машине, когда он ехал на встречу с людьми Зелимхана Караева.

«Каждому человеку Бог отмеряет удачу, — говорил мне Жерар за день до смерти. — Кому больше, кому меньше. Но будь ты самый везучий сукин сын на свете, твоя удача все равно имеет конец. И в один прекрасный день тебе придется поставить на кон свой последний пятак. Уезжай! Не завтра — прямо сейчас».

Жерар Дюпре был настоящим французом, более того — парижанином, изысканным в чувственных наслаждениях и пылко выспренним в высказываниях. Он говорил так, будто диктовал торжественную речь, точно некий невидимый секретарь с белыми крылами за спиной записывал каждое слово в какие-то бессмертные свитки мироздания. Пошлость слов отчасти скрашивал милый картавый выговор и неправильные ударения.

Я бы уехала, но возвращаться в прошлое значило снова пройти через такую толщу боли, что от одной мысли меня скручивало, как от удара в солнечное сплетение. Прошлое исключалось. Будущее, любое будущее, не связанное с прошлым, рисовалось отвлеченными картинами, аморфными и зыбкими, точно я разглядывала их со дна бассейна: что-то вроде фотографий из мебельного каталога, где стерильные интерьеры оживлялись идеально безликой семьей — белозубый красавец, седеющий и загорелый, пара улыбчивых детей в белых гольфах и с ямочками на щеках, разумеется собака. Разумеется, золотистый ретривер. Ваниль и розы, вкрадчивый уют аристократических драпировок, не имеющий ко мне ни малейшего касательства.

Почему я не уехала? Думаю, страх и надежда. Не страх смерти — этот страх (и дед мой тут прав на все сто) — чепуха. Страх перед будущим и надежда, что все будет хорошо. Когда? Когда-то, в будущем, — завтра, через неделю, потом. Именно это «потом», этот зазор между минувшим и грядущим давал мне силы забыть (о, эта вышколенная забывчивость!) о семизарядном «сфинксе», дремлющем на дне комода под трусами и лифчиками. О самом радикальном средстве девятого калибра, способном на эффективную и бесповоротную анестезию.

Раненый пак тихо стонал, длинный абрек дремал, покачивая головой в такт ухабам, словно соглашаясь с кем-то. Шофер зло шипел, изредка ругаясь на пушту. Справа, высясь на Стрелке, проплыл долговязый бронзовый Петр, наверное самый уродливый памятник на планете; за ним показалась Стена, бетонный забор шестиметровой высоты, окружающий Белую зону. Над Зоной выписывал плавные восьмерки патрульный беспилотник. По периметру Стены, через каждые сто метров, торчали пулеметные вышки, похожие на бетонные шахматные ладьи с узкими прорезями бойниц. Стена подступала к самой реке и тянулась до того места, где когда-то стоял Крымский мост. Ржавое железо разбомбленного моста торчало из серой воды, как хребет доисторического мастодонта. Тут Стена поворачивала и шла вдоль Садового кольца по Крымскому Валу до самого пересечения с Якиманкой.

Там, вдали, тусклым перламутром блеснули бронированные окна «Президент-отеля». Там, на шестом этаже, с видом на грязную воду Москвы-реки и руины храма Христа Спасителя, между штаб-квартирой «Фокс ньюс» и корпунктом «Дейли мейл», располагался наш офис.

Шестой этаж почти целиком занимала пресса. Выше, на седьмом и восьмом, гнездились дипломаты из ООН. Посольства и консульства расквартировались в бывшем Доме художника, в залах Новой Третьяковки. В кабинете американского консула висел «Демон» Врубеля и несколько карандашных портретов Серова, вовремя перевезенные из Климентовского. Англичане предпочитали строгий соцреализм Дейнеки, французы — аскетичный эротизм Гончаровой. Вся коллекция Старой Третьяковки погибла во время «Миндальной ночи»: гвардейцы Кантемирова кромсали холсты штыками, обливали картины бензином, жгли. Когда горело ивановское «Явление Христа народу» (видео появилось в Сети на следующее утро), фигура Иисуса неожиданно исчезла с полотна. Очевидно, произошла какая-то химическая реакция, что, однако, не помешало распространению и мистической интерпретации. Причем как восторженно позитивной: «Бог спасся, чтобы вернуться и отомстить», так и по-русски беспросветной: «Это конец, Христос оставил Россию».

С Якиманки пришлось свернуть. Сожженный троллейбус перегораживал почти всю мостовую, оставляя лишь узкий проход по тротуару. За троллейбусом виднелась гора битого кирпича с резиновыми покрышками на гребне. За ними кто-то прятался. Все это было похоже на нехитрую западню. Долговязый абрек моментально проснулся, открыв окно, он выпустил короткую очередь в сторону троллейбуса. В ответ тут же раздались торопливые пистолетные выстрелы.

— Гяуры! — гаркнул длинный, поливая баррикаду из «калашникова»; шофер врубил передачу и, хищно оглядываясь, дал задний ход.

Никогда в жизни я не ездила задом с такой скоростью. Двигатель надсадно рычал; неожиданно водитель рванул ручной тормоз, и джип, визжа резиной, развернулся на месте на сто восемьдесят градусов. Изящно, как в танце. До этого я была уверена, что такое возможно лишь в кино.

Гяурами, для простоты, именовались все неисламские боевики, банды которых промышляли в Москве и окрестностях. Банды соперничали между собой, делили территорию, но были объединены общей враждой к Эмирату и абрекам — шайкам мусульман-экстремистов, связанных со Всемирным Халифатом и «Аль-Исламийя».

В апреле мне удалось сделать репортаж о «Таганском отряде», взять интервью у легендарного полковника Зуева. Он действительно оказался полковником МВД и при Сильвестрове служил начальником 37-го отделения милиции. Ударная команда его отряда, сформированная из бывших ментов и военных, базировалась в Новоспасском монастыре, где после «Миндальной ночи» прятались уцелевшие горожане из окрестных домов.

Зуев был зол и радушен. Разрешил фотографировать все, кроме военной техники. Предложил польского кокаина, я благоразумно отказалась. На монастырских стенах стояли крупнокалиберные «гатлинги» с вращающимися блоками стволов, ворота охранял тяжелый «Т-15», на башне танка, разморенный полуденным солнцем, дремал рыжий жирный кот. По монастырскому двору между зенитными установками гуляли куры. Полковник весело матерился, потирал короткую шею крепкой, как лопата, ладонью. Хвастался и врал. Возмущался нейтралитетом Америки.

— Ты думаешь, отсидитесь? Думаешь, авось пронесет? Во! — Полковник ткнул в объектив камеры здоровенный кукиш. — Поняла? И вас накроет как миленьких!

Он постоянно вываливался из кадра, румяный и азартный. Я плавно подалась назад, не прерывая съемки.

— Ты там растолкуй своим, что мы и за них тут кровь льем! Чтоб они могли спокойно жрать бургеры в своем Техасе. — Полковник выругался и зло сплюнул под ноги. — Хер с вами, не хотите войска вводить, так хоть оружием помогите! Заодно свой военно-промышленный комплекс поддержите. Этот, как его... Как там этого вашего сенатора?..

— Лоренц.

— Во! Лоренц! Неужели этот чертов Лоренц не может продавить ваш Конгресс...

— Сенат...

— Да какая на хер разница — сенат, конгресс?! Оружие давайте, мать вашу! Оружие!

Неожиданно полковник задрал голову, точь-в-точь как охотничий пес. В апрельском небе, высоко-высоко над монастырем, кружил беспилотник. Дрон, похожий на слюдяную стрекозу, бесшумно плыл по кобальту весеннего неба. Камера высокого разрешения, установленная на самолете, передавала изображение напрямую в Координационный центр. Какой-то оператор в Виргинии сейчас разглядывал нас с полковником, видел, что на голове у меня полный бардак и мешки под глазами, — увеличение позволяло без труда рассмотреть монету на ладони.

— Видишь? Ну не суки ли? — Полковник вдруг выхватил из кобуры «глок» и высадил всю обойму в небо. — Оружие давай!

Золотистые гильзы покатились по утрамбованной глине двора, где-то забрехала собака. Полковник передернул затвор.

— Ты это вырежи. — Он сунул пистолет в кобуру. — И про оружие им объясни, пиндосам. Без оружия нам хана. А после и вам. Ты ж сечешь фишку, Катюха, ты ж наша...

— В смысле? — не поняла я.

— Ну, в смысле русская... — Полковник неожиданно смутился. — Ничего, что я тебя Катюхой зову?

3

Катей меня назвали в честь бабушки. На картонке старой фотографии с золотым тиснением «Фотоателье А. Шапиро» бабушке пять лет, там есть и дата — 1907 год. Ровно десять лет до катастрофы, которую потом назовут великой революцией и самым важным событием двадцатого века.

Мутная сепия, янтарные блики, кажется, снимок сделан сквозь толщу речной воды. У бабушки веселые глаза, чуть хитрая улыбка, точно она замышляет какую-то проказу. Ровный пробор в русых волосах, тугая коса с бантом. На ней матроска с белой юбкой и белыми гольфами, в руках какой-то обруч, похожий на хулахуп.

«Нет, не хулахуп, — смеется бабушка. — Игра называлась «погонялка», обруч катили по дороге, подгоняя палкой с загнутым концом. Кто дальше всех прокатит, тот и выиграл».

Мы с ней сидим на солнечной веранде на даче в Снегирях, разбираем старые фотографии. Конец июня, лето не кончится никогда. Жизнь не кончится никогда. Теплые лучи, покой и радость наполняют мое тело чем-то материальным, почти осязаемым. Наверное, счастьем. Тот июнь стал самым счастливым месяцем моей жизни, а бабушке оставалось жить всего полгода.

Она родилась в Питере в семье учителя, он преподавал латынь в гимназии. Жили они на Гончарной в пятикомнатной квартире, жили ни бедно, ни богато, все соседи жили так. Сосед сверху — мужской портной, снизу — адвокат.

Когда началась война, у портного заказов прибавилось, он начал шить мундиры и шинели; молодые мужчины, цокая подкованными каблуками, бодро шагали на пятый этаж. Курили на лестничной площадке, громко шутили. Их смех гулким эхом разносился по парадному. Бабушка (ей только исполнилось двенадцать) в щёлку двери подглядывала за красивыми новобранцами. Война казалась совсем нестрашной, даже, наоборот, чем-то озорным и увлекательным, вроде поездки на море или в Парголово. Добровольцем записался отец, после — и сосед-адвокат.

Бабушка тогда училась в гимназии. У многих девочек в классе отцы ушли на фронт. Жизнь быстро потемнела, стало серо и скучно, точно солнце закатилось за трубу. Начали поступать похоронки, страшные желтоватые конверты: каллиграфия полковых писарей была идеальной, будто пером водила сама смерть. Некоторым присылали письма с туманно зловещей фразой «Пропал без вести». Такое же письмо получила и бабушкина семья. Мама молилась и плакала, а бабушка не могла понять, как это человек может пропасть без вести. Это же живой человек, а не носовой платок или перчатка.

Тем октябрьским днем бабушка Катя сидела у своей подруги Люси Красовской на Невском, они часто готовили уроки вдвоем. Отец Люси тоже ушел на фронт, но он пока еще был жив и не считался пропавшим без вести. Вернулась с работы Люсина мама, из-за нехватки денег она устроилась в Гостиный Двор и теперь каждый вечер приходила не раньше семи. Пили чай с абрикосовым вареньем, бабушкиным любимым, с белыми косточками, похожими на горьковатый миндаль. Болтали, шутили, вспоминали — война шла уже третий год, и довоенные истории казались неправдой. Засиделись допоздна, когда бабушка опомнилась, был уже десятый час, за окном стемнело и зажглись фонари. Люсина мама хотела проводить, но бабушка Катя отказалась: «До дома всего три квартала, добегу», — сказала она, надевая пальто.

Выйдя на Невский, Катя услышала странный гул, похожий на шум моря, откуда-то донеслись крики. Потом начали стрелять. Шум усилился. Со стороны Полтавской улицы на проспект выползла толпа; впереди бежал какой-то человек в длинном пальто. Его догнали, повалили. Стали пинать. Он кричал, а двое продолжали бить его ногами. Потом толпа подмяла его, покатила дальше.

Как в дурном сне, когда ноги превращаются в студень и перестают слушаться, Катя бессильно прижалась к стене. Толпа ползла, толпа приближалась. Растекаясь густой массой во всю ширину проспекта, она состояла по большей части из мужчин, одетых бедно, как одеваются люди на рабочих окраинах.

Раздался звон, весело посыпалось стекло, кто-то разбил витрину в кондитерской Наумова; толпа восторженно взвыла, несколько человек полезли в магазин. До войны Катин отец покупал в этой кондитерской эклеры с шоколадной глазурью и ванильным заварным кремом внутри. Полдюжины. Шесть восхитительных эклеров. Приносил домой коробку, перевязанную красной лентой.

Грохнул выстрел, другой, третий — точно ломали сухие палки. Катя очнулась, бросилась бежать. Свернула в первый переулок, увидела вывеску «Трактир и постоялый двор». Хозяин, узнав, что Кате всего четырнадцать, хотел прогнать ее — нагрянет полиция, оправдывайся потом. «Да нет там никакой полиции! — зарыдала она. — Там толпа, они грабят магазины и убивают людей!»

Внизу, в душном подвале, на деревянных нарах копошился какой-то люд — бродяги, проститутки, нищие. Они ругались, орали, пили и хохотали; бородач, похожий на лешего, азартно бренчал на балалайке. Подвал освещали две мутные керосиновые лампы. Рыжее пламя прыгало, по сводам низкого потолка бродили тени жутких чудовищ. Хозяин сунул Кате одеяло, указал на койку в углу. Не снимая шубы, она легла, накрылась с головой. Но даже сквозь войлок одеяла до нее долетал мат, крики и хохот соседей.

Моей бабушке и в голову не могло прийти, что теперь эти люди, страшные и дикие, о существовании которых она лишь смутно подозревала, изредка видела на улице, которых ее отец презрительно называл немецким словом «люмпен», а мама «мазуриками», что теперь эти люди — рвань, ворье и попрошайки, быдло и гопота — не только накрепко войдут в ее жизнь — они станут ее жизнью и ее судьбой. И что за одного из них через пять лет она выйдет замуж. Да, я имею в виду моего деда Платона Каширского.

На улице, совсем рядом, грохнул взрыв.

«Винные склады грабят! — заорал кто-то. — Братва! Айда, пока гопота все не растащила!» Ночлежники заголосили, топая и матерясь, побежали наверх. Катя высунулась из-под одеяла; подвал был пуст. Гремя сапогами, по лестнице сбежал хозяин. Он сжимал топор, ворот его рубахи был вырван с мясом, из-под волос на лоб, оставляя тонкий след, стекала красная капля. Топор трясся. Катя никогда не видела, чтоб у человека так дрожали руки.

— Полиция? — Она спрыгнула с нар.

— Какая полиция! — задыхаясь, выговорил хозяин. — Душу продам, чтоб она появилась... Полиция... Погром там! Погром!

— Какой погром?

— Революция!

— Опять? Как в феврале?

— Не знаю! Озверел народ-то вконец. Лютуют... Ховаться тебе надо, вот что.

Хозяин схватил Катю за руку, потащил в угол. Открыл кладовку, там кучей были свалены матрасы и одеяла. Катя забралась под тряпье. Слышала, как захлопнулась дверь, клацнул засов, повернулся ключ в замке.

Потом ночлежники начали возвращаться, они топали, что-то таскали, гремели бутылками. Кричали и ругались.

Кто-то сипло заорал:

— Где девка? Куда девку спрятал? А ну тащи сюда эту разтетеню гладкую!

Катя впилась зубами в руку, чтоб не закричать от страха.

— Ушла девка! — услышала она голос хозяина. — Полчаса как драпанула.

— Ведь найдем! Тебя, мерин, выпотрошим! На ножи поставим!

— Хорош сняголовить, тартыга! — Снова хозяин. — На улице она!

— Дай ему в бубен, Лузга, — взвизгнул кто-то. — Че бакланить!

Началась драка. Послышались крики и топот. Удары, точно колотили в кожаный мяч. Хозяин рычал и ругался, потом все стихло. Подошли к кладовке, начали сбивать замок чем-то железным, наверное хозяйским топором. Дверь крякнула, подалась. Катя зажмурилась, застыла под кучей тряпья.

— Нету! — крикнул кто-то. — Рухлядь всякая.

— Зазря фофана порешили, — заржал другой. — Взаправду утекла титешница.

Утром Катя выбралась из чулана. На полу лежал убитый хозяин, вместо лица у него было кровавое месиво, над которым кружили большие мухи. В углу кто-то храпел. С улицы доносился рев толпы и выстрелы. Где-то громким хором пели песню. Катя нашла кувшин с водой и кусок черствого хлеба и снова забилась под тряпье.

Погром продолжался четыре дня и четыре ночи. На пятый день начал стихать, смолкли крики и песни, прекратилась стрельба. Катя вылезла из кладовки и тут же наткнулась на пьяную проститутку. Она сидела по-турецки на нарах и пила шампанское прямо из бутылки. Грязная, без двух передних зубов, она заставила девочку пить с ней, потом потребовала каракулевую шубу и берет из шотландки. Взамен сунула драный платок и тощий салоп на вате. Этот штопаный салоп спас жизнь моей бабке.

Когда она выбралась из ночлежки и вышла на Невский, погром еще продолжался. Сновали бородатые солдаты с красными бантами, проститутки, пролетарского вида мужики. На мостовой и тротуарах валялись трупы хорошо одетых людей. Их карманы были вывернуты, тут же лежали пустые бумажники, оборванные цепочки от часов. Под ногами хрустело стекло, темнели коричневые лужи засохшей крови. Дома чернели выбитыми окнами и витринами, в галантерейном магазине Солодовникова полыхал пожар, языки рыжего пламени рвались из всех шести окон и лезли под крышу. В воздухе стоял трупный смрад и запах гари. Укутав лицо платком, по-старушечьи сгорбившись и прижимаясь к стене, Катя пошла в сторону Гончарной. На нее никто не обращал внимания.

Она добралась до своего дома. Ей показалось, что пошел снег, она подставила ладонь — нет, то был пух из вспоротых перин и подушек. На мостовой, перед подъездом, лежал мертвец, она узнала дворника Насима. Двери парадного, распахнутые настежь. Катя вошла в вестибюль: мраморная лестница в осколках стекла, разбитые зеркала и вещи, вещи, вещи. Пальто и шубы, платья, шарфы и шали, смятые шляпы, домашняя утварь, игрушки — все это, мятое, грязное, валялось повсюду, словно мусор. Пошла вверх по лестнице, останавливаясь на каждой лестничной клетке; двери всех квартир были выбиты, одни болтались на одной петле, другие лежали тут же на полу. На трех этажах не осталось ни одной целой двери.

Их дверь тоже была выбита. Первое, что Катя увидела, был труп матери. Мама лежала в прихожей, уткнувшись в лужу засохшей крови. По паркету коридора, среди бумаг и скомканной одежды, белел рассыпанный жемчуг, Катя так любила играть этим ожерельем. Из распахнутой кладовки торчали босые ноги: няню Варвару погромщики зарезали прямо там, в кладовке. Пятилетнего братика (он пытался спрятаться в детской) вытащили из-под кровати и тоже убили. Кололи штыками. Кровь была везде — на стенах, на шторах. Кровью был забрызган даже потолок.

В квартире не осталось ни одного целого стекла, занавески рваными флагами вырывались на улицу. Ящики комодов валялись на полу, шкафы и буфеты были распахнуты настежь, содержимое вывалено на пол. Казалось, не осталось ни одной целой вещи, каждый предмет был разбит, раздавлен, изуродован.

Катя блуждала по квартире, ее память непроизвольно вбирала в себя страшные подробности: кровавые следы огромных сапог по коврам, распоротые кресла с торчащей ватой, изрезанные штыками картины и фотографии — на отцовском портрете выкололи глаза и кто-то припечатал его лицо своей кровавой пятерней.

Катя вошла в кабинет отца. Среди разбросанных по полу книг, бумаг и документов — убийцы, очевидно, искали деньги и облигации — Катя увидела фото. Подняла — то была ее фотография десятилетней давности: улыбчивая девочка в белой матроске с обручем-погонялкой в руке.

4

Да, погром продолжался четыре дня и четыре ночи. С двадцать пятого до двадцать девятого октября. По городу рыскали пьяные от крови погромщики, красногвардейцы с флагами «Смерть буржуям!», матросы, перепоясанные пулеметными лентами. Весь центр Питера был разграблен — магазины, квартиры, склады, конторы. На мостовых и тротуарах лежали убитые, много убитых. Бродячие собаки ели их. Крысы, осмелевшие полчища крыс, выбрались из подвалов и канализации. Над городом повис трупный смрад.

Красногвардейцы, до этого сами участвовавшие в грабежах, начали сгонять погромщиков в похоронные команды. Недовольных расстреливали на месте. Впрочем, до похорон дело не дошло, трупы грузили на телеги, везли к Неве и там сбрасывали в реку. Трупов было так много, что они плыли вниз по течению несколько недель.

Так Петроград стал городом мертвых. Городом без горожан. Во дворе штаба ЧК на Гороховой жгли документы убитых питерцев. Жертвы погрома — мужчины, женщины, дети, семьи, дома и целые кварталы — таяли вместе с черным дымом в низком северном небе, таяла и исчезала память о них, будто люди эти никогда и не жили на белом свете.

Для моей бабушки праздник Октябрьской революции навсегда стал днем траура. Днем скорби по погибшим петроградцам, днем скорби по своей семье. Большевики, пытаясь переписать историю, переименовали город в Ленинград, стерли имена убитых горожан. Свидетели и участники великого русского погрома держали язык за зубами, за неосторожное слово о петроградской резне можно было поплатиться свободой. Уголовные статьи, целых четыре, входили в раздел «Контрреволюционная деятельность». Седьмое ноября, страшный день кровавого русского погрома, стал главным праздником коммунистической России.

Если уж начистоту, то праздник этот с самого раннего детства пугал меня.

Утро, ноябрьское серое утро. На жести подоконника искрится седой иней, а в спальне тепло, душно. Батареи включили не так давно, и теперь кочегары топят, как во спасение души. Утренний сон сладок, под утро снятся розовые небеса, я беспечно парю среди облаков, легко и невинно. Я еще сплю, а в мой невинный младенческий сон уже вползает темный звук — бух... бух... бух, глухой пульс огромного сердца. Сердце, величиной в дом, бьется в груди чудовищного дракона. Бух... бух... бух. Пульс растет, дракон приближается. Чудовище всегда появляется с юга, со стороны Павелецкого вокзала. Острые крылья, клыки, отливающая медью чешуя. Из-за Краснохолмского моста он выползает огромный, как гора, страшный, как грозовая туча. Я уже слышу сиплый шелест крыльев, утробный хрип, перезвон чешуи. Вот дракон перевалил через мост, спасенья нет, я вижу его сияющие, точно рубины, глаза и в ужасе просыпаюсь.

Дракон растаял вместе с кошмаром, но что это? — бух... бух... бух — грохот его сердца не исчез, сердце бьется громче, чем во сне.

Наш дом стоит прямо на набережной. С балкона на восьмого этажа когда-то была видна даже Спасская башня, пока не построили дурацкую гостиницу, которая своим белым боком загородила нам весь вид. Меня тащат в ванную, после наряжают, бабушка вплетает мне в косы черные ленты, мастерит пышные банты. На ней тоже черное платье и никаких украшений. Только губы подкрашены красной, как кровь, помадой.

В большой комнате, ее у нас называют то гостиной, то столовой, круглый стол раздвинут, накрыт белой скатертью с острыми крахмальными складками. Мама расставляет тарелки, звенят вилки и ножи, колокольцами поют хрустальные бокалы и рюмки. Из кухни плывут блюда с копченой колбасой и ветчиной, пузатые салатницы с нагло багровым винегретом и равнодушно бледным оливье, розоватые ломтики севрюжьего балыка и яркокоралловой семги, стеклянные плошки с икрой — осетровой и кетовой, заливная рыба в железной миске и, разумеется, холодец. Он всю ночь мерз на балконе и сейчас похож на застывший кусок янтарной реки с оранжевыми морковными рыбками внутри. Меж блюд втискивается вино, коньяк, водка в запотевшем графине с пробкой в виде хрустального яйца.

Я слышу скрип дубового паркета, слышу тяжелые шаги. Они приближаются, и вот в гостиной появляется дед.

На нем парадная форма, китель со стоячим воротником и золотыми погонами, сияющие кавалерийские сапоги и галифе с малиновыми лампасами. Даже сейчас я с удивительной точностью могу воскресить восхитительную смесь запахов — дух табака, кожи и сапожной ваксы перебивает свежая струя солдатского одеколона, аромата резкого, похожего на запах корки зеленого лимона, взрезанного морозным утром. Дед торжественно строг, он обходит стол, каблуки его сапог, подбитые стальными подковками, цокают, как настоящие шпоры. Папа Сережа, до этого лениво пялившийся в телевизор, торопливо гасит сигарету.

— С праздником, Платон Васильич! — выпрямляется он как школьник.

— С праздником, папа, — ласково улыбается мама.

Дед, не глядя на них, кивает. Я знаю, что он недолюбливает Сережу, но сегодня выволочки не будет, сегодня особый день. Обычно дедушка спуска ему не дает, иногда я даже боюсь, что дед снимет ремень и начнет пороть папу — как в книжках про царское время. Когда дед сердится, глаза его светлеют и из серых становятся почти василькового цвета, а на скулах расцветает румянец. Папа Сережа потом ябедничает маме, негромко обзывает дедушку «сатрапом» и «центурионом». Мама успокаивает, что-то шепчет голубиным голосом, мне кажется, она тоже побаивается деда. Но сегодня — особый день, сегодня все пройдет мирно. Я надеюсь.

Сильной крестьянской рукой дед берет графин с водкой. Не за горлышко, а нежно подхватив широкой ладонью за дно. Замерзшая водка тягуче наполняет хрусталь рюмок. Мне, подмигнув без улыбки, дед наливает кагор. Полную до краев хрустальную стопку.

Еще нет десяти, телевизор бубнит восторженную чушь, за окнами ползет дракон. Его сердце ухает совсем рядом. Теперь к тугому грохоту добавляется визг труб. Под нашими окнами в сторону Красной площади проходит оркестр. Музыканты играют какой-то бесконечный марш, надрывный и визгливый; бесстыже сияют медные трубы, а впереди вышагивает самый главный — тот, с колотушкой и огромным барабаном. Бух... бух... бух — грохочет барабан. Бух... бух... бух... — гремит-колотит сердце дракона. По набережной, во всю ее ширину, ползет людская толпа, это демонстранты; над ними качаются воздушные шары — круглые и длинные, как сардельки, красные флаги, гигантские бумажные гвоздики, толпа тащит плакаты и фанерные щиты с черно-белыми фотографиями каких-то гладких стариков. С балкона толпа похожа на черную змею с красными узорами, ее голова уже где-то на Красной площади, а хвост все еще ползет по Краснохолмскому мосту и прячется в дебрях Зацепа.

— Внимание! Внимание! — С мрачным торжеством произносит из динамика нашего «Рубина» демонический голос. — Говорит и показывает Красная площадь! Говорит и показывает Красная площадь!

Мне становится жутко, взрослые тоже замолкают. Я не понимаю, как каменная площадь может говорить, а уж тем более что-то показывать. Громыхнув первым аккордом, телевизор начинает играть гимн. Дед встает, поправляет большими пальцами ремень, строго одергивает китель. Гремя стульями, поспешно встают и все остальные. Бабушка комкает платок, я не понимаю, почему от этой громкой музыки у нее по щекам катятся слезы. Сережа, скучая, разглядывает холодец, его тонкие пальцы наигрывают ритм гимна на штанине, мама рассеянно смотрит куда-то в стенку, там висит картина с березовой рощей. Наверное, она тоже пытается разгадать, куда все-таки убегает лесная тропинка, которую коварный художник увел в изумрудную тень таинственной чащи. На меня нападает хохотун; пытаясь проглотить смех, я тихо хрюкаю, дед слышит, он бросает грозный взгляд сверху вниз. Сжав до боли кулаки, я хмурю брови, стараюсь скроить мрачное лицо. Такое же, как у деда.

Главное — парад. Главное — танки! Танки грохочут по Красной площади — это в телевизоре, а через десять минут они уже наяву несутся по нашей набережной. Я с мамой внизу, мы стоим на тротуаре, рядом соседи — Владик Ермаков с девятого, Женька Высоковский с седьмого. Они орут «ура» и как психи размахивают руками. Гремят гусеницы, ревут моторы, танки мчатся мимо, иногда мне удается разглядеть в открытом люке лицо танкиста в шлеме. Колонна бронетехники проносится, точно лавина, как ураган. Грохот смолкает, в воздухе остается горький дух гари, а на мостовой — седые шрамы от гусениц. Мальчишки выходят на середину набережной, садятся на корточки и, ковыряя пальцами асфальт, начинают о чем-то серьезно рассуждать. Наверное, о том, как здорово быть танкистом.

— Чепуха, — отвечает дед, когда потом я говорю ему об этом. — Жизнь танка в современном бою равна трем минутам.

Три минуты? Мне не очень ясно, о чем идет речь, но я интуитивно понимаю, что в танкисты идти, скорее всего, не стоит.

5

Пуля пробила ветровое стекло, оставив в триплексе аккуратную маленькую дырку. Безухий пак дернулся и уткнулся в спинку переднего сиденья. Затих и замер, точно заснул. Шофер и длинный даже не заметили: шофер продолжал гнать, мастерски объезжая ухабы, длинный, выставив ствол автомата в окно, хмуро глядел по сторонам.

Когда джип выскочил на Серпуховскую, я поняла, что мы направляемся в Донской монастырь, на базу Тамерлана. Тамерлана аль-Ашари — истинного и праведного халифа, потомка Омейядской династии, сплотившего вокруг себя истинных мусульман, «асхаб аль-хадис», *наджию спасенных*. А на деле — банду головорезов, недобитых талибов и боевиков из «Исламского джихада», Фронта ан-Нусра и других группировок того же пошиба.

Сам Тамерлан начинал обычным полевым командиром «Фронта Аллаха», дрался в Ираке, потом в Сирии. Руководил штурмом Пальмиры. После взятия города его отряд вырезал более четырехсот мирных жителей, по большей части детей и женщин.

Дальнейшую информацию, страницы две, можно смело пролистнуть. У нормального читателя вся эта белиберда — мешанина арабских имен, географических названий, крови, пыток и казней, похожая на сказку из «Тысячи и одной ночи», снятой в стиле трэш-хоррор, не вызовет ничего, кроме рвотного рефлекса. Привожу информацию здесь исключительно из журналистского педантизма, дабы продемонстрировать мое превосходное владение материалом.

Именно Тамерлан аль-Ашари отрубил голову директору Пальмирского музея Халиду Асааду. Всемирно известный археолог был казнен за поклонение древним идолам и пропаганду язычества. Видео, где Тамерлан, потный и азартный, из танкового пулемета расстреливает сорок женщин в римском амфитеатре Пальмиры, за день набрало двадцать миллионов просмотров. Женщин обвиняли в колдовстве в пользу врагов истинного ислама и в пособничестве правительственным войскам средствами черной магии.

За попытку побега из тренировочного лагеря Тамерлан собственноручно отрубил головы двенадцати курсантам. Старшему из казненных было тринадцать лет.

Когда два года назад рухнул режим Сильвестрова и сам диктатор с остатками гвардии бежал в Питер, наспех основав там столицу Возрожденной Русской Империи, невнятного полуфеодального государства с границами, не выходящими за пределы Ленинградской области, честолюбивый Тамерлан ринулся в Россию. Страну бескрайних полей и голубоглазых женщин с льняными волосами. Работорговля давала неплохой доход, особенно торговля женщинами и детьми, особенно с белой кожей. Впрочем, основные деньги карманный халифат Тамерлана зарабатывал на транзите афганского героина.

О том, что творится в Донском монастыре, толком никто не знал. Точнее, достоверность этой информации оставалась сомнительной. Сам Тамерлан присвоил себе титул халифа, прямого представителя пророка Мухаммеда на земле с неограниченными полномочиями и именовал подчиненную ему территорию халифатом Джейш аль-Фатихин с гербом, флагом и задиристым девизом «Завтра — весь мир!».

Сочетая в себе фанатизм ваххабита с гибкостью дипломата, дремучесть фундаменталиста со смекалкой западного маркетолога, Тамерлан умело ковал свой имидж.

Делал это, толково используя всю мощь современных информационных технологий. Еще в Ираке, а особенно в Сирии, он осознал силу пропаганды, силу почти волшебную, способную при умелом манипулировании превратить тыкву в карету, мышей в четверку лошадей, замарашку в принцессу, а невзрачного таджикского пацана с нищей душанбинской окраины Шохмансур в неукротимого и блистательного принца. В яростного и бесстрашного воина, в великолепного Тамерлана.

Что есть истина? — вопрошал озадаченный прокуратор две тысячи лет назад. Истина? В двадцать первом веке истиной становится картинка на дисплее компьютера, видео на экране смартфона. Виртуозно сфабрикованная реальность, залитая в Интернет, становится истиной за сутки. Истина! Да мы можем сделать истиной что угодно! Наша аудитория с вожделением готова проглотить любую несуразицу, лишь бы она была от души приправлена страхом, сексом, кровью. И чем чудовищнее ложь, тем охотнее в нее верят, — кто говорил, не забыли? Ведь правильно говорил, сукин сын, абсолютно верно.

На Тамерлана работало его личное информагентство «Аль-Хайят», по-арабски — «жизнь», название скорее ироничное, поскольку все сюжеты были так или иначе связаны со смертью. Мозгом и сердцем этой креативной фабрики стал Яшам Эмвази по кличке Скорцезе, знаменитый создатель киношедевра «Тень орла», главной пропагандистской ленты Фронта ан-Нусра, отмеченной самим Вилли Вульфом как «продукция голливудского уровня».

Тамерлан спас Яшаму жизнь еще там, в Сирии. По совокупности проступков Скорцезе приговорили к смерти, к *раджм*. Раджм — это казнь, когда преступника забивают камнями до смерти. К слову, мне всегда была любопытна эта особенность ислама, где для приведения в исполнение смертного приговора одного из членов общества в качестве коллективного палача выступают все остальные соплеменники, включая родню преступника. В уголовно-бандитских группировках такой прием называется «повязать кровью».

Наказание — *укуба,* которое налагается на преступника судьей — *кади,* выносится на основании законов шариата. При вынесении приговора кади руководствуется исключительно исламскими первоисточниками — Кораном и Сунной. Как говорил пророк, ответственность за свои дела должны нести все люди, независимо от общественного положения и былых заслуг, а мера наказания должна быть адекватна преступлению.

Преступления делятся на три группы по степени тяжести: пресекающие, отмщающие и назидательные. Скорцезе удалось собрать весь букет самых тяжких грехов — *хадд-аз-зина* и *хадд-ас-сиркат,* а именно прелюбодеяние, употребление алкоголя и присвоение чужого имущества.

А вот еще на заметку: любопытным аспектом шариатского закона является тот факт, что самым страшным преступлением считается деяние, направленное на моральный подрыв общества; не убийство, не нанесение увечий — за такие пустяки можно заплатить простой выкуп или подвергнуться общественному порицанию, нет, смертной казнью наказывается адюльтер и выпивка. Секс и алкоголь. Что для европейца, какого-нибудь заурядного парижанина, барселонца или, упаси боже, жителя порочного Амстердама, не просто банальная обыденность, а суть и смысл существования, естественная ткань его бытия.

Скорцезе приговорили к смерти. В ночь перед казнью Тамерлан перебил охрану тюрьмы и вместе с преступником скрылся, как пишут в криминальных сводках, в неизвестном направлении. Вместе с Тамерланом исчезли двадцать три миллиона долларов, вырученные от продажи героина, оружия и человеческих органов, деньги, которые он должен был передать в штаб-квартиру Ракке. Руководство Фронта объявило награду за голову Тамерлана в пять миллионов. Через неделю сумму удвоили. И снова без результата.

Через месяц Тамерлан всплыл в Пакистане, а после — в Афганистане, в провинции Кундуз. К тому времени его отряд уже насчитывал около двухсот бойцов. Он не рекрутировал наивных неофитов и необстрелянных пацанов, он набирал профессионалов. Он платил им хорошие деньги в твердой американской валюте, и его маленькая армия неизменно демонстрировала отменное мастерство в искусстве войны и смерти.

В прошлом сентябре я собирала информацию для материала по группировке Тамерлана, часть статьи опубликовала «Нью-Йорк таймс» с моей фотографией на первой полосе; замаячила даже призрачная надежда на «Пулицера», безусловно, наивная, приз получил какой-то идиот из «Лос-Анджелес ревью». За репортаж о банде карликов-культуристов, спасавших бойцовых собак в окрестностях Сан-Франциско. Карлики — пятеро, одна из них женщина — выслеживали организаторов нелегальных собачьих боев и ночью, перепилив прутья в собачьих клетках, уносили с собой питбулей и ротвейлеров. Собак предварительно усыпляли; один из карликов, индеец-чероки, утверждал, что он дипломированный собачий гипнотизер и запросто может за три минуты усыпить пса любой масти среднего размера.

Да, именно этот бред взял моего «Пулитцера»!

Мне не везет хронически, для моего невезения следует придумать какой-то особый термин, нечто с приставкой «паталого-», состоящий желательно из трех зловещих слов, из трех медицинских терминов неясного смысла.

В глухой предрассветный час, когда темнота подступает к горлу и дышать становится невмоготу, мне кажется, что я расплачиваюсь за чьи-то грехи, и тогда все мои мытарства обретают логическую стройность и даже некое подобие изощренной иезуитской миссии. Что-то типа трагического искупления, вроде средневековой истории из жития святых. Или страданий первых христианских мучеников. Появляется смысл в каждом шаге моего безрадостного бытия. Вроде лунных квадратов на бездонном полу церкви, ведущих мутной тропинкой к самому алтарю. Жертвенному алтарю, а не к какому иному. Пыль, вонь мастики и старого дерева — мне кажется, так пахнут старые высохшие мумии. Труха в желтой и жесткой, как картон, коже. Труха и грехи. Если бы меня попросили придумать запах к отчаянию, я бы выбрала именно этот. Аромат безнадежности.

Я давно перестала жаловаться, я не ною и не скулю. Не жалуюсь даже самой себе. Я разучилась плакать. Там, где у людей душа, у меня черная дыра, воронка от бомбы. Рваная рана. Я не жалуюсь, я подтверждаю диагноз. Но болезнь моя не из области медицины, доктора не отпускают грехи. Тем более не мои, чужие.

Порой во мне звучит голос; не думаю, что это полноценная шизофрения, я видела шизофреников — я еще не добрела до того края. Голос мне знаком, он ласков, почти сердечен, этот голос. Он желает мне добра, тут сомнения нет. Это голос моего деда.

Куда ты зовешь меня?

Что ты там бормочешь, милый деда?

Говоришь, что страха нет, страх придумали глупцы и трусы? Я знаю, знаю, милый деда, знаю — страха нет. Я и не боюсь. Мне осталось жить дней пять, неделю от силы: Тамерлан попытается получить за меня выкуп — миллион, может три — разницы никакой. Американское правительство в переговоры с террористами не вступает, Америка бандитам денег не платит. Мой нью-йоркский главред Лизбет Ван-Хорн, думаю, просто перешлет сообщение кому-нибудь на четырнадцатый этаж, добавив в титул письма строчку от себя «проблема с персоналом (в Москве)». А эти, с четырнадцатого, даже не ответят: ведь всем известно, что Америка с террористами в переговоры не вступает.

Страха нет, умирать мне не в первый раз, да и мой старик прав, какой от страха прок? Самое никчемное чувство на свете, самое никудышное. Тревогу вселяет лишь стальная басовая струна, которой перепилили горло Виллу Буту.

6

Когда моя мать стучала в незнакомую дверь, я стояла за ее спиной с карманной Библией в потной руке. От шерстяного воротника жгло натертую шею, черная шерсть платья воняла прелой козлятиной, и я чувствовала, как щекотные капли горячего пота одна за другой сползают по желобку позвоночника под резинку трусов. Я стояла за ее спиной и улыбалась. Улыбалась именно так, как она меня учила, — улыбкой ангела, принесшего благую весть.

Моя бедная мать сошла с ума еще в России. Или страна уже называлась СНГ? Или как-то еще? Матушкино тихое помешательство осталось незамеченным на фоне общего безумия, скорее наоборот — именно она, моя матушка, выглядела разумной, спокойной и логичной на фоне предпоследнего акта великого русского Апокалипсиса.

Миллионы наших обескураженных сограждан к тому времени уже толком не знали кто они такие, — советский народ, россияне или просто русские. Доценты становились истопниками, кадровые офицеры шли в сторожа; учителя и инженеры мотались в Турцию и обратно и неожиданно бойко торговали пестрым тряпьем на олимпийских стадионах, превращенных в барахолки.

Золотое солнце новой эры вставало над Страной Дураков. Поле Чудес растянулось на двенадцать часовых поясов и привольно раскинулось от Камчатки до Калининграда, от Белого моря до Черного. Капитализм объявили божьей благодатью, непонятные слова «инвестиции», «пакет акций», «ваучер», «процентная ставка» повторялись как заклинания, рыжий пацан со смешной хохляцкой фамилией бойко врал по первому каналу, что совсем неважно, кто хозяин завода — ты или я, главное, чтоб у завода появился хозяин. И тогда всем нам будет счастье.

Русское простодушие и вера в чудеса оказались убедительней сомнительных теорий бородатого Маркса. Наступала новая пленительная жизнь, жизнь, свободная от здравого смысла и логики. Жизнь, неподвластная законам физики, жизнь, вырвавшаяся из скучных оков арифметики. Долой цифры, да здравствует чудо! Квартиру на Фрунзенской набережной можно было купить за месячное пособие американского безработного. Проституция оказалась вполне приличной профессией. Бандиты и менты оделись в черную кожу и даже внешне стали теперь неразличимы. Комсомольцы неожиданно проявили потрясающие экономические таланты. Ленин оказался сволочью, евреем, калмыком и чуть-чуть даже немцем. Дзержинский — наркоманом и педерастом, Сталин — импотентом и садистом, с ярко выраженным эдиповым комплексом. «Архипелаг ГУЛАГ» продавали на каждом углу вместе с «Жигулевским» и шоколадными яйцами из Баварии. По вечерам вся страна пила голландский спирт «Рояль», смотрела программы про зверства своих отцов и дедов, а после заряжала трехлитровые банки перед экраном телевизора с двумя вкрадчивыми пройдохами, Чумаком и Кашпировским, которые называли себя «психотерапевтами».

Тогда же испарился Сережа, мой инфантильный и по-женски капризный родитель, красавец, похожий на французского актера Делона, с чуть вялым подбородком и безупречными ногтями. Он занимался журналистикой как хобби, но грозил написать «настоящий роман», больше всего любил жареную треску в панировке и ватрушки с топленым молоком. Главным мужским качеством считал начищенные до зеркального блеска ботинки. «Екатерина, знакомишься с мальчиком, — учил меня Сережа, — всегда смотри на ботинки!»

Мне только исполнилось тринадцать, и я плевать хотела на мальчиковые ботинки. К тому времени мой биологический папаша (назвать его отцом язык не поворачивается даже сейчас) окончательно перешел в разряд персонажей, абсолютно лишенных авторитета и уважения, пополнив черный список позора, который открывала Марья Николаевна, школьная директриса, и замыкал генерал Лобода, наш сосед сверху. Директрису я застукала на откровенном вранье, а генерал лупил своего пуделя во время прогулок.

Спустя месяц после его исчезновения мы получили открытку из Болгарии с бирюзовым пейзажем и чайками, кажется, это был Слынчев Бряг; Сережа желал нам обеим — матери и мне — удачи и здоровья и объявлял о начале новой жизни. Своей жизни. Мать тихо — у нее был талант ступать бесшумно даже по нашему старому дубовому паркету — сходила на кухню и вернулась в гостиную с железным молотком для отбивки мяса. Спрятав очки в карман ситцевого халата, она подошла к стене и с азартом принялась колотить рамку со свадебной фотографией. После аккуратно смела осколки в совок. На стене остались безобразные раны, которые я впоследствии завесила бесплатным календарем с похотливыми девицами, ласкающими стиральные машины и другую бытовую технику.

Легковесный Сережа сам по себе не смог бы угробить мать — калибр был мелок, он просто оказался последней каплей, той самой фатальной соломинкой, ломающей спину верблюду. За год до исчезновения Сережи умер дедушка, мамин отец, генерал не столько по званию (в отставке он был уже лет десять), сколько по функции, производной от значения и смысла английского прилагательного general. Главный, основной, наиважнейший. Думаю, и Сережа драпанул, учуяв своим заячьим нутром, как те звери перед землетрясением, грядущий крах дома Каширских. Да, как у Эдгара По. Ведь даже дураку ясно, что без центральной опоры крыше и стенам долго не продержаться.

Мать уволилась с журфака, где она преподавала английскую литературу, впрочем, один черт, зарплату в университете не платили уже месяца четыре. Пыталась подработать переводами: некто Славик, похожий на балагура-физрука, подкидывал ей работенку — инструкции к компьютерам, но Славика вскоре взорвали в его «Мерседесе» какие-то чеченцы. Сгоревший кузов машины показывали в криминальных новостях по Московскому каналу. Загадочные слова «хард-драйв», «винчестер», «мегабайт», напрочь отсутствующие в словарях и напоминавшие тарабарщину из научной фантастики, перестали звучать на кухне, где матушка обустроила свою переводческую берлогу.

Позвонила школьная подруга Зойка, спросила, потянет ли мать синхронный. «Какая специфика?» — поинтересовалась мама. «Да какая разница, кажется, что-то религиозное», — ответила беспечная Зойка. Безобидный звонок оказался фатальным, или, как писали в викторианских романах, «он стал роковым поворотом в нашей судьбе».

Джошуа Локк показался мне стариком, впрочем вполне крепким. На самом деле ему было чуть за пятьдесят. Бровастый, с седыми усами, в настоящих ковбойских сапогах с серебряными набойками на хищных носах, он говорил низким голосом с убедительной хрипотцой. Так говорили благородные шерифы в американских вестернах. Его английский отличался от британского жеманного выговора простоватой честностью и приятной округлостью согласных R и W. После травоядного Сережи даже престарелый Локк выглядел завидным мужиком.

О иеговистах, или Свидетелях Иеговы, я не знала ничего. Джошуа, которого мама церемонно называла «сэр», принес нам целую коробку литературы на русском языке — три Библии в черных дерматиновых переплетах, журналы с пугающими названиями «Пробудись!» и «Сторожевая башня» и несколько пачек религиозных брошюр на дешевой бумаге. Мама, безусловно прилежная во всем, начала кропотливо знакомиться с концептуальной основой теории Свидетелей Иеговы. Пионерское детство и комсомольская юность, учеба в университете, а после работа на факультете журналистики оставили мою матушку абсолютно девственной в вопросах религии. Ее познания ограничивались сумбуром из булгаковского романа, интуитивным пониманием сюжета знаменитых картин («Поклонение волхвов», «Бегство в Египет», «Поругание Христа» и прочими подобными хитами изобразительного искусства) и двойным виниловым альбомом рок-оперы «Иисус Христос — суперзвезда», второй диск которого постоянно заедал на арии царя Ирода, исполняемой в стиле задорного чарльстона.

— Представляешь, — кричала мне мать из кухни. — Оказывается, нет никакой Троицы! Ты слышишь?

Я плелась на кухню.

— Оказывается, Троица — это просто наследие язычества! — отложив карандаш, которым делала пометки в брошюре, она радостно смотрела на меня. — Я сама никогда не могла понять — это ж нонсенс! Что такое — триединство? Глупость какая-то!

Надо признать — у Свидетелей Иеговы была своя логика. Святой Дух они считали просто божественной энергией, а не личностью, а уж тем более каким-то голубем.

Христос никогда не был сыном Бога, он выполнял его божественные поручения в качестве посланника и глашатая. Пророка. Иногда Бог наделял его способностью демонстрировать кое-какие чудеса. После распятия Бог воскресил Иисуса, а после вознес на небо. Дева Мария с ее непорочным зачатием, старик Иосиф, волхвы и зарезанные младенцы — все эти языческие сказки имели одну цель: привлечь к новой вере колеблющихся идолопоклонников.

Сам Джошуа обрел веру давно, когда его, еще почти пацаном, загребли в десант и отправили воевать во Вьетнам. Через два месяца он угодил в плен и провел полтора года в клетке из бамбука где-то в джунглях на юге провинции Кханьхоа. Его соседом по заточению был проповедник из Миссисипи, одноглазый негр с неуместно щеголеватой фамилией Де Помпадур. Времени было хоть отбавляй, проповедник оказался говоруном. Скверная еда, дрянной климат, по ночам Джошуа снился Армагеддон — великая битва Бога и Сатаны, в результате которой должны были погибнуть все безбожники.

Иеговисты не будут принимать участия в бойне, лишь наблюдать за уничтожением грешников. Следить, как Бог, изощренными способами, известными нам по Священному Писанию, будет очищать планету от нечисти. Негр уверял, что после безусловного поражения сил зла Иисус вернется на землю и будет править миром. И его правление станет земным раем, которым смогут насладиться лишь Свидетели Иеговы.

Джошуа вернулся в Арканзас неукротимым неофитом. В родном поселке Совиная гора он основал первую общину Свидетелей Иеговы в округе и стал ее проповедником и духовным наставником. Собрания поначалу проводились в старом амбаре с худой крышей.

Через год Джошуа удалось набрать денег на деревянную церковь (иеговисты называют места своих сборищ Залами Царства), а через десять лет Джошуа Локк уже проповедовал на многотысячных стадионах, куда он прилетал на личном вертолете.

В Москве, в душных актовых залах школ, в Домах культуры, в пыльных кинотеатрах, собирался городской люд — по большей части бабы с простоватыми лицами, сердитые и любопытные, вконец сбитые с толку враньем проходимцев, которые называли себя политиками, экономистами и реформаторами. Я тоже сидела в зале, тихо выполняя роль шпиона, прислушиваясь к репликам этих теток, к их комментариям.

Джошуа, сухой и строгий, похожий на крупную черную птицу, ходил по сцене, мерно постукивая каблуками кованых сапог. Звук напоминал ритм метронома, что-то в темпе «пьяно модерато». Держа микрофон в крепком загорелом кулаке, он иногда останавливался и обращался прямо в зал, иногда поднимал голову, точно разговаривая с кем-то наверху. Его баритон завораживал, мастерские модуляции, округлый арканзасский акцент, шерифская усталая хрипотца. О эта шерифская хрипотца! — московские тетки млели. Даже те, кто не понимал ни слова по-английски.

Эти слова переводила моя мать. Смирная и серьезная, в тугом платке, в старом платье мышиного цвета, она сидела в углу сцены, сложив руки на коленях. В промежутках между фразами она подносила микрофон к губам и проникновенно в него шептала. После рокочущего баритона Джошуа, божественно грозного, ее голос звучал ангельским воркованием.

— Бог един и имя его — Иегова. Мы живем в эпоху последних дней, накануне Армагеддона, величайшей битвы между добром и злом. Еще при нашей жизни Иисус Христос, посланец Божий, явится во славе на землю и станет вершить Страшный суд. И только уверовавшие в Иегову, только помазанники Его, только малое стадо, составляющее сто сорок четыре тысячи, отправятся на небо.

Конкретная цифра, вроде точного (всего сто сорок четыре тысячи!) количества посадочных мест в самолете, пугала и внушала доверие ко всей истории. Для теток, проживших все годы среди очередей и тотального дефицита, тот аспект, что на всех рая точно не хватит, казался наиболее убедительным. Они и раньше нутром чуяли какой-то подвох в православии, некую недоговоренность и отсутствие конкретики. Теперь все встало на свои места: наша отечественная вера, как и все, произведенное на родине, оказалась полным хламом — не качественней наших телевизоров, ботинок и автомобилей. Досадно было, что снова пытались надуть — сперва с коммунизмом, а теперь, как выяснилось, и с Царствием Небесным.

В финале выступления, когда дышать уже было совершенно нечем от жаркого бабьего пота и вони паркетной мастики, Джошуа спускался в зал и раздавал желающим дешевые брошюрки. Этот акт назывался «Донести жалящую весть». На желтоватой бумаге ясно и по-русски говорилось о том, что Бог уничтожит всех нераскаявшихся грешников. Не отправит в ад на вечные муки, с хоть и незначительной, но все-таки вероятностью на искупление, а просто сожжет огнем и серой. Как в крематории. Да, я забыла сказать главное — никакой бессмертной души нет. Единственный шанс спастись — это попасть в число помазанников Иеговы и быть воскрешенным для вечного счастья с Ним на небесах.

Мистер Локк не говорил по-русски абсолютно, поэтому нуждался в переводчике постоянно. Мама пыталась обучить его набору ходких и полезных фраз типа: «Здравствуйте, меня зовут Джошуа!» или «Люди, я принес вам благую весть». Но, видать, всемогущий Бог по таинственной причине обделил американца способностью к изучению чужих языков; единственное слово, которое он запомнил и научился произносить, было «чемодан».

Вместе с мамой они ездили на какие-то переговоры и деловые встречи, а к февралю Джошуа и вовсе перебрался к нам на Таганку. «Четыре комнаты пустуют, — оправдывалась мама и, розовея щеками, добавляла: — К тому же он вдовец, и ничего тут предосудительного я не вижу». По утрам на заснеженном балконе Джошуа, голый по пояс, делал какие-то плавные упражнения, похожие на танец в тягучей воде; на правом его плече белел рваный шрам от вьетконговской шрапнели, а на крепком, как бильярдный шар, левом бицепсе синела выколотая эмблема: парашют и две скрещенные сабли. В американской армии воздушный десант назывался изящно и романтично — «Летающая кавалерия».

Не успев наладиться, наша новая жизнь закончилась: Свидетели Иеговы были объявлены вражьей сектой, их деятельность признана вредной. Мистер Локк получил отказ в продлении визы, но, будучи мужчиной решительным, он успел расписаться с мамой. Ни свадьбы, ни церемонии не было — они заполнили какие-то бумажки в загсе рядом с Савеловским, в зале, похожем на фойе советского кинотеатра. Мы бежали из Москвы как из пылающего дома.

Америка ошарашила и разочаровала меня. Я не увидела стеклянных небоскребов, многоярусных автострад, роскошных лимузинов и убийственных красавиц. Арканзас, заспанный и жаркий, с белой от солнца травой, жухлыми кустами мятых азалий и бессмысленно синим

небом, неподвижным и мертвым, напомнил мне провинциальную Анапу, куда меня как-то сослали на все
три смены в пионерский лагерь с обманчиво задорным
названием «Салют». Школа, низкорослая постройка, похожая на слепой барак из красного кирпича, сонные улицы,
пустая площадь с высохшим фонтаном перед мэрией,
несколько церквей с фанерными четырехгранными баш-
нями и жестяными крестами. У нашей церкви не было
ни колокольни, ни креста (иеговисты не признавали
распятие как символ веры), здание напоминало гигантский бревенчатый амбар, выкрашенный белой краской.

Много лет спустя мне попал в руки толстенный
трактат доктора философии Джерри Бергмана, где ука-
зывалось, что членство в организации иеговистов существенно увеличивает риск развития психических заболеваний, в том числе и таких тяжелых, как параноидальная
шизофрения. Частота психических заболеваний среди
Свидетелей Иеговы во много раз превышает средние
показатели, поскольку «учение Сторожевой Башни и его
субкультура существенно негативно влияют на психиче-
ское здоровье вовлеченных».

Это их книги. И вот еще: «Согласно этому иссле-
дованию, хотя люди, испытывающие психологические
проблемы, более восприимчивы к пропаганде Свидетелей
Иеговы, вступление в организацию не только не решает
эти проблемы, но способствует их усугублению».

Последняя фраза запомнилась навсегда: она была
написана про мою бедную мать.

7

Наступили летние каникулы, как выяснилось, в Америке они тоже есть. Той весной я неожиданно вытянулась сразу на два дюйма, кофты стали тесны, запершись в ванной, я с изумлением разглядывала свою набухающую грудь, темные чужие соски. Каждое утро мы с мамой отправлялись на какую-нибудь окраину и там, методично, один за другим, обходили все дома. Стучали в каждую дверь, пытаясь донести благую весть.

Мать — в сером свитере, несмотря на жару, в длинной вдовьей юбке, тоже серой; на лице — выражение тайного торжества, скрытого под тихой полуулыбкой. Короткая стрижка, бледная шея, никакой косметики. В руке — сумка с брошюрами.

Открывают нам редко, еще реже пускаются в разговоры, за всю неделю нам удалось всучить лишь две брошюры. Но это не повод для отчаяния, говорит мать. В этих сонных домах, за каждой дверью мужчины, женщины и дети, которым неведома Божья благодать. Спасти их — наша цель.

Спасти незнакомых людей, дать им шанс обрести рай. Рай! Мне самой поначалу наша миссия казалась смелой, благородной и милосердной. Постепенно, капля за каплей, эти чувства из меня вытекли, и пустоту заполнил стыд. Стыд за себя, за мать, за ее арестантскую стрижку, за мое черное платье, похожее на каторжную робу. Стыд, темный и густой, поднимался как тошнота. Стыд и отчаянье: почему я не могу быть такой же, как мать, — доброй, чистой, полной веры в Бога? Почему я не могу стать такой же открытой и щедрой? Безгрешной. И что делать с ядом зависти и с грязью похоти? С этими липкими снами, потными простынями, блуждающими горячими руками, алчущими лакомств, — что делать с этим? Искушение плоти, так они называют этот грех, да и есть ли во мне вообще что-то чистое, и где она, эта чистота, эта святость? Почему я не могу отыскать ее? Или я вся состою из греха? Из порочных мыслей, желаний и снов. Даже сейчас, сейчас, когда мы пытаемся спасти заблудшие души, похотливый зуд украдкой ползет по телу, наполняя пульсирующим жаром низ живота, стекая ниже, ниже...

Мать стучала в следующую дверь, я стояла за ее спиной и молила Бога остановить эту пытку. Щелкал замок, домохозяйка, сонная и мятая, вопросительным взглядом окидывала нас сверху вниз и обратно. На лице появлялась брезгливость, не дав матери договорить, она захлопывала дверь.

Иногда с нами разговаривали одинокие старики. Иногда пьяные. Эти ругались или издевались; грешники, гордые своими пороками, хвастливо выставляющие их напоказ. Мать доброжелательно улыбалась и тем и другим, а я не понимала, почему всемогущий Бог не хочет упростить нашу задачу. Ведь это же в Его власти. Ведь Ему стоит только захотеть.

Следующий дом. Мы обошли куст сирени, гроздья цветов, перезрелые, изнемогая от жажды, тяжело клонились к пыльной траве. Крыльцо в солнечных пятнах, скрипучие ступени, я остановилась на нижней, мать поднялась и постучала. Тишина, наполненная сладковатой вонью умирающей сирени. Томительная тишина, похожая на предчувствие зубной боли. Кажется, никого. Господи, сделай так, чтоб там никого не было. Господи, пожалуйста, ну что Тебе стоит прекратить это унижение?

Бог не услышал, наверное, был занят: за дверью послышались шаги. Звякнула задвижка.

— Да? — Мужчина распахнул дверь. Он улыбался, точно ждал нас.

— Мы принесли вам благую весть, — с уверенным оптимизмом проговорила мать.

— Отлично! — воодушевленно отозвался он.

— Да! — Мать вытянула из сумки брошюру в рыжей обложке. — Благую весть о Божьей любви.

— Отлично! — повторил он. — Заходите!

В тесной прихожей было не развернуться, хозяин подтолкнул нас в сторону приоткрытой двери. Мы прошли в комнату. Горьковатый запах кофе перебивала кислая вонь окурков.

— Кофе хотите? — энергично спросил хозяин. — Кофе?

Он звонко хлопнул в ладоши и быстро потер их. Шершавый нервный звук. Синие джинсы, грязноватая нательная майка, длинные пегие волосы были собраны в хвост, перетянутый васильковой резинкой. Сухощавый и загорелый до медной красноты, он напоминал копченую скумбрию, которой торговали в нашем московском продмаге. Золотистая рыба с выпученными глазами. Хозяин хищно зыркнул на мать.

— Ну? Кофе?

— Нет, — ласково отказалась мама. — Кофе не надо.

— Боженька не велит?

Хозяин, как в тике, дернул головой и резко засмеялся. Он не был пьян, но что-то с ним явно было не так. Мать продолжала улыбаться.

— Ну хорошо, — согласилась она. — Давайте ваш кофе.

Он снова хлопнул в ладоши.

Мы застыли на пороге гостиной; в косых лучах плыл сизый табачный дым, немой телевизор показывал автогонки. На вытертом ковре темнела какая-то лужа. Среди разноцветного мусора, сползавшего с журнального стола, — пакеты с картофельными чипсами, газеты, мятые пивные банки;, я заметила детскую куклу, голую, из розового пластика. Это была Барби, длинноногая, со вздернутым бюстом, невозможной талией и льняными волосами. С кухни донесся звон посуды.

— Тебя как зовут? — Хозяин протянул мне фаянсовую кружку.

— Катерина, — произнесла я, картавя на американский манер.

— Ух ты! — обрадовался он. — Катерина! Как святую! Здорово, Святая Катерина! А про «Колесо Катерины» знаешь? Это тоже в ее честь.

— Что это?

— Это средневековая пытка. Инквизиция, слыхала? Тоже ваши ребята... Так вот, инквизиторы привязывали человека к колесу и железными палками били его до тех пор, пока не ломали все кости. Класс, да?! Все кости к чертовой матери...

Он сипло засмеялся, потом закашлялся.

— Мы принесли благую весть... — повторила мать, она не знала, куда поставить кружку с кофе. — Благую весть о Божьей любви.

— Ух ты! Какой класс! А как насчет ада?

— Ада нет! — гордо заявила мать, точно операция по ликвидации ада проводилась под ее личным командованием.

— Вот как! А куда грешников девать будете, что для них?

— Ничего. Пустота. Черная бесконечность.

— Ничего?

— Ничего.

— Ни серы, ни пламени? Ни чертей с трезубцами?

Мама отрицательно покачала головой.

— Просто пустота... — задумчиво произнес хозяин, точно прикидывая что-то.

Мать кивнула.

— Пустота... А что, — он отхлебнул кофе, — не так уж и плохо.

— Нет, плохо. Ведь альтернатива — вечное блаженство. Райская благодать рядом со всемогущим и милосердным Творцом вселенной. Это ли не счастье — вечная жизнь у Бога под крылом?

Она пристроила кружку на край старого буфета. Тут же, на клетчатом кухонном полотенце, лежало круглое зеркало, испачканное белой дрянью, вроде соды или пудры. Я сжимала свою кружку немыми пальцами, искоса поглядывая на хозяина.

— Значит, ада нет... — Он запнулся, хмыкнув, хитро спросил: — А как же конец света?

— Грядет... — неопределенно ответила мать.

— Когда?

— Скоро. Все в руках Божьих.

— Я слышал, конец света обещали несколько лет назад, да что-то там не сложилось у вашего Бога.

— Иегова безгрешен. Люди совершают ошибки, люди неправильно интерпретируют божественные знаки. Так всегда было. Человек порочен по своей природе, он должен покаяться и заслужить любовь Бога. И тогда...

— Заслужить?! — сорвался на крик хозяин. — Я что ему, Бобик? Жучка? Плясать на задних лапках? Любовь, мать твою, заслужить...

— Он нам дает шанс...

— Да пошел он со своим шансом! — Хозяин грохнул кружкой о стол, брызги кофе полетели в стороны. — Если уж Богу так хочется, чтоб его любили, то почему бы ему первому не подать нам пример? Как там насчет расположения с его стороны? А? Чуть-чуть...

— Иегова милостив...

Хозяин подскочил к матери, та осеклась, отпрянула. Он ухватил ее за руку, толкнул к дивану. Мать, бледная, со сжатыми губами, боком, неуклюже плюхнулась на подушки.

— Что ты знаешь о милосердии?! — заорал он в лицо матери. — Ты, овца безмозглая! Божья корова! Что ты вообще знаешь о жизни? Кроме своих молитв да проповедей — что?!

Я перестала дышать. Кожу на затылке свело, точно кто-то одним резким движением закрутил мою голову, как воздушный шарик; от кислой горечи во рту меня чуть не вырвало. Кружка сама выскользнула из рук, мягко стукнулась о ковер. Хозяин даже не обернулся на звук. Его медный профиль с хищным белым глазом вплотную уткнулся в лицо матери.

— Милосердие, ты говоришь? Милосердие? — Он заговорил сипло, с тихой угрозой. — Любовь и доброта, да? А если тебе за эту доброту, за любовь эту, плюют в лицо? Да-да, в глаза плюют! Как тут быть, что тут делать прикажешь? Как такое понять можно, как объяснить? Вкалываешь, как каторжный... как собака — день и ночь! Все в дом тащишь... Хочешь то — пожалуйста, хочешь это — извольте!

Мать вжалась затылком в подушку дивана, лицо застыло, губы стали серыми. У меня всплыла мысль, что, наверное, надо выскочить, распахнуть дверь, позвать на помощь. Но я не смогла даже двинуться с места; ноги, руки, все тело казалось неживым, аморфным, точно мешок, набитый сырым песком.

— А потом... потом она находит какого-то... — Он задохнулся от ярости. — Какого-то ублюдка, и с ним улепетывает в Калифорнию! С ублюдком! Сволочь! Сволочь, стерва, сука!!! И дочь, дочь забирает!.. Дочь! Уезжает с этим недоноском, и дочь, понимаешь ты, дочь...

Он рычал, орал, капелька слюны попала матери на щеку. Мать не двигалась. Хозяин вытянул жилистую шею, дернулся, как в конвульсии; раз, другой — точно заводной механизм внутри него дал сбой. Оглянулся, схватил зеркальце с буфета. Вытащил из кармана стеклянный пузырек, нервно цокая, вытряс на зеркальную поверхность белую пудру. Припав щекой, жадно втянул ноздрей порошок.

— А-а! — Его будто ударило током, он вскинулся, выставив острый кадык.

Судорога прошла по его телу. Кинув зеркало на ковер, он сжал кулаки, белыми безумными глазами обвел комнату. Слепой взгляд скользнул по моему лицу, уткнулся в мать.

— Ага, вот она! Божья овца! Спасать мою душу пришла, значит? Душу мою бессмертную спасать!

Он с грохотом выдвинул из буфета ящик, не глядя, пошарил там. Достал пистолет, вороненый револьвер с коротким, точно обрубленным, стволом. Большим пальцем оттянул боек, внутри пистолета что-то мелодично клацнуло. Такой звук издает хорошо смазанный дверной замок.

Хозяин медленно наклонился к матери и упер ствол в середину ее лба.

— Значит, так... — произнес он неожиданно тихо, почти ласково. — Так, значит... Сейчас мы устроим твоему Богу экзамен. Экзамен на предмет любви и милосердия. Поглядим, как у него самого с этим делом...

Мать не шевелилась. Из-под ее бедра по диванной подушке стало расползаться мокрое пятно, край юбки потемнел, с него потекло по ногам, беззвучно закапало на ковер.

— Я так понимаю, тебе место под крылом Божьим обеспечено, правильно? Отвечай, корова небесная! — Он ткнул ее стволом в лоб. — Отвечай!

Он не кричал, говорил вкрадчиво, спокойно, и от этого мне становилось еще страшней. Мать едва заметно кивнула.

— Чудесно, чудесно... План у нас будет простой: я тебя сейчас отправлю прямиком к твоему Господу, а ты его там уж постарайся уломать, чтоб он и меня пристроил куда-нибудь поуютней. В теплое местечко. Рай мне без надобности, можно что-то и попроще — я не гордый. Обойдусь без класса люкс...

Он плавно подался назад, продолжая держать мать на прицеле. На ее лбу осталась аккуратная красная окружность, похожая на бинди, которые рисуют себе индийские женщины.

— Ты давай, начинай. — Хозяин покрутил стволом пистолета, точно приглашая. — Молись-молись.

Мать беззвучно что-то зашептала. Опустила веки.

— Смотреть! — внезапно заорал он. — В глаза мне смотреть!

Я от крика дернулась, хозяин, точно хищник, отреагировал на движение, резко повернулся ко мне.

— Подойди! — рявкнул он. — Ближе! Еще ближе!

Я подошла почти вплотную. От него разило потом и куревом. Еще пахло машинным маслом от револьвера. Этот запах теплого металла и ружейной смазки, запах хорошо смазанной механической смерти, показался мне странно знакомым. Запахи обладают почти мистической способностью оживлять какие-то тайные, напрочь забытые события, воскрешать туманные ассоциации и параллели. Моя память вдруг вспыхнула, ожила, попыталась нащупать и вытянуть эту звонкую нить из темноты.

— Пожалуйста, не трогай ее, — едва слышно пробормотала мать. — Пожалуйста, не надо…

Она некрасиво скривила рот, покачиваясь, подалась вперед и беззвучно зарыдала. Нет, не беззвучно — из ее груди донесся странный и протяжный звук, похожий на скрип. Или на писк, будто это воздух выходил из пропоротой резиновой шины.

Дальнейшие события отпечатались в моей памяти с потрясающей дотошностью, мне трудно найти объяснение, но это так.

Хозяин левой рукой взял меня за подбородок, точно оценивая товар. Поразили его огромные зрачки, черные. Совсем не человеческие глаза. Удивительным образом, словно вбирая в себя все сразу, я видела одновременно и блестящий, будто покрытый алым лаком, узкий нос, и пегую щетину на подбородке, шрам, наверное от бритвы, и клеймо на револьвере Made in Italy, и голую куклу на столе среди объедков и сигаретных окурков. И мятый лист бумаги с детским рисунком — круглолицая принцесса на тонких ногах и подписью «Мелисса» печатными буквами. Все это плюс мою мертвенно-бедную мать, застывшую на сырой подушке.

Он опустил руку, вжикнула молния.

— На колени! — тихо приказал он мне.

Я не двинулась, старалась не смотреть вниз, но все равно увидела эту румяную мерзость, жилистую и лоснящуюся, похожую на скользкую новорожденную рептилию. Вдруг до меня дошло: вот оно, наказание за сладострастные сны, за похотливые мечтания! Кара за греховное рукоблудие, за мои ночные пакости! Да, да! Возмездие Божье! Про то и в Библии написано, и в церкви талдычат каждый день. Тайное станет явным, и каждому воздастся по заслугам. По заслугам!

— На колени... — повторил он и крепко сжал мое запястье.

Не пальцы — клещи, он сдавил руку и начал клонить меня к полу.

Смертный грех, да, один из семи. Блуд! От Господа не утаишь, Он все видит, видит насквозь — меня, порочную, грязную. Видит мои мысли и сны. Я вся состою из греха! Из похоти! Господи, ну почему у меня не получается быть чистой? Помоги мне! Что я делаю не так? И почему Ты, Господи, не хочешь мне помочь стать безгрешной? Почему? Ведь они уверяют, что Ты любишь всех? Всех! И таких, как я тоже!

Он толкнул меня. Я грохнулась на колени. Розовая рептилия, безобразно вздувшаяся, подалась к моим губам. Я отшатнулась, увидела лицо матери, мокрое от слез, застывшее в беззвучном вое: «Господи, ее-то за что? Ведь так нельзя, Господи!»

— Молись, божья корова! — Хозяин направил пистолет в лоб матери. — А ты, малявка...

Он брезгливо посмотрел на меня, посмотрел сверху вниз. Именно в этот момент что-то произошло, будто кто-то щелкнул выключателем в моей голове. Страх исчез. Раз — и нет! Исчезло отчаянье, пропали мысли. Эту пустоту моментально заполнила упругая энергия. Словно в мое вакантное тело вселился кто-то решительный, беспощадный и хитрый. Дьявольски хитрый.

Я подняла глаза.

— Папа... — проговорила тихо, почти шепотом. — Папа, это я, Мелисса...

Хозяин ошалело замер.

— Папа... — повторила я.

На его лице удивление сменилось растерянностью, которая превратилась в испуг. Испуг перешел в ужас.

— Мелисса, — выдохнул он.

— Что ты делаешь, — прошептала я. — Папа...

Он попятился, неуверенно, точно пьяный. Лицо напоминало терракотовую ацтекскую маску. Маску ужаса.

— Папа, что ты натворил?

— Да... да, — пробормотал он, словно просыпаясь. — Я сейчас, дочка... Сейчас.

Он раскрыл рот, будто зевая, сунул туда ствол и нажал курок.

Выстрел — грохот и одновременно хлюпающий звук — звук, который я и сейчас могу проиграть в моей памяти, точно магнитофонную запись. Его затылок, разлетающийся кровавым фейерверком по потолку и стене, картина, которая мне снилась почти каждую ночь на протяжении нескольких месяцев.

В те дни я не спрашивала себя, кто помог мне, что за отважная энергия вселилась в меня и спасла нас от смерти. Никому об этом не рассказывала. Даже полиции. Впрочем, они не очень интересовались подробностями, им и так все было ясно. Наверняка наши прихожане разглядели бы в чудесном избавлении Божье участие — ну кто, кроме всемогущего Иеговы, мог так логично и остроумно наказать грешника и спасти праведников. Только Он! У меня, если честно, такой уверенности не было.

Мама так никогда и не оправилась. Ее положили в клинику, врачи поставили диагноз: посттравматический синдром. Думаю, все было гораздо хуже, беда началась раньше, еще в Москве. Наша жуткая история просто ее добила. В больнице маму кололи всякой дрянью — транквилизаторами и антидепрессантами, от которых она все время спала, а когда бодрствовала, то никого не узнавала. Меня иногда называла Мелиссой.

От церкви меня тошнило, в вечерних проповедях Джошуа непременно, но как бы мимоходом, упоминал о «сестре нашей Софии, нуждающейся в наших молитвах».

— Отец небесный, с воплем крепким и плачем горьким обращаемся к Тебе: не помяни наших беззаконий и неправд, но яви милосердие свое.

— Яви милосердие свое, — толпа послушно повторяла за ним.

Смирение паствы, кротость моего отчима граничили с кретинизмом и бесили меня; в их религиозной благости я видела лишь лицемерие и ханжество. Их Иегова стал моим личным врагом. Кого еще я могла винить в нашей беде? Из-за него, из-за их Бога, я очутилась в этой чертовой Америке, из-за него мы с мамой оказались на той проклятой окраине. И это факт! После того как я пламенно выложила свои факты отчиму, он перестал разговаривать со мной. В начале августа я убежала из дома.

8

Калифорния. Я ничего о ней не знала, мне нравилось звучание слова — Калифорния. По-московски протяжное «а», леденцовое «ли», бархатистое «фо». Еще мне казалось очень важным иметь какую-то цель, а не просто бежать в никуда. Из дома я украла двести пятнадцать долларов, все, что нашла в жестяной коробке из-под миндального печенья у матери в спальне. До побережья Тихого океана добралась в конце ноября. Дальше бежать было некуда, дорога уперлась перпендикуляром в бетонный пирс, передо мной лежала бескрайняя водная даль. Океан я увидела ночью — черная ворчащая пустыня с дорожкой от луны, блестящей, будто кто-то рассыпал там бутылочные осколки. Город Сан-Франциско уже вовсю начали наряжать к Рождеству пестрыми гирляндами, слюдяными ангелами с длинными золотыми трубами и венками из фальшивой хвои, увитыми багровыми лентами.

По прямой от Арканзаса до Калифорнии полторы тысячи миль, на самолете из Литл-Рока в Сан-Франциско можно добраться за три часа, мое путешествие заняло почти четыре месяца. Я пересекла границы шести штатов. В Аризоне отбивалась камнями от койотов, в пустыне Нью-Мексико чуть не провалилась в гнездо к гремучим змеям. Где-то на полустанке в штате Юта была атакована сворой бродячих собак.

Люди вели себя не лучше: в Денвере, штат Колорадо, меня пытался изнасиловать старик священник, пустивший переночевать в церковный сарай. Это случилось в октябре, к тому времени я уже носила бритву, пользоваться которой меня научила Карла, одноглазая мексиканка, торговавшая наркотой на железнодорожной станции в Лонгвилле. Стоя на площадке последнего вагона товарного поезда, уходившего в Сан-Диего, я наблюдала, как красные огни семафоров переключаются на зеленые и плавно-плавно уплывают в фиолетовую ночь. Да, рубины и изумруды — эти бескорыстные самоцветы моих нелепых странствий, к тому времени у меня осталось двадцать семь долларов, я ощущала себя абсолютно свободной и совершенно никому не нужной во всем мироздании.

Канзас разочаровал: штат состоял из кукурузных полей, пыльных дорог, разбитых грузовиков с похотливыми фермерами; совершенно непонятно, какого черта с такой страстью в эту дыру рвалась Элли из комфортного Изумрудного города.

Северная Калифорния зимой туманна и тиха. Сан-Франциско похож на сон, на мираж; знаменитый мост через залив плывет в молочном мареве, воды не видно, гигантские опоры тонут в ленивых облаках. Мокрое время течет едва-едва, иногда почти замирая. Крыши домов тускло сияют, будто их только покрасили, зелень листьев похожа на лак, ветку кипариса хочется тронуть раскрытой ладонью. Пахнет мандариновыми корками, пахнет детством. От всего этого хочется плакать.

Невесомая, с прозрачной головой и пустым сердцем, я бродила по мерцающей брусчатке призрачных улиц, прикидываясь то желтыми огнями чужих окон, то дальним гудком рыбачьей шаланды. От меня не осталось ничего, лишь скорлупа, лишь оболочка. Я пыталась заполнить пустоту, пыталась вобрать в себя чужую жизнь — туман, ночь, камни мостовой — что угодно. Ведь не может человек жить, если внутри у него пусто. Ночевала на пляже, кутаясь в стеганое одеяло (да, я его украла). То ли во сне, то ли наяву из океана выползал туман, дремотно растекался по черной, как крышка рояля, водной глади залива.

В сизом мареве тонул остров Алькатрас, исчезало здание тюрьмы, мутнел и умирал глаз маяка. Из непроглядной мглы теперь доносился звон колокола, унылый и глухой, похожий на звук мокрой якорной цепи.

Меня подобрала компания лесбиянок. Четыре девицы плюс задорный кобель неясной масти и сомнительной породы по кличке Калигула. Девицы направлялись в Биг-Сур — самое красивое место на нашей поганой планете, как заявила Рэй, пригожая, как молодой матадор, мулатка. Ее смуглое тело, до самой шеи покрытое узорами замысловатой татуировки, казалось отлитым из звонкого упругого металла. Когда она, голая и мокрая, с шестифутовой доской для серфинга, выходила из океана, на меня накатывала меланхолия за мою непоколебимо упрямую сексуальную ориентацию.

Мы покинули флегматичный Сан-Франциско до рассвета, фонари сонно пялились в чернильные лужи на черном асфальте, по пустым дорогам на дикой скорости с какой-то тупой обреченностью гнали редкие машины. Наш дряхлый мини-автобус, проплутав по окраинным улочкам, крутым, как американские горки, наконец вырулил на шоссе номер один. Дорога вытянулась в струну и понеслась на юг.

Рэй беспечно придерживала баранку одной рукой, в другой — сигарета, а чтобы стряхнуть пепел, она просто выставляла окурок в окно. Она слушала мою историю не перебивая, лишь изредка бросала пристальный взгляд, точно проверяя, не заливаю ли я. Тихо бубнил приемник, девчонки сзади спали, Калигула с кем-то ругался во сне, ворча и похрапывая. Я, зажав ладони между колен, смотрела на мелькающие справа пузатые бетонные столбы и говорила, говорила. Рассказывала про Москву, про дачу в Снегирях, про то, как мы с дедом ушли кататься на лыжах в лес и заблудились. Как дед учил меня стрелять из своего именного «нагана». Рассказывала, как пахнет декабрьский вечер, когда тихий снег падает, а звуки становятся мягкими, будто ватными. Рассказала про мать, про Арканзас. Про тот день.

— Вот ведь гадость! — Рэй зло сплюнула в окно. — Мразь!

— Кто?

— Мужики! — Она воткнула окурок в банку из-под колы, внутри зашипело, и из дырки выпорхнула сизая струйка дыма. — Мерзавцы и подонки! Закомплексованные ублюдки! Все горести мира от их ущербности, от их убожества. Недаром первого мужика Бог слепил из грязи!

— Из глины...

— Грязь по сути, мразь по содержанию. Скрюченный стручок в портках вместо мозга. Весь их мир крутится вокруг стручка — амбиции, драки, войны! Каждый подпрыгивает, орет — у меня, у меня длиннее! Фрейд прав на сто процентов, но только касательно мужчин. Мы, женщины, устроены гораздо сложнее.

Дорога стала сужаться, полезла вверх. Покатые холмы, невинно украшенные апельсиновыми рощами, вдруг вздыбились и превратились в настоящие скалы. Дорога запетляла, начался настоящий горный серпантин. Рэй снова закуривала, закусив сигарету и щурясь от дыма, врубала пониженную передачу и с плотоядным удовольствием топила педаль газа. Мотор надсадно рычал. Рэй упрямо давила педаль в самый пол. Казалось, еще чуть-чуть — и мы взлетим.

Теперь мы гнали по карнизу, слева отвесной стеной подступал дикий, весь в рубцах, шрамах и металлических блестках, гранит, справа зияла бездонная пропасть. Нет, не бездонная — далеко внизу синел океан. Он растекался бесконечной равниной, живой и пульсирующей; океан дышал. Его первобытное величие пугало, мне отчетливо было видно, как в лазорево-туманной дали закругляется горизонт.

Я открыла окно. В прокуренный салон ворвался сырой дух моря, густой и соленый. Высунув голову, я зажмурилась. Под нами, далеко внизу, как дальняя канонада, гремел могучий прибой. Холодный ветер пополам с горьким запахом можжевельника и цветущего розмарина бил в лицо.

Кто знает, может, еще не все потеряно. Может, еще осталась надежда.

— Гляди! — Рэй ткнула рукой в открытое окно. — Киты!

Далеко-далеко, у самого горизонта, где ртутная гладь воды перетекала в перламутровую дымку неба, я различила какое-то движение, потом увидела два серых холма. Две спины. Перекатываясь, то появляясь, то исчезая, они двигались на север, в сторону Сан-Франциско. Рэй притормозила, съехала на обочину, нависшую над пропастью. Заглушила мотор.

— Слушай... — прошептала она.

Сперва я не услышала ничего, кроме мощного дыхания прибоя — вдох, выдох, пауза. Вдох, выдох, пауза.

— Слышишь?

К гулу океана добавился осторожный стрекот кузнечика, чириканье невидимых птах.

— Ну? — шепнула она мне в ухо.

Тут я не только услышала, я увидела. Один из китов, тот, что плыл первым, послал в небо серебристый фонтан воды, и до нас докатился низкий протяжный звук. Властный, словно сам Бог дунул в гигантскую басовую трубу. К нему добавился второй голос, выше. Этот напоминал гудок океанского корабля. Два голоса сплелись в величественный дуэт, я застыла, боясь пошевелиться, точно могла помешать гигантам выдувать свои мелодии. Киты плыли на север, киты пели. У меня отчего-то сжалось горло, я тайком вытерла кулаком щеку.

Мы долго ехали молча. Дорога карабкалась все выше и выше. Рэй выжимала газ и уверенно входила в поворот. Наш автобус, алчно проглатывая виражи серпантина, несся по самому краю. От бездны нас отделяла полоска пыльной травы, чахлые кусты можжевельника, да редкие бетонные столбы. Мы проносились сквозь черноту гулких туннелей, пролетали, едва касаясь асфальта, по ажурным виадукам, растянутым, точно паутина, над бездонными ущельями.

Солнце выползло из-за горы, лучи осветили океан, по поверхности пролегли полосы разных оттенков синего — от нежной бирюзы до глубокого ультрамарина. У самого горизонта звонко вспыхнула жилка расплавленного серебра. За этой ослепительной полосой океан таял и незаметно превращался в небо.

Неожиданно Рэй начала говорить. Тихо, точно сама с собой.

— Жила на свете девчонка. Звали ее... — она запнулась, — звали ее Рэй... Или Катя. Это не так важно. Каждую девчонку как-нибудь зовут, правда? Ведь дело тут не в имени, а в том, что каждая девчонка рождается с хрупким сердцем. Это сердце так легко расколоть, и нет такого клея, который бы мог склеить осколки. Да и что это за жизнь, когда вместо живого сердца у тебя в груди колючий мусор? Жизнь нашей девчонки не задалась с самого начала, такое тоже часто случается: родители не понимали дочь, учителя пытались выдрессировать ее в цирковую мартышку, глупые соседские дети потешались над ней, обзывали гордячкой и недотрогой. Девчонка плакала, она убегала в лес или бродила по берегу реки, обдумывая разные способы самоубийства — ты себе не представляешь, сколько детей решаются на это в нашем гнусном мире.

Рэй щелкнула ногтем по пачке сигарет и губами вытянула одну. Она курила как паровоз.

— Как-то в лесной чаще она наткнулась на хижину. Жилище казалось заброшенным, трава была по пояс, из травы торчали красные шляпки огромных мухоморов. Папоротники и лопухи доставали до самой крыши, да и крыша поросла диким мхом, но из трубы вился белый дымок. Девочка открыла дверь и увидела...

— Страшную ведьму с острыми клыками! — засмеялась я. — И по полу раскиданы черепа и человечьи кости, так?

— Нет, не так, — Рэй чиркнула зажигалкой. — Что за садизм? Это что — национальная русская черта? Славянский экстаз?

Она со вкусом затянулась.

— Нет, в хижине жила не ведьма, а колдунья — старая и мудрая. И добрая. Без каннибальских наклонностей.

— Скучно-то как...

— Это не триллер, детка. — Она покачала головой и продолжила: — Разумеется, колдунья как только взглянула на девочку, так сразу поняла все горести и печали...

— И подарила ей волшебную палочку! — перебила я. — И девчонка тут же превратила учителей в жаб, а соседских детей в крыс...

— Господи! Заткнись и слушай! Или я не буду рассказывать!

Я смиренно, в молитвенном жесте, сложила ладони.

— Колдунья поставила на огонь три котла. Во все три налила воды. В первый положила картофель, во второй — яйца, в третий кинула зерна кофе. Вода закипела, старуха и девочка сели на скамейку. Сидели и молча смотрели на огонь, на бурлящую воду. А через двадцать минут колдунья погасила огонь и сказала: «Слушай, смотри и запоминай! Картошка, яйца и кофе — такие разные, совсем как мы — люди. Картошка — твердая, яйца хрупкие, кофе сыпучий. Мы подвергли их одному и тому же испытанию. Огонь и кипящая вода похожи на жизнь — горячую и бурлящую, на невзгоды, которые выпадают нам. Но посмотри, насколько разный итог: картошка до этого была тверда, как камень, а стала податливой и мягкой; беззащитное яйцо приобрело крутую упругость; а кофейные зерна изменили свое окружение, превратив воду в кофе».

Колдунья налила ароматный кофе в глиняные кружки, одну протянула девочке. «То же самое происходит и с нами, с людьми. Мы не можем не меняться, когда жизнь бурлит вокруг, как кипяток. Но как меняешься ты? — превращаешься в рыхлую картошку или становишься крутым, как яйцо? Или, подобно кофейным зернам, делаешь из воды кофе? Меняешь жизнь вокруг себя».

Рэй замолчала, я тоже уставилась на дорогу. Я не картошка и уж точно не кофе, наверное, яйцо. Но не совсем уж крутое, в мешочек. А иногда все-таки картошка. Почему-то подумала про своего деда, для него пришлось бы придумывать отдельную категорию. Персональную — категорию генерала Каширского.

Удивительное дело, но с годами дед становился мне все ближе и ближе, иногда мне казалось, что он совсем рядом, иногда... Да, иногда мы беседовали. Да-да, точно так же, как я сейчас говорю с тобой. Пойми, я не верю в нечистую силу, в реинкарнацию и прочую чепуху, но ведь наверняка существует какая-то таинственная связь, генетическая или еще черт его знает какая! Память крови, что ли... Не может не существовать! Ведь мы не кролики! Какая глупость считать, что смысл деторождения лишь в животном воспроизводстве себе подобных. А как же разум? А как же душа, черт побери? Ведь Бог, или Природа, или какой-то таинственный Великий Создатель наделил человека, и только его, разумом и душой. Посмотри, он сконструировал вселенную так логично, так хитроумно: эти узоры на бабочках, полоски на зебрах, а эти розовые фламинго! — посмотри на облака, на волны, на закат и восход! Какая точность деталей, какая изысканность линий, какая сочность красок! А звезды! Бездонное небо — какая смелость фантазии! Бесконечность — мы даже понять не можем, что он имел в виду. Так неужели ты считаешь, он человека, свое главное творение, не продумал до донышка? До последней детальки, до крайней черточки! Не довел до логического абсолюта. До совершенства.

Часть вторая

ОГОНЬ

9

Одержимость. Вот ключевое слово. Если бы мне нужно было выбрать всего одно слово, чтобы выразить квинтэссенцию, суть характера моего деда, я бы выбрала именно это слово — одержимость. Но что такое одержимость? Любовь, помноженная на страсть? Розовый хор серафимов или вой лилового беса? Ненависть, смешанная с азартом, восторг необузданного безумия? Пыл сердца, экстаз души? Что это, высшее проявление священного начала, взлет божественного духа? Благодать? Или все-таки поцелуй Люцифера, смрад серы и бездна ада? Грех? Порок?

Одержимость. Да, одержимость. На мой взгляд, одержимость — это чудесная энергия огромной мощи, термоядерное топливо, залитое в душу, и, как любая энергия, она может быть светлой или темной, созидательной или разрушительной, доброй или злой — тут все зависит от цвета твоей души.

Мой дед Платон Каширский обладал безукоризненной для красного генерала родословной: он происходил не просто из крестьян, а из самых низов этого класса — из батрацкого сословия. Поротой плетьми на конюшне, униженной и поруганной касты.

Дед его — Данила Хромый, холоп, а по сути раб князей Ахмат-Каширских (спасибо им за нашу звонкую фамилию) — родился в Липецкой слободе Землянского уезда Воронежской губернии. После реформы 1861 года, которая началась еще при Александре и растянулась на сорок лет, он получил долгожданную свободу и кусок болотистой земли в низине, за десятину которой нужно было платить подати и выкупные. Долги и непомерные платежи разорили хозяйство, через два года, оставив дом и никчемную землю, дед Данила с семьей подался на юг. Говорили, что за рекой Дон земля щедрая, а зимы ласковые. Но и на Дону жизнь оказалась не легче: казачий край был богат, но казаки не спешили делиться с чужаками. Их тут называли «пришлыми», считали низшим сословием, почти скотом. Вся земля принадлежала помещикам и казакам, уделом «пришлых» было батрачество. Казак мог безнаказанно избить или даже убить батрака, а единственным судом и законом на Дону был казачий атаман. С государевой медалью на груди, атаман носил ее на золотой цепи — лицевую сторону украшал двуглавый орел, на оборотной было выбито имя атамана, — с шашкой на боку, в шароварах с лампасами, в руке насека — посох с серебряным набалдашником в виде львиной головы, атаман в станице был царь и бог. А каких только налогов не придумывали атаманы для «пришлых» — налог на рыбалку, налог на сбор грибов и ягод, налог на землянку, на окно и трубу в этой землянке, налог на кур и гусей.

Там же, на Дону, родился отец моего деда, мой прадед Василий Каширский. На Дону и вырос; не имея своего угла, он кочевал из станицы в станицу в поисках поденной работы. Любой работы — самой грязной, самой тяжелой, часто работал за хлеб, за ночлег. Чистил конюшни и свинарники, обдирал туши, дубил кожи. Батрацкая доля забросила его в станицу Раздорскую, где он женился на батрачке из бывших крепостных и обосновался на хуторе Ясном. Там, на берегу Донца, рядом с Маланьиным бродом, в землянке под камышовой крышей, с одним окном, затянутым вместо стекла бычьим пузырем, в апреле предпоследнего года девятнадцатого века, появился на свет мой дед. Окрестили его Платоном.

Я не верю в случайности, не верю в совпадения. Не верю в хаотичность бытия. Мир устроен гораздо умнее, чем нам кажется; неспособность или нежелание увидеть логику явлений и хитросплетение событий мне видится ущербностью человека. Ограниченностью его интеллекта. Если явление тебе непонятно, не старайся втиснуть его в систему своих убогих знаний — просто прими как данность. Просто поверь. Как ты веришь в Бога, в рай и ангелов. А до этого свято верил в слонов, стоящих на черепахах и подпирающих плоскую, как блин, землю. В домовых и леших, в русалок, обитающих в лесном пруду.

Разумеется, семья неграмотных батраков не имела ни малейшего понятия об античной философии. Я уверена, что к ученику Сократа и учителю Аристотеля имя моего деда никакого отношения не имеет, но все же, нарекая его Платоном, мои предки интуитивно прочертили вектор судьбы сына. Мистическую траекторию, пронзившую пространство и время, которая, подобно сказочной стреле, выпущенной наугад из лука, угодила своим дальним острием прямо в меня.

Философ Платон дал первое определение человеку: «Человек — это бескрылое существо на двух ногах, с плоскими ногтями, восприимчивое к знанию, основанному на рассуждениях». Суть человека — душа, Платон привел четыре аргумента в пользу бессмертия души. Душа существует вечно, странствуя из тела в тело: «Если бы все, причастное жизни, умирало, а умерев, оставалось бы мертвым и вновь не оживало, — разве не совершенно ясно, что в конце концов все стало бы мертво и жизнь бы исчезла?» Мы согласны, нас только смущает отсутствие памяти о прошлых жизнях, верно? Но мы с трудом припоминаем наше собственное детство, оно представляется островками смутных картин, полуфантазий-полусновидений, за достоверность которых мы тоже не поручились бы. Разглядывая старые фотографии, мы не можем вспомнить имен лучших друзей, лица некоторых выглядят абсолютно незнакомыми, — а ведь сколько задорных дней провели мы вместе, сколько игр в «прятки», в «войну», в «жмурки» было сыграно, сколько песочных куличей испекли мы вместе в песочнице. Где эта память, что с ней стряслось? Куда она исчезла? А кто помнит свое младенчество? Никто. Даже те, которые с таинственным видом утверждают, что припоминают свои первые дни на земле.

На мой взгляд, душа подобна банной простыне: пространщик выдает ее гостю, тот накручивает простыню вроде римской тоги, потеет в ней, вытирает об нее жирные от разделки вяленого леща руки. Пачкает и мнет, капает на нее пивной пеной. Вымывшись и напарившись от души, гость бросает скомканную простыню в угол. Оттуда она попадает в прачечную, где ее стирают-кипятят, после сушат и гладят. Прыскают освежителем с запахом майского луга или лавандовых полей. А под конец, аккуратно сложив, выдают новому гостю. Ни намека на леща, ни следа от «Жигулевского» — простодушный посетитель невинно вдыхает лаванду, гладит крахмальную белизну девственной материи. И вальяжным тоном римского патриция просит пространщика принести полдюжины пива.

Дед мой родился и вырос в убогой землянке. Слепой и тесной норе, которую его отец выкопал своими руками. Кротовый лаз с низким земляным потолком, куда вползали на четвереньках. Из стен, оплетенных ивовыми прутьями, сочилась вода, лезли черви.

А рядом, на холме, красовались двухэтажные курени богатых станичников, полукаменные, с кирпичным первым этажом — «низом» и деревянным вторым — «балясом», окна в белых наличниках, резных, чисто кружева плетеные; стены куреней по традиции выкрашены были веселой солнечной краской — желтой или охристой.

И крыши все ладные — под тесом, а то и под жестью. На просторных террасах цвели горшки с геранью, стояли кадки с олеандрами. Густая зелень выглядывала из-за плетней, в летних беседках, увитых виноградом, казачки варили душистый взвар, тут же на ветру покачивались сухие пучки целебных трав и полевых цветов, перетянутых для красоты пестрыми лентами. По двору неспешно гуляли сытые куры, в хлеву дремали холеные свиньи.

Станица Раздорская — богатая и сытая, соседи завистливо величали ее царь-станицей. И вправду, земли те были царскими не только по прозванию. Раздорские казаки считали себя чуть ли не аристократией, кичились родством с самим Ермаком Тимофеевичем. По преданию, после разгрома хана Кучума и завоевания западносибирских владений Золотой Орды аж до самого Тобола и реки Тагил, Иван Грозный одарил легендарного атамана и его дружину золотом, серебром и тучными землями по берегу Донца.

Казак — это прежде всего воин. Витязь. Рождение мальчика в казацкой семье считалось счастьем, семья тут же выделяла ему надел земли — «пай». С трех лет мальчишку учили рукопашному бою, отец передавал сыну семейные секреты и тайные приемы. В каждой семье были свои хитрые удары, ловкие подсечки, коварные броски. Пацан в шесть лет получал в подарок шашку, ему шили форму, такую же, как у взрослых: шаровары, сапоги, фуражку с красным околышем и синим верхом. Ему покупали коня — пусть привыкают друг к другу, казак и лошадь в бою — единое целое. Отец сажал мальчишку на коня, учил держаться в седле. Торжественно вручал сыну нагайку, короткую конскую плеть. Нагайка — не только оружие в ближнем бою, но и символ мужской власти. Нагайкой наказывали провинившихся казаков по решению совета старейшин или приказу атамана. Стрелять учили с семи лет, с десяти — владеть шашкой. Сперва ставили руку: учили рубить тонкую струю воды, чтоб брызг не было. После, сидя на коновязи, казачок учился «рубить лозу» — искусство заключалось не только в силе и точности удара, но и под каким углом клинок резал лозу. Овладев этим мастерством, мальчишка садился на коня и учился рубить на скаку.

Платону никто не подарил коня, не было у него ни шашки, ни фуражки с красным околышем. У него до пяти лет не было штанов, он ходил в долгой рубахе, старой отцовой. Не было у него и сапог, лапти да онучи, даже зимой. Лет в семь он спросил отца: почему у нас нет ничего? На то Божья воля, ответил тот. Но ведь Боженька добрый, удивился мальчишка, ведь Он любит всех. Или я в чем-то проштрафился и Он решил меня наказать? Но в чем мой грех? Ты батрак и сын батрака, сказал отец. Но разве это грех быть батраком?

В восемь лет моего деда определили «мальчиком на побегушках» в соседский магазин купца первой гильдии Африкана Лоскутова, бывшего коробейника, удачно разбогатевшего на мануфактуре. Магазин торговал английским сукном, кожей, лентами. Даже брюссельскими кружевами. Кроме магазина купец владел кузней и арендовал у казаков шесть десятин выпасных лугов. Весь день Платона гоняли хозяин и приказчики, а после закрытия мальчишка мыл и скоблил затоптанные полы магазина. Купец ничего не платил ему, лишь кормил и одевал. Кормил скверно, одевал в обноски. Спал Платон тут же, в кладовке магазина.

С усталостью и голодом, с оплеухами от хлыщей-приказчиков, с нескончаемым унижением мальчишка постигал горькую правду холопской судьбы. Ты — грязь.

Из грязи вышел, в грязи живешь, в грязи и сдохнешь. Вот она, твоя доля, вот она, твоя правда. Но вместе с этой правдой в его сознание втекала и горькая сила. Нет, не обида и не зависть — объемней, мощнее. Что-то жгучее, как зреющий нарыв, что-то неукротимое, как святая месть. Уж такая месть, что и жизнь положить не жалко. Что это было? — первобытное понятие о всечеловеческой справедливости? Вера в изначальную доброту мироздания? Христово милосердие, про которое говорил батюшка в церкви?

Через год Лоскутов определил его в свою кузницу к Тихону Крюкову. На побегушки взяли нового пацаненка. Платон к тому времени вытянулся и полностью оправдал свое имя (Платон по-гречески значит «широкоплечий»). Он стал подручным кузнеца, таскал антрацит и воду, раздувал мех. Работал весь день, с рассвета и дотемна. Кузнец Тихон Крюков, одноглазый и страшный, с прокопченной гнедой бородищей, тоже из бывших холопов, не только наставлял пацана по кузнецкому ремеслу, но и начал учить грамоте. После работы при тусклом свете каганца Платон, роняя голову в потрепанный букварь, складывал из букв свои первые слова «Маша ела кашу. Маша хороша». Через полгода он уже запоем читал «Айвенго» и «Следопыта».

На Масленицу в станице устраивали кулачные бои. «Хуторские» бились с «городком», а «бродские» с «балкой». Сначала дрались взрослые мужики, потом подростки. Правил особых не было: драться кулаками, никаких свинчаток, ну и лежачего не бить.

— К тому-то времени я уже вовсю молотобойничал, не на подхвате, уже ковать выучился: вытяжка, рубка, осадка — все умел. Освоил литье, горновую медную пайку. А от кувалды руки мои как клещи стали — во, гляди... — Дед показывал мне свою плоскую, как лопата, ладонь, медленно складывал пальцы, сжимал в крепкий кулак. — С какой же отрадой я на Масленицу колотил своих богатеев-соседей! С каким смаком квасил им носы! За себя, за батю, за деда... Юшкой по снегу свою клятву мести подписывал...

Дед осекался, умолкал. Виновато улыбаясь, гладил меня по волосам. Я представляла низкое весеннее небо, серый лед на реке, красные, как брусничный сок, кляксы на снегу. Станица Раздорская, Масленица, кулачный бой — я это вижу и сейчас, точно сама была там.

Началась война, по всей станице шла гульба, гремели проводы. Накрывали столы, водка рекой текла, пировали — чисто праздник. Бабы плакали, девки пели, плели венки и бросали в реку. Вечерами водили хороводы, жгли костры, искры летели в самое небо. Для казака война — ремесло, бой — услада. В поход! В поход собиралось великое войско Донское. В поход за славой, победами, Георгиевскими крестами. Седлали коней, правили клинки, точили пики.

«По коням!» — зычно командовал есаул, ловко запрыгивая в седло и обнажая сияющую сталь шашки. «По коням!» — эхом вторили ему сотники. «По коням!» — отзывались хорунжие. Станица Раздорская отправлялась в поход.

Тогда же старуха Гурьяниха с Соленого хутора как-то под вечер, спускаясь в балку к роднику, нашла подкидыша — младенца в богатой люльке и батистовых кружевах. Принесла зыбунка в курень, где он тут же обратился в шишигу — сморщенную и безобразную карлицу. Шишига кривлялась, размахивала лохмотьями, стучала куриными лапами по полу и каркала: «Лиху быть! Лиху быть!» А после вылетела в трубу и исчезла в беззвездном небе. Гурьяниха через неделю угорела, ее тихо похоронили на Ржаном кладбище, на задах, у самой ограды, а про тот случай в станице судачили еще долго, припоминая шишигу всякий раз, когда приключалась какая-то беда. А беды в Раздорскую так и посыпались.

Деда призвали в армию на третий год войны. К тому времени в станице остались одни бабы, девки да старики. Возвращались из лазаретов калеки, злые, на костылях, с Георгиевскими крестами. Лешка Фараонов вернулся с двумя золотыми «Егориями», первой и второй степени, и с обрубком вместо правой руки, Степку Чернозуба привезли с повязкой на глазах, он ослеп от немецкого газа где-то в Галиции.

Дела на фронте шли худо. Платона, ему едва исполнилось восемнадцать, мобилизовали вместе с резервистами из запаса, мужиками под сорок, почти стариками. Он попал в город Армавир, там формировали запасной драгунский эскадрон для пополнения Кавказской кавалерийской дивизии под командой генерал-майора князя Белосельского-Белозерского.

Еще по дороге, развалясь на вагонных лавках, мобилизованные в хвост и в гриву честили никчемного императора, ввязавшегося в непутевую войну. Обзывали царицу Сашкой и немецкой кобылицей, ругали каких-то генералов и министров, но пуще всего костерили Гришку Распутина. «Наш царь-батюшка с Егорием, а царица-матушка с Григорием!» — гоготали мобилизованные, ломая черными руками пшеничные караваи, заботливо завернутые женами в расшитые рушники. Гоготали да топали коваными сапогами, хохотали и чавкали, запивая домашний хлеб ржавой водой из мятых жестяных кружек. Платон хмуро сидел в углу, он никогда раньше не слышал, чтоб о царе — помазаннике Божием — говорили такое похабство. От хохота, ругани и мата становилось муторно, противно. Он сидел, надвинув овечью шапку на глаза, и прикидывался спящим, сквозь щелки век наблюдая за шумными соседями.

— Нашего брата на убой, а у генералов пир горой!

— Жрут сладко, аж морды от шоколада лопаются! Во как! На самобеглых колясках своих сук стриженых катают. С шампанским!

— Ага! И ликтричество у них в столице так и прет отовсюду, гля — ночь, а светло как днем! Жируют, сволочи!

В Армавире, когда их определили по казармам, недовольство среди мобилизованных только усилилось. Сновали какие-то агитаторы — мужички из рабочих, говорливые и наглые, совали солдатам прокламации на желтой дрянной бумаге; от них руки пачкались типографской краской, но солдаты прятали их за пазуху, а после тайком читали. Читал эту крамолу и Платон: про братания на немецком фронте, про расстрелы, про приказ генерала Брусилова от 15 июня: «Нужно иметь особо надежных людей и пулеметы, чтобы, если понадобится, заставить идти вперед и слабодушных. Не следует задумываться перед поголовным расстрелом целых частей за попытку повернуть назад или, что еще хуже, сдаться в плен». Платон не верил — по своим из пулемета? Не может быть правдой, никак не может — чтоб русский русского из пулемета.

Клим Ярофеев, степенный мужик из-под Шуйска, недобро усмехнувшись, сказал: «Еще как может, парень!» Клим воевал в Японскую, он рассказывал, как самураи, форсировав реку Ялу, ударили во фланг восточному отряду Маньчжурской армии.

— Таким же пацаненком был, навроде тебя. Мечтал об «егориях», о славе — балбес. Косоглазые поперли, а наш генерал Засулич струхнул, да и Стоссель с Витгефтом оробели, вот и прорвались япошки к Порт-Артуру. Ни армия, ни флот наши, ни царь-государь даже не чухнулись. Заперли всю нашу эскадру в бухте косоглазые черти. А уж после была Цусима... Шутка ли, тридцать кораблей потеряли, семьдесят тысяч православных в плен угодили, про убиенных да покалеченных уж молчу. А все почему? Солдат русский труслив или моряк наш плох? Нет, солдат — молодец и моряк — герой! Командиры и генералы никудышные, да к тому же и царь дурак оказался, прости меня господи.

Клим свернул ловкую козью ножку, закурил.

— Вот и сейчас такая ж петрушка. Генералы через одного французы, да и государь...

Он досадливо махнул рукой, щурясь от кислого махорочного дыма, шумно вздохнул и замолчал.

Из Армавира их дивизию перебросили на Черновцы, но выгрузили на станции Сорокино, откуда, после недельного ожидания и всевозможных слухов, железной дорогой отправили в Баку. Один из самых нелепых слухов подтвердился — дивизию включили в состав экспедиционного корпуса генерала Баратова и, погрузив на суда, отправили по Каспийскому морю в Персию. На палубе корабля нарядный полковник из ставки Верховного главнокомандующего огласил приказ: в районе Багдада корпус должен был соединиться с английскими войсками и совместно начать действовать против Турции.

Зима шестнадцатого года выдалась на редкость суровой, из-за потерь и болезней русская Кавказская армия генерала Баратова нуждалась в серьезном пополнении. В боеспособном состоянии осталось не больше половины личного состава. Резервистов и новобранцев перетасовали и раскидали по подразделениям. Платон очутился в третьем взводе, пятого эскадрона, 18-го Северского драгунского полка. Его взводным стал Семен, хваткий малый с дерзкими усами, цыганским чубом и двумя новенькими Георгиями на крутой груди.

Оставив персидский порт Энзели, дивизия двинулась на Багдад. Шли споро, турки не тревожили, изредка на арьергард нападали курды. Эти промышляли грабежом и мародерством. Курды действовали мелкими группами и от боя уклонялись. На подходе к Бекубе взвод был послан в разъезд с целью разведки подступов к городу. Турок в Бекубе не обнаружили, взводный отправил вестового с донесением командиру эскадрона, что путь свободен. Взвод разведчиков двинулся дальше в сторону Багдада.

Начались горы. Разведчики, оторвавшись от эскадрона, ушли далеко вперед. Дорога круто вскарабкалась вверх, забралась на сопку, и взвод почти уткнулся в хвост колонны турецкой армии. Турки не заметили разведчиков, взводный приказал спешиться, положить коней.

Вражеская колонна уходила за горизонт, тысячи, десятки тысяч пехотинцев, всадников, артиллерийских повозок ползли на север. В сизой пыли, поднятой тысячью сапог и копыт, словно в мареве миража, тускло сияли штыки, блестели шлемы, темнели малиновые фески пехоты и черные тюрбаны янычаров, на крупах коней пестрели узорные попоны, похожие на персидские ковры, ломовые лошади тянули трехдюймовые пушки, на больших колесах катились повозки, груженные тюками и ящиками с боеприпасами, — все это походило на грандиозный исход библейских пропорций и казалось, что тут, в этой пустыне, собралось все окрестное человечество Месопотамии.

Колонну замыкал обоз, две дюжины верблюдов, навьюченных мешками с провиантом — мукой, финиками, хурмой и галетами. Караван отстал, погонщики пытались вытолкнуть застрявшую на обочине арбу.

Турки-солдаты из арьергардной охраны, обступив их, покуривая, наблюдали.

Взводный Семен, сорвиголова, отчаянный черт, приказал приготовиться к атаке. Конной цепью разведчики обогнули сопку и приблизились к туркам. Выждав подходящий момент, отряд атаковал караван. Стремительно и без единого выстрела удалось захватить двух языков — солдата и офицера. Пленных доставили в эскадрон, их допрашивал сам командир. Сведения оказались крайне важными: после потери порта Трабзон и выхода к морю была сформирована Третья османская армия под командованием Мехмета Вехип-паши. Именно на ее арьергард и наткнулась разведка. Турки планировали обойти наших и ударить во фланг Кавказской армии. Вестового с пакетом тут же отправили в штаб.

Эскадрон построили в каре, вынесли полковой штандарт. Прискакали два штабных адъютанта, после на вороном ахалтекинце появился сам генерал Баратов. Разведчиков называл героями, а взводного сравнил с юным Наполеоном. За мужество и проявленную смекалку всему взводу была объявлена благодарность, а командира взвода наградили Георгиевским крестом третьей степени. Его превосходительство лично повесил серебряный крест на грудь взводному. Тот, привстав на стременах, лихо козырнул и весело гаркнул: «Служу Царю и Отечеству!» Это был его третий Георгиевский крест. Взводного звали Семен Буденный.

10

Удивительное дело: сейчас, спустя много лет, когда я вспоминаю — нет, вспоминаю неверное слово, точнее будет воскрешаю в памяти, оживляю — истории, рассказанные дедом, они встают передо мной ярко и объемно, словно все это приключилось лично со мной. И чуть ли не вчера. Поражает ясность деталей, будто я разглядываю в увеличительное стекло ожившую картину Иеронима Босха. Какой-нибудь «Сад земных наслаждений» или «Искушение святого Антония». Видны все морщины и волоски, блестящие от пота лбы и красные шеи, пористая упругость голых торсов, тусклые блики на оловянных пуговицах, живая сталь клинков, солнечная ярь надраенной меди.

Мои галлюцинации (назовем их так) полны звуков: я слышу хруст песка под конскими копытами, серебристый перезвон сбруи и скрип старой кожи черкесских седел, слышу, как, тонко посвистывая, поет ветер в барханах. Лошади мерно дышат, изредка всхрапывая, точно сердясь. Непонятно откуда до меня долетает горький запах дыма, он мешается с терпким духом конского пота. Ветер доносит сладковатую вонь, мы взбираемся на бархан, внизу, раздувшись гигантским пузырем, гниет труп верблюда.

Мой дед, он будто живет внутри меня. Иногда его присутствие едва ощутимо, точно он задремал и тихо кемарит себе где-то там, под сердцем. Порой он грандиозен, и тогда я, подобно узкой перчатке, чувствую, как ему тесно внутри моего кукольного естества. Куцее сознание мое трещит по швам, моя малогабаритность просто не в состоянии вместить этот сгусток неудержимой энергии. Этот вихрь азарта, страсти, любви и ненависти гораздо больше меня и намного сильней. Беспомощность и собственное ничтожество не удручают, я буду счастлива сгореть в пламени неукротимой стихии. Подобно пьянице или морфинисту, подобно курильщику опиума, я жду упоительных мгновений, когда можно бросить надоевшие весла, сладко вытянуться на дне лодки и подставить лицо полуденному жару. Стать частью мудрой реки, раствориться в ее хрустальном великолепии, слиться с вечной водой. Живой водой или мертвой — кто знает? — да и есть ли тут разница? Важно, что поток вынесет в океан. Рано или поздно мы все там окажемся. Да, все. И ты тоже.

К концу марта 1917 года Северский драгунский полк вернулся в порт Энзели. Экспедиционный корпус генерала Баратова, разгромив персидскую группировку турок, соединился с союзными английскими войсками у Кызыл Рабата. Османская империя потеряла Месопотамию, турецкая армия была разбита, до капитуляции Турции оставался месяц. Русские возвращались домой, в Россию. Они возвращались с победой.

Город Энзели спускался к порту деревянными лестницами и глинобитными лачугами, невпопад рассыпанными по крутому лысому склону. На макушке холма втыкалась в синь весеннего неба белая, как школьный мел, башня мечети. Ярко-зеленые рукава плакучих ив мели пыль узких мостовых, в сиреневой тени каменных оград спали собаки. Пароходы, большие и ржавые, похожие на доисторических животных, стояли впритык к причалу. По сходням, грохоча копытами, одна за другой без конца шли лошади. Пахло морем, пенькой, конюшней. К запаху мазута примешивался приторный цветочный дух. В Энзели вовсю цвела мимоза. Портальные краны, расставив железные ноги, таскали в стальных клювах гигантские тюки с кавалерийским скарбом и оружием. Людской гомон, металлический грохот и треск лебедок взрезали крики чаек, птицы суетливой тучей носились над пристанью. Драгуны курили и балагурили, людей всегда грузили в последнюю очередь.

Там, в персидском порту Энзели, мой дед узнал о революции. Взводный Буденный отвел Платона в сторону и коротко сказал:

— Николая скинули. Нет больше Николашки.

— А кто ж царь? — тихо спросил Платон. — Константин?

— Нету царя! — Взводный пригладил усы. — Республика в России теперь!

— Это как?

— А бес его знает! — Буденный сплюнул под ноги. — Ты только не балаболь про это, Платон. Понял?

Тем же днем командир эскадрона подполковник Нестерович собрал солдат и объявил, что царь Николай Романов отрекся от престола. Что в Петрограде создано Временное правительство, которое будет управлять страной до созыва Учредительного собрания.

— Солдаты! Герои Керманшаха и Синнаха! — Нестерович волновался, но старался говорить уверенно. — Мы все — и я, и вы — мы воины России. И пусть она называется империей или республикой, она остается нашей родиной. На верность которой мы присягали!

Голос осекся, он точно задохнулся. Кавалеристы хмуро молчали.

— Для русского солдата и офицера нет высшей чести, нет большей славы, чем защита святой Руси. И неважно, какое правительство будет у власти, все свои силы мы должны направить на выполнение священного солдатского долга.

Нестерович снял фуражку, вытер лоб.

— Наш священный долг — разбить Германию. Победа близка, враг обескровлен. Немец отступает по всем фронтам. Но и наши силы истощены, и именно сейчас коварный враг пытается поразить нас злодейским ударом в спину. В этот тяжелый для России час Германия наводнила нашу страну шпионами. Агитаторы и подстрекатели, подлые иуды земли русской, будут призывать вас сложить оружие. Капитулировать! Стать дезертирами! Они будут врать вам про классовые интересы, про солидарность с крестьянами и рабочими Германии. Не верьте им! Их цель — посеять смуту, обезоружить и захватить Россию.

Подполковник надел фуражку. Поправил за козырек, приложив указательный палец к кокарде.

— Солдаты! Воины святой Руси! Ваш долг — защищать страну от врага! Не вмешивайтесь в бунт, не лезьте в революцию! Сохраняйте полное повиновение своим командирам. Только так мы доведем войну с немцами до победного конца! Только так мы...

Пароходный гудок густым басом перекрыл конец фразы.

Солдат погрузили под вечер. В гулких трюмах было душно, где-то рядом нервно всхрапывали кони. Пароход оттолкнулся от причала и устало двинулся в путь. Домой, домой — наконец домой! Дотемна драгуны спорили, ругались — обсуждали новость: в целом можно было сказать, что Нестерович их не очень убедил — войну эту объявил царь, а раз нет царя, то и войне конец.

Родина встретила героев штормом в семь баллов. До порта Баку оставалось всего три часа ходу. Неожиданно свинцовая муть затянула все небо, стало темно как в сумерки. Всем приказали спуститься в трюмы и задраить люки. Волны били в борт, обрушивались на палубу.

Корабль, неуклюже переваливаясь с боку на бок, стонал и дрожал всем корпусом. Иногда взбирался на какую-то немыслимую высоту и, замерев на миг, неизбежно ухал в кошмарную бездну. Обшивка скрипела, казалось, вот-вот пароход начнет трещать по швам. Кони нервно приседали, храпели и ржали, били в железный пол копытами. Солдаты молились, торопливо крестясь; от вони, духоты и качки многих рвало. Дед и Буденный сидели на полу, расставив ноги и уперев спины в клепаный борт.

— Ну и душегубка! Задыхаюсь, Платон. — Взводный стер пот с лица ладонью. — Сил нет...

Мой дед видел, как Буденный открыл люк и выбрался на палубу. Корабль кинуло вбок, крышка люка захлопнулась; и тут же сверху обрушился шквал воды. Дед услышал крик, это кричал взводный. Дед вскочил, перебирая руками по стенке трюма, он быстро добрался до люка. Откинув крышку, вылез на палубу.

Взводного на палубе не было.

Каспий бушевал, по морю бродили серые-зеленые горы, ветер срывал белую пену с их макушек. Буря трепала снасти, свистела и завывала, волны перекатывались по палубе, вода пенилась и сбивала с ног. Дед вцепился в поручень. Рукавом вытер лицо, огляделся, хрипло окликнул взводного, но новая волна накрыла его. Сквозь грохот шторма услышал голос.

— Тут я! — Буденный, вцепившись в фальшборт, натянутый по краю палубы, уже висел за бортом. — Вишу!

— Держись! Я мигом!

Дед по-крабьи короткими перебежками вдоль полубака добрался до фальшборта. Ухватив взводного за гимнастерку, рывком выдернул его на палубу.

— Чуть не утоп! — крикнул Буденный, спускаясь в трюм. — Вот была бы потеха!

В Баку пришли лишь под утро. Началась спешная выгрузка: из штаба доставили приказ — полк сегодня же должен отбыть в Тифлис по железной дороге. Почему в Тифлис? Почему сегодня же? Этого не знал никто, похоже, даже офицеры. Драгуны, вымотанные штормом, седлали лошадей и зло матерились.

Полк построился. От порта до вокзала было версты три. С гор дул упругий ветер, известковая пелена висела над городом, застилала горы и мутное, хворое солнце. Пыль белой пудрой садилась на лица, одежду, гривы и крупы коней. Пыль была повсюду — хрустела на зубах, лезла в глаза, першила в горле. Пирамидальные тополя вдоль кладбища качали поседевшими кронами, серая трава казалась мертвой, точно вырезанной из оберточной бумаги.

Баку походил на сон, тревожный и дурной, такие снятся больному в лихорадке. По городу, запрудив улицы, двигались мрачные толпы с флагами и лозунгами. Пронзительно свистели мальчишки. Полк добрался до железнодорожной станции. На привокзальной площади с высохшим фонтаном посередине проходил митинг, слушатели карабкались на кованые ограды и фонари, лезли через решетку сквера. Гудки маневровых паровозов и лязг буферов заглушали крики ораторов. Пыльный ветер трепал красные флаги — их было много, доносил обрывки фраз и отдельные слова. Чаще всего до кавалеристов долетало слово «свобода».

Про свободу и братство кричал на перроне тощий парень со злым вороньим лицом. Забравшись на крышу вагона, он размахивал смятым картузом и призывал солдат «воткнуть штыки в землю и воротиться до хаты». Из петлицы его пиджака торчал кусок красной ленты. Шла погрузка полка, лошади, одуревшие от вчерашней качки, недовольно всхрапывали, драгуны хмуро поглядывали на парня — до хаты воротиться хотелось всем. Парень убеждал, мрачные солдаты недовольно отмахивались, заводили коней по вагонам. Подхорунжий Ельников, следивший за погрузкой, подъехал ближе, привстал в стременах, точно хотел получше разглядеть агитатора.

— Братцы! Ведь свобода! Конец войне! — сорванным голосом крикнул ему парень.

Расстегнув кобуру, подхорунжий вытащил револьвер и выстрелил в парня. Тот молча согнулся и покорно, как мешок, упал на перрон.

Эшелон объявили литерным, мы гнали без остановок. Гнали как безумные, точно боялись опоздать куда-то. Паровоз в каком-то буйном азарте врывался в тоннели, яростно грохотал по мостам, жирный дым черной лентой несся из трубы, а после оседал грязными клочьями, сползая по скалам. Мой дед стоял в тамбуре и курил. Дверь в соседний, офицерский, вагон была открыта. Оттуда доносились голоса, звон посуды. Там пили чай.

— Помилуйте, господа, что значит «отмена сословий»? — Дед узнал голос хорунжего Долматова. — Я теперь должен обращаться к рядовому «ваше благородие»?

— Да погодите, корнет, вы про солдатские комитеты слыхали? — перебил его кто-то. — Теперь эти свинопасы будут обсуждать решения командиров, будут утверждать их или отклонять — представляете себе такую армию?

— Что?! Шутить изволите?

— Позвольте, господа, это как?

— Да уж так, ротмистр!

— Бордель!

— А какой у нас выбор? Выбора нет — мы солдаты. Прибудем в Тифлис, полк будет приведен к присяге Временному правительству.

— Алекс, не смешите меня! Правительству барыг? Правительству фабрикантов и заводчиков! Для этих людей важнее барыша ничего нет! Ни чести, ни совести — ничего! Они и Россию готовы продать, если им хорошую цену предложат.

— Самовар совсем остыл — кликните вестового, Андрей Петрович, не сочтите за труд.

— Да, чаю, господа! Чаю!

— Угощайтесь сухариками — прошу.

— Благодарю-благодарю, у меня, видите ли, от них зубы...

— России нужен диктатор! А не банда капиталистов-спекулянтов! Империей должен управлять решительный человек, а не безвольная тряпка и подкаблучник вроде Николая Романова. Неужели в стране не найдется генерала, способного навести порядок?

— Корнет, это призыв к мятежу! — засмеялся кто-то. — Но я с вами, черт побери, согласен! Согласен на все сто!

Говорил штабс-ротмистр Лыков, дед узнал его голос.

— Пока не поздно, нужно обуздать страну! Кнутом! Плеткой! Нагайкой! Пока не поздно! Загнать распоясавшуюся чернь обратно в их норы! Расстреливать! Без пощады расстреливать! Вы же видели, господа, что творится в Баку? Как можно присягать Временному правительству, этой своре болтунов и демагогов? Банде политических спекулянтов? Ведь, сказать по чести, никто из нас не верит этим Львовым, Родзянко и Милюковым. Они трезвонят о войне до победного конца, а сами вводят идиотские солдатские комитеты, которые превратят армию в цыганский бардак. В банду вооруженных хамов! Вы представляете, господа, что станет с Россией, если вся эта чернь, вся эта скотская орда взбунтуется?

— Расстреливать! — поддержал Долматов. — Расстреливать хама без пощады!

Мой дед стоял и слушал. Он знал каждого из офицеров, он с ними ходил в атаку. Он верил им, уважал их, подчинялся беспрекословно. Когда под Шехер-Бабаком отряд попал в засаду и у Долматова подстрелили коня, дед зарубил двух турок и спас хорунжего. На скаку подхватил его, закинул на круп коня, вытащил с поля боя. Тогда деда наградили Георгием третьей степени, Долматов целовал его в губы и называл братом. От Долматова пахло английским одеколоном. А теперь вот — «расстреливать хама без пощады». Выходит, что и он, Платон Каширский, хам. Выходит, и его, Платона Каширского, нужно расстреливать без пощады.

11

В Тифлисе стояла жара. С утра было душно, как в парной, над городом висела тяжелая вонь прелых роз и сырой копоти. Полк на товарной станции построили в каре, привели к присяге Временному правительству. После снова выступал командир эскадрона Нестерович. В новенькой портупее с рыжими ремнями крест-накрест и до зеркального блеска начищенных сапогах подполковник бодро, как на пружинах, вышел на середину площади. Сжав крепенькие кулаки в черных лайковых перчатках, он снова говорил про солдатский долг и великую Русь, пугал кавалеристов шпионами и провокаторами. Призывал не верить Ленину. Убеждал, что Ленин — агент немецкой разведки, специально заброшенный в Россию командовать смутьянами и саботажниками.

— Кто такой этот Ленин? — после спросил мой дед у взводного.

— Ленин? — Буденный задумался, неуверенно ответил: — Унтер-офицер он. Большевик. Из артиллеристов.

— Не! — тут же возразил драгун Дуров, гармонист, враль и задира. — Ленин — лейб-гвардеец! Кавалергард!

Известно, что в Кавалергардский полк отбирали самых высоких, непременно блондинов с голубыми глазами, коней им давали орловских, гнедой масти. В Московский лейб-гвардейский полк попадали рыжие красавцы, в Измайловский — брюнеты. Кто-то предположил, что Ленин все-таки, скорее всего, будет из рабочих. Другие убеждали, что он флотский мичман, герой Цусимы. Долго спорили, под конец сошлись в одном: если этот Ленин против Нестеровича и Временного правительства, то он, значит, на нашей стороне. На солдатской.

Через много лет дед вспоминал:

— Знаешь, — говорил он мне, — Ленин мне тогда казался чуть ли не исполином. Богатырем! Святогором! Да шутка ли, поднять всю Русь на дыбы, весь русский народ всколыхнуть! — такое лишь витязю-великану под силу. Это после, уже в Москве, когда я его встретил...

И дед рассказывал мне, как он встретил Ленина в Москве, невысокого и лысоватого, но очень энергичного человечка с маленькими ладонями, которые он непрерывно потирал, точно намыливал.

Голос деда звучит в моей голове. Я слышу его и сейчас.

Иногда мне жутко — такое ощущение, что я схожу с ума. Или уже сошла. Я не могу понять, где нахожусь, в каком времени. Не могу понять — кто я. Иногда мне страшно. Страшно... Очень страшно.

Здравый смысл ускользает, точно я заблудилась в лабиринте каких-то бесконечных коридоров. Как тот лабиринт в Версале, где заплутавших потехи ради бросали на несколько дней. Бедолаги голосили, умоляли спасти, а король и придворная сволочь пировали сверху на балконе. Где я? Кто я? Я не уверена в реальности, не уверена, что она реальна. Не уверена насколько реальна моя реальность. Мир внутри меня не менее осязаем, чем мир снаружи — ты понимаешь, о чем я? Нет? Я тоже! Единственное, что я понимаю, — разум не может находиться сразу в двух измерениях, в двух параллельных мирах. Мне грозит короткое замыкание, я это чувствую. Безумие на пороге. Нечто похожее приключилось с Жанной, Орлеанской девой, которая разговаривала с архангелом Михаилом.

Или то был бес? Есть и такое мнение...

Инквизиция, святой трибунал допрашивал Жанну — бедную девочку в железной клетке, — и инквизиторы придумали хитрый трюк: они пришли к выводу, что под видом ангелов с ней говорили бесы. Попы даже назвали их имена — Велиал, Сатана и Бегемот. Жанна, святая девственница из деревни на границе Шампани и Лотарингии — ты помнишь ее, она тоже сошла с ума и ее живьем сожгли на площади Старого рынка в Руане. Сожгли как колдунью и еретичку. Вот куда ведут эти голоса в голове. На костер. На плаху. Я не боюсь смерти, но сейчас мне страшно. Очень страшно...

Голос звучит в моей голове. Я-то знаю — это мой дед, но что решит святой трибунал? Запомни на всякий случай те имена — Велиал, Сатана и Бегемот. Может, ты услышишь их снова.

— После принятия присяги Временному правительству наш полк расквартировали под Тифлисом. В тихом, почти курортном местечке... Екатеринофельд называется. В сорока километрах от города. У подножия гор, представляешь? Скалы, утесы, снежные макушки, а внизу — тропический парк с гротами всякими, водопадами. Павлины гуляют. Нимфы мраморные с кувшинами вокруг озера. А в озере — золотые рыбы, китайские. И лотосы цветут. Розовые, вот такие — в два кулака. Курорт, короче...

Голос моего деда. Голос мертвого генерала Платона Каширского, похороненного на Новодевичьем кладбище почти треть века тому назад. Я слышу этот голос сердцем, он пульсирует в моей крови. Проникает в мозг, в душу. Иногда мне кажется, что меня самой там, внутри, осталось совсем чуть-чуть. С ноготок.

В Екатеринофельде эскадрон простоял до середины лета семнадцатого года. Прибывало обмундирование, лошади, новое вооружение. Прибывали новобранцы. Новичков муштровали, гоняли в строевой, обучали боевым приемам.

Война шла четвертый год. Лихая удаль четырнадцатого года сменилась ожесточением — никогда за всю историю человечества люди не убивали друг друга с такой злостью, с таким остервенением. А главное, в таких количествах. Генералы бросали в мясорубку войны тысячи, миллионы людей. В сражениях гибли целые армии, перемалывалось население, равное населению небольших европейских стран. Смерть стала привычной и легкой, почти логичной, не только для дремучих русских мужиков, послушных, как быки на бойне, но и для аккуратных англичан, для холеных французов, для бестолковых итальянцев и практичных немцев.

Лихую удаль сменила злость. К семнадцатому году выдохлась и злость. На смену ей пришла усталость, но самое главное, проснулся ужас — теперь побоище казалось бесконечным. Человеческий разум уже не вмещал в себя сумасшедшую реальность. Отказывался верить в безумие происходящего. Победы и поражения потеряли смысл, на место тысяч убитых приходили тысячи живых и с таким же безразличием шли на смерть. Уже никто не помнил, с чего все началось, в чем был смысл войны, — теперь смысл виделся в самом процессе, в бесконечно унылом перемалывании живых людей в трупы. Для временно уцелевших в грязных окопах слова «воинская доблесть», «солдатская храбрость», «патриотизм» стали почти непристойными — в них не осталось ни звона медных труб, не удали кавалергардских атак, ни бархата знамен и сиянья Георгиевских крестов, — нет, от этих слов теперь разило кровью, гнойными ранами, гнилой картошкой и плесенью хлеба, от них разило смертью. Грязной окопной смертью. Унизительной в своей обыденности и никчемности.

В Екатеринофельд прибывали новобранцы. Казалось, что от русского народа не осталось почти ничего — в полк прибывали старики и мальчишки. Их дрессировали, наспех и кое-как, чтобы поскорее отправить на бойню.

В полк зачастили агитаторы — интеллигентные и болтливые эсеры, горячие щеголи-кадеты, хамоватые большевики. Товарищ Дато, черный, как жук, похожий на испанского разбойника, убеждал, что именно большевики сражаются за счастье простого народа. Счастье — оно, понятно, дело хорошее, но солдат интересовали подробности, они расспрашивали агитатора, просили рассказать про Ленина.

— Он вождь рабочих и крестьян всего мира.

У моего деда слово «вождь» вызвало непроизвольную ассоциацию с историями писателя Фенимора Купера про американских индейцев. На романах о приключениях хладнокровного Чингачгука мой дед учился грамоте, когда еще ходил в подмастерьях у станичного кузнеца Тихона Крюкова. В тех книжках индейцы храбро дрались с коварными бледнолицыми, были честными и благородными, говорили мало, а если и говорили, то по существу. И мудро. Например вот: «В душе человека сражаются два волка — добрый и злой. Победит тот, которого ты кормишь».

— Армия вне политики — убеждают вас офицеры. Как это вне? — у товарища Дато на конце «вне» появлялась круглая «Э». — Как это вне? Солдат, он кто? Он тот же рабочий, тот же крестьянин! А какая главная цель большевиков, партии Ленина? Ну?

И он сам отвечал:

— Правильно! Земля — крестьянам, фабрики — рабочим, хлеб — голодным и мир — народам!

Солдаты одобрительно гудели. Товарищ Дато тут же продолжил:

— А офицерье ваше — те же кровососы и мироеды на теле трудового народа. Как и фабриканты-капиталисты, как и помещики-эксплуататоры. Вольному воля, ходячему путь, а лежачему кнут. Какая солдатская доля? — тяжкий труд да горький хлеб, свист кнута да зуботычины. Печаль и беда да горючие слезы.

— А как с немцем быть?

— Немецкий солдат, он такой же рабочий и крестьянин, такой же батрак, как и ты. И у них на шее сидят точно такие же буржуи-кровопийцы. Товарищ Ленин раздувает пожар мировой революции, чтобы сорвать оковы с рабочих и крестьян на всей планете. Пролетарии всех стран, соединяйтесь! Смерть мировому капиталу! Да здравствует товарищ Ленин! Ура, товарищи!

Он вскакивал и грозил кому-то смуглым кулаком, поросшим черной шерстью.

За спиной товарища Дато всплывал юный месяц, такой хрупкий на фоне зефирного южного заката. Сладко пахло жасмином и махоркой, в парке страшными упырьими голосами перекликались сонные павлины. Жара сменялась сырой свежестью, до отбоя оставалось десять минут.

Прошли выборы в солдатские комитеты. Товарищ Дато зорко следил за процессом, призывал выдвигать солдат, выступающих за прекращение войны.

— А известно ли вам, товарищи, что ваш полк — самый отсталый в дивизии?

— Не бреши!

— Чего это?

— Каким это макаром?

— А вот каким. — Большевик Дато скалился белыми зубами. — Во всех других полках уже оглашен указ об отмене титулов, и только ваше офицерье по-прежнему требует именовать себя превосходительствами и высокоблагородиями. Вот таким вот макаром, дорогой товарищ. Хвали рожь в стогу, а барина в гробу. Ты — холоп и червь, он — хозяин и бог!

Солдаты загалдели. Дато предложил прямо сейчас идти в офицерское собрание.

— И винтовки прихватить, товарищи. Винтовки!

— Айда, братцы! Будя кровь солдатскую пить!

— У них нынче пир там!

— Ага! Валтасаров пир!

— Жируют!

— Ниче, братуха! Голодный волк сильней сытой собаки!

— Айда в собрание!

А там пели, там был праздник. Особняк, белый, сияющий, с могучими колоннами, казалось, парил над озером. По туману сиреневой воды змеились отражения стрельчатых окон. Над папоротниками, по сырому и темному парку, между пятнистых эвкалиптовых стволов, растекался вальс «Хризантемы». Чей-то тенор, нежный, почти женский, выводил грустную мелодию. Ему отзывались баритоны, трагично вторили басы. Чуткий флигель-горн стеклянной трелью тихо уплывал вверх, в вечернее небо.

В офицерском собрании уже начался бал, праздновали возвращение из Персии. Трубачи и песенники были отобраны из каждого эскадрона, приехали гости из Тифлиса — все больше князья и княгини, пригласили генералов и офицеров из других полков.

У главного входа на каменных тумбах сидели каменные львы, похожие на понурых псов. Желтый свет падал на лопухи под окнами, их сочные листья казались глянцевыми. Солдаты прошли главной аллеей, темной толпой замешкались у парадного, затопали по ступеням. В дверях что-то произошло, кто-то закричал, кого-то схватили, начали бить. Распахнули со звоном двери, шумно вломились в зал. Вальс запнулся, трубы сконфуженно выдохнули, капельдинер обернулся да так и застыл с поднятой дирижерской палочкой.

Застыло все — бокалы на полпути к губам, голые спины дам, солнечная медь труб, золото аксельбантов, блеск люстр — все это калейдоскопом множилось в зеркалах, отражалось в паркете. Солдаты тоже вдруг стушевались, остановились, тесно сгрудились вокруг Дато.

— Что происходит? — Штабс-капитан Китаев угрожающе пошел на них, позванивая шпорами, как бубенцами. — Что это такое? Вы что, белены объелись? А ну, быстро вон отсюда!

— Хватит! — нерешительно выкрикнул кто-то из солдат, остальные подхватили уже решительней, злее.

— Молчать не будем!

— Мы не рабы!

— Хорош кровь солдатскую пить!

Кто-то хрустко передернул затвор винтовки.

— Душегубы!

Штабс-капитан побледнел, торопливо расстегнул кобуру, рывком выхватил револьвер.

— Молчать! Свиньи! — Он поднял «наган» над головой. — Под трибунал пойдете! Все! Приказываю немедленно очистить помещение! Буду стрелять!

Толкаясь, из толпы к нему протиснулся солдат Клим Костиков, чернявый врун и задира, болтали, что из дунайских конокрадов. Он по-жигански тряхнул головой, рванул на груди гимнастерку.

— Стрелять? В кого будешь стрелять, твое высокоблагородие? В русского солдата Костикова?! В георгиевского кавалера?

Штабс-капитан медленно опустил руку и направил револьвер ему в грудь.

— Повторяю! — раздельно и угрожающе проговорил он. — Вон отсюда! Мразь!

Костиков сделал шаг. Таращa глаза, истерично заорал:

— Кончилось ваше время, суки окаянные!

Подавшись вперед, он хотел схватить штабс-капитана за воротник, но не успел. Раздался выстрел, трескучий и негромкий, как из пугача. Костиков дернулся, будто его толкнули в грудь, устало покачнулся и грохнулся навзничь на паркет.

Штабс-капитан Китаев, бледный, с серыми губами, не опуская револьвера, попятился.

— Бей его, товарищи! — выкрикнул властный голос с южным выговором. — Бей гада!

Толпа набросилась на офицера, его подмяли. Начали топтать, бить прикладами, колоть штыками. Никто из гостей, никто из офицеров даже не двинулся, не шелохнулся. Штабс-капитана Китаева забили насмерть на глазах его сослуживцев. Расследование этого происшествия не проводилось, а приказ об отмене титулов был оглашен в полку на следующий день.

В июне дивизия в полном составе была погружена в эшелоны и отправлена на запад. В Минск.

12

Дивизию расквартировали в Минске.

После яркой Грузии город казался бесцветным. Линялым, точно акварельная картинка. В перламутровом нежном мареве кружили сизари, тускло сияли маковки церквей, сахарно белели башни польских костелов. По дощатым мостовым брели сонные старухи, торопливо семенили румяные гимназистки, калеки в драных гимнастерках просили милостыню. Беженцы из сожженных деревень тусклыми голосами рассказывали о войне и смерти. Каждое утро у собора Девы Марии собиралась толпа, там проповедовал юродивый Козей-Ясноглаз — то ли святой, то ли жулик.

— Бога забыли! Да и Бог вас позабыл! Позабыл-позакинул и не ведяше откуда есть — ныне, присно и на веки вечные, — пугал, пуча бешеные глаза, сердитый старец. — Страшен величием пред нами, грешными. Алчущие да страждущие не желают ангелам божьим молиться, так и ангелы божии не станут молиться за тебя! И глагола ему: не будет кому за козлищ заступиться! Ни святые угодники, ни Микола, ни Михаил с Егорием! Содом и Гоморра грядет — падет кара небесная, сосуды господней мести наполниша уж до верха! Ужо казнь грядет! Лю-ю-ютая расплата.

Юродивый завывал, чесал тощую грудь сквозь рваную рубаху. Бабы и девки пугливо крестились.

— Предрекал святой Иоанн, что отойдет Бог от мира поганого. Еже аще глаголет — что труба иерихонская — Я есмь Альфа и Омега! Начало и конец всего сущего. Внемлю тебе, о Господи! Дай мне истину горькую в устах, но сладкую во чреве!

Старик задирал голову, вскидывал к небу костлявые грязные кулаки. Толпа следом смотрела вверх.

— Явился ужо и антихрист, и блудница вавилонская верхом на драконе окаянном, и Вавилон-город, что на Неве северной, стал гнездилищем блуда. Ужо пал град и огонь, с кровью смешанный. Пала и звезда Полынь, сделалась вода рек горькой. Отворилась кладезь бездны адской, и саранча железная вылезла из-под земли, дана ей власть пять месяцев мучить людей. Кто ведет в плен, тот сам пойдет в плен; кто мечом убивает, тому самому надлежит быть убиту мечом. Здесь терпение и вера святых.

— А кто ж антихрист этот? — спрашивал робкий голос.

— По числу зверя узнаете его! Кто имеет ум, сочти число зверя, ибо число это человеческое!

Народ горячо шептался: было ясно, что антихрист — не кто иной, как Гришка Распутин, а вавилонская блудница — очевидно жена императора Александра Федоровна. Со звездой Полынь и железной саранчой тоже все было ясно. Горчичный газ, примененный в сражении на реке Ипр, получил имя этой речки. Во время первой газовой атаки за несколько минут задохнулось и ослепло несколько тысяч человек. Немцы изобрели огнемет и успешно пользовались им на всех фронтах. Живые люди горели как хворост.

В битве на Сомме впервые участвовали танки. В результате этого сражения с обеих сторон погибло больше миллиона человек. В феврале 1916 года началось наступление германских войск у крепости Верден, после упорных боев с огромными потерями немцам удалось продвинуться на восемь километров и занять несколько фортов крепости. Их наступление было остановлено, сражение продолжалось еще десять месяцев. Немцы потеряли полмиллиона убитыми, французы и англичане — восемьсот тысяч. В историю это сражение вошло как «верденская мясорубка».

В дивизии и в полку прошли выборы в солдатские комитеты.

Мой дед вошел в состав полкового комитета, унтер-офицер Буденный стал председателем дивизионного комитета. В самом начале войны фракция большевиков в Государственной думе выступила с призывом не участвовать в военных действиях. За пораженческие настроения правительство объявило большевиков партией национальных предателей. Газету «Правда» закрыли, начались аресты и преследования. Партия Ленина оказалась вне закона и перешла на нелегальное положение.

Весной шестнадцатого года Ленин перебрался из Берна в Цюрих и, выступая на международной конференции в Кинтале, призвал превратить войну империалистическую в войну гражданскую. Заявление по Уголовному кодексу Российской империи классифицировалось по статье «Государственная измена Отечеству». У большевиков и до этого была неважная репутация — Ленин организовывал ударные группы, а попросту банды, которые грабили банки и ювелирные магазины. Террор и убийство для Ленина были инструментами классовой борьбы, даже бывшие соратники социал-демократы-меньшевики называли ленинскую фракцию «компанией уголовников». Ленин не просто допускал насилие, он призывал к нему. Он призывал к радикальным средствам как к наиболее целесообразным. Лидер большевиков предлагал создавать «отряды революционной армии всяких размеров, начиная с двух-трех человек, которые должны вооружаться сами, кто чем может (ружье, револьвер, бомба, нож, кастет, палка, тряпка с керосином для поджога…)»

Здесь, в Цюрихе, Ленин узнает о Февральской революции, она застанет Владимира Ильича врасплох. Он напишет: это не народный бунт — наверняка результат заговора англо-французских империалистов. Вождь коммунистов, просидевший десять лет в эмиграции, прекрасно осознавал свою оторванность, катастрофическую маргинальность верхушки своей партии. Свою личную изолированность от политического процесса внутри России.

Спасение появляется откуда не ждали — на помощь Ленину приходит германская разведка. В начале апреля его вместе с группой товарищей-большевиков (включая жену Надежду и любовницу Инессу) переправят в Россию. Через шесть дней, десятого апреля, из Петрограда в Берлин придет шифрограмма: «Переброска Ленина прошла успешно. Он действует именно так, как мы предполагали».

Все это случится позже. Ни мой дед, ни Буденный тогда этого не знали. Большевики казались им единственной партией, способной вытащить Россию из беды. Агитаторы-коммунисты говорили на понятном языке, их ответы были просты — мир, земля, равенство и братство. В дивизии стал появляться статный говорун, Михайлов, хваткий уверенный молдаванин, с усами и аккуратной, будто приклеенной, бородой. Он числился вольноопределяющимся и служил по снабжению в тыловой конторе Западного фронта.

— Вот ты, Семен, правильно рассуждаешь, — говорил он унтеру Буденному. — Все верно говоришь. Арестовать министров в Питере, взять под стражу Николая в Гомеле — и всю эту бражку под суд. Так?

Буденный, кусая ус, кивал лобастой головой.

— А дальше? — хитро щурил карий глаз Михайлов. — Дальше что?

— Как «что»? Развернем красное знамя революции! Раздуем огонь мирового пожара!

— А как быть с эсерами и меньшевиками? С кадетами? С октябристами?

— Ну так они ж тоже против самодержавия? За равенство и свободу — ведь так?

— Так, да не совсем. Господа эти на стороне капиталистов и фабрикантов, на стороне помещиков и банкиров. Вся эта либеральная сволочь, желтая пресса, социал-демократы, все они поддерживают войну до победного конца. Они объявили ее священной и народной. Народной! А нужна она народу? Международная бойня за передел мировых капиталистических рынков? Нужна она тебе? Или, вон, Платону?

Дед и унтер Буденный согласно кивали.

— Рабочих и крестьян погнали на кровавую бойню! Кто? Они и погнали — капиталисты и буржуи. Миллионы ваших братьев уже сложили головы на фронтах, гниют в лазаретах, просят милостыню... Ради чего? А?

Унтер пожал плечами, дед тоже. Михайлов зло сжал кулаки.

— Ради наживы, — сам ответил мрачно. — Война выгодна капиталистам. За их барыши вы платите своей кровью. Своей жизнью. Только большевики-коммунисты с самого начала выступали против империалистической бойни. Только с товарищем Лениным трудовой народ России обретет свободу... И этот час близок, друзья! Мы должны разжечь пламя революции в армии! Солдат — это тот же рабочий и крестьянин! Пламя свободы должно перекинуться в самую гущу народных масс! Мы подожжем Россию! А за ней и весь мир! Долой империалистическую войну! Да здравствует братство трудящихся всех стран!

Деду моему тогда еще не исполнилось и двадцати, Буденному было двадцать четыре, агитатору Михайлову шел тридцать первый год. Сам он происходил из бессарабских мещан, из семьи сельского фельдшера, настоящая фамилия его была Фрунзе.

В мае началось общее наступление по всему Юго-Западному фронту.

Смяв оборону противника, русские войска к лету продвинулись на сто километров по всей линии фронта, заняв Волынь, Буковину и часть Галиции. Командовал операцией генерал-адъютант Брусилов, решительный кавалерист с бритым черепом и воинственными усами опереточного злодея. В первых сражениях четырнадцатого года, говорили, генерал сам водил драгун в атаку, — в черной бурке, на черном коне, он несся впереди эскадрона как ангел смерти. До войны Брусилов руководил Офицерской кавалерийской школой, слыл одним из лучших наездников в Европе и считался экспертом в вопросах конного спорта. Аскет и педант, генерал терпеть не мог либералов, считал их демагогами и проходимцами. Демократию презирал — «мягкотелость и сюсюканье вполне пригодные для изнеженной Европы, для России же — смертельный яд в чистом виде». Спасение видел в военной диктатуре. Строг был до жестокости, в ходе рогатинских боев отправил своему начдиву Каледину депешу: «Приказываю 12-й кавалерийской дивизии умереть. Умирать не сразу, а до вечера». Серьезно занимался оккультизмом, предвидел убийство Распутина и крах империи. В тайный дневник записывал свои беседы с Юлием Цезарем и Фридрихом Барбароссой.

Летняя кампания шестнадцатого года на Юго-Западном фронте именовалась в штабных документах «Луцким ударом», в историю же она вошла как

Брусиловский прорыв. Особенность операции заключалась в одновременном наступлении армии по всему фронту. К июню, полностью разгромив 4-ю австро-венгерскую армию эрцгерцога Иосифа Фердинанда, русские войска заняли Луцк. Путь на запад был открыт.

Германский фронт трещал. Оборванные дезертиры бродили по деревням, грабили крестьян, немцы сдавались в плен целыми полками. Австро-Венгрия и Германия потеряли убитыми, ранеными, пропавшими без вести и пленными полтора миллиона солдат и офицеров. Австрийская армия как воинская единица просто перестала существовать. Началась спешная перегруппировка. Немцам пришлось перебросить войска из Италии и Греции, что спасло итальянскую армию союзников от разгрома. Стратегическая инициатива полностью перешла к Антанте, французы и англичане, при поддержке американской авиации, теснили Германию на западе, Россия давила ее на востоке. Воодушевленная русской победой, Румыния наконец объявила войну Германии и выступила на стороне Антанты.

Ставка Верховного главнокомандующего представила генерала Брусилова к ордену Святого Георгия. Николай Второй, ревнивый к чужим удачам, не утвердил награждения; за проведение одной из самых успешных операций Первой мировой войны генерал получил в подарок от императора именную саблю и телеграмму: «Передайте моим горячо любимым войскам вверенного вам фронта, что я слежу за их молодецкими действиями с чувством гордости и удовлетворения, ценю их порыв и выражаю им самую сердечную благодарность». Брусилов скомкал телеграмму и выбросил в распахнутое окно.

Россия ликовала — чудо! Да, это было похоже на чудо. Бесконечная и бессмысленная война, казалось, вот-вот должна была закончиться победой. Долгожданной победой, в которую уже никто не верил. Еще один удар, еще одно, последнее, усилие.

Но чуда не случилось — чудо отменил царь Николай Второй, по его приказу наступление было остановлено. Последний шанс спасти Россию был бездарно упущен.

Генерал Брусилов записал в своем дневнике: «Никаких стратегических результатов эта операция не дала, да и дать не могла, ибо Западный фронт главного удара так и не нанес, а Северный фронт имел своим девизом знакомое нам с Японской войны «терпение, терпение и терпение». Ставка, по моему убеждению, ни в какой мере не выполнила своего назначения управлять всей русской вооруженной силой. Грандиозная победоносная операция, которая могла осуществиться при надлежащем образе действий нашего верховного главнокомандования в 1916 году, была непростительно упущена».

Эйфория закончилась, ликование сменилось угрюмым похмельем — дерзкие надежды, уверенность в своем превосходстве вызывали стыд и отвращение, да теперь уже никто не сомневался в предательстве на самом верху. Фатальные события, ранее необъяснимые и, казалось бы, случайные, выстроились теперь в логическую цепь. Приобрели зловещий смысл невероятные догадки, жуткие слухи и дерзкие предположения. Правда оказалась подлее и гаже, чем самые циничные из фантазий.

Душный воздух Минска был пропитан ненавистью. Омерзение ощущалось в бензиновой вони автомашин, в испарениях, плывущих над дощатыми мостовыми. Вялые и желчные люди сонно шатались по городу, грызли семечки, курили, пихали мальчишек-газетчиков, которые лезли под ноги, выкрикивая трескучие новости: «Глупость или предательство?», «Председатель Госдумы Родзянко требует отставки всего кабинета министров!», «Куда пропал русский сахар?»

Злоба похрустывала пылью на зубах. В хлебных очередях, у керосиновых лавок, в нищих торговых рядах за пивным заводом «Брюссель» горожане и беженцы с яростным упоением проклинали императрицу Александру Федоровну. Она стала фокусом и квинтэссенцией народной злобы. Немка, случайно попавшая на российский императорский престол, она так и не научилась любить Россию, не пожелала принять затейливую и диковатую византийскую культуру, не захотела вглядываться в темную муть русской души.

— Слыхали, а?

— Че?

— Царица-то отправила аж тридцать вагонов сахару!

— Куды?

— Ясно дело куды — за границу! Оттого и голодаем...

— Это что! У нее, говорят, тайный телеграф в спальне, прямой провод аж до самого Берлина!

— Вон и Штюрмера-немца главным министром назначили.

— Опять немца?! Как же это так, православные, измена!

Немцы действительно были везде — среди министров, в Думе, в правительстве. Каждый третий генерал российской армии носил немецкую фамилию.

— Куда ж государь смотрит?

— Государь! Там Гришка-бес всем заправляет.

— Николашка-то наш хуже бабы! Даром што в портках.

Меж рядов шныряли карманники, продавцы папирос. Монашки, строгие, как галки, торговали картонными иконками. Расхристанные солдаты с цигарками в зубах лениво приставали к девками и бабам. Те хохотали, задорно сплевывая под ноги семечную лузгу. Дивизии были расквартированы в самом городе, обучение новобранцев проходило прямо на улицах. Унтер-офицеры муштровали мальчишек и стариков, вооруженных вместо ружей палками. Старослужащие на правах ветеранов слонялись по городу, валялись в скверах на жухлой траве, дремали. Попрошайничали, плели торговкам байки, врали про войну.

— Обороняем мы, стало быть, Осовец-крепость... Германец лезет и лезет, ни конца ни края супостату не видать. Два форта пали уже, к третьему инфантерия с огнеметами подбирается. Худо дело совсем. Комендант белый флаг причепляет — сдаваться, говорит, будем. В плен пойдем, православные.

Торговки охали, служивый неторопливо выбирал на лотке спелую грушу, солидно продолжал:

— И тут, не поверишь, но вот те истинный крест... — Солдат крестился и торжественно продолжал: — На белом коне — сам главнокомандующий, великий князь Николай Николаевич! Красавец, в плечах косая сажень. Усы — во! Конь — огонь! Прискакал, голову коменданту шашкой срубил. «Предателю — собачья смерть! Русский солдат немцу не сдается!» Взял команду на себя... и немца мы не токмо отбили, но в атаку пошли и три корпуса германских в плен захватили. С пушками и амуницией... Вот кому императором на Руси должно быть!

Солдат вгрызался в мякоть груши, сок в два ручья тек на линялую гимнастерку.

— А еще, рассказывали, Гришка Распутин захотел на фронт приехать, на войну поглядеть. Так князь Николай Николаевич ему телеграмму отправил: «Милости просим. Приезжай — повешу».

Бабы смеялись, солдат довольно вытирал сладкий рот рукавом, курчавый вор гладил сонного кота, растянувшегося на прилавке, другой рукой подбираясь к торговкиной кошелке.

Великого князя Николая Николаевича царь снял с поста главнокомандующего ровно год назад, в августе пятнадцатого. Царица и Распутин убедили, что великий князь метит на престол, подписывает свои депеши «Николай», что позволено лишь монарху; к тому же небывалая популярность в войсках — гляди-ка, солдатня складывает о нем легенды как о каком-то богатыре былинном. Появились и крамольные открытки с его портретом и императорским орлом, а внизу подпись: «Николай Третий».

Царь растерян, испуган. Рыж да плюгав он рядом с красавцем-князем — что верно, то верно. От Распутина приходит записка с каракулями: «Давеча сон мне послался: сидит Папа в горнице босой, а в окно злой ворон бьется. От хорошего братца ума набраться, от худого братца рад отвязаться. Гони ты, Папа, Миколку взашей, покуда не поздно».

Царь снимает князя и решает назначить себя командовать всей армией Российской империи. Даже его мать приходит в ужас от такого решения. Вдовствующая императрица Александра Федоровна записала в дневнике:

«Он (царь) начал сам говорить, что возьмет на себя командование вместо Николаши (великого князя Н.Н.), я так ужаснулась, что у меня чуть не случился удар, и сказала ему, что это было бы большой ошибкой, умоляла не делать этого особенно сейчас, когда все плохо для нас, и добавила, что, если он сделает это, все увидят, что это приказ Распутина. Я думаю, это произвело на него впечатление, так как он сильно покраснел. Он совсем не понимает, какую опасность и несчастье это может принести нам и всей стране».

«Совсем не понимает» — мать прекрасно знала своего сына, упрямого и капризного, безвольного и, увы, глуповатого Ники. Отговорить императора ей не удалось. Не удалось это и министрам: в письме, подписанном всем кабинетом, они умоляли:

«Всемилостивейший Государь!

Не поставьте нам в вину наше смелое и откровенное обращение к Вам. Поступить так нас обязывают верноподданнический долг и любовь к Вам и Родине и тревожное сознание грозного значения совершающихся ныне событий.

Вчера, в заседании Совета министров, под Вашим личным председательством, мы повергли перед Вами единодушную просьбу о том, чтобы Великий князь Николай Николаевич не был отстранен от участия в Верховном командовании армией. Но мы опасаемся, что Вашему Императорскому Величеству не угодно было склониться на мольбу нашу и, смеем думать, всей верной Вам России.

Государь, еще раз осмеливаемся Вам высказать, что принятие Вами такого решения грозит, по нашему крайнему разумению, России, Вам и династии Вашей тяжелыми последствиями. Такое положение, во всякое время недопустимое, в настоящие дни гибельно. Находясь в таких условиях, мы теряем веру в возможность с сознанием пользы служить Вам и Родине.

Вашего Императорского Величества верноподданные».

Император не стал слушать министров, он последовал совету жены-немки и неграмотного мужика-пьяницы. Николай Второй решил не присваивать себе звания фельдмаршала или генералиссимуса, приехал

в верховную ставку в застиранной солдатской гимна-
стерке с полковничьими погонами Семеновского полка.
На заседаниях генштаба покорные генералы в золотых
эполетах терпеливо втолковывали туповатому полков-
нику премудрости военного искусства. Полковник не понимал, злился; больше всего ему хотелось послать всю
эту военную канитель к чертям собачьим, вернуться
в Царское Село, к своей Алекс, к детям.

Хотелось снова запереться в темной комнате с красным фонарем и проявлять-печатать фотографии, покуривая папироски и попивая водочку. Ах, как хотелось
ледяной водочки на лимонных корках! Хотелось свежим утром поколоть дрова. А тихим вечером побродить
по парку и пострелять ворон из двустволки.

А тут заносчивые индюки с лампасами долдонят
про обходы и атаки, какие-то клещи и прорывы, про
координацию и ведение самостоятельных действий
различными родами войск... От их военной абрака-
дабры звон в ушах! Да еще с фронтов непрерывным
и бесконечным потоком прут все новые и новые вести,
дьявольская прорва свежих депеш — там, на этих проклятых фронтах, постоянно что-то происходит; войска
требуют немедленного принятия решений, от опера-
тивности принятия этих решений зависит жизнь или
смерть сотен и тысяч человек. Десятков тысяч! Судьба
полков, эскадронов, корпусов и армий! Зависит победа
или поражение. Срочно, срочно! Ни секунды покоя, нет
возможности спокойно сесть и не спеша разобраться.
От пестроты тактических карт рябит в глазах, ломит
в висках, шифровки и телефонограммы, курьеры с се-
кретными пакетами, депеши от союзников — и все
с грифом «срочно!», «молния!» — ах, господа, помилуйте! Это же просто невыносимо!

Полковник обрывал генералов окриком, хмуро бросал: «Мне необходимо сосредоточиться!» и, хлопнув дверью, покидал кабинет. Он уходил к себе и там молился. Подливал в лампадку масла, тихо повторяя: «На все Божья воля... на все, на все...» Потом выпивал рюмку водки, садился писать жене. Писал письмо Александре, детям. Разглядывал фотокарточку, гладил пальцем милые лица. Ложился на узкую походную кровать, натягивал солдатское одеяло до подбородка; повернувшись к стене, разглядывал коричневую краску, колупал ее ногтем. Очень хотелось плакать, плакать отчаянно, навзрыд. Как тогда, в детстве.

И милосердный сон будет приходить как спасение, опускаться, как благодатная милость. Боль будет отступать, тоска таять. И как тогда, в детстве, фея Моргана, тихо шелестя стрекозиными крыльями, будет неслышно спускаться и ласково шептать в самое ухо:

— Ничтожество. Ты не достоин престола.

Совпадения в истории поразительны: ровно через сто лет другой полковник, не венценосный монарх, не император голубой крови высшей пробы, состоящий в родстве с половиной королевских фамилий Европы, но смерд, вороватый и хитрый холоп, холуй по крови и по духу, случайно очутившийся на русском престоле, точно такой же спесивый бездарь, будет с тем же неизбывным ужасом вглядываться в стенку спальни, пытаясь убаюкать себя, отогнать прочь черные думы о роковой расплате.

Декабрь шестнадцатого года в Петрограде выдался по-северному промозглым и студеным. Ранним утром семнадцатого числа припозднившийся ямщик, проезжая по Большому Петровскому мосту, увидел пятна крови на снегу парапета. Полиция выудила из полыньи труп, который был доставлен в морг Военно-медицинской академии.

«При вскрытии найдены весьма многочисленные повреждения. Вся правая сторона головы была раздроблена. Смерть последовала от обильного кровотечения вследствие огнестрельной раны в живот. Выстрел произведен был, по моему заключению, почти в упор. На трупе имелась также огнестрельная рана в спину, в области позвоночника, с раздроблением правой почки, и еще рана в упор, в лоб, вероятно уже умиравшему или умершему. Легкие не были вздуты, и в дыхательных путях не было ни воды, ни пенистой жидкости. В воду Распутин был брошен уже мертвым».

Да, Распутин не захлебнулся, а был застрелен. Умер в результате огнестрельного ранения в печень, как нормальный среднестатистический человек. Никакой мистики. Вскрытие не обнаружило и цианистого калия, потому что никакого яда в пирожных не было.

Примечательна рана в лоб, в упор. Этот выстрел (контрольный на языке профессионалов) был сделан Освальдом Райнером, элегантным джентльменом, офицером британской разведки и близким другом (а по некоторым источникам даже более того) князя Феликса Юсупова. Именно Райнер организовал всю операцию по устранению Распутина, отправив на следующий день шифрограмму в Лондон: «Все прошло успешно, хоть и не совсем по плану». Великобритания опасалась заключения сепаратного мира между Россией и Германией, к которому толкала Николая Второго императрица. Распутин открыто призывал к прекращению войны, к отказу от русско-английского альянса и перемирию с немцами.

Предсказание Распутина «Покуда я жив, будет жить и династия» оказалось пророческим: дом Романовых закончил свое трехсотлетнее правление через месяц. В феврале царь отрекся от престола. Через полтора года, в ночь на семнадцатое июля, его вместе с семьей и прислугой расстреляют в Екатеринбурге в подвале дома Ипатьева. Приговор приведет в исполнение чекист Юровский. Чтобы заглушить стрельбу и крики, к воротам дома подгонят грузовик с тарахтящим мотором. Убьют не сразу, расстрельная команда будет беспорядочно палить, даже ранят одного из своих. Наследника и Анастасию будут добивать штыками.

13

Память моя закручена кольцом, свита в петлю, замкнута без начала и конца в ленту Мёбиуса. События из чужой жизни, люди, которых я никогда не встречала. Незнакомые города, по улицам которых никогда не ходила. Память моя подобна речному потоку — могу войти в тихую воду по отлогому песчаному плёсу, могу броситься с крутизны в бурную стремнину. Времени нет, пространство сплющено, реальность, как понятие, потеряла смысл.

Память-книгу могу открыть на любой странице, читать с любой главы. Могу, не вдаваясь особо в детали, пролистать города и годы, войны и революции, победы и поражения. Уловить на лету какой-то фрагмент, какой-то узор, какой-то запах. Или же, напротив, дотошно разглядывать выпуклую вещественность того иллюзорного мира, всматриваясь в каждый нюанс, в каждую мелочь давно минувшего и истлевшего времени. Минувшего? Истлевшего? Я бы на твоём месте не спешила с ответом.

Точно в застывшем стекле медный бок самовара отражает распахнутые настежь окна веранды, полоску заката над лиловым лесом. Коричневая зелень пруда, на берегу — ажурная беседка, выкрашенная белой краской. Старательные завитки, деревенский ампир, гордость местного Растрелли. Точная копия, дотошней даже оригинала, висит вверх ногами в зеркале воды. Тёмный парк, старые липы с вороньими гнёздами на макушках, тропинки, заросшие лопухами. Пахнет дождём, сырым лесом, земляникой. На опушке — сгоревший флигель с чёрными глазницами пустых окон. За флигелем — приземистая конюшня под черепичной крышей на английский манер. У ворот — часовой в длинной шинели, на плече — винтовка со штыком. Перед конюшней — широкий плац для строевых занятий, обсаженный высокими елками, дальше — аллея, ведущая к усадьбе, трехэтажному белому зданию бывшего кадетского корпуса. Могучие колонны с дырками от пуль, у парадного входа — еще один часовой. За ним на доске надпись «Школа красных командиров Рабоче-крестьянской Красной армии». Тут же линялая листовка «Социалистическое отечество в опасности!». Над парком носятся стаи ворон, тревожных, по-весеннему горластых. Кончается весна восемнадцатого года.

Мой дед, Платон Каширский, вместо положенных четырех лет пройдет ускоренный курс обучения за два месяца. Все звания и чины новая власть отменила, оставив лишь должности — «комдив», «комкор». К концу лета мой дед станет командиром батальона и будет направлен в 10-ю Красную армию в район Царицына.

Россию ломало, корежило, крутило смерчем. Из Питера и Москвы на юг валил поток горожан, переживших обе революции и страшную зиму семнадцатого. Бежал буржуй — целый класс, объявленный вне закона. Бежали коммерсанты и чиновники, профессора и учителя, переодетые военные и полицейские, юристы, врачи, — бежали помещики из сожженных имений, писатели, актеры... Буржуем объявлялся каждый, кто не попадал в разряд пролетариев и крестьян.

Сначала уверенность, а после неумолимо тающая надежда, что большевики не протянут до весны, не оправдалась. Ленин угнездился всерьез и надолго. Погром, бунт — то, что началось как взрыв, яростный и пьяный кураж, перешло в угрюмый каждодневный террор. Террор стал хребтом политики новой власти. Ее сутью и целью. Ленин сознательно разжигал ненависть масс, умело баламутил темную русскую душу — вождь пролетариата готовил Россию к великой гражданской бойне. К великой и небывалой крови. Никогда раньше русских не натравливали друг на друга с таким бешеным азартом и бесовским умением.

Смерть буржуям! Революционные отряды расстреливали на месте каждого подозрительного: офицерская выправка, кавалерийские сапоги, пенсне, шляпа — какие еще нужны доказательства? Матросня отлавливала юнкеров, забивала насмерть студентов, гогоча, насиловала курсисток. Страшный дремучий зверь вылез из берлоги, он уже вкусил человечины, уже охмелел от горячей крови. Но Апокалипсис только начинался.

Российская империя, даже лишившись императора, не собиралась добровольно подставлять шею под топор новой власти. В декабре семнадцатого генерал-адъютант Алексеев организовал первый белогвардейский отряд — Союз офицеров, в начале января был опубликован манифест Добровольческой армии: «Новая армия будет защищать гражданские свободы, чтобы позволить хозяевам русской земли — русским людям — выражать через выбранное Учредительное собрание свою верховную волю». Знамя армии — красно-сине-белый триколор, герб — двуглавый орел. Единственная цель — свержение диктатуры большевиков и установление демократически выбранного Учредительного собрания. Белое движение сплотилось на основе принципа «Великая, Единая и Неделимая Россия» и объединило социалистов, демократов, патриотическую часть офицерства, либералов и монархистов. Всех противников красной идеологии «грабь награбленное» и «братства рабочего интернационала».

Судьба России решалась на юге. На Дону, на Кубани казачество поддержало Белое движение, в апреле была сформирована Донская армия под командованием генерала Краснова. Атаман происходил из старейшего казачьего рода, в четырнадцатом году он стал одним из первых героев войны и был награжден Георгиевским оружием за то, что, лично ведя свою сотню под пулеметным огнем, захватил станцию Любичи и взорвал железнодорожный мост, отрезав путь отступающему противнику. До этого Краснов дрался в Японской войне, в качестве военного корреспондента освещал боксерское восстание в Китае. Современники отмечали динамичный стиль и живой язык его статей. Впоследствии, в эмиграции, он опубликует сорок одну книгу — романы, сборники рассказов, два тома воспоминаний. В 1945 году англичане выдадут его Сталину, и через два года атамана повесят во дворе Лефортовской тюрьмы. Это случится через тридцать лет.

А сейчас на штабных картах генерала Краснова главным центром притяжения был Царицын: генерал планировал рассечь части большевиков комкора Саблина, отрезать их от основных сил на Северном Кавказе и оставить на растерзание Добровольческой армии генерала Алексеева, наступающей с запада.

Нависая над картой и уперев загорелый кулак в стол, Краснов толстым карандашом обвел левый фланг обороны противника.

— Ударим тут! У Саблина нет боеприпасов, пойдем лавой, стремительно, неожиданно. Сомнем и раздавим, — с веселой злостью генерал ткнул карандашом в карту, грифель хрустнул и сломался. — Из Новороссийска на помощь Саблину идут матросы. Мы должны их упредить. Захватить Царицын любой ценой! Любой, господа!

Стремление Краснова к Царицыну объяснялось не только его военно-стратегическими целями. Царицын был крупным военно-промышленным городом и важным узлом железнодорожных и водных путей. Волга связывала

Царицын с Астраханью, Красноводском и Баку. А Баку — это нефть, Красноводск — азиатский хлопок, Астрахань — рыба. Через Владикавказскую железную дорогу Царицын связывался с Кубанью и Северным Кавказом, богатыми хлебом, мясом, шерстью.

На станции Южная-узловая власти не было никакой. Тут и в смирные времена начальству не очень-то кланялись. Одно слово — вольница: вокруг на все четыре стороны простиралась степь, оттуда тянуло теплой травой, сухим ветром. Пахло казацкой волей. Свободой. Вчерашняя власть, покачиваясь, болталась на фонарном столбе. Командира красногвардейского заслона, тощего белоруса с отрубленным ухом, повесили по недоразумению, приняв за начальника станции. Сам начальник станции пропал неделю назад.

Южная-узловая жила своей жизнью: цыганские таборы растерзанных эшелонов (пассажирскими их можно было назвать весьма условно) прибывали на станцию, прокопченные паровозы изрыгали тучи жирного дыма, грозно свистели. Ловкие и чумазые, как черти, кочегары заливали в тендер воду, засыпали сверкающий черными алмазами антрацит. Расписания не было, все происходило само собой.

Покатил товарняк, осипший голос каркнул над толпой:

— Пять минут. Зимовники — Ремонтная. Царицын! Стоянка пять минут!

На перроне началась свалка. Загремели засовы, с грохотом раскрылись двери вагонов. Народ попер. Свирепые бородатые фронтовики с медвежьими лицами, крестьяне, прямо по их головам, по засаленным картузам и мятым фуражкам, лезли бабы с мешками.

Платон Каширский протиснулся к двери.

— Эй, комэск, лови швартовый. — Веселый матрос вытянул руку и рывком втянул Платона в вагон.

— Спасибо, братишка! Из Новороссийска?

— С Черноморской флотилии. Линкор «Ермак».

— В Царицын?

— Куда ж еще!

Состав дернуло. Бабы заголосили, кто-то зарычал и хрипло заматерился, паровоз зашелся тревожным свистом, перекрыв гам. Платон снял с плеча вещмешок, опустил на пол. Привычным жестом проверил кобуру — «наган» на месте. Люди, горячие, пропахшие потом и паровозной гарью, стояли плотно, впритык. Кто-то сильно и жарко сопел в шею. Состав, стуча колесами и весело пыхтя, набирал скорость. В раскрытую дверь вместе с клочьями горького дыма врывался густой степной дух, смесь сухой травы и летней пыли. Мелькали верхушки деревьев, просвистывали телеграфные столбы и семафоры.

— Ах ты мухоблуд корявый! — взвился бабий голос. — Слямзил! Вытащил! Как есть вытащил!

— Че? Че вытащил?

Народ заволновался.

— Кошелек!

Красная баба с потным круглым лицом вцепилась маленькой птичьей лапой в ухо невзрачного рыжего мужика, похожего на запойного дьячка.

— И-и-у! — взвыл дьячок. — Куелда, твою мать! С тыну рухнула?

— Я те покажу! — Красномордая наотмашь влепила ему кулаком в лицо. — Куелда! Кошелек вертай!

У рыжего дьячка из ноздри брызнула струйка крови. Два решительных бородатых солдата сграбастали его, рыжий, отплевываясь, попытался вырваться. Куда там — служивые знали дело туго. Народ подался от них.

— Деньги пусть вертает! — страстно визжала баба. — Деньги!

Солдат заломил дьячку руки, другой несколько раз коротко и хлестко ударил его по лицу. Голова рыжего мотнулась назад, озираясь дикими глазами, он попытался вырваться, кто-то из толпы влепил ему в челюсть. Солдаты подхватили его, топоча подтащили к дверям. Толпа, теснясь, расступилась.

— Христом-богом... — прокричал рыжий. — Не брал я...

Закончить ему не удалось. Солдаты, по-хозяйски сграбастав тщедушное тело, подались назад и с деловитой сноровкой выкинули его, точно куль картошки.

— Покойник... — прошептал кто-то за спиной Платона.

— А ты не воруй, — тихо и назидательно отозвался другой.

— Дык, може, эта тетеха кошель свой гдей-то сама посеяла. Баба ж...

Эшелон бойко, с железным перегудом, загрохотал по мосту, перекладины, перечеркивая линялое небо, забалаболили в распахнутую дверь вагона. Платон закрыл глаза, на войне он научился спать стоя, как лошадь. Прогремел и остался позади мост. Поезд выскочил на равнину и теперь мчал во весь опор, торопился, точно боясь куда-то опоздать.

Усердное пыхтенье паровоза убаюкивало, Платон проваливался в дрему, ускользающая реальность расцвела невозможными красками — на Багдадском базаре таким шелком торговали белобородые купцы, похожие на восточных мудрецов из Библии. Вагон покачивался, как люлька. Сквозь сон протискивались звуки: в колесный перестук вливался чей-то нудный рассказ, кто-то уныло кашлял, в углу хныкал младенец. Совсем рядом началась какая-то возня, угрожающе забубнил баритон, кто-то зарыдал в голос. Платон открыл глаза.

Давешний матрос с линкора «Ермак», навалившись на какую-то крестьянку, тискал ее за грудь. По испуганному грязному лицу девки текли слезы, она давилась, иногда всхлипывая в голос.

— Ну ты че, гузыня. — Матрос лез рукой ей за пазуху и мял, мял. — Не убудет небось...

Девка скулила. Ее голова, замотанная драным тряпьем, моталась из стороны в сторону. Платон ткнул матроса, опустил руку ему на плечо.

— Оставь девку.

Матрос оглянулся, из-под лихо заломленной бескозырки зыркнул злым вороньим глазом.

— Клешню прибери, — дернул он плечом. — Отсеку!

— Оставь ее, — повторил Платон негромко.

Девка затихла, с ужасом глядя то на моряка, то на Платона. По щекам была размазана грязь, мокрые губы мелко тряслись.

— Без балласту прешь, командир! — сипло, с угрозой выкрикнул матрос. — На бебут поставлю!

У него в руке мгновенно, как у фокусника, появился короткий нож с узким хищным лезвием. По-обезьяньи присев и подавшись назад, матрос коротко замахнулся, метя Платону в горло. Рядом кто-то охнул. Кто-то крикнул: «Режут!» Платон перехватил руку с ножом.

— Не балуй, полундра! — Он сжал запястье. — Кость в муку смелю.

Матрос взвыл неожиданно высоким бабьим голосом. Разжал пальцы, нож выскользнул, стукнулся о доски. Платон оттолкнул матроса, тот, прижав руку к груди и потирая запястье, попятился.

— Поквитаемся еще, баклан, — буркнул он, протискиваясь в глубь вагона.

— Уйди от греха, ерпыль соленый, — ответил Платон, повернулся к девке: — Хорош сопли пускать, рядом стань, не тронут. Тебя как звать, гузыня?

Девка утерлась краем платка, проглотила всхлип, тихо сказала:

— Катерина.

14

Над Царицыным плыл черный косматый дым. Вокруг горели станицы. Краснов сжимал клещи, по левому флангу на город наступала Степная дивизия генерала Попова. Белая гвардия, «золотопогонники», состояла из офицеров, кадетов и юнкеров из донских и кубанских казаков. Для них война была ремеслом, умение убивать они сделали своей профессией. Мастера своего дела, они разбирались в тонкостях военного искусства, подобно гроссмейстеру, могли с закрытыми глазами разыграть любую заковыристую партию, припомнив хитрые комбинации и коварные ходы и выбрав нужный. В их полном распоряжении была вся военная премудрость человечества — от Ганнибала и Александра Великого до Бонапарта и фон Клаузевица. За ними стояла Антанта — золото Америки, пушки Франции, линкоры Англии. Наконец, Белая гвардия сражалась за Великую Русь — единую и неделимую империю, они шли в бой за святое отечество, за православную веру. Очевидно, на их стороне был и сам Господь. Трудно предположить, что наш православный русский бог стал бы подыгрывать правительству атеистов.

Этой сияющей самоуверенной мощи, этому праведному напору, подкрепленному профессионализмом и дисциплиной, противостояла 10-я армия красных. Командовать армией приехал комиссар Клим Ворошилов, член военного совета Южного фронта. До этого в Питере он помогал Дзержинскому наладить работу ЧК. В Первой мировой Ворошилов не воевал, раздобыв справку о слабом здоровье. В эту же 10-ю армию был направлен и мой дед, красный командир Платон Каширский.

Главной загвоздкой было то, что такой армии не существовало. Не существовало как воинской единицы.

В Царицын стягивались разрозненные партизанские отряды красных, вольница — мазурики и душегубы. Из всей теории большевизма ближе всего им был лозунг «Грабь награбленное!». В город стекались орды лихого люда — пешие и конные, на телегах, подводах, с пушками и пулеметами, они заполняли улицы, грабили горожан, жгли костры в скверах, кашеварили в парках.

Бородатые дикие люди в драных шинелях и гимнастерках, в бабьих кофтах и кацавейках, в папахах и мятых фуражках митинговали на площадях, до хрипоты орали про «революцию и имперьялизм», дрались, кого-то расстреливали, кого-то вешали. Черными клешами мели пыль мостовых матросы-черноморцы, задиристые красавцы в черных бушлатах, в заломленных лихих бескозырках с георгиевскими ленточками. Вышагивали важно, перепоясанные пулеметными лентами, с «маузерами» и гранатами на боку — сам черт им не брат.

— Братва! Айда на митинг!

— Пущай командиры ответят!

— Небось не прежние времена! На фонарь — и ладушки!

На площади вокруг бронзового императора на понуром коне, загаженном голубями, шел бесконечный митинг. Осипшие ораторы брали глоткой, толпа волновалась, гудела. Долго выступать не давали, стаскивали с постамента. Некоторых тут же жестоко били.

— Генерал Мамонтов, слыхали, Зимовники уже занял!

— Измена, братцы! Опять на убой посылают!

За оградой парка на суку покачивались два трупа, длинные, босые, свернув в сторону черные шеи, — белогвардейские шпионы, повешенные накануне. Шпионов было много, их ловили и вешали тут же, без судебной канители. Непонятное слово или изящный жест, нежность рук и отсутствие мозолей являлись неопровержимым доказательством вины.

Год назад большевикам удалось развратить и уничтожить русскую армию. Агитаторы и солдатские комитеты вырвали власть у офицеров. Началась анархия, повальное дезертирство. Теперь комиссары пытались загнать зверя обратно в клетку. Теперь большевикам нужно было объединить шайки вольных партизан в воинские формирования регулярной армии — в отделения, взводы и роты, в полки и дивизии, — починить сломанную субординацию, внедрить стальной порядок и железную дисциплину. Нужно было эти войска обеспечить оружием, боеприпасами, продовольствием и обмундированием.

— Товарищи красногвардейцы! — кричал высоким голосом тощий тип с докторской бородкой, вцепившись в бронзовое копыто царского коня. — Я командирован штабом Южного фронта! Я призываю вас соблюдать революционную дисциплину! Вы теперь не партизаны, вы бойцы рабоче-крестьянской армии! Вы сражаетесь за счастье трудового народа, против угнетателей и эксплуататоров, вы сражаетесь за право строить новую справедливую жизнь...

— Слыхали! — перебил грубый голос. — Почему кадетам отдали Ремонтную?

— Патронов нет! — подхватил другой. — Где патроны?

— Одна винтовка на троих!

Доктор замахал рукой.

— Товарищи! Мы сражаемся с гидрой контрреволюции в лице мирового...

Закончить ему не дали, жадные руки ухватили за полы пыльника, стащили вниз. На его место тут же влез мускулистый медно-красный матрос в тельняшке с оборванными рукавами.

Платон кивнул Катерине — мол, пошли. У кованой ограды, вытянув ноги, сидели два партизана. Молча ели хлеб, бурый, похожий на кусок засохшей грязи. Рядом по тротуару скакали пронырливые воробьи, клевали мелкий мусор.

— Мужики, — спросил Платон, — где штаб армии?

— Кто его знает... Кажись, на Астаховской...

— А где Астаховская?

— Кажись, там...

У афишной тумбы в лоскутных обрывках военных приказов и старых театральных афиш, сутулясь, покуривал фронтовик в солдатской шинели. Его голова была перебинтована грязной марлей. Платон окликнул, тот вздрогнул, обернулся. Платон удивленно замер.

— Ваше благородие... — по привычке вырвалось у него. — Господин хорунжий...

Корнет Долматов, заросший серой бородой, тревожно взглянул на Каширского, поправил грязный бинт на лбу, посмотрел на Катю.

— Женился? — тихо спросил он.

— Да нет... В поезде...

— Ясно...

Они смотрели друг на друга, внимательно и с недоверием, точно ощупывая взглядом.

— Ты, гляжу, Каширский, начальником стал? — кивнул корнет на красные лычки в петлицах Платона. Хмуро усмехнулся, затянулся.

— А у вас, похоже, наоборот... Ваше благородие. Или вроде маскарада?

— Платон...

— К своим драпаете? К Краснову?

— Платон, — Долматов быстро оглянулся, приблизился, — Платон, мы с тобой в атаку ходили, турка вместе рубили, бок о бок...

— Слышал! Про бок о бок, и про атаку, — зло оборвал его Каширский. — И про великую Россию, и про православное братство. Про все слышал — и не раз! Только отчего-то на долю нашего брата выпадает крест березовый да шесть вершков чернозему. А ваш брат по проспектам гуляет да в ресторанах шампанское пьет...

— Круто, гляжу, большевички тебя в оборот взяли...

— Да не большевички! — перебил Платон. — Слыхал я тогда в вагоне, как вы нас скотами да свиньями обзывали. С того самого разу все про вас и понял. Все вранье ваше... Вранье — и про братство, и про отечество...

— Вранье! — Корнет схватил Платона за воротник гимнастерки. — Великая Россия для тебя вранье?! Отечество — вранье?! Я под пулеметы на проволоку лез, три раза в лазарете валялся, в болотах гнил за это вранье, понимаешь?! Ты что ж, думаешь, вот эти вот — хамы и бандиты — и есть наша родина? Вся эта сволочь! Или Ленин с его жидовской камарильей — наша отчизна?! Они ж церкви жгут, наши православные храмы, священников расстреливают. Сатанинское племя, иуды! Опомнись, Платон, опомнись, пока не поздно.

— Поздно, ваше благородие. — Каширский оттолкнул его руку. — Вот вы называете их бандитами и хамами, а я вижу оскорбленное человечество. Человечество! Именно по вашей вине униженное до скотской подлости. Как же вы, образованные и культурные, столько лет могли измываться над нами, тиранить нас? Чуть что — в морду, в зубы! Секли шомполами до кровавого мяса. Ведь так даже со скотиной не поступают, ваше благородие... Со скотиной! А это — люди! Русские люди... Это ж он и есть — русский народ! Та самая великая Россия, за которую вы там убиваетесь. Вот она!

Платон ткнул рукой в сторону ревущей толпы. На постамент памятника уже лез какой-то бородатый солдат в мохнатой папахе с красной лентой.

— Глядите! Вот он, русский народ, — хмуро сказал Платон. — Вся эта сволочь...

— Эх, Каширский!

Долматов с досадой швырнул окурок и торопливо, не оглядываясь, пошел в сторону станции.

Штаб 10-й армии расквартировался в просторном купеческом доме с высокими комнатами, гулкими потолками и звонким скрипучим паркетом. Светлые окна выходили на Астаховскую, широкую асфальтированную улицу, по которой совсем недавно катили авто на резиновом ходу, а по тротуару прогуливались томные барышни в нарядных летних платьях, легких, точно сотканных из солнца и ветра. В изящных, почти парижских кафе подавали горячий шоколад по венскому рецепту со взбитыми сливками и клубникой, в лавках за зеркальными витринами павлиньими хвостами пестрели шелковые платки из Милана, а тут же, за углом, продавали мадридские сигары и кельнскую воду. По вечерам вдоль тротуара зажигались фонари с электрическими лампами, на которые приезжали поглазеть зеваки из окрестных станиц. Сейчас витрины были разбиты, кафе заколочены досками, фонари не горели, по мостовой кружил мусор. Дамы пропали тоже, такие нежные, они растаяли, как пена. Вместо них по улице решительно шагали толпы оборванных и грязных мужиков с оружием, сновали торопливые бабенки в деревенских платках, шныряли уголовники и беспризорники, ковыляли калеки.

У парадных дверей из резного дуба с медными ручками в виде ампирных лилий стоял часовой с винтовкой, к штыку был привязан красный бант. Платон остановился, Катерина вцепилась ему в рукав, точно боялась потеряться. Платон достал мандат, развернул. Часовой, не глядя, кивнул, мол, проходи.

Загнанное сердце Донского фронта билось тут, в этом доме. Здесь, в этих комнатах, пытались оживить, поставить на ноги, а главное — заставить драться страшного великана, который бурлящей аморфной лавиной растёкся по городу и окрестностям. Хлопали двери. В прокуренных залах толкались люди, вестовые топали по мраморным лестницам, на третьем этаже, где в распахнутые настежь окна была видна сизая полоска Волги, шла жаркая ругань. Платон, оставив Катерину в коридоре, притворил дверь, тихо встал у голландской печки с голубыми изразцами.

— Какой, к чертям собачьим, военный совет?! — Седой, коротко стриженный здоровяк в кителе с золотыми погонами генерал-лейтенанта нервно грохнул кулаком в стол. — Вас прислали отнимать хлеб у мужиков — вот этим и занимайтесь! Не лезьте в военные дела, в которых не понимаете ни бельмеса!

Офицер зло тряхнул головой, оглядел собравшихся. Тот, к кому он обращался, был невысок, усат и черняв, как жук. Жук хитро улыбался.

— Зачем кричите, военспец Снесарев? — Чернявый, весело щурясь, потрогал пальцем красивый гуталиновый ус. — Вы же не в царской армии. Надо со старыми привычками расставаться, гражданин военспец. Меня к вам назначил Совнарком и лично товарищ Ленин, я отвечаю за проведение пролетарской продовольственной диктатуры во всём южном регионе России. И военные вопросы являются составной частью этого вопроса. Создание военного совета Северо-Кавказского округа поможет решить все насущные задачи — как стратегические, так и тактические. А главное — политические. В которых вы, гражданин военспец, в силу своей классовой близорукости, не понимаете ни бельмеса.

Он весело засмеялся, за ним засмеялись и другие. Офицер сокрушенно покачал головой и тоже улыбнулся в седые усы.

— Вот видите, гражданин военспец, — чернявый ласково взял его под локоть, — партия и революция высоко ценят ваш военный опыт. Мы даже разрешаем вам носить ваши золотые погоны, хоть они нашим красноармейцам, что красная тряпка для быка.

Снова смех.

— Мы ценим ваш опыт, но... — Он поднял палец с прокуренным ногтем. — Но нынешняя военная кампания — не сражения буржуазных времен, когда кровь лилась за передел рынков капитала. Боец красной гвардии защищает сегодня интересы своего класса, класса пролетариата и трудового крестьянства. Сейчас не время для личных амбиций.

Он говорил мягким голосом, точно ступая на кошачьих лапах, говорил, нежно поглаживая рукав кителя офицера.

— Придет время, и революция наградит своих героев. Но сейчас герои должны защитить революцию. И без мудрого совета партии даже героям сегодня не обойтись. Поэтому предлагаю ввести в состав военного совета военспеца Снесарева, а также товарища Рюмина. Председателем совета буду я. Какие еще есть предложения?

144 — Валерий Бочков

Собравшиеся одобрительно загудели. Вставая, загремели стульями. Платон увидел Буденного, кивнул ему. Полез за мандатом.

— А вы, товарищ, только что прибыли? — Перед Платоном вынырнул чернявый. — Кавалерист?

— Так точно! — Платон протянул ему бумагу. — Комбат Каширский. Прибыл для прохождения службы.

— Очень хорошо... — Он оглянулся, весело окликнул офицера: — Андрей Евгеньич! Дорогой военспец Снесарев! Поди на секунду, не сочти за труд.

Офицер подошел, хмуро оглядел Платона.

— Вот видишь, уже кует революция новых красных командиров! — Чернявый, прищурив желтый рысий глаз, ухмыльнулся. — А ну-ка, Андрей Евгеньич, проверь мне этого кавалериста на вшивость!

Офицер нервно дернул плечом, наверное от контузии, спросил строго:

— В каких случаях вы будете атаковать в конном строю пехоту противника?

Платон вытянул руки по швам.

— В случае осуществления внезапной атаки — это раз. Во-вторых, при преследовании пехоты противника. И в-третьих, если боевые порядки пехоты расстроены.

— Ну как? — Чернявый лукаво подмигнул офицеру. — Берем командира?

— Мы воевали вместе, — подошел Буденный, хлопнул Платона по плечу. — Добрый кавалерист! Храбрый. И службу знает.

Чернявый одобрительно кивнул.

— Вот и замечательно! — протянул Платону узкую загорелую руку. — Давайте знакомиться. Я — Сталин.

Через десять лет генерал-лейтенант Снесарев станет первым кавалером «Золотой Звезды» Героя Труда. Еще через два года, в январе тридцатого, его арестуют. Дважды приговорят к расстрелу. На расстреле будет настаивать Ворошилов, он не простит генералу докладной записки: «Ворошилов как войсковой начальник не обладает нужными качествами. Он не знает элементарных правил ведения боя и командования войсками». Оба раза вмешается Сталин, расстрел будет заменен десятилетней каторгой. На лондонском аукционе «Сотбис» в конце века будет продана записка: «Клим! Думаю, что можно было бы заменить расстрел Снесареву десятью годами. И. Сталин».

15

Атака? За секунду до команды горло стискивает ужас такой силы, что в седле едва держишься... И вдруг «Шашки наголо!», и точно взрыв внутри — восторг, страсть, азарт. И нет уже ни страха, ни даже самого тела — ты весь, словно летящая буря, ураган... Сияющая энергия в чистом виде... Божественная, дьявольская ли, уже не разберешь. И одного лишь жаждешь — скакать, рубить. Ничего нет страшней конной лавы в атаке. Ничего нет прекрасней...

Я расспрашиваю деда о войне, я хочу все знать о смерти. Хочу понять, почему мы с таким сладострастием убиваем друг друга? С таким удовольствием и такой изобретательностью. А после воздвигаем мраморные монументы побоищам, устраиваем бесстыжие парады в их честь. Ведь мы врем, когда говорим «зверства войны», нет в звере такого инстинкта. Наш он, человеческий. Вот что я хочу понять...

Дед рассказывает. Дед не лукавит — смысла нет лукавить, если ты уже умер. Слова его втекают в мое сознание картинами, образами. Яркими, как вещие сны. Я вижу небо — в разбеленной синьке кружит плавный коршун, я трогаю камень, глажу его ладонью. Камень теплый и гладкий, от него пахнет летней рекой. У реки звучное имя — Царица, ее стальной изгиб сияет справа. Впереди лежит бесконечная степь, ее пыльный горизонт сливается с линялым небом. Из-за курганов появляются точки, много точек, муравьиными цепочками они продвигаются ближе и ближе. Уже можно разглядеть искорки погон, штрихи штыков. Офицерский корпус генерала Мамонтова.

Эти будут драться насмерть. Дед опускает бинокль, резко, точно рубит, машет рукой. И тут же — бу-ух! — из-за моста ударила шестидюймовая гаубица. Фугас, разрывая небо, как гнилую тряпку, понесся в степь. С левого фланга застучал пулемет, торопливо, длинными очередями. Рано, рано! Вот шпынь-голова! Все патроны сожжет без толку! Офицеры выстроились ровной цепью, выставили штыки, пошли. Да, эти будут драться насмерть.

Снова ухнула шестидюймовка. У Шлыкова снарядов всего два ящика. Фугас пропел, расцвел немым взрывом перед цепью, звук долетел через секунду. Пулемет умолк, и тут же с запада донесся гул, нудный, точно большая муха угодила в паутину. Платон поднял бинокль. «Бебешка», так и есть. Американец-шпион из эскадрильи «Лафайет». Точка в небе быстро приближалась, превратилась в серебристую стрекозу «Ньюпорт-бэби». Через полчаса у белых будет дислокация всей обороны моста.

— Товарищ комэск! — Вестовой, кубарем соскочив с коня, подбежал к Платону. — На правом фланге — конница Эрдели!

— Сколько?

— Полуэскадрон!

Теперь счет пошел на секунды.

Нужно разбить цепь до подхода кавалерии. Ведь если Эрдели подоспеет… Платон выругался, пронзительно свистнул в два пальца. За сопкой, спешившись, ждал взвод черкесов, худых и малорослых, в черных бараньих шапках и черных бурках с острыми удивленными плечами. Взводный Хетагуров что-то гортанно выкрикнул, черкесы по-мальчишески прытко вскочили в седла. Платон прямой рукой ткнул в левый фланг цепи белых. Черкесы, обхватив шеи лошадей, поджарых, со злыми щучьими мордами, рванули рысью. Исчезли в балке, вынырнули на сопке, пыля понеслись в сторону офицерской цепи. Снова заработал наш пулемет. Ему в ответ заколотил белый.

Вот взвод черкесов врезался в левый фланг. Белые дали залп, выставили штыки. Никто не струсил, никто не побежал. Черкесы смяли офицеров, проскочили, развернулись и ударили с тылу. Цепь рассыпалась. Началась бойня. Над головами всадников стальными молниями, вспыхивали кривые черкесские сабли. Офицеры сгрудились, отбивались штыками. Вороньими крылами носились черные бурки, мелькали алые, цвета живой плоти, изнанки башлыков. С правого фланга, спотыкаясь, стреляя на бегу и окончательно ломая цепь, на подмогу своим спешили белые.

Из-за Вдовьей сопки грохнула гаубица, граната пронеслась над самой головой, Платон прихватил рукой фуражку, точно боясь, что сдует. За спиной в небе с треском расцвела черная клякса шрапнели.

— Точно бьет... — Платон крикнул вестовому. — К Злобину давай! Пусть выводит резервный.

Вокруг пели пули, песок разлетался невинными фонтанчиками. Пулемет белых пристрелялся, сволочь, бил по самой кромке бруствера короткими прицельными очередями. Хорошо бы Шлыков его до атаки накрыл. На зубах хрустело, Платон яростно сплюнул сухую слюну, вытер рукой пыльные губы. Страшно хотелось пить.

Железнодорожная станция еще дымилась, из-за нее на лысый холм посыпались всадники. Не мешкая пошли вниз лавой. Конница генерала Эрдели. Платон, придерживая ножны шашки, спрыгнул с насыпи. Над головой просвистела и трескуче грохнула шрапнель, осколки завизжали, сухим горохом зацокали по песку. Кобыла, вороная и рослая, зло захрапела, кося испуганным глазом, прижала уши. Ординарец Сашка вдруг выпустил повод, согнулся, сжав колено руками. Сквозь пальцы брызнули красные струи.

— Поймал железку? — Платон крепко ухватил повод. Кобыла, приседая и пританцовывая, подалась назад. — Живой?

Ординарец, белый как тесто, помотал головой, что-то промычал. Платон, сунув ногу в стремя, ловко вскочил в седло. Дал шпоры, прижавшись к шее лошади, пустил галопом. Навстречу из балки на рысях вылетали кавалеристы резервного. Впереди в кожанке и мохнатой папахе на своем рыжем, поджаром жеребце скакал белозубый Злобин. Вот черт веревочный — все ему потеха! Платон вскинул руку, картинно осадив, поднял лошадь на дыбы.

— Эскадрон! — Лошадь, вздергивая злую морду, плясала, нетерпеливо переступая копытами. Платон подался вперед, рванул шашку из ножен. — Шашки — наголо!

Весело взвизгнуло железо. Сквозь желтую пыль эскадрон ощетинился слепящей сталью. Сотня клинков взмыла вверх.

— К атаке! Рысью! — Платон встал в стременах, с силой вдохнул и рявкнул: — Ма-а-арш!

Эскадрон сорвался в рысь. Степь затряслась, задрожала. Рыжим мячиком подскочило солнце. От конского топота, от нечеловеческого, звериного рева всадников загудела земля, всколыхнулось белесое небо. «Йа-а-а-а!» — ревела сотня глоток. «Йа-а-ха-а!» — несся над степью первобытный клич косоглазых кочевников, древний и страшный, как вой безумного Каина.

Точно обрушившаяся лавина, эскадрон рассыпался-покатился по склону сопки, вылетел на плоскую, как доска, выжженную равнину. «Йа-а-ха-а!» — никакая сила ада теперь нас не остановит! Стелящейся рысью неслись кони, из-под копыт летели комья сухой земли, поднималась-клубилась рыжая пыль — казалось, что вспыхнула и горит сама степь. Эскадрон шел лавой. Уже никто не обращал внимания на свист пуль, на треск шрапнели, каждый кавалерист стал частицей неукротимой бури. Частицей беспощадного урагана, единственным смыслом и целью которого была смерть. Нести смерть или принять ее.

Страшна кавалерийская лава. Эскадрон Каширского врезался в строй, подмял цепь. Конница Эрдели опоздала на миг, но и этого мгновенья хватило, чтобы изрубить офицеров в фарш. Платон сам не дрался, следил за боем; он видел, как Злобин на всем скаку, привстав в стременах, играючи полоснул шашкой. Белогвардеец, бледный мальчишка в длинной не по росту шинели, на бегу замер, уронил винтовку. Удивленно развел руками и медленно распался на две части, обнажив нежную розовость мясного ряда.

На гребень кургана, ярко-лимонного от полуденного солнца, вылетела конница белых, сабель пятьдесят, не больше. Платон тут же приметил генерала Эрдели, бравого красавца-мадьяра в снежно-белой бурке, участника Ледяного похода, самого первого похода Белой гвардии на Кубань. То была самоубийственная миссия, безумная с точки зрения любого трезвого военного стратега. Но негоже мерить подвиг, величие духа, жертвенность с позиции здравого смысла или прагматизма. Мученичество иррационально, смерть лишает тебя возможности увидеть, как твоя жертва изменила мир. Христос является единственным исключением. Генерал Романовский, другой участник Ледяного похода, один из основателей Белого движения, говорил: «Жизнь толкла нас отчаянно в своей чертовой ступе и не истолкла; закалилось лишь терпение и воля; и вот эта сопротивляемость, которая не поддается никаким ударам».

Тощий офицер, бледный и голенастый, поднялся с земли. Неуклюже выставил винтовку. Вскрикнул и свалился кубарем с коня убитый Губин, чубатый гармонист, плясун и бабник. Офицер на бегу передернул затвор, поднял винтовку, выстрелил не целясь. Пуля обожгла, чиркнула по левому плечу. Царапина, ерунда! Платон дал шпоры, подался вперед всем телом, рубанул шашкой по длинной бледной шее. Кровь брызнула фонтаном, голова покатилась в пыль. Конница генерала заходила с фланга. Эрдели попытается ударить во фланг, его задача спасти пехоту, дать ей шанс отойти без потерь.

Платон обогнул цепь, пустил кобылу рысью вдоль фронта. Белые бежали, эскадрон преследовал их. Конница Эрдели вклинивалась, отсекала красных от пехоты, тесня эскадрон на курган. Выскочив на пригорок, Платон осадил лошадь. За курганом распахивалась сухая мертвая пустошь, в молочном небе носились стрижи, у горизонта, там, где степь соединялась с небом, плавилась ртутная полоска, похожая на щель в преисподнюю. Чуть ближе на равном расстоянии друг от друга Платон различил три бруствера с торчащими стволами. Пулеметные гнезда! Вот куда Эрдели пытался вытолкнуть эскадрон, вот куда драпающее офицерье заманивало красную конницу. В бою средняя скорострельность пулемета «максим» триста пуль в минуту. Из трех стволов — тысяча. Выскочив на курган, эскадрон не успеет ретироваться, пулеметчики положат всех. Как всегда и в который раз белые дрались не числом, а умением.

Платон оглянулся, горнист был рядом, он тенью следовал за ним с начала боя. Платон вытянул левую руку. Прочертил шашкой над головой сияющий круг.

— Отходим! — крикнул он.

Горнист откинулся в седле, труба сверкнула золотом, сиплый петушиный крик пронзил небо. Эскадрон смешался, всадники, оставив погоню, нехотя начали поворачивать назад. Конница генерала Эрдели, не вступая в бой, пронеслась мимо.

— Эй, командир! — окликнул Платона хмурый, заросший щетиной до самых глаз взводный Хетагуров. — Ранен? Плечо, кровь?

«Крофф» получалось у него.

— Ерунда. — Платон забыл о царапине, он махнул рукой, жаль было гимнастерки — опять Катерине штопать да стирать. — Молодцы твои джигиты!

На нервном рыжем жеребце подъехал Злобин.

— Что ж не дорубали золотопогонников?

— Три «максима» там нас ждали, — Платон кивнул назад. — За курганом.

— Ну хитра, белая кость! — Вырвав пук сухой травы, по-хозяйски неспешно, как косарь, Злобин вытер лезвие шашки.

Сплюнув кровь, он весело крикнул взводному:

— Липягин! Возьми пару ребят — пленных в расход, раненых добить, — повернулся к Платону, смеясь, снова сплюнул кровью. — Вот, бляха-муха, язык прикусил! Как есть наскрозь!

Пленные, пять офицеров в рваных и пыльных мундирах, стояли плотной группой, шестой сидел на корточках, сжав ладонями окровавленное лицо.

— Слышь, Гришка, — негромко позвал Злобина Платон. — Скажи, чтоб только без зверств, понял? Расстрелять по-людски, и все.

— Ага, по-людски! — обиделся Злобин. — А они бы нас по-людски? Они ж нас за человеков не считают...Вон на Романовском хуторе ихние казаки наших ребят заместо лозы рубили. Практиковались, подлюги. Раздели догола, сначала, понимаешь, руки...

— Злобин! Это приказ.

Платон слышал, как конвойные делили сапоги пленных, офицеры тоже слышали. Один, большеглазый мальчишка в разорванном френче с унтер-офицерскими погонами, сев на землю, стал стаскивать белый от известковой пыли сапог.

— Мишин! Прапорщик, что вы делаете? — Худой штабс-капитан толкнул его в плечо. — Не позорьте нас...

Мальчишка, не обращая внимания на офицера, стянул сапог, швырнул его конвойным.

— Пусть подавятся, — он стащил второй сапог. — Жали, проклятые, безбожно.

Размотал портянки, скомкал. С трудом поднялся, выпрямился.

— А босиком, господин штабс-капитан... — улыбаясь, выдохнул он. — И умирать приятней.

Липягин, пригладив пышные усища, по-волжски окая, скомандовал: «Пошли!» Клацнули ружейные затворы, офицеры помогли встать раненому. Мишин, босой, расправив плечи и закинув голову, разглядывал что-то в небе. Он улыбался. Платон тронул кобылу шенкелями и тоже посмотрел вверх — над степью в молочном мареве носились стрижи.

— Товарищ комэск! — окликнул его Липягин. — Офицер тут брешет, шо он ваш крестник.

Слово «крестник» прозвучало странно, точно сказано было на непонятном чужом языке. Что оно значит тут — среди боли, крови и смерти? Прихлопнув на щеке слепня и с хрустом раздавив его пальцами, Платон подъехал к пленным. В раненом офицере он узнал Долматова.

Узнал с трудом, у поручика, точно бритвой, было срезано ухо и часть лица.

— И вправду крестник, — хмуро буркнул Платон.

— Каширский, — скалясь от боли, сипло выкрикнул поручик. Его поддерживали под локти два офицера. Над виском в кровавом месиве белела кость черепа.

— Агитировать будешь, ваше превосходительство? — спросил Платон, взглядом прилипнув к сахарной белизне кости. — За Святую Русь? За царя-батюшку?

— Агитировать? — Поручик по-рыбьи хватал воздух, точно задыхаясь. — Агитировать?!

Долматов, падая, рванулся вперед, двое едва успели подхватить его.

— Нет! Не агитировать! — давясь, выкрикнул он. — Вас расстреливать надо было! Пороть шомполами до костей! Вешать! Вешать!

Он зашелся в кашле, задыхаясь, выплюнул кровавый сгусток.

— Вот вы всемирное счастье обещаете... Счастье! Да как может счастье родиться из вашей злобы. Из ненависти. Зло рождает лишь зло. Не может ненависть родить счастья! Не может! Вы хуже варваров... вы — не люди... Вы умеете лишь убивать... — Он снова закашлялся. — Убивать! Вы — волки! Лютые волки! Стая бешеных волков. И скоро вы начнете рвать в клочья друг друга...

Долматов то ли зарыдал, то ли захохотал. Платон махнул рукой Липягину.

— Каширский! — прокричал, срываясь на визг, Долматов. — Повернись!

— Что еще? — Платон нехотя повернулся.

— Ты мне все-таки жизнь спас... — Поручик сунул руку за пазуху. — Не хочу в спину.

Время споткнулось. Время вдруг стало тягучим, как сироп. В этом прозрачном сиропе Платон завороженно увидел, как Долматов вытянул из-за пазухи револьвер и выставил руку. Отчего рука в перчатке, удивился Платон, приняв за перчатку засохшую кровь. Глухо, как под водой, бухнул выстрел. Из черной дыры ствола вырвался огненный шар, надулся лимонным жаром и медленно покатился к Платону. Нежный и красивый, он не мог причинить вреда, нет. Платон выпрямился в седле. Нет, не мог… В немом и плавном танце красноармейцы, выставив штыки, кинулись к пленным. Офицеры, беспомощно закрываясь руками, валились на колени, сгибались, как в молитве, падали на землю. Штыки вонзались снова и снова. «Вот ведь черти, я же приказал…»

Лимонный шар лопнул.

Чугунный молот, горячий и тугой, ударил в грудь. Платон качнулся, его тело, точно колокол, налилось рокочущим гулом. Стараясь удержаться, беспомощной рукой он пытался поймать луку седла. Седла не было, не было и руки. Небо, полное неугомонных стрижей, вдруг побледнело, дрогнуло — с небом явно что-то было не так, небо потащило Платона куда-то вбок, все быстрей и быстрей, на миг застыло, как на краю пропасти, и, словно наконец решившись, безнадежно ухнуло вниз. Свет погас, время остановилось.

16

Безумно хотелось пить. Такой лютой жажды Платон не испытывал никогда. Пить... пить... свинцовый маятник качался устало, безнадежно. Вместе с красно-вишневой жаждой — шершавой и горячей, как булыжник из костра, вползала вязкая боль. Тело наполнялось глухой темно-лиловой тяжестью. Тело разбухало, становилось огромным, размером с гору. Мысли, мутные и неспешные, вяло перетекали одна в другую.

«Пить... пить... Катьку жаль, пропадет она без меня... Но если хочу пить, значит, еще жив...»

Возникла Катерина. С лицом прекрасным и печальным, как лица на иконах, она молча протянула ковш воды. Платон боялся разлить, взял бережными руками, осторожно поднес к губам. «Ни капли не пролью, ни капли...» Стальной кованый край, вода ледяная, пахнет колодцем, пахнет скошенной травой, лесом и талым мартовским снегом. Платон делает глоток, еще один. Он не торопится, пьет. Катерина смотрит, смотрит печально, без улыбки. Она не улыбается. Никогда.

Он пил и пил. Но жажда не уходила, становилась нестерпимей и безжалостней. Кто сказал, если жажда, значит, жив? Ничего не значит. Может, это он и есть, ад? Но почему ад? За что? Или прав был поручик Долматов: зло порождает зло. И не построить счастья на ненависти.

Появился поручик. В бело-сахарном мундире с золотыми эполетами, в тугих белых перчатках, серебряная сабля на боку, строгий и торжественный, точно воин какой-то ангельской рати. Лишь жуткая рана на правой стороне черепа напоминала о случившемся.

— Волки... — не разжимая серых губ, произнес он. — Прокляты будете до десятого колена. Черная кровь будет течь в жилах ваших внуков и правнуков. Двести лет будете жрать друг друга. Сыновья распнут отцов, дочери отрекутся от матерей, брат предаст брата. Двести лет будет вами править ложь и страх. Без Бога жить будете, в сумраке греха, без чести и достоинства. Даже смысл слов этих будет детям вашим неведом. Царем своим коронуете Каина кровавого. Каина на вашем престоле сменит Ирод, за ним придет Иуда. А за Иудой придет сам Сатана. Коронуете и Сатану. Зверь будет править вами. Сам дьявол.

От его спокойного вкрадчивого голоса Платону стало жутко. Ну а как правду говорит? На мундире жаром горели медные пуговицы. Мраморная рука лежала на серебряной чеканке сияющего эфеса.

— А как же справедливость? — возразил он. — Тыщу лет народ тиранили...

— Справедливость? Какая справедливость? — Поручик заговорил ласково, как с ребенком, и от этого стало еще страшнее. — Что такое справедливость? В устройстве мира принцип справедливости не предусмотрен. Орел рождается орлом, а зяблик зябликом. С точки зрения червя, Творец поступил с ним нечестно. Но он рожден червем, червем и умрет. Таков закон мироздания. Вы восстали против закона устройства вселенной. Против закона всемогущего Бога. Дьявол прельстил вас сверкающей погремушкой справедливости, и вы соблазнились ею. Вы служите Сатане. Вы рушите храмы, сбрасываете с куполов кресты, сжигаете иконы... Вы режете священников, насилуете монашек, вы надеетесь на щедрое вознаграждение от своего хозяина — по справедливости. За труды ваши старательные вам и воздастся...

Поручик оскалился и засмеялся. Рана на щеке разошлась, стали видны белые зубы.

— Дьявол заплатит не скупясь. Дьявол щедр… Но когда ты снова раскроешь кошель, там вместо золота будут сухие листья. И ордена твои рубиновые окажутся из речных камней, а на эполетах вместо звезд будет засохшая грязь.

На Платона накатил ужас, как тогда, в детстве, когда он, пятилетний, в потемках забивался в угол, дожидаясь родителей: над землянкой стонала пурга, мела вьюга, из Терновых степей приходили волки, они кружили по двору, царапали когтями дверь и выли, выли… Платон зажимал уши ладошками, но вой заползал в душу, проникал в кровь, давил сердце. Терновые волки…

Пропал поручик. Растаял во тьме, точно задули свечку. Остался необъяснимый ужас, первобытный звериный страх. Страх, просочившийся в каждую клетку тела, в каждую извилину мозга. Как смертельная хворь, как яд… Страх скрутил в узел твою волю, он пульсирует в венах, булькает в загнанном сердце. Ты перестал существовать, тебя больше нет. Ничего больше нет, кроме страха.

Может, это и есть ад? Бесконечный страх… Терновые волки, мучительно сжимающие свой круг, и ты посередине адского круга? Извиваешься в безнадежной мольбе прекратить пытку, молишь о смерти — любой, самой лютой. Лишь бы положить конец невыносимому ужасу.

Где-то грустно пропел паровозный гудок. Звякнули буфера вагонов, клацнули железом. Вселенная вздрогнула и нежно покатилась. Эх, поехали… Долетел перестук колес, стал громче, тревожней. Колеса катились, выводили узорный ритм, в котором угадывались слова и целые фразы. Нет-не-так, нет-не-так — выстукивали уверенно колеса по звонким рельсам. А как? А как?

То ли сном, то ли бредом растаял позади дымный Царицын. Здание вокзала с выбитыми окнами, стены в дырках от шрапнели, черный остов сгоревшего мо-ста, пристань Волги с трубами затопленных пароходов, торчащими из мутной воды. На том берегу догорала станица Лихачевская. Все утро оттуда била артиллерия. Шестидюймовые гаубицы били по вокзалу, по пристани. Фугасы ложились кучно по склону, крошили в щепу широкую деревянную лестницу, взлетали фонтанами воды у причала. Отряд Злобина форсировал реку, в пешем строю штурмовал станицу. Рукопашный бой закончился к полудню. Пленных не брали. Захватили две гаубицы и пять ящиков фугасных снарядов. Для острастки станичного голову повесили, а станицу запалили с четырех концов.

Эшелон катил на север. Из войны катил в мир. На разъездах пропускали угрюмые товарняки, груженные солдатами без винтовок. Как-то в предрассветный час из лохматого тумана, пыхтя, выполз серый бронепоезд. Утыканный бородавками заклепок, он напоминал какое-то ископаемое чудище. Проплывали курганы, меловые склоны, заброшенные шахты. В пустом небе плавилось солнце. Паровоз задорно свистел и, вовсю работая локтями, прибавлял ходу. На север! Степная сушь сменилась березами, пахнуло черемухой. Беленые мазанки, бахчи, океаны подсолнухов, желтые и бескрайние, закончились. За окном поплыли заливные луга, яблоневые сады, пустые выпасы, убогие села. Речка с отражением облаков, песчаный откос, ива по пояс в воде, деревянный мосток, босые мальчишки с удочками. Снова поля. Прозрачные рощи, нежные, точно в зеленом тумане. Над озером усадьба, благородное здание с белыми колоннами, из выбитых окон к крыше тянутся полосы сажи, крыша рухнула, балки тычут в небо как черные пальцы.

И снова поля. И снова рощи. И столбы, столбы, столбы.

День темнел, выползала ночь.

Ночь таяла, вагон наполнялся молочным светом.

День да ночь — сутки прочь.

В вагоне шептались, слов было не разобрать. Тревожный шепоток, как в лазарете, вплетался в колесный стук. Железка звякала по стеклу, дребезжала забытая ложка в стакане. Катерина была рядом, склоняла бледное лицо, трагичное и красивое, склонялась, точно пыталась что-то получше разглядеть. Или, сгорбившись, как сирая странница, пустыми глазами смотрела в окно. На поля, рощи, на отраженные в озерах сожженные поместья.

Под вечер стало душно, солнце закатилось под мохнатую чернильную тучу. Туча, ворча громовыми раскатами, растеклась и загородила полнеба. Другая половина, точно испугавшись, тут же потемнела и стала пепельно-серой. С востока на запад, шипя и корчась ослепительным зигзагом, полоснула молния. Мертвым светом вспыхнуло седое поле с одиноким дубом и дальний лес. Черным контуром выступили очертания деревни — кособокие крыши, заборы, тщедушная церквуха на холме в кустах сирени. Погост с испуганными крестами. Плоской сталью матово блеснула лужа пруда, днища лодок на берегу. Вспыхнуло и погасло. И тут же в кромешной тьме — треснуло, раскололось небо. Словно кто-то наверху саданул гигантской плеткой, жахнул от души и с оттягом. Налетел ветер, завыл и застонал, обрывая ветки и листья. Забарабанил тяжелым ливнем по крыше вагона. Захлебываясь, точно от восторга, брызнул потоками дождя в грязные от паровозной копоти окна.

Свежее утро встретило звонким солнцем. Ярким и чистым, будто только что выкованным. Из-за горизонта высунулся матово золотой купол невозможных размеров. Похожий на мираж, купол поднимался и рос, наполнялся уверенной вещественностью. На маковке, поймав утренний луч, вспыхнул розовым крест. Из молочной дымки выплыл сизый город, проступили крыши, башни, луковки церквей. Потянулись заводские окраины, ржавые крыши бараков, мертвые фабричные трубы, заборы, слепые кирпичные стены пакгаузов. Москва, Москва — на разные голоса понеслось по вагону.

Площадь Саратовского вокзала была безлюдна. По булыжнику брусчатки сухой ветер мел мусор, гнал пыль. У афишной тумбы с обрывком какого-то плаката скучали извозчики, пыльные тощие лошади казались не очень искусно сделанными муляжами. Скелет сгоревшего трамвая уткнулся в мешки с песком, там, выставив босые ноги, отдыхали два красногвардейца в расстегнутых гимнастерках. Часть трамвайных рельсов была выломана, булыжники свалены в кучу, Зацепский вал перегораживала баррикада. Разбитая мебель — диваны и резные буфеты, какие-то бочки, растерзанный концертный рояль показывал белоснежные зубы. Из нагромождения хлама торчал телеграфный столб с обрывками проводов и вывеска «Кондитерская». Разграбленные магазины чернели выбитыми окнами с крестами обугленных рам, стены были истыканы дырками от пуль и артиллерийских снарядов. Москва... Пустой грязный город казался мертвым, редкие прохожие, жалкие и взлохмаченные, как птицы, жались к стенам домов. Ни дерева, ни клочка травы, лишь грязь да пыльный ветер...

17

Огромное трехэтажное здание госпиталя напоминало драматический театр. Классический фасад с четверкой парных дорических колонн, стрельчатые полукруглые окна, на фронтоне золоченый двуглавый орел, заляпанный зеленой краской. На красной тряпке, натянутой над парадным, белыми буквами было старательно выведено «Первый Московский Коммунистический военный госпиталь». За корпусом начинался старый парк, в окна третьего этажа лезла густая зелень лип, в просветах виднелась тихая вода Яузы.

— Липы эти сам Петр Великий сажал, не все, разумеется... — насмешливый баритон, уверенный, барский. — Лефортово, Немецкая слобода, колыбель русского свободомыслия... Вы, дамочка, кем приходитесь пациенту? Супругой? Чудесно...

По потолку бродили кружевные тени, в приоткрытое окно втекал шорох лип, пахло летней рекой, первыми опятами.

— Прежде всего, дорогая Екатерина Александровна, вы должны поставить свечку стрелявшему. Выстрел мастерский и выполнен был с феноменальной аккуратностью — пуля прошла в сантиметре от сердца, не задев ребер. Выходное отверстие просто восхитительно! Разумеется, армейские эскулапы попытались угробить вашего супруга — первую помощь, похоже, оказывал дрессированный медведь. И здесь мы должны благодарить Бога, давшего вашему мужу богатырское здоровье.

— Да, но он все время без сознания, доктор. Бредит.

— Дело в том, что в зоне раневого дефекта, милая Екатерина Александровна, моментально начинаются различные процессы. С одной стороны, направленные на минимизацию нанесенного ущерба, с включением его защитных функций, так сказать, иммунная реакция... м-м, это понятно? — а с другой стороны, в раневом канале находятся ткани, охваченные первичным некрозом, которые вовлекаются в процессы разложения вредной микрофлорой, неизбежно попавшей в благоприятную для развития среду. Надеюсь, нам не придется прибегнуть...

Доктор замолчал на полуслове, взял Катю за локоть. Веселым голосом предложил:

— А давайте я вас, милая моя Екатерина Александровна, чаем угощу? С сухариками?

Чай оказался морковным, но очень горячим. В просторном кабинете стоял осиновый письменный стол, простой, как в сельской школе, на стене белел прямоугольный след от большой картины, торчал стальной крюк с обрывком веревки. Стопка толстых книг с истрепанными корешками была свалена в угол, в другом углу на крашеной табуретке стоял гипсовый бюст хмурого Бетховена с отбитым носом. Высокое окно было распахнуто настежь, на подоконнике латунными боками сиял ведерный самовар.

— Могу определить вас сестрой милосердия. Дадут паек... Будете жить во флигеле. — Доктор кивнул головой в сторону распахнутого окна. — Общежитие, не «Метрополь», разумеется, но, знаете ли, уж такие времена... Опять же, рядом с мужем. Вы сами откуда?

— Из Петербурга...

Голос ей самой показался чужим, название города странным, вымышленным. Она еще раз повторила слово про себя. «Какой Петербург? Что это такое — Петербург? Зачем я придумываю какие-то небылицы?»

Катя, обжигаясь, отхлебывала оранжевый кипяток. Подошла к окну. В парке галдели вороны. К главному входу подкатил грузовик, санитары начали выгружать раненых. Грязные и усталые, кое-как перевязанные окровавленными тряпками, раненые садились у стволов лип, вытягивали ноги. У некоторых вместо ног были короткие обрубки, этих, подхватив как кули, санитары тащили в подъезд.

По верхушкам деревьев ползли тени облаков, сверху гасло скучное небо. За парком торчала пожарная каланча, выглядывали купеческие дома, насупленные и приземистые, по самые окна заросшие лопухами. Виднелись низкорослые яблони за косыми заборами, пустые улочки в ухабах. К Яузе спускалась кривая тропинка, на мостках баба с голыми розовыми руками полоскала серые тряпки.

— Петербург… — прошептала Катя и поставила стакан на подоконник, закусив губу и сцепив пальцы, она делала вид, что смотрит в окно. Щекотная слеза сползла по щеке, повисла на подбородке. Катя зло стерла ее ладошкой. Не хватает только разреветься тут…

Несколько месяцев назад, в марте, правительство большевиков бежало из Петербурга в Москву. Переезд проходил тайно, Ленина и его соратников, под охраной латышских стрелков, ночью погрузили в литерный поезд. Состав формировали не на главном, Николаевском, вокзале, а на окраине Петрограда, на полустанке «Цветочная» под прикрытием товарных вагонов и чумазых цистерн. В два часа ночи паровоз с погашенными огнями отправился в путь.

Бегут! Бегут!

Большевики доживают последние деньки!

Немецкие войска уже заняли Петергоф, офицеры разглядывают в бинокли шпиль Петропавловской крепости. Завтра они будут маршировать по Невскому. Эсеры призывают расправиться с Лениным, расстрелять всех главарей. В газете «Новая жизнь» передовица:

«Перед нами компания авантюристов, которые ради собственных интересов, ради промедления еще на несколько недель агонии своего гибнущего самодержавия, готовы на самое постыдное предательство интересов родины и революции, интересов российского пролетариата, именем которого они бесчинствуют на вакантном троне Романовых».

Кто посмел такое написать? Кто?! Максим Горький.

В Питере — всеобщая забастовка. Служащие объявили бойкот Ленину — не работают почта и телеграф, конторы и магазины, закрыты банки, парализован транспорт. По Питеру рыскают банды вооруженных дезертиров, они грабят, убивают, насилуют; особо зверствуют матросы. На Морской шайка балтийцев потехи ради выкинула с пятого этажа восьмидесятилетнюю старуху. Патрули красногвардейцев отличаются от бандитов лишь красными повязками на рукаве и лучшей организацией — эти катаются на грузовиках, у них списки адресов ювелиров, антикваров, коллекционеров и прочей буржуйской сволочи. Награбленное стекается в Смольный, штаб пролетарской революции. Большевики занимаются привычным делом — экспроприацией.

Литерный поезд с погашенными огнями покинул Петербург в два часа ночи. Под утро на станции Малая Вишера состав заскрежетал тормозами и резко остановился. Ленин распахнул дверь купе, крикнул в коридор:

— Что там еще? Где Дядя Том?

«Дядя Том» — подпольная кличка Бонч-Бруевича, партийного завхоза и организатора тайного бегства большевистского штаба в Москву. Спать Ленин не ложился, его боязнь покушений переросла в паранойю. Эсеры призывали к его физическому уничтожению — во вторник в Смольный пытался пробраться некто с ножом, на той недели схватили бомбиста, ряженного под крестьянина. Железнодорожники грозили заминировать рельсы. Всю ночь Ленин просидел на краю жесткой дубовой лавки, слушая, как внизу стучат колеса, а наверху мирно посапывает Надежда. Он пытался работать, дул чай, ходил в соседнее купе ругаться с Зиновьевым. В душном коридоре дежурили латышские стрелки — два молодца гренадерского сложения с английскими карабинами. Ленин попросил махорки, с одним, Гуннаром, пошел курить в тамбур, но там поперхнулся и закашлялся до слез. Поговорить тоже не удалось, белоглазый латыш ни черта не понимал по-русски.

Зиновьев тоже трусил, но его страх был рационален: он не хотел покидать Питер, боясь потерять личное влияние как председатель Петросовета.

— Кремль минирован, — пугал он Ильича, аккуратно отхлебывая чай. От чайного пара стекла его пенсне туманились. — Честью клянусь. Минированы вокзалы и мосты. Церкви. Елисеевский на Тверской...

— Какая глупость! — злился Ленин. — Чушь! Бабьи сплетни! Кто минировал?

— Генерал Краснов и минировал. Истинный факт! Немецкие бомбы, электрические, секретная разработка завода «Телефункен»... Провода под землей проложены, тянутся к адской машинке в тайном особняке на Остоженке...

— Галиматья татарская!

— Истинный факт! Владимир Ильич, дорогой мой, вы только представьте... Мы въезжаем в Кремль, занимаем кабинеты, обустраиваемся... — Зиновьев надувал щеки, изображая взрыв. — Ба-бах! Все взлетает на воздух! Все!

Ленин морщился, щурил калмыцкие глазки, нервно скреб подбородок.

— Чушь... — зло отмахивался. — В Питере в любом случае оставаться невозможно. Шутки прочь! Нас там передушат. Как кутят. Или котят... Архиважно перехватить инициативу, а в Питере против нас начала работать нами же созданная машина. Рабочие, солдаты, матросы... Партийная либеральная сволочь... интеллигенция, мать ее... Пролетариат оказался не готов к испытаниям голодом и лишениями. Нам нужна передышка, чтобы собраться с силами для удара. Москва, провинциальная и патриархальная, самое подходящее место. Передышка нам нужна... Степенное купечество и мещанство... Знаете, Григорий Ароныч, там мужички снимают шапку перед Спасскими воротами! Во как власть почитают!

Зиновьев облизнул пухлые бабьи губы. Сын еврейского маслопромышленника, он был честолюбив и хитер. С начальством, особенно с Лениным, лебезил, заискивал до незатейливого подхалимажа, подчиненных тиранил, часто хамил. Свою внешность считал неотразимой; с копной неукротимо цыганских волос, томными вишневыми глазами, он изображал из себя то ли поэта-бунтаря, то ли художника-карбонария. Был легкомысленно женолюбив, груб и назойлив в своих интимных притязаниях. Ленин по неясной причине Зиновьеву покровительствовал, но после его смерти, когда Сталин стал пробиваться к власти, карьера Зиновьева резко пошла под откос.

— Что крестятся — это хорошо. Ветхозаветно, — ласково улыбался Зиновьев. — Но ведь деревня, Владимир Ильич, захолустье. Бабы с коромыслами в Китай-городе, петухи по утрам кричат. Да и к тому же...

Он замялся, умолк.

— Что — к тому же? — Ленин насупился. — Что еще?

— Немец прет по всему фронту, уже заняли Двинск и Нарву. Слишком уж наш переезд напоминает драпанье во все лопатки.

— Драпанье? Да! Да! Драпаем! Троцкий, сукин сын, корчит из себя Бонапарта, а сам провалил переговоры в Бресте, Питер на пороге голодного бунта. — Ленин вскочил, громко стукнулся головой о верхнюю полку. — Ч-черт...

— Влади... — Зиновьев встревоженно приподнялся.

— К чертям собачьим! — потирая лысину, огрызнулся Ленин. — Нам главное спасти шкуру, собственную шкуру, понимаете?! Гори все адским пламенем! Пусть Германия оттяпает весь север, сожрет Питер — плевать! Плевать... Если погибнем мы — погибнет революция! Патриотизм — бред собачий, рассчитанный на идиотов. Границы — ахинея! Какие, к черту, границы, если мы замахнулись на мировую революцию? Пролетариат интернационален по своей природе, мы сотрем границы, Земной шар будет единым государством! Без классовой розни, без религий, без наций и рас... Понимаете?

Ленин торжественно растопырил короткие руки, точно хотел обнять кого-то большого.

— Республика Земного шара! Всемирная диктатура свободного пролетариата...

— Под руководством партии большевиков во главе с...

— Да-да! — нетерпеливо перебил Ленин. — Именно поэтому наша задача на данный момент — спасти шкуру!

Станция Малая Вишера, два часа ночи. Атаман Зинка Мухина стояла на плоской крыше железнодорожной будки. Уперев крупные кулаки в крутые бедра, затянутые в малиновые галифе, она властно и спокойно наблюдала за быстро приближающимся литерным поездом. Глубоко вдохнув, она улыбнулась. Да, все вокруг принадлежит ей — и студеная ночь, и чернильное мартовское небо, и станция, и приближающийся поезд. В особенности поезд.

Паровоз очумело гудел. Машинист пытался остановить состав, зажатые тормозными колодками стальные колеса плевались белыми искрами, скрежетали о рельсы. Первый путь, прямо по ходу следования литерного, перегораживал товарный вагон. Вагон горел, пылал рыжим огнем. Пламя рвалось вверх, гудело, языки хищно лизали звезды, страшные тени таинственных великанов бродили по обрывкам тумана, оранжевые пятна плясали по голым деревьям, стенам вокзала, телеграфным столбам. На семафоре, вытянув босые ноги, висел труп начальника станции. На Малой Вишере второй день хозяйничали анархисты.

Зинка подошла к краю крыши, уперла кавалерийский сапог в лафет «максима». Серебристо звякнула шпора. Из-за начищенного голенища сапога торчал черкесский кинжал, рукоять чеканная, вся в фальшивых рубинах. Рыжие зайчики вспыхнули на пряжках кожаной портупеи, на медных пуговицах английского френча. Паровоз включил все огни. Прожектор выхватил из тьмы лицо атаманши, хищное, красивое и грубое, почти мужское. Болтали, что она гермафродит, но говорили об этом тихо и с опаской: для горячей Зинки человека убить — что муху прихлопнуть.

— Огонь без команды не открывать! — крикнула она. — Кто ослушается — своими руками придушу подлеца.

По обе стороны полотна, вокруг горящего вагона, толпились анархисты — Черная гвардия Зинки Мухиной. Ее дружина. Дикого вида мужики, бородатые, обгорелые и чумазые, хмурые дезертиры, чубатые казаки в бараньих шапках, нахальная матросня — балтийцы-братишки, перепоясанная пулеметными лентами и увешанная ручными гранатами. Из-под ободранного офицерского мундира торчала украинская сорочка, из-под солдатской шинели — алая цыганская рубаха. Кто-то щеголял золотыми аксельбантами, другой сверкал эполетами лейб-гвардейского кителя. На огромном, как простыня, знамени черного шелка серебряной ниткой был вышит оскаленный череп со скрещенными костями и девиз «Анархия — мать порядка».

Литерный поезд, завывая тормозами, наконец встал. Громыхнули железом сцепы и буфера вагонов, паровоз с львиным рыком изрыгнул облако густого, как вата, пара. Из вагонов посыпались солдаты, серыми тенями метнулись по сторонам. Разбежались и залегли, поблескивая в темноте штыками.

Из головного вагона высунулась рука с белой салфеткой, помахала. Чуть выждав, на перрон осторожно спустился некто в длиннополом пальто и шляпе. Помахивая белой салфеткой, он пошел в сторону горящего вагона. Шел, путаясь в пальто, чуть боком, прихрамывая. С острой бородкой, в слепеньких очках, с портфелем под мышкой, он походил на сельского учителя.

Зинка уже стояла на перроне. Воняло дымом, копотью, талым снегом. Пахло отмерзающей землей, хлевом, сырой свежестью камышовых крыш — пахло весной. Осточертевшая зима заканчивалась. Зинка лениво сплюнула. Постукивая стеком по голенищу сапога, пошла навстречу парламентеру. По ходу нагнулась, сорвала сухую соломинку, сунула себе в рот. В ее голове крутилась фраза «клинка губительная сталь», Зинка тайно писала стихи, романтичные и скверные. Впрочем, она никому их не показывала. «Клинка губительная сталь» настырно крутилась в голове и никак не могла найти себе достойной рифмы.

С шестнадцати лет Зинаида Мухина принимала участие в террористических акциях, операциях по экспроприации, а на деле — банальной уголовщине: грабежах банков, ювелирных магазинов, фабричных касс, почтовых вагонов. Но не налетчицей Мухина была, а пламенной революционеркой и убежденной анархисткой. То, что со стороны казалось обычным грабежом, на деле являлось классовой борьбой.

Ее привлекали идеи Кропоткина и Григорьева, идеи построения свободного общества: уничтожение государства как института стало ее целью, а немотивированный террор — средством. В девятнадцать лет за убийство директора херсонского завода и взрыв вагона первого класса пассажирского поезда Ялта — Москва Зинаиду Мухину приговорили к смертной казни, которая впоследствии была заменена пожизненным заключением. Часть срока она отсидела в Петропавловской крепости, после была отправлена на каторгу в Сибирь. По дороге ей удалось сбежать. Через полгода Мухина объявилась в Японии, после в Сан-Франциско. Из Америки вернулась в Европу, в Париже окончила офицерскую школу. В Первую мировую воевала на македонском фронте. После революции поддержала большевиков как наиболее разрушительную силу, но быстро в них разочаровалась, приметив старорежимный бюрократизм, чванливость и лицемерие. А главное — неудержимое желание властвовать любой ценой. К тому же она недолюбливала евреев.

— А-а, Дядя Том, — Зинка остановилась, недобро ухмыльнулась. — А я-то думаю, кто такой — уж больно знакомая фигура.

— Доброе утро, Зинаида Витальевна, — галантно коснулся рукой шляпы Бонч-Бруевич. — Доброе утро.

Он поежился, поставил тугой портфель на перрон. Зинка, жуя соломинку, насмешливо разглядывала его мятое с недосыпу лицо.

— Стало быть, не брешут... — сказала она. — Тикаете. Бросил-таки Ульянов красный Питер на растерзание немецкому зверю. А когда год назад Керенский предлагал перенести столицу в Москву, ваш Троцкий объявил его национальным предателем. А теперь вот сами...

— Политическая целесообразность, уважаемая Зинаида Витальевна. — Бонч-Бруевич зябко уткнул учительскую бородку в верблюжий шарф. — Вы, как профессиональный революционер, прекрасно понимаете...

— Понимаю-понимаю, — перебила Зинка. — Да и вы, думаю, тоже понимаете... Именно поэтому от теории мы сразу перейдем к практике. Итак... У меня за спиной дивизия — матросы и солдаты, три пулемета и гаубица. Да эскадрон лихих кубанцев — клинка губительная сталь...

Не поворачиваясь, она ткнула стеком через плечо. Насчет лихих кубанцев, гаубицы и дивизии Зинка лукавила, пушка была скорее бутафорской, белые, отступая, разбили замок. Людей тоже было от силы человек триста. Да еще дюжины две конников.

— И если я скажу своим ястребам, что в литерном путешествует сам Ленин со своим правительством... — Она подмигнула, подалась вперед и тихо добавила: — И по всей видимости... со своей казной...

— Какой казной? — неубедительно засмеялся Бонч-Бруевич. — Что за девичьи фантазии? Ленин — да, он там...

Он сделал паузу и продолжил ласково:

— Но во избежание недоразумения, милая Зинаида Витальевна, должен предупредить вас, что кроме Владимира Ильича и членов правительства с нами в поезде путешествует полк латышских стрелков...

Сняв пенсне, доверительным тоном добавил:

— ...Которые в данный момент, как раз когда мы с вами беседуем, занимают боевую позицию по обеим сторонам насыпи. Что такое латышские стрелки, вы, дорогая Зинаида Витальевна, представление имеете.

Латышские стрелки отличались железной дисциплиной, удивительной выносливостью и нечеловеческой жестокостью. Это была, несомненно, самая боеспособная сила на стороне пролетарской революции. Троцкий неоднократно использовал их для подавления антибольшевистских мятежей. Ярославль и Новгород, Саратов и Калуга надолго запомнили исполнительных невозмутимых солдат с белыми глазами, которые резали, вешали и пытали без видимого удовольствия, но зато с чисто прусским педантизмом и прилежанием.

Зинка выплюнула соломинку. Паровоз тихо ворчал, он стоял под парами. Локомотив мог рвануть в любой момент. Главный прожектор бил в глаза, слепил, темень вокруг казалась непроглядной. В черноте Зинке мерещилось зловещее шевеление — там не то что полк латышей можно спрятать, всю адскую рать.

— Ну и что будем делать? — хмуро спросила она.

— Расстанемся друзьями.

Зинка хмыкнула, вытерла пальцами красивый красный рот. Бонч-Бруевич вежливо улыбнулся.

— А в качестве символического жеста, так сказать, наших добрых намерений... — Он нагнулся, щелкнул замком портфеля. — Вот, пожалуйте.

Он протянул Зинке небольшой лакированный ларец.

— Шоколадки? — насмешливо спросила Зинка, поддевая ногтем медную застежку.

— Увы-увы... Не шоколадки — вы ж знаете, с продуктами худо... Всего лишь скромный камушек на память о нашей ночной встрече. Бриллиант «Султан лунного света». Был подарен турецким пашой императрице Екатерине Великой.

В ларце, на черном бархате, моргая радужными искрами, божественно сиял драгоценный камень размером с грецкий орех.

Анархисты пропустили литерный на Москву. В полдень одиннадцатого марта поезд с правительством большевиков уже въезжал под дебаркадер Николаевского вокзала новой столицы России. Снова Ленину удалось облапошить судьбу, снова, и в который раз, дубина подслеповатого русского бога ударила мимо. Бонч-Бруевич врал про полк, поезд охраняли всего две роты латышей. Исход боя был предсказуем, у большевиков не было ни единого шанса уцелеть. Зинка Мухина без особых усилий могла бы повернуть вспять историю России, историю Европы. Радикально изменить историю всего человечества. Ты только вообрази — не было бы никакого Советского Союза, ни ГУЛАГа, ни генералиссимуса Сталина. Ни Коминтерна, ни Варшавского блока. Ни Третьего рейха, ни Второй мировой войны. Скорее всего, не появился бы и Гитлер, вернее, жил бы где-нибудь в Вене посредственный художник-акварелист по имени Адольф, разумеется антисемит и демагог, азартный спорщик, поклонник Вагнера и доморощенный оратор, аудитория которого ограничивалась бы кухней да пивнушкой на углу.

Ленин не забыл ночного происшествия, не простил унижения. Вождь пролетариата вообще отличался патологической мстительностью. Спустя полтора года Мухину удалось схватить в Севастополе, ее обвинили в расправах над мирным населением Ростова и Мелитополя и по решению военно-полевого суда приговорили к смертной казни через повешение.

Той ночью на станции Малая Вишера Ленин опять был на волосок от смерти. И опять, в который раз, уцелел.

Что это, везенье? Немыслимый фарт? Колдовские чары?

Я пытаюсь понять, я уже сломала голову: какая сатанинская сила, что за чертова ворожба охраняла этого человека? Злого и хитрого, лживого и беспринципного политика весьма среднего калибра. Какой дьявольский сбой случился в механизме вселенной в семнадцатом году, когда вопреки всякой логике, всем кармическим законам, любому из принципов божественной справедливости на трон величайшей империи взобрался этот малопривлекательный авантюрист с повадками уголовника?

Случайность — говоришь ты? — хорошо, пусть так.

Но ведь и потом, все последующие годы Гражданской войны, этот хваткий бес балансировал на краю пропасти, в которую, по всем законам логики и простого здравого смысла, он должен был неминуемо сорваться. Рухнуть, разбиться, покрыться сонной пылью, стать строчкой слепого петита в комментариях к скучной исторической статье. Да, был, мол, такой Ульянов (Ленин), второстепенный политический деятель, коммунист, лидер небольшой партийной фракции, в 1917 году в результате мятежа временно захватил власть в Петрограде, однако отсутствие экономической программы и неспособность управления страной привели к массовым забастовкам в столице и других городах. Коллапс промышленности и сельского хозяйства, а также угроза немецкой оккупации на северо-западе и наступление Белой гвардии на юге России вынудили Ульянова эмигрировать. Последующие попытки влиять на политическую ситуацию в Российской империи успеха не имели. За границей издавал газету

«Большевик», написал автобиографический роман «Красный царь», который был экранизирован дважды, в Германии и США. Умер в 1945 году в Женеве (Швейцария). Именно так и должно было все произойти. Именно так...

Кто ты — русский бог?

Чем мы тебе не угодили? За что ты так нас ненавидишь? Чему ты хочешь научить нас? Да и бог ли ты?

Сакральный каннибализм стал нашей сутью. Прильни к окуляру микроскопа — видишь? Ненависть. Эту ядовитую науку мы постигли до самого донышка. Конечно, при условии, что у нашей ненависти есть дно — вглядываясь в свою сумрачную душу, мне иногда кажется, что она бездонна. Мы возвели ненависть в разряд изящных искусств, наше искусство ненавидеть утонченно и многогранно — порой оно изящнее классического балета, мелодичнее этюда Прокофьева, живописнее и ярче полотна Кандинского. Препарируя свои чувства, я неизбежно натыкаюсь на фиолетовую жилистость ненависти — она везде! В гадливой жалости к убогому, в завистливой нежности к другу, даже в любви, в бескорыстной любви! — и тут я натыкаюсь на эту мерзость. Мы яростно ненавидим врагов — ненавидим жарко, тут нашу ярость выдрессировали вскипать моментально по команде «фас»! — не думая и не задавая вопросов. Мы желчно ненавидим соседей — за шум, за богатство, за пьянство или за излишнюю трезвость, за распутство или за целомудрие; мы гневно ненавидим людей незнакомых за их вид, запах, говор, цвет волос и форму носа. Не лучше дела обстоят с родственниками — тут нам вообще не угодить! Мы тайно ненавидим своих детей, жеманно подмазывая фиолетовое чувство чем-то розовым, вроде родительской заботы или эфемерных принципов фальшивой добродетели. Если дети успешней нас, мы им завидуем. Если неудачники — тихо презираем.

Даже себя мы не можем любить по-человечески. Себя мы тоже тайно ненавидим. И это чувство — самое глубинное, самое замысловатое из всех. Сядь, закрой глаза, взгляни внутрь себя — в эту лиловую гробовую темень. Память твоей крови сохранила целое тысячелетие, разложила ветхие века, как картинки в семейном альбоме. Увы, до идиллии тут далеко — боже, какие зверские лица, какие дикие! Смотри! Я знаю, страшно. Я знаю, инфернальный Данте покажется тебе добрым сказочником. Кровь, смерть, грязь. Князья и холопы, цари и цареубийцы. Пробитые черепа, дубины с присохшими волосами. Ржавая кровь на топорах, пеньковые петли, проворной рукой смазанные салом. Предательство и ложь. Младенцы сосут ненависть с материнским молоком. Они не знают, что их мать — волчица. Они научатся убивать, освоят нехитрое ремесло людоедства, они будут делать это не думая. Убивать по команде, умирать не задумываясь. Ради чего, спросишь ты, за что? Да какая разница — за веру, царя и отечество, например. Или во имя торжества коммунизма. Или за родину, за Сталина. Исполняя интернациональный долг или очищая землю от фашизма. Убивать неведомых диких мусульман в далеких горах. Или родных братьев во Христе где-нибудь под Донецком. Вспарывать животы недавним друзьям, жечь дома вчерашних соседей. Идти в штыковую атаку, рвать зубами плоть, выдавливать пальцами глаза. Безумие — возмутишься ты. Да, именно безумие. Поэтому смотри! Особенно приглядись к последнему столетию — это квинтэссенция твоего генетического кода, это формула твоей крови. Это формула моей крови.

Часть третья

ВОДА

18

От первого мужа мне досталась красивая немецкая фамилия Гинденбург и семизначная цифра долга. Он действительно состоял в родстве с фон Гинденбургами, именитыми прусскими аристократами, железными рыцарями из Тевтонского ордена, некогда владевшими дюжиной замков, половиной Польши и приличным куском Латвии. Его средневековая родня участвовала в Крестовом походе Людвига Рыжего, а один из его пращуров дрался с самим Александром Невским и даже утонул в Чудском озере во время Ледового побоища. Если честно, родство это шло по касательной, что, однако, не мешало Курту непринужденно упоминать об этом всякий раз и, как правило, не к месту.

Курт был хронически беден и патологически романтичен. Эта невеселая комбинация закончилась для нас трагично: в мае, после третьего заезда в Гринсборо, он застрелился за зимними конюшнями из одолженного револьвера. В предсмертной записке он просил вернуть пистолет хозяину (некоему К. Траппу), молил меня о прощении за испорченную жизнь и советовал немедленно уехать из Нью-Джерси.

Последний пункт прояснился через три дня. На рассвете в дом вломилась пара пуэрториканцев, следом вошел прилично одетый господин (стальной костюм, золотые запонки, сапоги из крокодила) с бесцветными, как у трески, глазами. Таким же бесцветным голосом он сообщил, что Курт Гинденбург должен ему один миллион двести тысяч долларов. И что он рассчитывает получить вышеуказанную сумму от его вдовы. Вдовой была я; после похорон денег в доме, даже если вывернуть все карманы и пошарить под диванными подушками, вряд ли хватило бы на обед в «Макдоналдсе».

Я могла бы рассказать правду — записка Курта, сложенная вчетверо, лежала в заднем кармане моих джинсов, я могла бы попытаться объяснить, воззвать к здравому смыслу, к милосердию, в конце концов, — но, взглянув в рыбьи глаза кредитора, на кирпичные шеи пуэрториканцев, решила не делать этого.

«Денег нет», — сказала я. Рыбий глаз не удивился, обвел мою кухонную утварь брезгливым взглядом — холодильник, плиту, микроволновку, розовый кафель. Этот поросячий цвет мне самой не очень нравился, кафель достался от прежних хозяев. Выдержав паузу, я добавила: «Но есть кокаин. Два килограмма колумбийского кокса, девяностопроцентного. Знаю, это не покроет долг целиком, но это единственное, что есть».

Он заинтересовался, кивнул мне — мол, покажи.

Открыв дверь кухонного шкафа, я вытащила с полки тугой бумажный куль с клеймом «Король Артур. Пшеничная мука высшего сорта». Шестифунтовую упаковку муки я купила год назад, но поскольку по части пирожков и пышек я не большая мастерица, пакет так и остался нераспечатанным.

Один из пуэрториканцев выхватил тяжелый куль из моих рук, грубо плюхнул на стол. Рыбий глаз наклонился, щелкнув ножом, ткнул лезвием в бумажный бок. Белый порошок высыпался маленькой горкой на клетчатую клеенку стола. Лизнув мизинец, он тронул белую горку, поднес палец к кончику языка.

Все это заняло секунды четыре, от силы пять. На меня никто не обращал внимания. Я стояла у раскрытого кухонного шкафа. Просунув руку между коробок с макаронами и овсянкой, нащупала пистолет. Это был тот самый револьвер, из которого застрелился мой муж и который я должна была вернуть некоему К. Траппу. Шестизарядный «Кольт-питон» с укороченным стволом в два с половиной дюйма.

Дед учил меня стрелять из «нагана». Семизарядного бельгийского револьвера с гравировкой на ручке «Красному комдиву Каширскому от трудового народа». Стреляли мы на даче, по настоящим военным мишеням с белыми цифрами в черных кругах; стрельбу по банкам, бутылкам и «прочим неуставным целям» дед презирал, называя ковбойщиной. Всего лишь раз он мне продемонстрировал свое мастерство, поразив с десяти шагов шесть из семи сосновых шишек, что мы выстроили в ряд на доске у сарая. Домашние во время нашей практики тихо уходили в дом, на жалобы моей матери, что, мол, зачем девчонке учиться стрелять, дед огрызался: парня надо было рожать. А мне говорил: «В этой жизни, милый друг, никогда не угадаешь, какое умение может пригодиться. Уж поверь старику на слово».

Снова дед оказался прав.

Палец лег на податливый курок. «Кольт-Питон» был массивнее и увесистей «нагана». «Значит, кучность стрельбы добрая, — прозвучал в голове голос. — Ты, милдруг, главное, курок не рви — ласково, ласково жми, поняла? Револьвер — машина умная, он сам все сделает, ты ему просто не мешай. И руку не тяни, целься в корпус, в полфигуры бей. Спокойно, без суеты, — раз, два, три...»

Раз, два, три. Три выстрела заняли секунды полторы. Этот ничтожный миг растянулся в бесконечное кино: первый пуэрториканец, словно от мощного удара, мотнул головой, из черной дырки в основании шеи брызнул алый фонтан. Второй, раскинув руки, рухнул назад, гулко грохнувшись затылком о край раковины. Рыбий глаз — на лице не испуг — удивление — застыл с острым розовым языком и выставленным мизинцем, на кончике которого белела мука. Пуля попала в грудь. Он дернулся и, точно пьяный, грузно повалился на пол. К подошве его сапога прилипла грязная лепешка жевательной резинки. Отзвук выстрелов звенел в ушах, по кухне плыл горький запах жженого пороха. Как тогда, на даче.

«Вот видишь, невелика премудрость», — сказал знакомый голос в голове, спокойный и рассудительный. Я издала какой-то жалобный птичий звук, оказывается, все это время я не дышала. Тут же затряслись руки, просто заходили ходуном. Я бросила револьвер на кухонный стол, от звука вздрогнула. «Ну нет, душа моя, так дело не пойдет! Ну-ка, возьми себя в руки, кончай этот переполох».

— Да-да, деда, я сейчас... — я сжала кулак, впилась зубами в костяшку. — Сейчас...

От кулака кисло пахло горячим железом и ружейным маслом. Зажмурившись, я глубоко вдохнула. Да-да, сейчас... «Самое сложное сделано, остальное вопрос техники и дисциплины. Ясно?»

— Ясно... — Я кивнула.

По неубедительным мраморным узорам серого линолеума растекалась малиновая лужа. К луже, потирая ладони, подбиралась любопытная муха. Стараясь не смотреть в лица, я обшарила карманы убитых, нашла ключи от машины, вытащила деньги. Денег оказалось очень много — получилась толстая пачка по большей части стодолларовых купюр. Поднялась на второй этаж, на дне ящика колченогого трюмо отыскала свой паспорт. Это был единственный документ с моей девичьей фамилией. В остальных — водительские права, страховка, кредитки — я помпезно именовалась Екатериной Гинденбург.

Руки уже почти не тряслись. Вытащив из шкафа защитного цвета куртку, я сунула деньги и паспорт в карман, застегнула пуговицу. Сняла тапки, переобулась в кроссовки. Тапки аккуратно поставила под кровать. На тумбочке в стеклянной банке стояла свеча, которую я зажигала в особо романтических ситуациях; хроническое безденежье и лавина долгов трех последних месяцев свели наши любовные упражнения практически к нулю. Свеча загорелась, пахнуло приторными бисквитами. Я почти насильно запихнула обратно все свои ассоциации, связанные с этим ванильным духом. Свечу я поставила на шкаф, почти сразу на потолке расплылось черное пятно сажи.

Оставив дверь в спальню открытой, спустилась вниз. Распахнула духовку, повернула один за другим все пять вентилей до упора. Газ тихо зашипел.

Замок был вырван с мясом. Сложив газету, я плотно притворила дверь. Прямо перед крыльцом, заехав передними колесами на газон и раздавив куст моей японской гардении, сиял черным лаком массивный лимузин. Мрачно торжественный, он больше всего походил на катафалк. Впрочем, особого выбора у меня не было. Времени тоже.

С Куртом Гинденбургом я познакомилась в Санта-Монике, на пляже. Стоял январь, никто не купался, не было видно даже серфингистов — вчера на закате в ста метрах от полосы прибоя тут приметили острый серый плавник, курсировавший вдоль берега. Большие белые акулы на людей нападали, как правило, по ошибке, принимая их за тюленей или морских котиков. Обычно жертвами становились серфингисты: для подслеповатой голодной акулы человек, затянутый в черный гидрокостюм, вполне мог сойти за аппетитного котика.

Растянувшись на теплом песке, я глазела в пустое, по-летнему лазоревое небо. С равными промежутками прямо надо мной с ревом проносились пассажирские «Боинги». Они шли на взлет. Аэропорт Санта-Моники был совсем рядом, прятался за горбатым холмом с игрушечным трактором, ползущим по клеверному полю. Тужась и растопырив мощные крылья, «Боинг» показывал мне свой чумазый живот, округлый и по-рыбьи беззащитный. Темный крест огромной тени скользил, кривляясь, по песчаным дюнам, перескочив через белую полоску пены, вырывался на свободу и плавно уплывал в бирюзовую даль океана. В небе турбины оставляли шлейф расплавленного воздуха, он походил на стеклянную тропинку; самолет набирал высоту и тихо растворялся в романтическом мареве где-то над горизонтом.

Наступало пятиминутное затишье. После адского грохота тишина казалась особенно хрупкой и значительной. Вкрадчиво шептал прибой. Бриз, шурша, мел белый песок, шелестел цветной фольгой и пляжным мусором. Мокро пахло водорослями, у кого-то на суше подгорели сосиски. Солнце нежно гладило лицо теплым ветром, глаза закрывались сами. В дрему синими кругами втекал свет, зыбким пунктиром вплывал белый звук. Даже чайки, снующие в полосе прибоя, вели себя пристойно и не очень галдели. За два года мне так и не удалось привыкнуть к калифорнийской зиме. Солнечные очки, майки и шорты в декабре, новогодние елки среди пальм и цветущих азалий подсознательно диссонировали с моей русской идеей об устройстве вселенной.

Проводив взглядом очередной самолет, я приметила в океанской дали золотистое пятнышко. Должно быть, воздушный шарик улизнул с какой-то веселой яхты и теперь качается, бедняга, на волнах, решая, куда же ему направить свой беспечный бег — к берегам Нового или Старого Света. Ведь я лежала на самом краю Американского континента, и передо мной на двадцать тысяч километров простиралась водная пустыня самого большого, да что там, — самого огромного и самого глубокого из океанов — Тихого. Одна Марианская впадина чего стоит. Давай сюда, шарик! Плыви ко мне! Плыви скорее, пока тебя не закрутило северо-пассатное течение и не уволокло к студеным скалам Аляски или не проглотила какая-нибудь игривая акула, пока не проткнул острый клюв дурака-альбатроса и не закрутил чертов тайфун у берегов острова Фиджи.

Шарик, точно повинуясь моей воле, стал медленно приближаться. Я тихо засмеялась и быстро закатала джинсы, шлепая босыми пятками, вошла в полосу прибоя. Бутылочного цвета волна, набегая, шипела, грустно вздыхала и торопливо убегала назад. На загорелых щиколотках оставались белые кружева пены, песок щекотно уползал из-под пяток. Шарик приблизился и оказался обычным пловцом.

Сложив ладони, я зачерпнула воды, плеснула на лицо. Вытерлась локтем и поплелась обратно к своим кроссовкам. Пловец выбрался — белобрысый, с выгоревшими бровями, он показался мне почти альбиносом. Это и был Курт Гинденбург.

Ленивым атлетическим шагом, выпятив широкую безволосую грудь, он подошел и остановился у моих ног. Его нос, похожий на клювик какой-то хищной птицы, обгорел и блестел, точно был покрыт алым лаком. Гладкое и румяное тело вызывало противоречивые ассоциации и одновременно напоминало голышей из рекламы детского мыла и мускулистых архангелов с фрески Микеланджело. Он улыбался и молчал, моргая длинными и совершенно белыми ресницами. Можно было смело спорить на большие деньги, что передо мной стоял самый белокожий человек в радиусе ста миль.

— Здравствуйте. — Альбинос со сдержанным военным шармом боднул головой и выпятил ладный подбородок. — Меня зовут Гинденбург.

— В честь дирижабля?

В памяти тут же всплыла черно-белая фотография — шар огня, туша цеппелина, похожая на гибнущего кита, — фото было из Большой советской энциклопедии. Вместе с дедом мы просмотрели все пятьдесят два толстенных тома. До самой смерти дед оставался убежденным сторонником самообразования. Среди залежей мусора моей памяти и сейчас можно обнаружить целые фрагменты никому не нужных сведений из этих синих коленкоровых фолиантов.

— Нет, — удивился альбинос; моя осведомленность произвела впечатление. — Дирижабль назвали в честь моего кузена по линии деда. Рейхспрезидента Пауля фон Гинденбурга.

— Это который Гитлера канцлером назначил?

Юный Гинденбург приоткрыл рот и удивленно поднял белые брови. Солнце, по-зимнему низкое, золотило нимбом его взъерошенные волосы.

— А на Восточном фронте никто из родни не воевал? — Я отогнала настырную муху от лица. — На Сталинградском направлении? В группе армий «Юг»?

— Бабушкин племянник Отто фон Виттенхоф командовал полком Четвертой танковой армии генерала Готта... — растерянно ответил он. — А откуда... Откуда...

— Мой дед воевал там. На Сталинградском фронте...

— Русский?

Он спросил так, точно русские почти вымерли и встречались не чаще снежного барса.

— Отойди, — сухо попросила я. — Ты мне солнце загораживаешь.

Он послушно расстался с нимбом и отошел в сторону. Небо потеплело, над горизонтом расплывалась персиковая муть увертюры к закату.

— Там, кстати, — я кивнула в сторону прибоя, — полно акул.

— Так уж и полно, — фыркнул он. — Всего одну видел. Тигровую. И та какая-то плюгавая.

Он продолжал пыжиться, но уже без прежнего апломба.

Солнце садилось. На необитаемом пляже начали появляться люди. Они тянулись поодиночке и парами, небольшими группами, точно паломники, бредущие по пустыне. Устраивались на циновках или просто на песке, тихо рассаживались. Лица спокойные и внимательные, такие встретишь на органных концертах или по воскресеньям в церкви, все лица обращены к океану. Кто-то откупоривал белое вино, принесенное в сумке со льдом, кто-то раскуривал вечернюю «гавану». Люд попроще дымил травой. Шуршали волны, шелестел говор тихих бесед, сырой запах прибоя мешался с травянистой вонью марихуаны и плыл над пляжем. Наступал священный час — час вечернего калифорнийского заката.

Нигде на свете я не встречала столь серьезного отношения к этому вполне регулярному и обыденному природному явлению, как в Калифорнии. Особенно в Лос-Анджелесе. Местные с середины дня начинают подыскивать место — терраса ресторана «Лунные тени» в Малибу или Зума-бич? Или все-таки пирс Санта-Моники? К тому же там холодное пиво. А может, тот кабак на Пи-си-эйч? Кухня там дрянь, но вид — удавиться можно! Да, закат сегодня будет — мама не горюй! Супер! Видишь те облака, перистые, если их не разгонит ветер, они так и вспыхнут по всему небу! Как на прошлой неделе, когда солнце в тучу садилось! Помнишь, ну? Такая драма, охренеть можно...

Машины тех, кто не успел, съезжают на обочину. Целые семьи в благостном трепете выстраиваются в придорожной пыли и, обратив персиковые лица на запад, зачарованно наблюдают за смертью светила. Торжественные и красивые лица. Добрые. Как я люблю эти лица! Лица людей, которых я без запинки назову братьями и сестрами. И мне плевать, если в твоих жилах течет пунцовая кровь ацтеков, или твои предки поклонялись Тору и верили в Вальхаллу, или твой пращур падал ниц перед эбонитовой крутобедрой Иштар, или он обожествлял равнодушного рогоносца Осириса. Или, подобно моим предкам, приносил кур в жертву Перуну и нагишом плясал под луной на Ивана Купала.

В это мгновение я чувствую наше безусловное родство, наше безоговорочное братство. Идентичность устройства нашей принципиальной конструкции — выражаясь технически. В нас гораздо больше сходства, чем даже нам того хотелось бы: заносчивый английский лорд и индус-попрошайка на углу, крепкий молодец со свастикой на бритом затылке и пейсатый хасидский мальчик, черный раб и его белый хозяин — все мы, как ни крути, кровная родня.

И еще — человек постиг тьму премудростей, научился производить кучу бессмысленных и опасных конструкций, гордо называя это техническим прогрессом, но на деле, отбросив компьютеры, самолеты, айфоны, вайфай и прочий мусор, под тонким лаком цивилизации прячется все тот же испуганный малый, трясущийся в своей пещере от раскатов грома и воя урагана, вырубающий из пня корявого идола, который защитил бы его, падающий на колени перед кровавым закатом, умоляя божественное светило не гневаться и появиться завтра опять.

Тот закат на пляже Санта-Моники удался на славу. Описывать его — пустое дело, поэтому попрошу тебя припомнить свой самый умопомрачительный закат, умножить его на пять, добавить туда ласковый бриз, восхитительные двадцать четыре градуса по Цельсию и бескрайний простор Тихого океана, который по праву называют Великим. Палитра — от ослепительно-лимонного до лилово-пурпурного. Ну вот — у тебя бледная копия того заката.

Потом мы сидели в стекляшке на углу Восьмой и бульвара Санта-Моника. Долговязые пальмы казались вырезанными из черной жести. Небо гасло. Оно напоминало малиновый кисель, в который кто-то вливал черничный сироп и плавно размешивал варево огромной ложкой, методично включая там и сям мутные звезды. Пурпурные спирали вдруг вздрогнули, и полнеба превратилось в пылающий готический город. Острые башни вставали и рушились, кафедральные соборы плавились, крутые мосты стекали в горящую бездну. Одна из башен оторвалась и поплыла, у нее выросли крылья, она превратилась в птицу, нет, в ангела. Ангел изогнулся, кривляясь, заломил острые крылья к зениту и стал насмешливым рогатым чертом. Страшноватая луна вылезла из-за Голливудских холмов и застряла, точно в рогатине, между двух лысых пальм.

Я рассказывала Курту про Биг-Сур. Про Генри Миллера. Одно время он жил там, среди вековых секвой, в одиноком бревенчатом срубе на краю обрыва, повисшем над океаном. Писательский рай. Сейчас там музей и действующая библиотека для местных и туристов. Я устроилась туда работать, то ли библиотекаршей, то ли сторожихой. Посетителей почти не было, целыми днями, сидя на тенистом крыльце, я покачивалась в плетеном кресле-качалке знаменитого писателя и читала книжки из его библиотеки. Покуривала траву, которую выращивали местные хиппи-пенсионеры. Платили мне негусто, но тратить деньги в такой глуши все равно было не на что.

— Точно, писательский рай! — согласился Курт, разливая остатки вина по стаканам. — Вдохновение, должно быть, так и прет! А сама писать не пробовала? Стихи или что-нибудь там еще?

— Нет, — соврала я.

Стихи у меня выходили корявые, а для прозы, как мне сказал сам Генри Миллер, явившись как-то во сне, мне не хватало жизненного опыта. «Твое знание жизни сейчас похоже на коробку с пестрыми осколками, лишь годы позволят сложить из них внятный узор, — сказал он, — поправляя круглые очки. — Даже и не пытайся раньше сорока». Я возразила: «Ну а как же «Молох»? Вам сорока не было...» «Дрянь!» — фыркнул писатель. «А «Очумевший петух»? — не унималась я. «Дерьмо! — отрубил Генри Миллер. — «Тропик Рака» я написал в сорок лет, и это первый текст, за который мне не стыдно».

Я проснулась среди ночи и записала весь наш диалог.

Про сон этот я решила пока Курту не рассказывать, не стала я говорить и о своей матери, и о своем арканзасском отчиме. Про деда говорить тоже пока было рано. В тот вечер меня вполне устраивала роль простоватой девчонки, которая нравилась незнакомому парню лишь за веселый нрав, живые глаза и пару задорных сосков, проступающих сквозь тонкий хлопок майки.

Мне он тоже нравился. Хотя, скорее всего, мою наивную душу и мое неискушенное либидо манил его восторженный интерес ко мне. Интерес азартный и по-детски непосредственный; примерно так двенадцатилетние мальчишки строят плот, играют в индейцев или планируют ночной побег на остров Мадагаскар.

Потом мы гоняли по ночному Лос-Анджелесу. На набережной, сложив руки на затылке, Курт демонстрировал управление автомобилем при помощи ног. В Малибу он залез на крышу ресторана и оттуда декламировал, перекрикивая волны:

Ich weiß nicht, was soll es bedeuten,
Daß ich so traurig bin...[1]

Около часа ночи он признался мне в любви.

Около двух, сняв с мизинца фамильный перстень, он стоял на коленях в придорожной пыли и умолял выйти за него замуж.

Около трех он затормозил у чугунной решетки. Я понятия не имела, куда мы заехали. Курт таинственно кивнул с сторону чугунных прутьев ограды.

— Что там? — прошептала я.

— Тсс... — Он приложил палец к губам и открыл дверь.

За оградой темнели ночные кусты, угадывались деревья. Оттуда сладковато пахло мелкими розами, такие

---

1   *«Не знаю, что значит такое,*
      Что скорбью я смущен...» (нем.)
      Стихотворение Г. Гейне «Лорелея». Пер. А. Блока

росли у нас на даче, назывались они «Розы голубого Нила» — самые пахучие. К медовому духу примешивался другой — непонятный, резкий и тревожный запах. Чугунные пики ограды уходили в бесконечную перспективу пустой улицы. Вдали, на краю вселенной, моргал желтый глаз светофора. Мы крадучись пошли вдоль решетки, стараясь держаться в тени.

Торжественные кованые ворота напоминали въезд в замок, на огромных колоннах по бокам сидели каменные львы. Страшные клыкастые пасти были раскрыты в беззвучном рыке.

— Зоопарк... — прочитала я гигантское бронзовое слово на воротах.

Курт Гинденбург восхищенно кивнул, точно привел меня к эдемским вратам. Он плюнул в ладони, ухватился за чугунную перекладину ворот, подтянулся и ловко вскарабкался на самую верхотуру. Перемахнув, с обезьяньей сноровкой спустился с другой стороны.

— Давай! — Он просунул руку меж чугунных прутьев и сжал мою ладонь.

«Что я делаю? — уже карабкаясь наверх, подумала я. — С ума, что ли, сошла?»

Он подхватил меня, сжал сильными ладонями, бережно поставил на асфальт. Мое глупое сердце колотилось на весь зоосад. Наверное, я улыбалась как дура.

Бесшумно и стремительно, точно с детства воспитывался среди апачей, Курт нырнул в тень, оттуда подал мне знак следовать за ним. Обогнув гигантский фонтан с неубедительными мраморными медведями, мы прокрались за будками касс и информационным бюро с островерхой крышей и флюгером в виде аиста. Прошмыгнули мимо большой карты на слоновьих ногах.

Главная аллея с неудобными лавками и понурыми мертвыми фонарями уходила в кромешную темень.

Курт беззвучно скользил, иногда настороженно останавливался. Прислушивался, манил рукой. Я послушно шла вслед. Его грациозная уверенность и мое абсолютное незнание цели придавали процессу привкус романтического и таинственного приключения. Может, я действительно сошла с ума, но наша ночная авантюра мне определенно нравилась. В моей молчаливой покорности мне чудился какой-то жеманный эротизм, нечто за гранью дозволенных приличий и пуританских правил. Ощущала себя маленькой ловкой чертовкой, крепенькой цирковой танцовщицей, ладной мускулистой рабыней, готовой исполнить волю хозяина. Старик Фрейд аплодировал в гробу.

Мы крались по главной аллее. Тут тьма сгустилась и теперь казалась абсолютной и бесконечной, точно мы дрейфовали в открытом море. Звериный дух усилился, стал острее. Звери, по-видимому, спали.

С главной аллеи свернули направо. Вдали, на открытой поляне, я увидела величественный силуэт жирафа. Выглянула луна — гордый жираф оказался телеграфным столбом. Сизый свет залил мутью асфальт дорожки, пыльно осветил макушки деревьев. Курт замер, властно вскинул ладонь. Я застыла, не завершив шага.

— Пришли! — торжественно прошептал он.

От луны его волосы сияли и казались стальным париком, белые глаза жутковато сверкали. Нехорошее предчувствие шевельнулось внутри, вроде как в скверном сне, когда еще ничего не случилось, но ты уже нутром чуешь грядущую беду. Если я действительно сошла с ума, то явно не в одиночку.

— Именно сегодня! — Курт подмигнул безумным глазом. — Я сделаю это!

— Что?

Он величаво указал в сторону решетки.

За надежной, в палец толщиной, железной сеткой топорщились фальшивые джунгли, слишком живописные, чтобы быть настоящими. Из зарослей тропических лопухов торчали стволы лакированного бамбука, мохнатыми веревками свисали лианы. За нагромождением диких камней серой сталью мерцал круг водоема, дальше — в бутафорской скале — чернел вход в пещеру. Я подошла вплотную к решетке. На медной табличке большими буквами было выбито: «Тигр бенгальский», ниже следовала какая-то еще информация, которую читать я не стала.

— Знак! Сегодня! Сегодня ночью, — горячо заговорил Курт. — Именно сегодня и именно с тобой... Это знак!

— Какой знак? Чего знак?

Растопырив пальцы, он выставил ладонь мне в лицо.

— Коснуться земли тигра! Впитать его дух! Дух тигра!

Он поднял голову, я тоже посмотрела вверх. Решетка была чуть ниже трех метров.

— Ты чокнулся... — выдохнула я.

— Наоборот!

— Тигр просто сожрет...

— Он спит!

— Он спит именно потому, что никто не лезет к нему в клетку.

— Он спит! В пещере! Все займет три секунды. — Он быстро проиллюстрировал руками свою стремительность. — Раз, два, три!

— Нет... нет, нет! — Я замотала головой, точно пытаясь проснуться.

— Да-да-да!

— Ты умрешь, — серьезно сказала я.

— Ты тоже умрешь! — весело отозвался Курт. — Мы все умрем! Именно поэтому и нужно жить на всю катушку! Ты же русская, Катя! О боги, неужели немец должен объяснять русской такие элементарные вещи!

Он театрально вскинул руки к луне. Я прыснула и засмеялась. Он засмеялся тоже, взял меня за плечи и бережно поцеловал в щеку. Внезапно абсурдность происходящего наполнилась здравым смыслом, точно какой-то гений одной фразой объяснил мне смысл жизни. Словно добрый ангел открыл мне глаза, и я постигла устройство вселенной. Да! Нужно жить — в этом и есть смысл! Да, да, да! Смысл жизни в самой жизни! В буйстве крови, в жажде страсти, в любви, в боли и в муке! Даже в смерти! Мы все умрем! Поэтому бояться смерти просто глупо. Бросить вызов смерти, пройти по краю — в этом апофеоз жизни! Какой смысл дожить до старости, если всю жизнь ты боялся жить? Только поставив жизнь на кон, ты бросаешь вызов бессмысленности бытия! Как я раньше не понимала этого? Господи, это ж так просто...

Дальнейшее произошло, как в ускоренном кино. Курт с проворством бывалого матроса вскарабкался на верхушку решетки, сел. Одну за другой перекинул ноги. Повиснув на руках, оттолкнулся и приземлился на той стороне.

Громко хрустнул гравий под подошвами — гораздо громче, чем хотелось. Я чуть не вскрикнула, Курт тоже не ожидал такого шума — в его глазах мелькнул ужас. Застыл, после медленно повернулся в сторону черного входа в пещеру. Все было тихо. Он приложил пятерню к земле, точно оставляя печать. В два приема он снова был наверху. Еще в два — рядом со мной.

Мы давились от смеха, мы обнимались, мы катались по газону как дети или сумасшедшие.

— Теперь — ты! — Курт сжал мои запястья.

— Не-е-ет, — я еще смеялась, — нет...

— Да, — уверенно сказал он. — Да!

— Я не хочу...

— Хочешь! Ты сама знаешь, как ты этого хочешь!

— Это потому, что ты?..

— Нет! Не потому, что я. Потому что ты сама хочешь!

Он говорил серьезно. Совершенно серьезно.

— Мужество есть лишь у тех, кто ощутил сердцем страх; кто смотрит в пропасть, но смотрит с гордостью в глазах, — медленно проговорил Курт, потом добавил: — Мужество — это счастье. Счастье — это жизнь. Ты не можешь отказаться от жизни.

— Именно это и произойдет, если меня сожрет тигр!

— Я прыгну к тебе...

— Он сожрет нас обоих, — я нервно засмеялась. — От этого я не стану менее мертвой...

Он даже не улыбнулся.

— Ты же видела — пара пустяков. Пять секунд. Но эти пять секунд станут лучшими в твоей жизни. Ты их запомнишь навсегда.

Тут он, похоже, оказался прав.

Мои пальцы вцепились в теплую сталь решетки. Мускулы действовали инстинктивно, мозг был занят чем-то другим. С прыткой грацией я вскарабкалась наверх, через миг мои подошвы коснулись гравия внутри клетки. Я выпрямилась. Надо мной висели лианы, тропические папоротники раскрывали свои экзотические веера. В глубине темнела пещера. Я видела все это и с той стороны, но сейчас, по эту сторону решетки, мне показалось, что я соскользнула в какой-то параллельный мир.

Что я ощутила? Впервые в жизни я так остро ощутила реальность собственного существования. Реальность именно в эту секунду бытия. Реальность и мимолетность. И еще одиночество — абсолютное и окончательное одиночество, какое бывает под звездным небом в открытом поле. Печали не было. Было осознание некой катастрофической, фатальной истины. Холодное принятие своей судьбы, своей доли. Моя жизнь лишь миг, лишь вздох. Один удар сердца, стиснутый с двух сторон бесконечностью небытия.

Потом я услышала звук. Шорох листьев, хруст гравия. Я оглянулась — из пещеры выходил тигр. До него было метров двадцать. Полосатые тени и собственные полоски превращали зверя в оптическую иллюзию — он то исчезал, то становился плоским, как фанерная мишень, то появлялся в убедительно трехмерной версии. Тигр поднял голову, тихо заурчал и направился прямо ко мне. Хищный зверь, плотоядный людоед — клыки и когти. Клянусь — меня обдало его жарким дыханием, его диким звериным запахом.

Я прыгнула на решетку. Руки тряслись, пальцы срывались и никак не попадали в ячейки сетки. Нога соскользнула, Курт уже был наверху и тянул ко мне руку. Я вцепилась в его ладонь, он ухватил меня за запястье. Сзади хрустел гравий, я слышала вкрадчивые кошачьи прыжки, спиной чувствовала стремительное приближение хищника. Курт выдернул меня, мы перевалились через ограду и рухнули на спасительный асфальт.

Я поднялась на колени и завыла, потом засмеялась, точно залаяла. Курт стоял рядом на четвереньках и тоже хохотал. Мы трясли друг друга, хлопали по плечам. Потом мой смех перешел в слезы, я зарыдала. Курт прижал мою голову к своей груди с такой силой, я боялась, она треснет как спелый арбуз. Гинденбург сжимал мой бедный череп и тоже рыдал навзрыд.

19

Любая здравомыслящая баба после истории с бенгальским тигром поставила бы жирный крест на отношениях с Куртом Гинденбургом. Здравомыслящая — да, безусловно. Я же вышла за него замуж меньше чем через месяц. Безрассудно? — разумеется. Глупо? — вряд ли. Подумай сам: мне не исполнилось и двадцати, я вдребезги влюбилась, а главное — я была совершенно свободна, иными словами, терять мне было нечего.

Помню часы и дни, наполненные абсолютным счастьем — первый круг нашего совместного рая, когда жизнь превратилась в фантасмагорию, втиснутую между двух ударов восторженного сердца и парой скомканных простыней, белеющих в пепельно-розовом рассвете.

Восторг, детский, доходящий до кретинизма, от сказочного слияния душ, умов и тел: я стала частью его, он — частью меня; мы чувствовали, думали, говорили не просто одинаково, а мы сплавились в единый организм — знаю-знаю, патока и банально, но за скучными штампами моя память распахивает ажурные ворота и ведет в цветущий сад, к прекрасным родникам с радужной форелью (их темные спины в узоре мелких крапинок), там кружево тени дрожит на золотистом песке тропинки и часы на готической башне показывают без четверти вечность, там сумерки и серебристый свет на каких-то античных ступенях, ведущих под сень чего-то итальянского, кажется тенистых аркад в диком винограде с янтарными гроздьями... Видишь, не так уж и плохо, теперь и ты можешь мимоходом прогуляться там. Только не шуми, пожалуйста.

Я сама брела теми тропинками, когда через три с небольшим года Курта Гинденбурга в безнадежно фанерном гробу сжигали в муниципальном крематории города Трентон штата Нью-Джерси. Я любовалась форелью в хрустальном ручье, когда оставляла черный, как грех, бандитский лимузин на пятом ярусе подземного гаража между Амстердам-авеню и Восемьдесят восьмой улицей. Мне чудились те сумерки неиссякаемого серебра, когда я шагала с юга на север по остывающему Манхэттену, гранитному острову, похожему на силуэт спящего зайца.

В утренних новостях местного канала «Нью-Йорк — Один» после репортажа о вопиющих нарушениях норм гигиены в госпитале Бруклина показали наш дом. Вернее, то, что от него осталось, — каминная труба, обугленная яблоня и обломки, разлетевшиеся на четверть мили. Я узнала полосатое кресло из спальни, оно сохранилось как новое. По периметру желтела полицейская лента, за ней толпились скучающие зеваки — зрелище было так себе — с таким же удовольствием можно смотреть на догорающую помойку. Трупы или что там от них осталось, похоже, уже увезли.

По выжженной земле стелился дым, в сизом мареве, точно в тумане, бродили пожарные и полиция. Репортерша, наглая и глупая, как сорока, тыкала микрофоном в их постные рожи. Рожи что-то неопределенно мычали. Показали мою фотографию двухлетней давности, под ней подпись — Кэт Гинденбург. Ни имя, ни лицо ко мне отношения уже не имели.

Я подозвала официантку. Та, толстуха-студентка с неопрятным пирсингом в ноздре, пялилась в немой экран, держа наготове литровый кофейник. Сняв очки и глядя ей в глаза, я попросила принести счет. Она предложила еще кофе, любезно налила из мельхиорового кофейника, смахнула крошки салфеткой и вернулась с чеком.

Оставив десятку на чай, я прошла в туалетную комнату. Достала пунцовую помаду, поправила парик — гладкие волосы, черные до смоляного лоска, с прямой челкой. Дикое чувство — из зеркала в меня пристально всматривалась совершенно незнакомая женщина. Дама треф.

Ведьма, переодетая пажом.

Не могу сказать, чтобы она мне нравилась — явная стерва радикально вороной масти. Узкое лицо, темные брови капризно разлетались к вискам. Хищные ацтекские скулы, подчеркнутые тенью, переходили в острый упрямый подбородок. Глаза глубокие, черные от больших зрачков. Надменные, как у испанской королевы. Картину портил мягкий грустный рот. Выкрутив кровавое острие помады, я нарисовала большие губы, алчные и сладострастные. Да, вот так!

В два тридцать, поднявшись в бесшумном лифте на пятьдесят второй этаж, я сидела в сумрачной приемной некой Лизбет Ван-Хорн. Эксклюзивного редактора ГРВР — как значилось на табличке. Пыталась расшифровать загадочные буквы, пыталась успокоиться. Пальцы с леденцовыми ногтями терзали новенькую крокодиловую сумку. Секретарша, сухая карга, похожая на школьную математичку, после того как я отказалась от воды (или кофе?), уже не обращала на меня никакого внимания. По стенам висели мониторы, на экранах беззвучно мельтешили новости. Пыльные солдаты, танки, взрывы сменялись румяными политиками, рукопожатиями и улыбками. Мелькали столицы и города, Эйфелева башня, Биг-Бен, Кремль, какие-то минареты на фоне гор. И снова — взрывы, танки и пыльные солдаты.

Меня пригласили. После слепой приемной кабинет поразил размерами, светом. Дальняя стена была полностью — от пола до потолка — стеклянной. За ней манящей пропастью раскрывался Манхэттен, игрушечный, расчерченный на правильные квадраты и утыканный аккуратными кубиками домов — остров лежал у моих ног, словно модель прилежного архитектора. Поразила ювелирная дотошность сияющих мостов, парящих над зеркальным Гудзоном. Залив был тщательно вырезан из куска голубого неба с узором из вздорно перистых облаков; перспектива уходила в сизую даль, кирпичный Бруклин был похож на веселое лоскутное одеяло, рыжие и желтые заплаты чередовались с зеленой дымкой скверов, дальше лилипутским Луна-парком топорщились аттракционы Кони-Айленд. На самом краю земли маячило чертово колесо, прозрачное и искристое, словно отлитое из венецианского стекла. Дальше начинался океан.

— Земля действительно круглая, — Ван-Хорн встала из-за стола. — Видите?

Линия горизонта, там, где край океана мутно перетекал в обморочное небо, изгибалась едва заметной дугой.

— А вон там, — Ван-Хорн указала пальцем за Бруклинский мост, — видите это сияние?

Там, за водонапорной башней, похожей на трехногого марсианина из «Войны миров», на огороженном пустыре были рассыпаны какие-то сокровища. Они мерцали, радужно переливались и подмигивали.

— Бруклинская помойка, — усмехнулась Ван-Хорн. — Ведь и не подумаешь даже.

Она посмотрела мне в глаза. Нехорошо посмотрела, точно знала: я тоже прикидываюсь. Ее долгая жилистая шея казалась еще длиннее из-за выбритого под ноль затылка, виски тоже были выбриты, челка и ежик на макушке были выкрашены в седой, абсолютно белый цвет.

Сухая и строгая, в черной коже, со стоячим воротником, она будила какие-то смутные ассоциации с арийскими экспериментами в области медицины.

— Вы учились в Беркли. Почему бросили? — спросила она, откладывая лист с моим резюме.

— Переехали на Восточное побережье. Муж нашел новую работу, — чтобы не запутаться, я решила свести ложь к минимуму.

— Так вы замужем?

— Уже нет.

— Это хорошо. Дети?

— Нет.

— Отлично.

Ван-Хорн разглядывала меня.

Тщательные приготовления не пропали даром — макияж, маникюр, хищные носы змеиных сапог, черная кожа крокодила, дорогие и строгие вещи с Пятой авеню. Девка знает себе цену, но бисер не мечет, одинокая и самостоятельная, не пытается подлизаться, явно не размазня. В обиду себя не даст... Что-то в этом роде (я надеялась) думала Ван-Хорн.

— Переведите мне... — Ван-Хорн протянула мне сложенный пополам русский «Коммерсантъ». — Вот тут... С этого абзаца.

Статья была про теракт в Московском метро.

— Отлично... — Ван-Хорн остановила меня. — Предположим, я оценила ваш маскарад — костюм эмансипированной женщины. Впрочем, сумка из аллигатора, на взгляд, явный перебор... Ну да бог с ним. Теперь попробуйте за пять минут убедить меня, почему я должна взять на работу именно вас. Переводчиков в Нью-Йорке, как вы понимаете, как собак... — она усмехнулась и с удовольствием добавила, — нерезаных.

Она отогнула пальцем манжету, равнодушно посмотрела на часы. Засекла пять минут, стерва. Я медленно вдохнула, как перед прыжком в воду.

— Вам нужен переводчик для работы в России, в Москве. Человек, не только знающий язык, но и понимающий ситуацию и верно ориентирующийся в обстановке. Логично было бы нанять кого-то из местных, так?

Ван-Хорн даже не кивнула.

— Вы боитесь утечки информации. Информация — ваш хлеб. Вам нужен американский гражданин, человек, связанный американскими законами. Он десять раз подумает, прежде чем сделает какую-то глупость, которую прокурор классифицирует как действия, представляющие угрозу национальной безопасности США.

Ван-Хорн взглянула на запястье и показала мне три пальца. Вот ведь зараза...

— Вам нужен человек не для сидения в редакции, — я повысила голос, продолжила с напором, — не для перевода русских статей на английский. Вам нужен переводчик, который будет сопровождать ваших репортеров везде — на митингах, на демонстрациях, может даже, на баррикадах. Переводчик, знающий русских людей, умеющий говорить с ними. Я родилась в Москве, я выросла в семье генерала. Мой дед служил в ставке Верховного главнокомандующего, он знал его лично...

— Сталина? — Ван-Хорн приоткрыла рот. — Лично Сталина?

— Да. Они познакомились еще в Гражданскую войну. В Царицыне, это теперь...

— Волгоград, — вставила Ван-Хорн.

— Кастовость советского общества вам известна. Феодализм. Нынешняя Россия мало изменилась. Дети и внуки элиты не выпадают из привилегированного сословия. Я выросла в доме, где каждое утро перед парадным выстраивалась кавалькада из правительственных лимузинов, развозивших детей по школам. Моим соседом по парте был внук министра обороны, за мной сидели Вера Подвойская и Лева Мехлис. Впереди — Шверник и Шкирятов. Дети выросли, дети, знаете ли, имеют тенденцию расти...

— Хорошо, — перебила Ван-Хорн. — Когда вы могли бы вылететь в Москву?

— Когда нужно там быть?

— В пятницу.

Она протянула мне руку, пожала без улыбки. Выходя из кабинета, я увидела у ее стола сумку из крокодиловой кожи. Блестящую, точно облитую черным лаком. Точь-в-точь как та, что я сжимала под мышкой.

20

Москву я не узнала — тут Ван-Хорн оказалась права на все сто.

Я приземлилась ранним утром, чистым и прозрачным до звона. Москва светилась, казалась свежевымытой, какой-то совсем новой, словно Господь Бог только что распаковал шуршащий целлофан и аккуратно поставил город на землю. Меня встретил шофер, настороженно-услужливый крепыш по имени Саша. Подхватив чемодан, он проводил меня к новой «Тойоте», тоже сияющей и чистой.

Мы неслись в сторону центра по мокрой Ленинградке, просторной и пустой. Субботние караваны дачников уже начали выползать, но двигались они в противоположном направлении. Голова, легкая и шальная после десяти часов перелета, беспечно кружилась, как с похмелья, — с детским восторгом узнавались забытые, казалось навсегда, места: стальной изгиб реки с моста, выглянувший на миг шпиль Речного вокзала, серый дом на Соколе с угрюмыми арками, пряничные башни Петровского дворца. И тут же, по законам стандартного кошмара, вылезали диковинные незнакомцы, почти инопланетные чудища — какие-то зеркальные колоссы, стеклянные вавилонские башни, немыслимые архитектурные уродцы с гордыми газонефтяными логотипами. Как обморочные видения, поднимались из-за горизонта закрученные винтом небоскребы, причудливые пирамиды, кокетливые башенки — точь-в-точь как на картинках из моей книжки про Изумрудный город.

Тверская, которую я помнила как улицу Горького, разочаровала провинциальной пестротой вывесок, неказистые здания оказались гораздо ниже и скучней, а сама улица намного уже, чем та, что пряталась на дне моей памяти.

От Манежа до моего дома было пять минут езды, я попросила шофера проехать по набережной. Мы спустились через Китай-город, мимо Ильинского сквера, мимо долгого забора, за которым вместо уродливой гостиницы зияла долгожданная пустота да парочка золотых церковных маковок. На той стороне реки по-прежнему красовались трубы каменного линкора МОГЭС, на крыше, вместо застрявшего с детства лозунга «Коммунизм — это советская власть плюс электрификация всей страны», стоял гигантский экран, на котором убедительно пузырилась потная бутылка кока-колы.

Свернули на Москворецкую набережную, и тут же из-за Устьинского моста выросла готическая громада высотки. Подкрашенная, она белела резными шишечками, каменными розами, балясинами балконов и прочими архитектурными излишествами, характерными для позднего сталинского ампира. Родные с детства бетонные рабочие и колхозницы все так же теснились над арками, их мускулистые торсы были опутаны гирляндами чудовищных фруктов, пионеры дудели в горны и тискали каменных кроликов и кур. Я безошибочно отыскала наши четыре окна и кухонный балкон. На балконе стояли чужие лыжи и уродливые горшки с какими-то растениями.

Реальность неожиданно полностью совпала с наивными картинками, подкрашенными акварелью моих детских воспоминаний. Десять лет, господи, целых десять лет! Не возникло ни удивления, ни разочарования, обычных для подобных экскурсий в детство, — десять лет испарились, концы той жизни и жизни нынешней неожиданно соединились легко и без принуждения. Распавшаяся связь времен была виртуозно починена, место склейки почти незаметно.

Я попросила шофера остановиться, вышла у арки.

Осторожно ступая, точно боясь расплескать чудесное чувство, прошла в сумрачный и гулкий двор — тут даже в самую адскую жару, как в ущелье, оставалось свежо и даже зябко. Я вдохнула — это был тот самый запах, запах моего двора, запах московского лета. Волшебный аромат начала бесконечных каникул и неиссякаемого счастья. Смесь июньских тополиных листьев с горьковатой гарью машин и сладковатой таганской пылью. С Яузы тянуло речной тиной, а в сквере на пригорке уже вовсю цвела лиловая сирень. Из кустов выглядывала макушка белой беседки. Точно во сне я поднялась в сквер, зашла в беседку, тихо села. Провела пальцами по прохладной скамейке, закрыла глаза.

— Притомилась или обидел кто?

У входа в беседку стоял старик-пенсионер, похожий на дачника.

— Не потревожу, надеюсь? — Опираясь на палку, он осторожно сел напротив. — Пункт привала на маршруте моего утреннего марш-броска. Доктора настаивают, знаете ли...

Парусиновые, по-матросски широченные штаны приподнялись, обнажив тощие сизые щиколотки и пионерские сандалии из кожзаменителя неприятно коричневого цвета.

— А чего за нее цепляться, спрашивается? Пролетела-просвистела, только пыль столбом по дороге. Скрипеть до ста лет прикажете, что ли? Пожил — и слава богу. И так всех похоронил — ни имен, ни лиц не помню... Разбираю фотографии, а там не пойми кто — сплошные чужаки...

Он снял соломенную шляпу, обнажив розовый, по младенчески беззащитный череп.

— К вечеру ливанет... — помахивая шляпой перед лицом, удовлетворенно сказал он. — Я точнее их Гидрометцентра, и это медицинский факт!

Я улыбнулась: по тропинке, пыжа грудь перед серой воробьихой, скакал ее расфуфыренный кавалер, в окошке над аркой уютная белая кошка старательно умывалась лапкой. В этой квартире когда-то жила певица Зыкина.

— Людмила Георгиевна все больше на даче теперь, — точно прочитав мои мысли, сказал пенсионер. — Иных уж нет, а те далече... А вы, погляжу, из наших? Не припомню что-то личности вашей...

— Да нет... Я так, проездом.

Водянистые глаза уткнулись мне в лицо. Я сжала ладони, снова улыбнулась ему, прилежно, как в школе.

— Нет... — Его взгляд погас. — Как шутит мой доктор: «Еще не беда, если вы не помните, куда положили ключ. Беда, когда вы не помните, зачем этот ключ вообще нужен».

Он захихикал, потом закашлялся.

— Вот говорят, до ста лет вам желаю жить. Кто говорит? Дурак и говорит! Желаю вам мучиться, любезный, как можно дольше — вот что это значит! Вы думаете, человек к старости мудрее становится, тайны земные ему раскрываются? Во!

Он неожиданно сжал костлявый кукиш и выставил мне в лицо.

— Я такой же пацан, как был в двадцать пять. И такой же дурак! Вот тебе сколько лет? Двадцать? Двадцать два?

От его внезапного азарта я растерялась; вопрос явно был риторического толка.

— Вся разница в том, что тогда я верил, будто все можно исправить. Все! — Старик зло стукнул клюкой в дощатый пол беседки. — Вроде как черновик пишешь... Накуролесил, а после подчистил-подправил... И начисто переписал...

Он насупился. Молча выудил из глубокого кармана своих боцманских штанов истертый кожаный бумажник с бронзовой застежкой в виде орла. Расстегнул. Из аккуратного вороха полуистлевших бумажек выбрал серое фото, протянул мне. На снимке размером с пол-ладони красивый молодой офицер держал на коленях дочку лет пяти. Сходство было очевидным — русые и светлоглазые папа и дочь с одинаковым лукавством щурились в объектив фотокамеры.

— Убить человека — дело нехитрое, — глядя мимо меня, сказал старик. — А уж тем более на войне. У тебя приказ, ты солдат, а он даже и не человек вовсе, а враг. Гад и фашист. Вот как этот...

Только сейчас я заметила, что на ладном папаше была униформа офицера СС, черная, с серебряными молниями в петлице.

— Умирать тоже нестрашно, — тихо сказал старик. — За четыре года такого насмотрелся... Смерть, она вроде милосердия покажется порой. Как избавление от мук...

Кошка в зыкинском окне уютно зевнула, выгнула спину, после томно разлеглась на подоконнике.

— И правду про войну тебе тоже никто не расскажет. Солдат, он эту правду в узел стянул да на самое донышко своей души припрятал. Да сверху еще камнем привалил. И она оттуда лишь бессонной ночью выползает... Правда эта... Чтоб сердце и мозг твой грызть. Днем-то, при свете, ты с ней еще можешь сладить — вон у тебя вся грудь в орденах, тебя на парадах показывают, пионеры-школьники тебе песни про Родину поют. Слава, патриотизм, знамена золотые...

Он зажмурился, как от приступа боли.

— Только под самый конец страшно стало... Последние числа апреля — а у меня, понимаешь ты, день рождения аккурат пятого мая, — эх, мать честная, точно, думаю, не доживу. Шлепнут, как пить дать, шлепнут в стольном городе Берлине. В самом логове зверя за пять минут до победы. И каждый так думает. Каждый боец — от рядового до генерала. Да и какие люди, золотые люди! Сколько вытянули на себе люди эти, всю войну горбом своим вытянули. Все четыре годика — день к денечку, месяц к месяцу... И вот он — войне этой чертовой конец, не сегодня завтра жену, детей увижу.

Он хрустнул костяшками.

— Взяли мы мост Мольтке, там фольксштюрм, да пацаны из гитлерюгенда засели. На этом проклятом мосту Колька Самсонов и погиб. Земляк, тоже из Москвы, из Печатников... Мы с ним от самой Померании топали, я ему тогда еще говорю, когда Вислу форсировали: ты, Николай, ты вот все балагуришь...

Старик поперхнулся, сморщился.

— Сглазил, видать, Колька. Нам, говорил, погибнуть в Берлине никак нельзя и просто даже невозможно — по закону вселенской логики. Не робей, говорил, Данилыч, мы с тобой еще в Нескучном саду на легких лодочках девчонок катать будем. С видом на Воробьевы горы! Сглазил, видать. Сглазил, сглазил...

Помолчав, продолжил:

— Мой полк, я тогда в составе сто пятидесятой стрелковой числился, занял министерство внутренних дел. Фрицев с чердака выбили, подвалы зачистили, выхожу, значит, на крышу — справа Центральный вокзал, а слева

Рейхстаг! Как на ладони... Но самое удивительное — тишина. Понимаешь, тишина, ни артиллерии, ни стрелкового... И тут вижу я, как из верхнего окна рейхсканцелярии кто-то выкинул простыню. Белую! Гляжу, такие же белые тряпки повисли и на Рейхстаге, и на Королевской опере... И оттуда повалил немец, целыми колоннами. Прямо на улицу! Все с поднятыми руками, с платками белыми. Солдаты, офицеры, генералы. Столько генералов я за всю жизнь не видел.

Он невесело усмехнулся.

— Тут слышу, кто-то по крыше топочет, жестью кровельной гремит. Обернулся — выходит из-за трубы офицер. — Старик кивнул на фото. — Раненый, кровь на лбу, по щеке стекает. Много крови. Руки вверх вытянул, в одной — «парабеллум», мне пистолет показывает и бросает на крышу. Кричит: «Нихт шиссен, криг капут». Не стреляй, капут войне, значит. А я — ему: войне капут, говоришь? А кто про этот капут мамаше Колькиной расскажет? Ты, что ли, в Печатники, сука, поедешь?

Я взглянула на фото, на счастливое лицо офицера. На лицо дочери.

— Снял я с него часы, вынул документы. Бумажник знатный, новенький, орел бронзовый на застежке. Сунул это дело в вещмешок...

Он замолчал на время. Воробьи улетели, кошка тоже куда-то пропала. В пустом окне отражался серый двор.

— А после сон ко мне привязался: будто стою я на той крыше, а он ко мне идет, вот как на карточке, такой весь чистый, аккуратный. И дочку держит вот так же... А у меня в руке «ТТ», я спуск-то против своей воли, не хочу, а давлю. И всю обойму... В него, и в дочку всю обойму... Сам себе кричу: не стреляй! А палец, как чужой, сам этот проклятый спусковой крючок рвет и рвет. Рвет и рвет! И знаешь, что больше всего меня грызет: почему он меня не пристрелил? Почему? Не из трусости же! В дивизию «Нордланд» трусов не брали. Да и ненавидеть у него резонов было не меньше моего — мы ж нещадным катком их Германию отутюжили, от Берлина одни камни остались. А Дрезден? А Лейпциг...

Он уставился в пол. Тишина казалась материальной, вязкая и отвратительная тишина. Мне нужно было что-то сказать, я не могла молчать.

— Мы жили тут, — пробормотала я первое, что пришло на ум. — В центральном подъезде, на...

— Ты Платона внучка, — тихо перебил он меня. — Узнал я. Каширская ты. А меня ты не помнишь?

Старик поднял лицо.

— Нет, — покачала я головой.

— А вот это? — Он протянул мне свою клюку. — Вот это тоже не помнишь?

Ладная дубовая трость, лакированная, с резиновым набалдашником на конце и резной рукоятью в виде собачьей головы. Головы спаниеля — длинные уши, улыбающаяся пасть, язык и даже зубы, в глаза вставлены черные бусинки. Я провела рукой по янтарному лаку, скользкому, как стекло. Это была палка моего деда.

— Платон, перед тем как в госпиталь лечь, подарил. Мне, говорит, без надобности, там без палочки обойдусь. Я, дурак, думал — он про госпиталь это...

Дедушка из того госпиталя не вернулся. Скучное слово «панихида» наполнилось смыслом и запахом. Черный креп траурных лент и тяжкая вонь ядовитых лилий в фойе Театра Советской Армии. Фотография деда, огромная, как киноафиша, в красных и черных бантах. Венки, венки. Золото трафаретных букв. Неуместный запах новогодних елок. Совершенно незнакомый мертвец в тесном гробу, чужое парафиновое лицо с крутым фарфоровым лбом, аккуратный пробор, сквозь который светится лимонная белизна черепа.

— Месть — самая легкая форма скорби. И самая приятная, — усмехнулся старик. — Пусть ярость благородная вскипает как волна. А что после с этой яростью будешь делать? Вот застрелил я его на крыше, этого Вальтера Хунда, отомстил за Кольку Самсонова, за его мать. С яростью благородной — за слезы наших матерей! И вроде все по справедливости — эсэсовец он, гад и фашист, правильно? А что ж на душе у меня такая муть? Что ж он каждую ночь мое сердце грызет, проклятый? С душой-то, с душой что прикажешь делать?

Старик взял у меня фото.

— Нашел я ее, дочку его. Эльзу. При Горбачеве уже, когда стенка рухнула и войска выводить стали. Поехал туда, в Германию, она так в Берлине и жила. В нашем, социалистическом. Встретились мы… Так мол и так, все ей рассказал — и про крышу, и про Кольку, и про сны эти проклятые. Она, понятное дело, заплакала. А после вдруг встала, обняла меня: спасибо, говорит, что вы приехали. Так мы и стояли обнявшись. Стояли и ревели как дети.

Он шмыгнул носом.

— Всему нас родина научила. — Он застегнул бумажник, сунул в карман. — И умирать за нее, и кровь проливать без разговоров. Научила и ярости благородной, и мести святой. И чтоб, стиснув зубы, в штыковую. И под танк, и на амбразуру… Все умеем — и жить впроголодь, и вкалывать до обморока — ты только прикажи. Одно только позабыла родина наша — милосердию нас научить. Прощать мы не умеем. И каяться разучились. А как русскому человеку без покаяния жить? Да и какой ты русский, если прощать да каяться не умеешь?

Старик погладил деревянного спаниеля.

— Занятная штука, эта жизнь, скажу я тебе. — Он хмыкнул. — «Хунд» по-немецки значит «собака». Ты считаешь, Платон мне случайно оставил палку свою? Думаешь, я случайно тебя в беседке этой встретил?

Старик отрицательно покачал головой, стукнул палкой в пол, приподнялся.

— Скоро деда твоего увижу. — Он загадочно улыбнулся, выпрямил спину и развел руки в стороны, как крылья. — Скажу: ладная внучка выросла у генерала Каширского.

21

Среди сокровищ и мусора, сваленных по пыльным углам моей памяти, можно отыскать и осколки того, первого, возвращения в Москву. Помню ощущение миража, галлюцинации — словно я очутилась внутри ловко сконструированной оптической иллюзии.

Начиная с дремотного старика в беседке и дальше, казалось, будто некий режиссер разыгрывает вокруг меня увлекательную пьесу вселенских масштабов, где декорациями служат площади и улицы в натуральную величину, а в массовке прилежно участвуют тысячи убедительных актеров, ряженных под горожан. Таинственный проныра-режиссер умудрился проникнуть даже в мое подсознание: он выуживал мои детские воспоминания, подмазывал-подкрашивал их, наводил лоск и глянец и тут же демонстрировал мне, непринужденно обронив их где-нибудь в кружевной тени кленов у Чистых прудов или невинно выставив на залитом солнцем углу Маросейки. Забытая, но знакомая с детства трещина на фасаде купеческого особняка, полустертое граффити из прошлого века с именем мертвого героя, почти венецианское отражение Горбатого моста в сонной Яузе — тайные знаки, смутные намеки, — нить сумасбродной Ариадны из прошлого в настоящее. Прямиком сквозь мою душу.

Мне ужасно нравилась эта придуманная и явно фальшивая вселенная: игрушечный Арбат, старательно вымытый, точно на продажу, Парк Горького, дьявольские соблазны лавок «Тиффани» и «Картье», плотоядно подмигивающих своими каратами из сумрака арок Петровского пассажа. Тут же, меж арок, некто с порочным лицом, но в белом фраке, непринужденно наигрывал на белом рояле «Турецкий марш». Запах свежего кофе мешался с дымом дорогой сигары, важный французский одеколон с наивным девичьим потом. С простодушием шейхов из персидских сказок ражие москвичи со своими глянцевыми подругами шатались по автомобильным салонам среди сверкающих хромом «Феррари» и «Порше».

— Ну что вы, дорогой мой, — потирая руки, скалился холеный торговец. — «Майбах» — это вчерашний день. Сегодня вся уважающая себя Европа выбирает «Бентли Империал».

— Кися! А вот какая миленькая «поршенька»! Как раз к моей шиншилке!

— Ты что ж, дура, зимой в кабриолете рассекать будешь?

Москва была набита деньгами, деньги лезли отовсюду. Деньги стали единственным смыслом и единственной целью. Число «миллиард» произносилось обыденно и непринужденно. Бабло — тогда я впервые услышала это слово. Презрительное определение сути бытия мегаполиса. Блатное словечко победившего хама стало квинтэссенцией моей Москвы. Бабло! Москву тошнило баблом.

В Кремле, похоже, раскрыли тайну философского камня — именно оттуда щедрой рекой перло бабло. Отставные чекисты, неброские парни с простыми русскими фамилиями и гладкими ладонями, смело освоили ремесло алхимиков — делать деньги из воздуха оказалось плевым делом. Тогда же я узнала новые финансовые термины российского бизнеса: «распил бюджета», «откат», «слив фондов».

— Как же так, страна ничего не производит! — возмущалась я.

— И слава богу! Все что нужно купим! Мы стали крупнейшей энергетической державой мира. Будем жить как в Эмиратах — кататься на «Мерседесах», курить кальян и ласкать девок в гареме.

— Европа переходит на альтернативные виды энергии. Солнечные батареи, ветряные турбины...

— Херня все это! На наш век хватит! Главное, мы сейчас Европу во как, — собеседник гордо сжимал кулак, — во как за яйца держим! Во как!

В ресторанах с выспренними названиями подавали омаров, живьем доставленных прямым рейсом из Марселя, холеные хлыщи-сомелье с аристократической легкостью рекомендовали вина стоимостью в небольшое поместье, пронырливые официанты похотливыми жестами расставляли фарфоровые тарелки с пестрой едой, вальяжные посетители со следами криминального прошлого на лицах все еще коряво выговаривали все эти «сервель дю каню» и «беф а-ля фисель», но уже с завидным апломбом рассуждали о неповторимом букете бордо урожая 1998 года.

Москва сверкала и гремела, неслась сумасшедшей каруселью. Пыжась и набухая, как болотный пузырь, столица грезила вселенской властью и славой. За вчерашнюю нищету очень сильно хотелось с кого-нибудь спросить, страстно хотелось найти виноватых в прошлых унижениях — морду набить или хотя бы плюнуть в глаза — за все те подачки христа ради, за тот вселенский гуманитарный срам: проклятые куриные окорочка из проклятой Америки, чертов спирт «Рояль», канадскую тушенку и голландские сухари. Как говаривала моя бабка: «Нет поганей барыни, чем бывшая кухарка».

С ужасом и завистью наблюдала нетрезвая русская провинция за чудом — просыпалась Московия, поднималась, вставала с колен. Надежда на крохи с барского стола тоже не оправдалась, Москва делиться не привыкла — давилась, но все впихивала в себя. В смрадное небо возносились небоскребы и золотые храмы, дорогие лимузины глухими пробками забивали улицы и переулки, в бесовском хороводе кружились дельцы и проститутки, попы и депутаты, бандиты и банкиры. Быстрей, быстрей — один раз живем! Ада нет, да и рая тоже! Ночь взрывалась фейерверками, над Красной площадью на серебряном канате плясала, бесстыже сияя ляжками, мускулистая циркачка в страусовых перьях. День пинком распахивался бравурным парадом, трубачи гремели медью марша, нищих угощали трюфелями с шампанским, столица корчилась в пресыщенной, сладострастной неге — все под безразличным взглядом водянистых глаз жеманного деспота. Он, вялый, тихо теребил гульфик, улыбался и тоже постепенно входил во вкус. Придворный карлик и бывший шут, бродя ночами по гулким кремлевским анфиладам, уже не холодел от кровавых призраков прежних хозяев, не шарахался от теней знаменитых душегубов, нет, он, подобрав долгую льняную рубаху, быстро шлепал босыми пятками прямиком в Георгиевский зал, забирался с ногами на золотой трон и, кусая обветренные губы, бормотал: «А почему бы и нет?»

Под Калугой, там где церковь Николы-угодника на крутом берегу Оки, а на другом — заливные луга, у деревни Большие Козлы появился странник, обличьем и речами похожий на Иисуса Христа, может чуть постарше — лет сорока с хвостиком. Проповедовал он на пустых выпасах совхоза «Коммунар» (скотина в совхозе давно перевелась), грозил концом света и Страшным судом, обзывал Москву новым Вавилоном, предрекал реки крови и прочие библейские ужасы. Селяне, смущенные его пророчествами, вызвали милицию. Пророка арестовали и увезли в Калугу.

На прииске Счастливый нашли золотой самородок «Ухо дьявола», он весил ровно шестьсот шестьдесят шесть граммов и по форме действительно походил на отлитое из золота ухо. Бригадир старателей Хвощев на следующий день был найден повешенным в собственном шкафу.

В заново отстроенном храме на месте бассейна «Москва» поселилась водяная ведьма, та, что раньше топила пионеров. Изгнать нечистую силу не удалось даже митрополиту, кикимора продолжала смущать прихожан, появляясь тут и там в виде простоволосой голой бабы с отвислыми бледными грудями. Репортаж о церковной ведьме стал моей первой самостоятельной работой, двухминутным роликом, который вставили в утренние новости перед сводкой погоды.

К осени на моей визитке значился гордый и туманный титул «Главный референт и ответственный координатор специальных проектов». Я продолжала выполнять обязанности переводчика, организовывать интервью и заказывать столики в ресторанах, ездить на встречи с политиками и там демонстрировать свои круглые коленки и точеные щиколотки. Иногда шеф-редактор Стив Мор доверял мне съемки какой-нибудь ерунды вроде репортажа про церковную кикимору или интервью с полусумасшедшим каббалистом Гринбергом.

— Они кричат: это новая парадигма! Отвечу: товарищи чекисты, не используйте слов, значение коих вам неизвестно. Парадигма! Им, видите ли, удалось создать государство нового типа — энергетическую сверхдержаву. Они говорят, цены на энергоресурсы будут расти бесконечно. Вы это серьезно? Они не хотят ничего помнить, истории до них не существовало. Начнем с чистого листа лубянскими каракулями! Попомните мое слово: лет через десять они попытаются реставрировать монархию и посадить на трон Тишку Пилепина.

— У Пилепина второй президентский срок кончается через год. По конституции...

— Милочка, какая, к чертовой матери, конституция в России?! Через десять лет мы вернемся в славную эпоху развитого социализма и дорогого Леонида Ильича. К тому времени цены на нефть рухнут, и для поднятия патриотического духа нам понадобится маленькая победоносная война — скорее всего, мы пойдем освобождать наших русских братьев где-нибудь в Прибалтике или в Донецке. Разумеется, Запад объявит Россию страной-агрессором, будут введены санкции или эмбарго — что-то из антикварной коллекции Рональда Рейгана. Патриотического экстаза хватит лет на пять. Не забывайте, наши гении с Лубянки уже почти добили сельское хозяйство, а Украина и Белоруссия — заграница. Деликатесы советского периода вроде колбасы «Докторской» из костной муки и «Пошехонского» сыра из мыла будут грезиться в эротико-гастрономических снах...

— Следовательно, русский бунт, бессмысленный и беспощадный?

— Какой, к черту, бунт? Страна будет жевать вареную брюкву и смотреть программу «Время», где страстные дикторы с лицами педофилов будут рассказывать про величие России и ее особую миссию в истории человечества. Грядет эпоха великой импотенции. Для бунта нужна сотня решительных ребят с толковым мерзавцем во главе. Деловым и циничным, вроде Троцкого. Но к тому времени все эти ребята будут гулять по Манхэттену, сидеть в Бутырке или лежать на Даниловском кладбище. Нужно отдать должное — закручивать гайки пилепинская команда умеет мастерски...

Нострадамус из Гринберга вышел бы вполне качественный, пророчества каббалиста сбылись больше чем наполовину.

Десять лет промчались как сон — озадаченный русак скребет затылок: мать честная, что это было? Мечта, галлюцинация или бред, родившиеся в мозгу, одурманенном деньгами, водкой и дрянным польским героином?

Пронеслись и рассеялись грезы о мировом господстве, бредовыми видениями пролетели триумфальные сражения за Клайпеду, танковый бросок на Киев, дерзкая высадка десанта в Одессе. В ужасе следили соседи за взрывами русской ухарской удали, фантасмагории кремлевской пропаганды наполнили новым смыслом слово «ложь», российская глубинка с покорной оторопью внимала безумным эскападам столицы. Ох, задурила Москва, ох задурила. Старухи сплевывали через плечо и крестились — добром это не кончится.

Отгремели лихие парады, лопнули вонючими пузырями ряженые удальцы — герои Таврии и балтийских баталий, стало неловко за Верховного главнокомандующего — румяного тирана с гладким лицом старого евнуха. Былая дерзость обернулась глупостью. Решительность оказалась обычным русским хамством. Запад брезгливо мыл руки, стараясь поскорее забыть про вчерашние лобзания.

Чудесные дворцы из хрусталя и гранита застыли недостроенными, миллиардные состояния, припрятанные по заморским банкам, вдруг стали недоступны. Пустыми стояли только что отремонтированные виллы на Сардинии и Лазурном Берегу, пустовали особняки и в Челси, никто не любовался божественной россыпью огней ночного Манхэттена из пентхауса на Парк-авеню. В черный список Интерпола вошла вся первая сотня российской политической элиты. Страстные сторонники президента, вчерашние друзья и патриоты уже шушукались за его спиной. Чутье чекиста и дворовый опыт питерских окраин подсказывали — бей первым! Бей в кровь!

Свирепые казни прокатились по стране. Враги окопались в столице, в Думе, в Президентском совете. Врагов оказалось гораздо больше, чем можно было предположить. Под маской сенаторов прятались матерые казнокрады, в Минобороны засели генералы-предатели, депутат Трящев передавал секретные сведения прямиком в штаб НАТО, лидер фракции «Земля» Лев Саломатин сливал бюджетные миллиарды в офшорные компании на Мальдивских островах. Конституционный суд оказался непотребным вертепом — под судейскими мантиями прятались педофилы и наркоманы. Даже генпрокурор, честнейший Иван Кравчук, даже он не избежал обвинений и за день до ареста был найден с перерезанным горлом в собственном бассейне.

Возмущенный народ требовал возмездия — справедливого, но строгого.

Идя навстречу пожеланиям граждан, президент восстановил смертную казнь. Трудящиеся писали и звонили в Кремль, предлагали, советовали. Многие негодовали. Секретариат президента открыл «горячую линию» — теперь каждый россиянин в любое время дня и ночи мог сообщить о наболевшем прямиком президенту.

Начались открытые судебные процессы, их проводили в центральных московских театрах. Даже в консерватории и цирке. Переполненные залы были набиты истеричными женщинами и суровыми мужчинами. Разгневанные россияне предлагали заменить гуманный расстрел исконно русскими казнями — публичными

224 ————————————————————— Валерий Бочков

четвертованием или усекновением головы. И транслировать экзекуцию напрямую по первой программе.

Президент чутко прислушивался к мнению своего народа.

Три раза в неделю после новостей стала выходить часовая передача «Приговор будет коротким», которую вел заслуженный юрист Лев Завадский. Завадский начинал каждую программу с просьбы убрать от экранов детей. О подсудимых он говорил с отвращением, брезгливо кривя влажные губы. Появлялись мутные кадры хроники, снятые скрытой камерой. Свирепый Завадский, в черной тройке и распахнутой кроваво-алой рубахе, сжимал бледные кулаки и с ненавистью комментировал происходящее на экране. Преступники получали взятки в туманных кабинетах, предавались разврату на зыбких яхтах, совершали незаконные сделки. Торговали оружием и наркотиками в мировом масштабе. «Шакалы и гиены», «коварные скорпионы», «язвы на теле родины» — так называл их Завадский; он считался ярким эссеистом и время от времени публиковал свои произведения в «Новом мире» под псевдонимом Анжелины Злобиной. Программу завершал сегмент «Лобное место», собственно ради него программу и смотрели. Преступника вели на эшафот, напяливали на голову черный мешок, благообразный батюшка с золотым распятием на животе плевал ему вслед со словами: «Гори в геенне огненной, сатанинское племя!» Палач накидывал петлю на шею и ловко вышибал скамейку.

Сердце Москвы замирало в ужасе от предчувствия чего-то невыносимо страшного. Казалось, разверзлась бездна и спасенья нет. Подходило к концу невыносимое лето, стояла адская жара, в Подмосковье горели торфяные болота. Столица задыхалась. Дворцы, церкви и мосты

тонули в сизой пелене, на обморочный город опускались
сумерки, наступал вечер. Но и вечер не приносил спасения.
Раскаленное солнце, похожее на огромный персидский
щит, заваливалось за Воробьевы горы и умирало в косма-
тых грязных облаках, напоследок освещая дымное небо
багровым заревом. Золотом вспыхивали купола храмов,
кресты, окна домов — казалось, все вокруг охвачено пламенем. В слоистом дыме вставали миражи затейливых
восточных минаретов, набухали персиковые тыквы мече-
тей, многие слышали протяжную песню муэдзина — как
вой, как плач, как предвестье грядущей беды. Свет гас,
день умирал. Город обреченно погружался в коричневую
мглу. Вдоль набережных зажигались слепые фонари, они
отражались желтыми иглами в тягучей, будто деготь, воде.
Опускалась черная потная ночь.

В последнюю ночь августа наконец свершилось
то самое — немыслимое и страшное: на своей подмосков-
ной даче был убит президент Тихон Пилепин, властитель,
намертво прилипший к трону России и безраздельно
правивший страной на протяжении последних девятнад-
цати лет. Тиран тихий и лукавый, политик тщеславный
и ничтожный, его настиг банальный рок неудачливого
русского венценосца. Как и тех, других, до него — ту мрач-
ную вереницу божьих помазанников, уходящую в дымную
византийскую тьму, тайно придушенных в скомканных
постелях, зарезанных в пыльных будуарах, убитых мет-
ким ударом табакерки в висок или выстрелом в затылок,
заколотых солдатским штыком или вельможным стиле-
том, Тихона Пилепина не судил беспощадный трибунал,
прокурор не зачитывал бесконечный лист преступлений
тирана, не было и торжественно мрачного эшафота, за-
тянутого гробовым крепом с красными лентами, не было
гильотины, украшенной алыми розами, или большого

костра на главной площади. Не было обмирающей, жадно глазастой толпы, отцы не подсаживали детей на плечи: гляди, сынок, вот какой конец ждет каждого тирана, и сердобольная старушка не подкидывала хворост в огонь — нет, ничего этого не было. Была тьма, грязь и смерть: равнодушный Харон взял монету, оттолкнулся веслом и направил ладью по смоляной воде к другому берегу.

Той же ночью авиация мятежников нанесла ракетный удар по кремлевским казармам, где квартировали «золотомордые» — национальная гвардия президента, залп был выпущен по зданию на Лубянке. Одна из ракет угодила в «Детский мир». После этой оплошности дела пошли наперекосяк. Мятежом руководил генерал авиации Каракозов, мешковатый и напуганный выдвиженец, еще более неубедительный в парадном мундире, украшенном крестами, звездами и цирковыми аксельбантами. До генеральства он командовал текстильной промышленностью.

На деле переворот организовала и финансировала Анна Гринева, олигарх первого призыва, женщина хитрая и жестокая, последняя из бригады младореформаторов постперестроечного Советского Союза. Тех самых шустрых комсомольцев, кого партийные зубры презрительно называли «детки в коротких штанишках» и которые на правительственной даче в Барвихе, расстелив по полу школьную карту природных ресурсов России и ползая на коленях, хладнокровно поделили между собой всё — промышленность, транспорт, полезные ископаемые. Тихон Пилепин в тот круг не входил, тогда еще был на побегушках — поди-подай, линялый холуй по кличке Тихий. Холуй-то холуй, да с цепкой памятью. Угодив в президенты, Тихий ничего не забыл и никого не простил, с наслаждением отомстил каждому. Анну Гриневу оставил на десерт.

Убийство президента, мятеж, бестолковые заявления ряженого генерала, суета телевизионных врунов — народ проснулся и почуял кровь. В неразберихе слышался шум приближающейся грозы. Как мы могли так долго терпеть? Мы что, не люди?! Слепая ярость искала выхода. Народ выплеснулся на улицы, со злорадной страстью начал громить, ломать, крушить. Пришло, пришло время посчитаться! Электрички, набитые лихими парнями и девчатами — кто с кастетом, кто с финкой, а у кого и волына, — понеслись в столицу. За все ответят, гады!

Давно, давно ненависть копилась, застилала кровавой пеленой глаза. Десять лет — не кот начхал! Телевизионный яд изо дня в день проникал в мозг, трескучие фразы медийных шутов накрепко засели в головах и уже сами слетали с языка. Враг был известен — коварная Европа и жадная Америка. Пиндостан и Гейропа! Да еще наши собственные иуды — продажные шкуры, пятая колонна, недобитые олигархи. Ворье и кровопийцы — во, гляди, сволочи, дворцов понастроили, яхт накупили — все за наш счет! Жируют за счет простого народа, курвы! Жируете? Устриц жрете с шампанским? На нашем горбу в рай собрались? На-ка, выкуси!

Воровское словечко «западло» из наречия превратилось в существительное и стало обозначать врага — иностранца, западника, предателя. Появился лозунг «Убей западло!», его скандировали тысячи глоток на гулких площадях, кривые буквы были написаны на стенах домов, на транспарантах, свисающих с мостов.

Со звериным рыком, с матерными песнями, пьяные от воли и от водки, врывались толпы в ненавистные посольства. В кровавом кураже били стекла и поджигали вражьи автосалоны. Потные медные лица, хохочущие рты, крепкие кулаки в саже и крови. Мы вам покажем

«Феррари», гниды! Будут вам бентли-фуентли, сволочи! Обезумевшие и оглушенные, потерявшие рассудок от ужаса и ярости, люди, уже вовсе непохожие на людей, убивали иностранцев. Вешали, резали, сжигали живьем. Моего шеф-редактора Стива Мора, доброго лысого дядьку, выбросили из окна его кабинета с одиннадцатого этажа. Практикантку Тиффани, стажировавшуюся в службе новостей после Колумбийского университета, раздели и привязали к столу; ее насиловали весь день, а после перерезали горло. Она была хрупкой мулаткой с шоколадной кожей, родом из Чикаго, в октябре ей исполнилось бы двадцать два года.

Моя белая кожа, московский акцент и невероятное везение помогли вырваться из Москвы, добраться до Латвии и из Риги вылететь в Америку. Уже в Нью-Йорке я узнала, что власть в России захватил некто Глеб Сильвестров. Депутат, амбициозный лидер мелкой фракции остро-национального толка, брутальный молодец с тяжелым подбородком и честным взглядом. Хваткий журналист, когда-то он прославился хлесткими репортажами, одно время вел свою программу, где бил не в бровь, а в глаз, лихо резал правду-матку и бесстрашно срывал маски. Женщины, особенно в провинции, обмирали от его страстного баритона и красивого, по-мужски грубого лица, с едва заметным шрамом на лбу, который он получил, спасая девочку во время наводнения в Эквадоре. Или, может, какой-то еще дальней стране.

Сильвестров был крут и прям. Он объявил себя диктатором и спасителем отечества. Народ ликовал. Действие конституции временно отменялось.

— Я — железный кулак России!

Хмурый, с медным лицом и коротким седым ежиком, он напоминал римского центуриона.

— Все за все ответят! — Сильвестров сжимал увесистый загорелый кулак. — Все!

Кого он имел в виду, стало ясно в тот же день. Диктатора поддержала Таманская дивизия, танки перекрыли главные магистрали столицы. В армии давно работали агитаторы думской фракции Сильвестрова. На мокрой броне сидели неприветливые ребята в черных комбинезонах. В аэропортах стояли блокпосты, черные люди с десантными автоматами проверяли документы. За двое суток был арестован весь кабинет министров и половина депутатов Думы. Чрезвычайным указом Сильвестров учредил народные трибуналы. Начались суды и казни.

— Русские! Я верну вам великую Россию! — Диктатор был яростен и красив. — Я — лавина, несущаяся с гор! Вместе мы сметем мусор и гниль, грязь и тлен. Страшный век настал для врагов моей отчизны! Гибельный век! Я — предсмертный гимн, я — реквием!

С того берега, прямо напротив Кремля, пер в небо черный столб жирного дыма — вторые сутки горело английское посольство. По Раушской набережной ветер гнал бумаги с коронами и королевскими гербами. Прохожий поднимал листок, зло плевал в корону — вот тебе, курва, владычица морей! — и, скомкав, бросал на тротуар. По городу шли грабежи, полиция переоделась в штатское и растворилась. Москва погружалась в хаос. На Красной площади стучали молотки, там строили эшафоты.

— Я выжгу измену каленым железом! — Ровно в девять вечера Сильвестров появлялся в телевизоре с ежедневным обращением к народу России. — Вырву с корнем! Подлецы и мятежники заплатят жизнью. Недобитые олигархи и ворье из Думы при поддержке американских стервятников совершили покушение на президента и попытались захватить власть. Наш президент сражался до последнего, он умер как герой. Погиб с оружием в руках. Память о нем навечно останется в наших сердцах. Память о нем взывает к мести. Месть наша будет страшна! Я клянусь вам: мир содрогнется от ужаса!

Обращение крутили весь следующий день, перебивая русскими песнями и фильмами про войну советских времен. Народ тревожно прилипал к экрану, впитывал леденящие душу слова, вглядывался в решительное лицо с неумолимыми глазами цвета стали. Господи, неужели дождались! Жги их, Глебушка, жги, сволочей проклятых!

Идея вселенской справедливости, столь милая русской душе, отошла на второй план — какая уж тут справедливость, к чертям собачьим! — а вот отомстить кровопийцам мечталось страстно, до зубовного скрежета. Поднять на вилы хозяев жизни. Зажравшихся депутатов с олигархами. Ужо попили кровушки нашей, сволота!

Курганы и бескрайние поля, пылающие деревни с заревом в полнеба, топот копыт и летящие с визгом орды, чад костров и отрубленные головы на кольях — все это пряталось в нашей дикой раскосой памяти не так уж и глубоко, как нам когда-то казалось.

22

Я сломалась. Предел прочности есть у всего.

Я представляю это так: недорогая, но на совесть сработанная кукла Катя — ее роняют, суют под кровать, забывают на крыльце под дождем, назначают парашютистом (парашют — дрянь, носовой платок, а лететь с крыши сарая почти три метра), куклу терзает капризный пудель с дурацкой кличкой Дуся — и вдруг, или, как пишут в книгах, «в один прекрасный день», внутри ломается главная пружина. Кукла Катя больше не говорит слово «мама», не хлопает длинными капроновыми ресницами. Синие фарфоровые глаза закатились, они бестолково уставились в потолок. Как же так? — удивляются все, ведь совсем недавно, ведь еще вчера... Я тоже удивляюсь, но я удивляюсь другому. Что эта чертова пружина не лопнула гораздо раньше.

Из нашего московского корпункта спастись удалось мне одной. Эту новость сообщила Лизбет Ван-Хорн через три недели после того, как я угодила в психушку. По ее настороженному тону, по замысловато подобранному букету тропических цветов, по коробке конфет, упакованных, как алмазные подвески королевы, я сделала вывод о своем новом статусе — статусе журналиста-героя. Накануне меня перевели в светлую палату с видом на серебристый кусок Атлантического океана и щедрый отрезок осеннего ультрамарина с вереницей деревенских облаков. До этого я наслаждалась пейзажем с бруклинской свалкой и плоскими крышами гаражей, залитых черным матовым варом, на которых окрестное юношество беспечно курило траву и лениво совокуплялось.

Лизбет Ван-Хорн не терпелось подстегнуть рейтинг канала и поскорее использовать меня. Все верно, пока не пропал интерес к русскому апокалипсису. Дорого яичко к Христову дню, или, как справедливо утверждал Гамлет, «Timing is everything». Продолжительность жизни среднестатистической новости — сутки. Как у мотылька. Чуть дольше живут новости с большим количеством жертв. Наводнение или цунами, пожар в отеле или землетрясение. Рухнувший мост или упавший в центре города кран. Авиакатастрофа. Эти могут протянуть дня три. Рекордсменами остаются массовые убийства и террористические акты. Добротная кровавая бойня может работать почти неделю: первый день — шокирующий репортаж с места трагедии (съемки с вертолета, хроника камер наблюдения, видео с телефонов очевидцев). Чудесно, если убийца хорошо вооружен, захватил заложников или пытается спастись бегством — об этом можно только мечтать, — трагедия разворачивается в реальном времени. Именно об этом грезят в своих грязных эротических снах все телерепортеры. Репортаж о погоне за жутким монстром в реальном времени.

Впрочем, войны и революции тоже хороши. Энергичная война, особенно с резней мирных жителей, может застрять дней на десять. При условии новых, а главное, кровавых зверств.

Лизбет Ван-Хорн знала об этом не хуже меня. Я была ее ложкой к обеду, ее яичком к Пасхе. Ее возможностью пнуть наш рейтинг. Лизбет горячилась, егозила, как гончая перед охотой, ругалась с доктором — грозила, умоляла, льстила. Доктор стоял стеной. Да и кукла Катя, накормленная разноцветными пилюлями, пялила фарфоровые глазища в потолок и таинственно улыбалась.

Ван-Хорн удалось тайком снять короткое интервью. Я говорила тихо и неубедительно — из моего кукольного царства мне самой не очень-то верилось в те истории: стаи ворон над дымной Москвой-рекой, гроздья повешенных на баржах, пришвартованных у Парка Горького. Ревущая толпа, валящая вниз по Тверской прямо на Кремль. Страшный звериный вой, белые глаза, черные пасти. Полная дама в тонких очках, похожая на учительницу, радостно кричала мне в лицо: «Груди вам, паскудам, вырезать, груди! Как в инквизицию!»

Те картины всплывали в памяти отстраненно, будто мне показывали кино — непонятное и совсем неинтересное. Я видела это кино много раз. Трафаретный кошмар перестает пугать и становится банальной пошлостью. Ужасная скука...

Вдруг вспомнилась моя бедная мать: отчего-то нам особенно стыдно повторять промахи своих родителей, ненароком копировать их грехи и неудачи — вот и я, моя дорогая мама, угодила в психушку. Яблоко от яблоньки, так, что ли? Угасну тихо, как и ты, уйду в сумрак неслышной тропой. Настырная Лизбет, черт тебя побери, Ван-Хорн уточняет, что-то спрашивает, а мне уже все до лампочки, я с трудом различаю квадрат окна; в молочной мути никчемного пространства ползет силуэт корабля — плоская жестянка, как в тире. Не рви курок, слышу знакомый голос, вдохнула, прицелилась, спустила курок. В яблочко! — молодец — теперь выдохни.

Смеется.

Деда, любимый мой! Посмотри, что со мной сделалось... Чертова пружина, врачи говорят... говорят, сломалась пружина. Как у мамы... Ты только не подумай, я не ною и не хнычу — нет! Я сильная, ты же знаешь. Вот только не пойму, отчего так больно, так смертельно тоскливо мне... Так космически одиноко. Как тогда, тем августом...

Тогда на даче я ночью вылезала через чердак на крышу, снимала рубашку и голышом ложилась на теплую жесть. Как распятая, лежала и смотрела в бездонную бархатную ночь. Кровельное железо остывало, тихо потрескивало, точно догоревший костер. А хитрое небо, коварно подмаргивая россыпью галактик, незаметно придвигалось, росло, распахивало свои мохнатые крылья во всю ширь. И вдруг наваливалось... Наваливалось и проглатывало меня одним глотком. Раз — и нет.

Помню то ощущение — покоя и тоски. Абсолютного покоя и бесконечной тоски. Словно жизнь закончилась и ничего больше не будет, лишь мягкая черная пустота...

Меня выписали через два месяца.

Имущество — зубная щетка, казенные носки и пара трусов — уместилось в зеленом пластиковом пакете с логотипом психушки. Доктор снабдил меня арсеналом пестрых таблеток, которые должны были удержать меня на плаву реальности, и дотошной инструкцией по их приему — до еды, после, вместо. Листок этот и пилюли я опустила в мусорный бак при выходе из больницы. Их так называемая действительность по-прежнему текла параллельно моему бытию.

Идти мне было некуда, я пошла в сторону океана.

Уходя, я забыла спросить, какой сейчас месяц. Здесь, на северной окраине Бруклина, с трудом определялось время года — пыльный асфальт и грязный кирпич, плешивая трава бурой расцветки, из деревьев выжили лишь какие-то злые саксаулы, жилистые и в колючках, похожие на декорации к фильму про Марс. На колючках белели обрывки бумажного мусора. Запросто мог быть теплый декабрь или холодный июнь. В пустом небе кружили какие-то темные птицы. Где-то надсадно прогрохотал поезд, отчаянно и зло. Прогремел и затих.

Вдоль глухих стен пакгаузов, исписанных граффити, мимо заколоченных домов с выбитыми стеклами и мертвых гаражей, мимо заброшенных помоек и пустых автостоянок я вышла к океану. Показалась широкая дощатая набережная с унылыми фонарями, за ней тянулся пустынный песчаный пляж. Увязая в песке, переступая через пустые бутылки и мятые пивные жестянки, пошла к полосе прибоя. Пыльный южный ветер гнал сухие окурки, обертки, обрывки газет. У самой воды возилась пара пацанов лет пяти, старуха в черном платке сидела рядом и безразлично смотрела в сторону пустого горизонта. Мальчишки дрались, их голоса походили на визгливые крики птиц. Они дубасили друг друга маленькими кулаками, норовили угодить в лицо, подражая взрослым, и орали.

Очень хотелось, не разбираясь, кто прав, кто виноват, придушить обоих. Но не было сил. У меня даже не было сил отойти подальше. Бросив пакет с пожитками, я опустилась на песок и закрыла лицо руками.

Здесь и сейчас — на этом заплеванном пляже, в нищем районе Бруклина, на самом краю земли, мне предстояло решить, что делать со своей жизнью. Предыдущие круги жизни остались позади, я их преодолела успешно и с завидным азартом. Сколько раз я начинала с нуля — три? Четыре раза? Может, достаточно? Кто сказал, что нужно биться до конца? Мой героический дед? Ну так на то он и генерал, и кавалерист — ему и шашка в руки. Я-то тут при чем? Я баба, стареющая и уставшая до предела баба... Да и кому это нужно? Кому?!

Пахнуло кислым дымом. Я открыла глаза — чертова старуха закурила трубку. Какой кизяк ведьма смолила — не знаю, отчаянно воняло палеными тряпками. Бриз гнал сизый дым прямо мне в лицо.

— Октябрь. — Старуха медленно повернулась ко мне, морщинистая и коричневая, как копченый лещ.

— Что — октябрь? — буркнула я.

— Двадцать седьмое. Четверг. Ты ж хотела знать... — Она затянулась, выпустила облако, которое поплыло ко мне. — Будто это имеет какое-то значение.

Я отмахнулась ладошкой от едкого дыма.

— Вы — ведьма? — нахально спросила я. До меня только дошло, что мы говорим по-русски.

— Не надо грубить. Филимонова я. Анна.

Филимонова отвернулась, уставилась в океан. Ее копченая рука, похожая на кусок старого дерева, сжимала фарфоровую трубку с длинным чубуком — такие курят подвыпившие голландцы на картинах Франса Хальса. Мальчишки прекратили драку и теперь гонялись за крабами по мелководью, закатав до колен штаны и шлепая по волнам голубыми от холода ногами.

— Тебе надо привести голову в порядок. Починить, — не поворачиваясь, сказала старуха. — Думать не надо. В сломанной голове — сломанные мысли. Такой головой ничего путного не надумаешь. Просто живи.

— А как вы догадались... — начала я.

— Поменьше думай, — грубо перебила старуха. — И не надо вопросов. От ответов одни недоумения. Просто дыши.

— Я дышу...

— Глубже!

— Я и так...

— Сказала — глубже!

Я послушно вдохнула, точно собиралась нырять.

— Медленней! Медленней!

Шипя, как закипающий чайник, я стала втягивать в себя воздух. Горизонт был пуст, напоминал сложенный пополам лист кровельной жести — темно-серый океан и светло-серое небо. Слева, из туманной пелены, проступал плоский контур Нью-Йорка, серый и призрачный. Хищная башня Крайслера, унылый частокол небоскребов Мидтауна, висящий в воздухе, готически угрюмый Вудворт. Моя голова пьяно поплыла.

— Задержи воздух внутри, — вкрадчиво приказала Филимонова.

Я задержала. Это оказалось просто — не дышать, мне почудилось, что я до краев наполнена легким морским воздухом — не только грудь, но и живот, руки и ноги, а главное — голова. Невесомая и пустая, как веселый воздушный шар. Куда он летит — кто знает. Да и кому какое дело? Права Филимонова, права на все сто: поменьше думать — ценная идея.

— Выдохни. Только о-очень медленно.

Словно проколотая шина, я стала выпускать воздух. Шипя и оседая, как пробитый футбольный мяч.

— Весь воздух. До последней капли.

Мой живот сморщился и вжался внутрь, грудная клетка сложилась, веселый воздушный шар сдулся и превратился в скучную тряпку.

— Закрой глаза. Дыши. Слушай мой голос. Ни о чем не думай — мои слова сами войдут в тебя, минуя мозг.

Я послушно зажмурилась.

— Расслабь лицо. Лоб, веки, губы. Впусти мой голос — плыви с ним. Твои плечи устали, твои руки из чугуна. Ноги — камень. Забудь о теле — его нет. Есть лишь дыхание — долгий вдох, долгий выдох. Есть лишь мой голос — плыви с ним. Да, так...

Я поплыла.

— Ни о чем не думай, ни о чем не тревожься. Забудь о страхе. Какой прок беспокоиться о том, что от тебя не зависит? Не строй планов — пустое это. Ты ничего и никому не должна на этом свете. И тебе никто и ничего не должен. Не рассчитывай ни на кого. Они всего лишь люди. Не живи ожиданием, воплощенные мечты всегда разочаровывают. Не живи прошлым — его нет. Там — пустота. Впереди тоже. Живи сейчас, живи не спеша. Будь спокойна. Счастье — это покой. Покой — это счастье. Мы все умрем, и мы не можем этого изменить. Мы должны принять смерть, принять как благо, как избавление. Смерть — это покой, а покой — это счастье. Дыши...

Я дышала. Мерно и медленно втягивала в себя горьковатый соленый воздух и еще медленнее выпускала его. Мне стало казаться, что не только я куда-то плыву, но и песок подо мной, и пляж, и чертов Бруклин, да и вся Америка, точно ковчег тронулись и, сонно покачиваясь, куда-то поплыли. Покой — счастье? Пожалуй, да. Своим нутром я ощутила могучее движение планеты, восторженное и нежное, словно мы вплывали в какой-то новый чудесный мир. Радостный и ласковый, наполненный сияющим счастьем — как в самом раннем детстве. Добрые существа, их скользящие тени, плавно кружились в замедленном хороводе, подобно волшебным рыбам. Сверкающие шлейфы звездной пылью струились следом, заплетаясь в причудливые арабески, изумрудные узоры. Удивительная вселенная пульсировала, замирая и дрожа, раскрывалась как волшебный цветок — стеклянный пион размером с галактику, мимо скользили кометы, их золотые хвосты рассыпались, таяли и гасли, кометы проносились совсем рядом, некоторые скользили сквозь меня.

— Это смерть, — долетел до меня голос из соседней вселенной. — Видишь, как она прекрасна...

Волны света качали меня. Пион раскрывался, рос, лепестки вспыхивали мягким огнем — синим и бирюзовым. Мягкие огни кружились, кружились и таяли. Кружились и таяли...

— Ты вернешься в назначенный час. Сейчас — спи.

Когда я очнулась, было уже темно. Старуха и дети исчезли. Над черным стеклом океана висел острый серебряный серп юного месяца. Пахло мокрыми водорослями, улитками, ночным морем. Я медленно поднялась, стараясь не расплескать тихий восторг, переполнявший меня. Что это было — сон, мираж, колдовское наваждение? Галлюцинация? И куда я должна вернуться в назначенный час?

Откуда-то долетела разудалая музыка. Я обернулась: справа на набережной, примерно в километре от меня, горели яркие фонари. В радужном сиянии колыхались гибкие тени, мигали разноцветные огни. Оттуда доносились хохот и вопли — там шла гульба, там явно кипело веселье.

Мне хотелось побыть одной, но я умирала от жажды. В темноте нашарив свой пакет, я поплелась по пляжу в сторону света. Песок забивался в кроссовки, я сняла их, стянула носки. Засунула все в пакет, дальше пошла босиком. На полпути у меня возникло чувство, что я все-таки действительно здорово повредилась рассудком — лихая музыка приобрела вполне узнаваемые черты какого-то блатного напева, а из пестрого сияния выплыли неоновые буквы, написанные родной русской прописью. Буквы сложились в непритязательное название: ресторан «Волна».

На широкой дощатой набережной шумела и толкалась веселая толпа. Динамики гремели. Тут же, на свежем воздухе, расположились и музыканты, потный басист с украинскими усами, похожий на гайдамака, весело орал в микрофон женским голосом: «Зачем я вас, ботиночки, узнала? Зачем я полюбила вас?!» Меднолицый и бритый, как зэк, ударник молотил в барабаны так, точно от этого зависело спасение его души. Стыдливая девица с неудачными коленками пыталась что-то подыграть на скрипке, но слышно ее не было совсем.

Публика не танцевала, нет, это был не танец — пляска. Народ плясал. Плясал вовсю. Плясал от души, будто в последний раз. Румяные, растрепанные дамы бойко гвоздили каблуками, энергичные кавалеры вбивали чечетку в старые доски набережной, черномазый усач с мохнатой грудью подпрыгивал, кричал «Асса!» и вставал на носки лаковых штиблет. За столами, тесно забитыми едой и бутылками, галдели нарядные посетители, жизнерадостные барышни сверкали бриллиантами, мужчины — золотом цепей и перстней. Мрачные, в черных платьях и белых передниках, официантки с брезгливым достоинством фланировали между столов и танцоров. Пахло потом, духами и жареной курицей.

— Вы босиком, — сквозь зубы ответила мне официантка, сказала так, точно я только что утопила ее котят.

— Обувь есть. И носки. Все тут — в пакете, — возразила я. — Очень пить хочу.

— Вы что, сумасшедшая?

— Почему? Нет. Меня выписали из больницы. Сегодня.

Она пристально посмотрела на мои грязные ноги, потом в лицо.

— Пошли.

Она усадила меня за тесный стол, втиснутый в угол. Тут же стояла искусственная пальма с пластмассовыми листьями и подозрительными кокосами. Пальма стояла вплотную к столу, и можно было подумать, что я ужинаю с деревом. Впрочем, из моих фальшивых джунглей открывался неплохой вид на террасу и оркестр. Музыканты перешли к лирике: робкая девица, опустив скрипку, пела трогательным голосом про есаула, который разгадал ее сон.

— Эх, пропаде-ет, он говорит, тва-а-я буйна голова, — подхватывал усатый гайдамак, жмурясь как сытый кот.

Он отложил гитару и теперь подыгрывал девице на баяне. Барабанщик бездельничал, пил пиво из горлышка и свирепо зыркал на танцующих.

Официантка принесла здоровенный кувшин с жидкостью ядовито-розового цвета.

— Что это? — Я тронула запотевшее стекло кувшина пальцем.

— Клюквенный напиток «Клюковка».

«Клюковки» было много, литра три. По цвету она напоминала моющее средство.

— Морс? — уточнила я.

— Напиток клюквенный, — упрямо повторила официантка и шлепнула на стол меню в толстой папке.

Я залпом выпила один за другим два стакана «Клюковки», налила третий. Острый месяц поднялся выше, тропинка серебристой мелочью отразилась в воде. Музыканты заиграли «Мурку».

Сама идея, что всего в десяти милях находится Манхэттен, показалась нелепой. Нет, и двадцатый век не закончился. Судя по прическам, кримпленовым нарядам и костюмам «адидас», московская Олимпиада прошла всего года два назад. Я очутилась в приморском провинциальном кабаке, и кабак этот наверняка где-то в Бердянске, Анапе или Коктебеле. Громоздкий мужчина за соседним столом, там гуляла большая компания, жуя толстыми губами, поднял рюмку и подмигнул мне. Рюмка тонула в загорелом кулаке, на бритом черепе маслянисто горел зайчик. Резко закинув голову, мужчина выпил.

— Что кушать будете? — Сбоку выплыла моя официантка.

— Где я?

— Гражданка! Прекратите валять дурака! Чертоломишь на них как лошадь, а они еще выкобениваются. «Где я? Где я?» — передразнила она плаксивым голосом. — Иди домой и перед мужем своим залупенивайся, поняла?

— Застрелился мой муж.

Официантка оторопела.

— Че, правда? — спросила, наклонившись ко мне. — Фига себе...

— Вот именно. — Я залпом выпила третий стакан «Клюковки».

Соседний мужчина поднялся, прихватив за горлышко толстым пальцем графин водки, решительно отодвинул мою пальму и уперся гульфиком в край стола.

— А отчего дама...

Он не успел закончить, официантка перебила его:

— Эдик! — гавкнула она. — Иди в жопу!

— Викусик... — загнусавил гость. — Ну, в натуре, Вика...

— В жопу!

Эдик поник, стушевался и послушно ретировался.

— Во, блин, короед! — зло сплюнула Вика. — Елда точеная!

Повернулась ко мне со вздохом:

— Тебе что пожрать-то принести, принцесса? Селедки хочешь? С луком?

Я помотала головой — селедки я не хотела.

— Есть по-киевски, цыпленок-табака. Люля...

— Люля? Это что?

— Ты даешь... Нерусская, что ли? Кебаб! Люля-кебаб!

Музыканты заиграли шлягер из моей позапрошлой жизни, басист снова запел бабьим голосом.

Ударник проснулся и принялся страстно долбить в барабаны.

— Вика, знаете что, — я улыбнулась ей, — а принесите мне водки.

— Во! Вот это правильно! — обрадовалась официантка. — Сто грамм и маслят соленых, а? Тебя звать-то как?

— Катя.

— Блеск! — Она хлопнула меня по плечу. — Не журись, Катюха, будем жить!

Я радостно закивала. Музыканты хором подхватили припев: «Арлекино, арлекино, нужно быть смешным для всех...», а прорвавшийся в кольцо танцоров плотный Эдик свирепо крутил двух дам, загорелую до черноты шатенку и вертлявую блондинку с красным порочным ртом. Блондинка хохотала и мотала в экстазе головой, как норовистая кобылица.

— Слышь, Кать, а это что? — Официантка наклонилась, ткнула пальцем мне в руку. — Адрес?

На запястье моей левой руки было написано синей шариковой ручкой: Брайтон-Авеню, 137.

— Адрес? Где это? — Я разглядывала неровные буквы.

— Да тут это, рядом. Ща, погоди...

Она выудила из кармана передника перламутровый айфон, стала резво тыкать в экран розовым ногтем. Телефон последней модели, «Арлекино», люля-кебаб — время сплющилось и потеряло смысл.

— Апартаменты, — с ударением на третьем «а» констатировала Вика, сунув телефон в передник. — Дом 137, «Оушен вью» называются. Дыра редкостная. Но недорого.

— Ага... — Я осторожно провела пальцем по синим буквам на руке. — Ага... А вы, Вика, не знаете тут одной старухи...

— Я тут каждую собаку знаю! — отрезала Вика. — Что за старуха?

— Такая сухая, в черном платке, как монашка... С двумя мальчишками лет пяти...

— Филимонова, что ли?

— Точно-точно! Филимонова.

Из зала, перекрикивая гам, кто-то нервно позвал:

— Вика! Ну сколько ждать, ей-богу?!

Официантка обернулась, рявкнула:

— Щас! Ну, блин, народ! Филимонова... — Вика рассеянно почесала щеку. — Она... она в августе утонула. Вместе с пацанами. Шторм был, она на пляж поперлась, дура чокнутая... их троих волной так и слизнуло. Шторм был какой-то особенный, вроде цунами. Или как его... Ну, как в кино, короче.

23

Апартаменты располагались на отшибе в красном кирпичном здании, похожем на школу или тюрьму. Пять этажей, пропахших жареным луком и масляной краской, тесный, как кладовка, лифт, узкие коридоры с вытоптанными до седой белизны дорожками. Перед подъездом — мертвый сквер: узкий клочок сухой глины, усыпанной разноцветным мусором да несколько лавок с неизменными, по-московски злыми старухами с тугими фигами сальных волос на макушке и уродливыми подагрическими ногами в толстых носках домашней вязки.

«Оушен вью» переводится как «Вид на океан», название правдивое лишь отчасти — воду можно было разглядеть, лишь забравшись на крышу. Увы, на чердачной двери висел замок: крышу закрыли после того, как оттуда головой вниз сиганул старик Самуил Фогель. Вернулся с похорон жены, поднялся наверх и прыгнул. Раньше на крыше стояли шезлонги и жаровня для шашлыков, а вечером зажигались лампочки, пестрые и моргающие, как на елке, там устраивали славные вечеринки чуть ли не с танцами, — мне так рассказывали, я застала лишь дверь с замком.

Выяснилось, что старуха Филимонова с внуками тоже жила тут, на третьем этаже. Родители пацанов развелись и разбежались, бросив ребят бабке. Отец вернулся в Россию, мать пропала где-то в Арканзасе. А потом случился тот шторм... Про свою встречу с Филимоновой я никому в доме, разумеется, не рассказывала. Старухина квартира пустовала, в ту однокомнатную конуру с двумя немытыми окнами меня и поселили. Насчет цен официантка Вика оказалась права — арендная плата тут была мизерной.

Я прожила в «Оушен вью» полтора года. Если точно — семнадцать месяцев и пять дней. Семнадцать месяцев и пять дней я провела в мире пыльного света и сумрачных разговоров, тяжких вздохов и шаркающих звуков. Среди обломков чужих судеб и чужих жизней, перешедших в разряд мусора. Тут жили не люди — тени. Тени в равнодушном ожидании последнего луча света. Звучит мелодраматично и пошло, но лучше не скажешь.

Мир мой сжался до размеров побеленной скорлупной коробки, пенала, именуемого тут жеманно «студия-апартмент», выжженного пустыря за окном с цементными столбами какой-то несостоявшейся стройки, чумазого неба в грязных разводах немытого стекла и грохота подземки, которая на задворках Бруклина вырывалась на поверхность и громыхала, как сорвавшийся с цепи Цербер.

Впрочем, иногда ночью в мою каморку долетал шум прибоя. Тогда я закрывала глаза, жесткая койка незаметно отчаливала и, покачиваясь, отправлялась в плавание. Из тьмы появлялась старуха Филимонова и бесшумно, как птица, присаживалась на край койки.

— Ты выглядишь вполне пристойно, — говорила она. — Тебе сколько там? Вполне ничего себе выглядишь. Для своего, конечно, возраста. Запросто можешь замуж, если желание есть, конечно. Детей родить, а что?

Она говорила, что все на свете решения можно поделить на четыре категории. Как пирожки. Бывают пирожки (говорила Филимонова) вкусные, но от них потом изжога и живот болит. Бывают невкусные, но от которых впоследствии с животом все в порядке. Третья категория — полная дрянь: невкусные пирожки, чреватые желудочными осложнениями. И, наконец, категория номер четыре — вкусный пирожок и никаких проблем после.

Той ночью она снова иллюстрировала свои экзистенциальные идеи кулинарными примерами.

— Баланс, — Филимонова в темноте изображала руками что-то неясное, наверное баланс — равновесие. — Действие и результат. Решение и последствия. Любое решение можно представить как метафизический пирожок. Очень важно выбрать пирожок номер четыре — понимаешь?

— Очевидно, — фыркала я. — Идиоту ясно.

— Идиоту? Не скажи. Не так все просто — вспомни себя. Свои решения в жизни.

Спешить мне было некуда, я вытягивалась и сквозь смеженные веки следила за желтыми тенями, ползущими по потолку. Внизу бесшумно катили редкие автомобили, фары отсвечивали от мокрого асфальта и призрачно отражались на серой побелке; изредка кралась патрульная машина — тогда потолок начинал пульсировать красно-синей мутью. Старуха Филимонова молчала — ждала, мне виделась в потемках ее ехидная ухмылка. Да, оказывается, пирожок номер четыре, такой очевидный и простой, не всегда был моим выбором.

— Теперь понимаешь?

Вот старая карга, да-да, теперь понимаю. Как правило, я выбирала номер первый. Обычно мои решения были продиктованы сиюминутным желанием, почти капризом. Вовсе без учета последствий.

— Но тут дело не в глупости. Ты взрослая и не дура. Принимая решение, ты вполне ясно представляешь возможные последствия — ведь так?

— Ну...

— Не ну, а так.

— Тогда получается, что я сознательно...

— Не совсем сознательно. Не совсем. Мы, русские, запрограммированы на страдание — ведь нас хлебом не корми, а дай пострадать. Страдание — наша среда обитания... что для рыбы вода, а для птицы небо. Горе, беда, несчастье — для другого народа, для француза или шведа какого-нибудь, — это ж экстремальное состояние. Русские живут в беде и горе из века в век. Мы купаемся в страдании, оно течет в наших жилах. Младенцы сосут его с материнским молоком. Мы научились наслаждаться своей бедой, как безнадежные мазохисты наслаждаются плеткой. Горе горячит нашу кровь, боль заставляет сердце радостно колотиться. Страдая, мы ощущаем, что живем. Для русского жизнь есть страдание, а страдание есть жизнь. Пытки, расстрелы, лагеря — русское общество пронизано страданием; кто там палач, а кто жертва? — все переплелось так, что человек переходит из одной роли в другую столь плавно, порой незаметно для самого себя.

— Патология какая-то...

— Почему? — Старуха Филимонова засмеялась. — Национальная особенность. Как у негра черная кожа. Что есть, то есть, и ничего тут не поделать. Главное тут — не врать.

— Кому?

— Да себе в первую очередь.

— Зачем?

— Чтоб оправдать и чтоб оправдаться. А все идет от желания выглядеть получше других. Может, оно внешне и получается, но сама-то ты знаешь про свое вранье. Ведь знаешь! И вранье это внутри тебя как червь, как паразит, и будет он жрать душу твою до остатка. С него, с вранья, все и начинается. Ложь во спасение — вот тебе еще одно вранье! Нет спасения во лжи! Нету!

В потемках глаза Филимоновой мерцали зеленым, как у кошки. Для мертвой старухи она рассуждала вполне логично. Для недавней сумасшедшей мои собственные умозаключения тоже показались мне вполне логичными. Я с тихим удовольствием отметила невозможность физического присутствия утопленницы в моей комнате. Она, точно прочитав эту мысль, коснулась указательным пальцем моего лба. Палец был холодным как лед.

От прикосновения я вздрогнула. Другой голос, спокойный и уверенный, произнес:

— Как просто получается у этой бабушки. Все по полочкам разложила — что в твоей аптеке.

— А-а, товарищ генерал! — ехидно проворковала Филимонова. — И вам тоже не спится?

Баритон деда, сипловатый от курева, звучал внутри моей головы. Первая мысль, каким образом старуха могла его слышать? — сменилась другой: похоже, я зря выбросила те пилюли. А сколько голосов одновременно слышала Орлеанская дева? Кажется, три — архангела Михаила, Екатерины Александрийской и еще какой-то святой. Три. У меня пока двое — не так все еще плохо.

— Не хочу вас расстраивать, уважаемая утопленница, но ваша мелкотравчатая философия не более чем второсортная достоевщина, интерпретированная для провинциальной воскресной школы. Фуфло, короче. Бред сивой кобылы.

Филимонова дернула плечом, хотела возразить, но дед, повысив голос, не дал ей начать:

— Что может быть трагичней для человека, чем узнать, что вся его память состоит из вранья? А что есть память? Минувшие события? Не совсем — ведь это даже не события, а отражение этих событий. Отражение, преломленное нашим сознанием. Насколько оно, это отражение, соответствует реальности? Насколько оно правдиво? Не существует беспристрастной памяти, нет холодного летописца, свободного от личных пристрастий — симпатий и вражды, нет хроникера, объективного на все сто процентов. Память формируют люди, собирают, складывают как мозаику — что там? — книги, фильмы, фотографии, так называемые «личные воспоминания». Они правдивы и аккуратны? Я не говорю о преднамеренной лжи, просто отражение любого события зависит от точки зрения наблюдателя. От угла зрения и угла преломления в сознании наблюдателя.

— Ложь есть ложь! — зло буркнула Филимонова. — Кончайте мутить воду, генерал. У девочки и так голова не в порядке...

Я хотела возразить, мол, все в порядке со мной, не беспокойтесь.

— Не надо упрощать! — вспылил дед. — Простота хуже воровства — слыхали? Это про вас! Мир гораздо сложней устроен, чем вы пытаетесь тут представить. Это швейцарские часы, а не тень от сучка на песке. Автомобиль с двигателем внутреннего сгорания, а не телега, запряженная ослом. Суть в деталях!

Старуха фыркнула, дед напористо продолжил:

— Ложь! Если уж начистоту, вся наша цивилизация построена на лжи. Вдумайтесь, что есть религия? Любая религия? Ложь! Ложь во спасение, которой, как вы уверяете, не может существовать. А что такое история? Такая же ложь! Точно такая же! История страны, нации, история отдельно взятого народа — не более чем коллекция сказок, не имеющих никакого отношения к минувшей реальности. Фикция! Фантазия... Но именно эта фантазия и является хребтом нации. Именно эти сказки становятся корнями могучего дуба! Именно так рождается великая нация, великая страна, великий народ! Римская империя, Третий рейх, Советский Союз! Отнимите у народа историю — и что? — нет народа, нет нации. Нет великой империи. А что есть? Толпа! Растерянная, разрозненная толпа. Людское стадо без легендарного прошлого и без сияющего будущего. Человеческий мусор и навоз истории.

Дед замолчал. Стало совсем тихо. Потом он добавил почти шепотом:

— Есть вещи поважнее вашей правды.

Филимонова не возражала. За окном едва слышно шуршал прибой. Или это были мокрые шины ночных машин? Я приоткрыла глаза, на дальнем углу койки никого не было. Пусто. Примятая простыня морщинилась складками, на них лежала ровная, точно вырезанная по линейке, полоса лунного света, похожая на длинный и узкий серебристый шарф.

24

В словах Филимоновой, что я выгляжу вполне «ничего для своего возраста», был дальний прицел. Впрочем, винить старуху в моем втором замужестве было бы не совсем честно. В большей степени виновата моя апатия. Мне попросту было плевать на себя.

Володя Будинский, он же Влад, изящный пятидесятилетний вдовец с первого этажа, бухгалтер с тоскливыми бабьими глазами, по-еврейски черными, как перезрелая вишня, относился к категории «спасателей». Вы их тоже встречали, этих нервных интеллигентных мужчин, которых как магнитом тянет к чокнутым бабам. Или, выражаясь политкорректно, — к женщинам на грани нервного срыва. Или за гранью.

Мы — подранки. Вроде тех недостреленных уток, барахтающихся в прибрежном камыше. Или недобитых хромых дворняг, что опасливо роются на помойке. Мы — хворые голуби, что нахохлившись жмутся в углу подземного перехода, мы — пугливые кошки с обрубленными хвостами. Нас видно невооруженным глазом. Нас видно за версту.

«Спасатели» обожают обманутых жен и брошенных любовниц, несчастных дев, страдающих от алкоголизма, откаченных жертв неудачных суицидов — острые бритвы, пригоршни таблеток, истории про мосты и паровозы для «спасателя» сильнее любого афродизиака, эффективней любой виагры. Они пьют наше безумие как божественный нектар. Истерики с битьем посуды, пьяные ночные откровения про инцест и изнасилования, жуткие клинические детали и подробности — вот горючее, что питает страсть «спасателя», разжигает его любовь.

Прошу прощения, если вас коробит употребление слова «любовь» в данном контексте. Именно любовь и даже без кавычек — почему нет.

Я не рассказывала Владу о своей прошлой жизни, никаких кровавых историй, никаких горестных злоключений, он чутьем распознал мою... э-э... надтреснутость. Поврежденность. Как тот зверь, что на нюх находит трюфели под землей. К тому же наверняка на моем лице было написано многое — явно достаточно для «спасателя» со стажем. Мне нашептали сердобольные соседи, что его жена-покойница последние три года страдала от маниакальной депрессии. Я молча выслушивала подробности, в очередной раз поражаясь своему невероятному таланту оказываться в центре людских катастроф.

Этот Будинский, словно чуткий доктор, молча садился напротив. Упираясь острыми коленями мне в бедро, он больно сжимал мои пальцы в горячих ладонях. Подавшись вперед, жадно впивался в мое лицо своими черно-бордовыми глазами. И молчал.

Его руки постепенно потели, моим пальцам становилось тепло и мокро. Иногда мне казалось, что он вот-вот поцелует меня, а иногда — что припадет к моей шее и, прокусив кожу, начнет сосать кровь. К обоим вариантам я отнеслась бы с одинаковым равнодушием.

С тем же равнодушием я вступила с Владом в интимную связь. Тут уместней бы употребить стерильные термины из медицинского лексикона — коитус, совокупление или половой акт, — ничего интимного, по крайней мере для меня, в том процессе не было. Я лежала и думала. Мне пришла в голову занятная мысль: оказывается, можно умереть и даже не заметить этого. Похоже, именно такая штука случилась со мной. Когда это произошло? В Москве? Или уже здесь, в психушке? И еще: смерть — это не отсутствие пульса или дыхания, смерть — это потеря интереса к жизни. Вот как сейчас.

Будинский, поскуливая, приближался к оргазму. Мне было даже лень притворяться. Из приоткрытого окна тянуло бензином и чем-то жареным. Коитус — это сексуальный акт, совершаемый для получения удовольствия или продолжения рода. Правда? Каким образом меня можно втиснуть в данное определение? Для меня придется внести некоторые дополнения, например: гуманитарный акт милосердия по отношению к партнеру. Или демонстрация абсолютного безразличия к себе. Или...

Потом, присев на ледяной унитаз, я подумала о противозачаточных средствах. Вернее, их отсутствии.

Русская душа, дикая и первобытная, гораздо чувствительней европейской души, прилизанной западной цивилизацией и одомашненной христианской дисциплиной. Сравни рысь и домашнюю киску на диване. Душа европейца подобна мальчику-паиньке в чистой матроске и белых гольфах — он никогда не полезет на забор, не станет подглядывать в окно женской бани, не будет бить стекол из рогатки или воровать кислые яблоки из колхозного сада.

Западная душа рациональна; экономика, политика и религия подчинены законам логики. Незыблемым, как физические законы, — за действием непременно следует результат. Зло, причиненное тобой, обязательно вернется к тебе же бумерангом — и это так же верно, как закон сохранения энергии: энергия не исчезает, она только превращается из одной формы в другую и перераспределяется между частями системы. Мы все части этой системы.

Русская душа оперирует в мистическом тумане, в потемках языческого фатализма, инструментами

являются чудо и пророчество, судьба и фатум. В гипер-
борее лихой русской души камень иногда падает вверх,
а злодей почти всегда женится на принцессе. Закон писан
не для нас, теория вероятности придумана трусливым
евреем для осмотрительного прагматика-европейца,
а вовсе не для бесшабашного румяного русского буяна.
Как говорил святой старец Зосима, в горе счастье ищи.
В горе! Ты такую вот концепцию попробуй европейцу
растолковать.

Через полтора месяца Будинский стоял передо
мной на коленях, сжимая мои тощие ягодицы цепкими
пальцами и уткнувшись лицом в низ моего живота. Его
костистый нос упирался мне прямо в лобок — кость
в кость. Пять минут назад он случайно заметил в мусор-
ном ведре узкую и длинную картонку — экспресс-тест,
который небесной синевой уверенно утверждал мою
безнадежную беременность. Уверенно, процентов на восемьдесят, если верить информации на коробке. Было
утро, мы только проснулись, я жарила яичницу на двоих
из шести яиц, жарила голая. Сковородка начала гореть,
и моя тесная кухня постепенно заполнилась дымным
чадом.

— Володя, — я тронула осторожным пальцем его
розовую макушку, он лысел идеальным, точно по циркулю
проведенным кругом, — яичница...

Будинский неуверенно, словно его только разбудили, поднялся с колен и распахнул окно. Сиреневый
чад качнулся, ожил и весело поплыл наружу — в линялое
бруклинское утро. Будинский подошел к плите, ухватил дымящую сковородку и сильным мужским жестом
выкинул ее на улицу. Я ожидала услышать звон, грохот,
возможно кровавый вопль, но сковородка исчезла бесшумно, точно канула в бездну.

Потом он повернулся ко мне, снова бухнулся на колени. Не поднимая головы, начал что-то бубнить. Быстро, сбивчиво.

— Володя, милый, — я снова ласково потрогала лысину, в розовом кружке нежной кожи была какая-то щемящая беззащитность, — встань, пожалуйста. Мои гениталии не очень хорошо понимают по-русски.

Он поднялся. В отчаянном жесте вскинул худые руки, волосы под мышками были совсем седыми и казались приклеенной паклей. От его взгляда, от этих библейских глаз темно-шоколадного цвета мне хотелось удавиться. Он начал говорить. Голый, с невинно пухлой грудью, по-девичьи безволосой, он говорил страстно и убедительно. Говорил так, словно знал, что я не собираюсь рожать. Пытался переубедить. Хоть я еще не сказала ни слова.

— Володя... — сдержанно попыталась перебить я.

Он зажал мне рот ладонью, от нее пахло горелой сковородкой. Я укусила его за ладонь, он вскрикнул и замолчал.

— Володя, теперь послушай меня.

Он застыл, удивленно разглядывая ладонь. Лицо, кисти рук и его увесистый половой орган были странно смуглыми по сравнению с остальным телом — перламутровым животом и бледными до голубизны ногами. Почти ренуаровская палитра, если вспомнить «Купальщицу», про которую французские критики тогда писали, что она покрыта трупными пятнами. Лично мне Ренуар тоже не очень нравится, но сейчас не об этом.

— Володя! Тебе пятьдесят два года, у тебя нет детей. Твое желание иметь ребенка не более чем страх. Страх смерти, понимаешь? Ты боишься смерти, тебя пугает исчезновение — абсолютное и полное. Точно тебя никогда и не существовало на этой планете.

Я говорила спокойно. Он, постепенно мрачнея, смотрел исподлобья. И тер укушенную ладонь.

— Ты не написал «Войну и мир», не высек из мраморной глыбы «Давида», не открыл закона всемирного тяготения, не создал Девятой симфонии для фортепиано с оркестром. Твоего «Гамлета» не поставят театры Лондона и Нью-Йорка, твое полотно не будет продано на аукционе «Сотбис» за сто миллионов. Или хотя бы за миллион. У тебя нет даже своей страницы в «Фейсбуке». Ты исчезнешь тихо и незаметно — даже круги не пойдут по воде. Раз — и...

Я медленно подняла руку выше головы и разжала пальцы, точно выпуская камень.

— И тишина... Дальнейшее — молчанье.

— Даже... — Он поперхнулся, кашлянул в кулак, сипло продолжил: — Не представлял, что ты можешь быть такой...

— Какой? Злой?

— Да. Безжалостной.

— Знаешь, Володя, уж лучше быть безжалостной сейчас, чем биться о стену головой после. Ты четверть века киснешь в этом лепрозории на задворках Бруклина, в этом законсервированном межвременье, в дурацкой пародии на Советский Союз эпохи великого Брежнева. Вы тут как мухи, угодившие в варенье, тепло и сладко, вот и слава богу — для вас не существует Америки, не существует мира. Вас не интересует, что там происходит — не знаем и знать не хотим! Вы — эмигранты. Эмигранты в худшем смысле этого слова. Отгородились заборчиком, и гори оно все ясным пламенем...

У меня пересохло в горле. Подойдя к раковине, я резко отвернула кран. Вода загрохотала в мойку. Наклонившись, сделала несколько глотков.

Вода была тепловатая, как говорят, комнатной температуры.

— А вот я — знаю! Я была там! — зло ткнула рукой в открытое окно. — Видела собственными глазами! И у меня нет никаких иллюзий насчет будущего нашей славной цивилизации. И нет ни малейшего желания произвести на свет еще одно беззащитное существо, которое должно будет страдать в загаженном и изуродованном мире. Я не самка! Я человек! Я несу ответственность за свои поступки и за свои решения.

Будинский хотел взять меня за руку, я вырвала.

— Милосердие! — крикнула я. — Вот что мной движет! Милосердие к детям, к моим неродившимся детям. Дело тут ни в тебе, пойми ты, господи... Нельзя же быть таким слепым... добровольно слепым! Там — ад! Ад! И я его видела собственными глазами! Мне на себя плевать, черт со мной — но дети! За что дети должны страдать?! Мне их жалко! Не могу я! Пойми, ты, идиот, я просто не могу...

Он схватил меня за плечи.

— Отпусти! — заорала я. — Отпусти немедленно! Я тебя ударю!!!

Будинский клещами сдавил плечи, я попыталась вырваться — железная хватка, от бессилия всхлипнула.

— Пожалуйста... оставь меня... Христа ради. — Мое горло сжал спазм, точно я подавилась. — Уйди... Уйди... Не могу я...

Проклятый ком в горле не давал дышать. Сердце колотилось. Я хватала ртом воздух, но вдохнуть не могла. Потом закинула назад голову и зарыдала. Заревела. Я выла как деревенская баба, голосила, захлебываясь соплями и слезами. Пыталась что-то сказать — куда там, ничего, кроме воя и всхлипов. Меня точно прорвало, наверное, это была истерика.

Женский голос с улицы испуганно крикнул:

— Эй! Что там у вас? Полицию вызвать?

Будинский отпустил меня, бросился к окну. Перегнувшись, заорал:

— Да! Да! И полицию, и пожарных! Всех зовите! Всех!!! У нас будет ребенок!

25

Дорогой Будинский, милый мой Володя! Где бы ты ни был — все еще там, в своем пыльном Бруклине, или уже в каком-нибудь заоблачном филиале Брайтон-Бич (да-да, по-прежнему не верю в немилосердное отсутствие какой бы то ни было загробной жизни в иудаизме — по-прежнему, надеюсь, вы все ошибаетесь), я хочу поблагодарить тебя за тот счастливый кусок раннего лета — конец мая и начало июня. Тебе удалось убедить меня сохранить ребенка, ты даже устроил дурацкую свадьбу с раввином и шумным русским гульбищем в ресторане «Приморский». Ты был добр, щедр и прекрасен. Все было великолепно. Спасибо, родной! Спасибо за все.

Впрочем, продолжим по порядку. Хотя по порядку у меня вряд ли получится, поскольку для этого мне нужно вернуться в семнадцатое июня. Мне придется погрузиться в такую толщу боли и снова пройти сквозь нее — от одной мысли становится тошно. Мне придется вытащить свою пульсирующую душу и вывернуть ее перед тобой наизнанку, чтобы ты опасливым пальцем мог потрогать те рубцы и ожоги. Как ни странно, они выглядят совсем свежими. А вроде бы прошли годы...

В последний день июня я (вернее, та часть, что уцелела после тех немилосердных дней моего июньского аутодафе) сидела в высоком кресле старой малиновой кожи у большого окна, выходящего на угол Семьдесят второй улицы. Кресло запросто могло сойти за трон, если бы не облезлый, потрескавшийся лак да острая пружина, уткнувшаяся в правую часть моего зада.

Мне был виден кусок солнечного Бродвея, ослепительного, точно из полированной стали. Сиял мокрый асфальт, пылали окна, даже листья лип казались вырезанными из фольги. На той стороне улицы по стене небоскреба, похожего на зеркальный утес, ползали белые фигурки — там мыли окна. Яичными болидами шмыгали такси, иногда серым китовым боком выкатывался автобус и на миг загораживал весь вид.

По шахматным квадратам линолеума мертвыми зверьками лежали пегие клочья моих остриженных волос. В горле застрял приторный парикмахерский дух, я всерьез боялась, что меня вырвет прямо на пол. Стригла меня сдобная хохлушка, жутковато похожая на состарившуюся Мэрилин Монро, чудом выжившую после суицида. Бывшая звезда Голливуда скрывалась в тесной бродвейской цирюльне под именем Олеся, вышитым аккуратным латинским курсивом на ее относительно белом фартуке с застиранными кружавчиками. Мэрилин за годы подполья вполне сносно выучилась говорить по-русски и даже освоила украинский акцент и некоторые украинские слова. Она с хищным азартом работала стальными ножницами и одновременно болтала по телефону, воткнув один наушник как затычку в ухо. Говорила она с некой Анжелой (непременно вставляя букву «д» в середину ее имени): они уже успели обсудить дрянную погоду, непонятливость местных жителей, свои финансовые проблемы, общих знакомых — особенно досталось какой-то Зойке. Постепенно добрались до мужчин. Эта тема оказалась неисчерпаемой.

— Ну что, еще короче? — спросила она меня по-английски еще раз.

Снова я кивнула головой, добавив по-английски «да, пожалуйста». Признаваться, что я говорю по-русски, после получаса ее телефонных откровений мне было неловко. Пожав плечами с недовольным безразличием, Мэрилин Монро зловеще зазвенела стальными лезвиями у моего уха.

— Да нет же, Анджелка, не запойный он. Трохи выпивает. Ну а як же? Краше горобец в руке, неж лелека в небе!

Таинственная лелека в небе лично мне была гораздо интереснее ручного горобца. Дело вкуса, впрочем. Соседнее кресло пустовало, на крайнем слева спал крупный белый кот. Свернувшись в кольцо, он ни разу не пошевелился и напоминал мохнатую папаху, забытую каким-то рассеянным горцем. В зеркало я старалась не смотреть, свое отражение засекала лишь боковым зрением.

Постепенно выяснилось, что «горобца в руке» зовут Джеймс, он подрабатывал в продуктовом магазине где-то в Квинсе и недавно подарил нашей Мэрилин серьги. Я скосила глаза — серьги напоминали стальных рыбок.

— Не, не золотые. Сильвер, — честно призналась Мэрилин. — Да яка разница?

Но судя по ее лицу, разница все-таки была. Анжела на том конце, очевидно, тоже так думала. Мэрилин хотелось отыграться, и она принялась расписывать прочие достоинства Джеймса. Анатомические. Неожиданно до меня дошло, что Джеймс был негром. Картинка, нарисованная моим воображением, моментально трансформировалась — рассыпалась и собралась вновь: на месте пьянчуги из продмага почти русского разлива возник мускулистый африканец с эбонитовыми бицепсами. Мэрилин разоткровенничалась. Чуть разрумянясь щеками, покосившись на спящего кота, она перешла к деталям. У моего воображаемого Джеймса появился внушительный детородный орган.

— Я тебе говорю, — с негромким торжеством вещала парикмахерша. — Что моя рука. Во! И встает неумолимо. Як сивка-бурка вещая каурка.

Я внесла коррективы в размер, щедро добавила виртуальному Джеймсу завидную эрекцию. Мне не довелось спать с неграми, поэтому приходилось действовать интуитивно. Неожиданно с улицы раздался крик, сразу последовал удар — гулкий и сочный, точно кто-то грохнул огромный арбуз об асфальт. Жуткий женский визг — пронзительный, на одной ноте, перекрыл сигналы машин и скрип тормозов, крики людей. Мэрилин, распахнув дверь, выскочила на улицу. Кошка вздрогнула, вскинула голову и шальным взглядом уставилась на меня. Я вытянула шею, пытаясь разглядеть происходящее, но тут выплыл очередной автобус. С приклеенной по борту рекламы великан-девица тыкала мне в лицо гигантским айфоном пятнадцатого поколения. Городские вандалы уже успели пририсовать девице черные усы. На окраине сознания мелькнула мысль, что я уже полтора года обхожусь без мобильного телефона.

Мэрилин вернулась, рассеянно щелкая ножницами. Вытащила наушник из уха, положила телефон рядом с мойкой. Кошка беззвучно спрыгнула на пол и исчезла.

— Что там? — спросила я по-русски.

Мэрилин не удивилась, прикусив губу, пожала плечом.

— Мексиканец...

Автобус плавно тронулся, увозя усатую великан-девицу. На той стороне улицы толпились люди. Уткнувшись нос в нос, на тротуаре стояли две полицейские машины с беззвучно крутящимися маяками. Подъехала «Скорая помощь».

— Мексиканец? — переспросила я.

Она снова пожала плечом.

— Тридцать пять долларов. — Помолчав, добавила: — Они все мексиканцы…

Я протянула ей пятьдесят. Она взяла мою купюру, вынула из передника мятые долларовые бумажки, начала отсчитывать сдачу. Пальцы мелко дрожали.

— Не надо, не надо, — попросила я и кивнула на ее мобильник. — Можно мне позвонить?

Она молча протянула телефон. Номер экстренной связи вытатуирован намертво в моей памяти, эти цифры я не забуду уже никогда. Даже если очень постараюсь. Потекли гудки, я подняла голову. Мэрилин стояла тут же.

— Красивые серьги у вас, — улыбнулась я. — На блесну похожи.

На том конце подняли трубку, грубо рявкнули:

— Ван-Хорн на связи! Кто звонит?

Часть четвертая

ВОЗДУХ

26

Глаза привыкли к темноте, проступили стены, низкий потолок. Комната была тесной и вытянутой, как пенал. Под самым потолком сквозь вентиляционные решетки сочился дохлый свет. Окон не было, наверное, меня сунули в подвал. Где-то наверху бил колокол, еще доносился чей-то голос. Слов было не разобрать. Голос, хриплый и одновременно по-детски высокий, казалось, принадлежал карлику, такими в мультфильмах озвучивают всякую мелкую нечисть — троллей и гремлинов.

Иногда он заливался сиплым каркающим смехом. Меня трясло от холода. В подвале, как и полагается, было промозгло и вовсю гуляли сквозняки.

Я подышала в ладони, спрятала их под мышками. Страшный карлик наверху зашелся сатанинским хохотом. С клекотом, будто захлебываясь. Потом послышались шаги, грохнул засов, и дверь открылась. Вошли двое. Короткий толстяк и второй, длинный, нагруженный каким-то хламом.

— А че в темноте сидишь? — Толстяк пошарил по стене и щелкнул выключателем. — Вот...

Под самым потолком зажглась желтая пыльная лампочка. Коротышка оказался Яшамом Эмвази, знаменитым Скорцезе, продюсером, оператором и режиссером шедевра исламской военной кинопропаганды «Тень орла».

Я встала. Яшам остановился передо мной, оглядел, будто оценивая.

— Видела ваш фильм, — сказала. — Впечатляет!

— Спасибо, — довольно хмыкнул он. — От профессионала приятно вдвойне.

Он повернулся к помощнику, что-то начал говорить на пушту. Тот, сложив киноаппаратуру в угол, возился со штативом для камеры. Карлик снова захохотал.

— Кто это? — спросила я.

— Василий Иваныч. Жуть. Как вурдалак ржет, да?

Яшам, коренастый и пузатый, с нечесаными вороными кудрями до плеч, в золотых амулетах на мохнатой груди, напоминал нечто среднее между греческим пиратом и опустившимся цыганским бароном.

— Думаю, на фоне стены. С боковым светом. — Он что-то приказал ассистенту, тот кивнул и быстро ушел. — Драматично, с глубокими тенями. Через фильтр.

Ассистент вернулся с софитом, размотал толстый провод, включил. Белый круг ослепительного света выхватил кусок кирпичной стены. Я зажмурилась.

— Как Нью-Йорк? — спросил Яшам. — Давно там не были?

Вопрос прозвучал сюрреалистично — представить, что существует какой-то Нью-Йорк, было почти невозможно.

— Я учился на Манхэттене. Рядом с Вашингтон-сквер. Какая там, Двадцать восьмая улица? От Бродвея, сразу за «Мэйси»... На оператора... — Яшам отодвинул софит чуть дальше. — Там, где этот здоровенный магазин книжный... как его?

— «Стренд».

— Ага, «Стренд». Точно... Встаньте сюда, пожалуйста.

Я подошла к стене, повернулась и сразу ослепла. Щурясь, прикрыла глаза ладошкой.

— Не смотрите на лампу. — Яшам поднес к моему лицу экспонометр. — В сторону смотрите. Вон, на Омара...

Он кивнул на ассистента. Тот привинчивал камеру к штативу.

— Меня после диплома в «Фокс-Ньюс» взяли, вторым помощником, у нас контора рядом с вашей была, в «Рокфеллер-Плаза»... На тридцать втором этаже.

— Яшам... — тихо сказала я.

— Тогда Джил Маккензи только начинала, помните была программа, как ее... «Реальность Маккензи», помните ее?

— Яшам... — попыталась перебить я громче.

— А какой рейтинг, мать твою! Какой рейтинг! Сразу после выборов, как из пушки... Очуметь можно, всего за месяц в прайм-тайм...

— Яшам! — заорала я. — Какого черта!.. Тамерлан ведь отлично знает, отлично, что никто за меня не будет платить выкуп. Ни мой канал, ни правительство! Никто!

Он запнулся, озадаченно поскреб бороду. Карлик за стеной захохотал, будто залаял. Я снова вспомнила о стальной рояльной струне, которой перепилили горло Вилли Буту неделю назад. Обычно они ждут неделю, от силы дней десять. Заложник сам называет сумму выкупа — вот так, прямо в камеру. На фоне кирпичной стены или зеленого флага. Сколько таких роликов я видела...

— Я Катерина Каширская, журналист и шеф информационного бюро американского телеканала Си-эн-эйч в Москве... — деревянным голосом произнесла я, глядя в мертвый глаз камеры. — Обращаюсь к правительству, президенту и руководству моей компании спасти мою жизнь и заплатить... десять миллионов долларов за мое освобождение. В противном случае... — Я запнулась и замолчала.

В противном случае — ах какой верный оборот! — в противном, даже отвратительном и омерзительном случае. Уж если речь идет о стальной струне, ни одно из прилагательных не покажется излишне драматичным.

Яшам щелкнул пальцами и остановил камеру. Рубиновый глазок погас.

— Отлично! Дам паузу, зум на лицо, крупный план и выход в черное. Отлично-отлично! Прекрасная фактура. Спасибо!

Они ушли. Собрали аппаратуру, смотали провода и ушли. Я долго смотрела на дверь, потом добрела до выключателя и погасила свет. Да, так лучше, хоть и ненамного. Мелко трясся подбородок, я прижала ладони к лицу, теперь дрожь колотила все тело. Прислонилась спиной к стене, бессильно сползла по шершавым кирпичам. Скрючившись, обняла колени, до боли вжалась в них подбородком. Зажмурилась — ничего не изменилось, черная пустота осталась черной.

Я осторожно положила ладонь на горло — господи, какая нежная кожа, какая хрупкая гортань! Испуганный пульс бился теплым птенцом, беззащитным и обреченным. Отрезанная голова будет жить еще несколько секунд; Мария-Антуанетта, говорят, уже после того, как нож гильотины отделил тело (белое платье, черные ленты, лиловые туфли) от обритой наголо головы, успела выкрикнуть из корзины палача: «Я вижу свет!» Это обнадеживает. Но струна, тугая рояльная струна, сияющая хищной сталью, — какая все-таки это утонченная мерзость! Вдруг я поняла: ни смерть и ни мрак, ни неизвестность и даже ни абсолютная невозможность осознания и принятия этого мира без меня, — нет, меня больше всего пугала боль. Простая физическая боль. То самое мгновение смертельной боли, которое отделяет жизнь от смерти.

27

Разбудил меня грохот засова. Дверь раскрылась, человек в тюрбане, не заходя в подвал, что-то буркнул на пушту. Включил фонарик и направил мне в лицо. С трудом поднялась, ноги затекли смертельно, оказывается, я заснула сидя на корточках. Вышла, «тюрбан» молча подтолкнул меня в спину. Я огрызнулась единственным ругательством, которое знала на пушту.

Мы прошли низким коридором, желтый круг фонаря пьяно шатался по полу от стены к стене в такт шагам. Поднялись по темной лестнице — крутые ступени, высокие и неудобные, похоже, были рассчитаны на каких-то великанов. Остановились у высоких дверей с медными ручками, «тюрбан» аккуратно постучал согнутым пальцем. Никто не отозвался, «тюрбан» нерешительно приоткрыл дверь и втолкнул меня.

В просторной полутемной комнате, похожей на кабинет начальника среднего калибра, вдоль стены стояли конторские стулья, обтянутые дерматином. Вдоль другой — глиняные горшки разной величины и формы. Над ними криво висел серый русский пейзаж с тусклыми березами и скучной рекой.

Я подошла и поправила раму. Откуда-то крепко воняло жареным луком.

В трех узких сводчатых окнах малиновым сиропом разливался густой закат. Ртутная трепетная прожилка — живой отблеск мертвого солнца — тянулась сквозь все три окна. Как струна, подумала я. И увидела приоткрытую дверь в дальнем углу.

— Выпей водки! — донеслось оттуда. — Вот дурак!

Это каркнул карлик.

— Сам дурак! — отозвался баритон. — Сам пей!

Я застыла, точно меня застукали за чем-то неприличным.

— Эй, Каширская! — позвал баритон. — Ну где вы там?

— Тут... — откликнулась. — Тут я.

— Сюда идите!

За дверью была кухня. Яркая и белая, со стальной вытяжкой, похожей на бок космической ракеты, с цинковым холодильником и сверкающей нержавейкой газовой плитой на дюжину конфорок. В чугунной сковороде, брызгая маслом, жарился лук. У плиты стоял бритый наголо мужчина в небесно-голубом спортивном костюме. Он повернулся, я узнала Тамерлана. Тамерлана аль-Ашари — истинного и праведного халифа, потомка Омейядской династии. На истинном и праведном халифе был кухонный фартук, бабский, в красный горошек.

— Ненавижу тефлон, — бросил Тамерлан через плечо. — Настоящий курбак готовят только на чугуне.

Он энергично помешал лук деревянной поварешкой. Ловко подхватил сковороду, вывалил золотистый лук в глубокую пиалу.

— Главное — не пережарить. Сжег лук — весь курбак насмарку.

На его загорелом черепе, удивительно гладком и шарообразном, отражались сразу несколько галогеновых ламп. Тамерлан подмигнул мне, подмигнул без улыбки, поставил сковородку обратно на плиту.

— Вот дурак! — раздалось из угла.

Я вздрогнула, повернулась. Это был не карлик — в углу на спинке высокого барного стула сидел попугай. Настоящий амазонский красный ара. В цепкой когтистой лапе он держал огрызок яблока.

— Водки выпей! — почти ласково предложил мне попугай, наклонив кокетливо голову.

— Василий Иваныч, — представил птицу Тамерлан, он ловко резал, нет, шинковал, морковку на разделочном столе. — Знаете чей?

Я для приличия пожала плечами, попугай меня не интересовал.

— Тихона Пилепина, — Тамерлан усмехнулся. — Помните такого? Последнего правителя всея Руси. Да-а... Ничтожество, сокрушившее империю. Хотя каждая империя имеет срок годности. И эта тоже...

Он налил в сковороду оливкового масла из бутыли. Масло тут же задымилось, Тамерлан выругался, подхватил сковороду.

— Э-э, прозевал! — Он вылил чадящее масло в раковину. — Вот растяпа...

Открутил кран, подставил сковородку. Вода зашипела, пар облаком взвился под потолок.

— Вот дурак! — не упустил своего Василий Иванович.

— Тут ты прав, брат. Бывает, — ответил ему халиф добродушно. — А знаете, как меня в детстве звали? Дома? — Это уже ко мне.

Его отец был русским, полковником горного мотострелкового батальона, потом комендантом Ляура, мать таджичкой — это я помнила.

— Гоша, — ответил Тамерлан. — Приезжала бабка моя из Липецка, баба Света, учила меня блины жарить. Мне так нравилось... Пекли с ней пироги с персиками и хурмой, открытые, с плетенкой поверху... Все думали, поваром стану... Поваром! Нет, ты представляешь?

— Нет, — честно ответила я. — Не представляю.

Мне вспомнилась хроника, где несостоявшийся повар, потный и бородатый душман, косил женщин из танкового пулемета. Мне не нравились его откровения, не нравился незаметный переход на «ты». Из всего этого можно было сделать лишь один вывод, и этот вывод мне тоже не нравился.

Сковородка снова нагрелась. Тамерлан налил масла, чуть погодя, засыпал морковь. Вытащил из холодильника железную миску с пестрыми овощами — тугие красные перцы, сочные помидоры, фиолетовый баклажан.

— Не, ну ты погляди, погляди только! Чудо! — Он гордо поднял похожий на сердце перец. — Чудо!

Перец действительно был хорош. Тамерлан, сноровисто стуча стальным лезвием ножа, начал мелко и очень быстро рубить его на тонкие кольца. Как машина, точно и споро.

— Нож — половина успеха. «Золлинген» — отличная сталь.

Нож, как бритва, располосовал помидоры на дольки.

— Кстати, — халиф принялся за баклажан, — ты знаешь, что Тамерлан по-русски значит «стальной»?

Нет, я не знала.

Тамерлан вывалил все овощи в сковороду, перемешал энергично. Добавил масла, совсем чуть-чуть. Достал с полки жестяную банку, открыв крышку, сунул мне под нос.

— А? — торжествующе спросил. — Аромат каков?

В банке была какая-то пряная смесь, я вдохнула, уловила дух кайенского перца и имбиря.

— Имбирь?

— Имбирь, — передразнил он меня. — Пятнадцать ингредиентов! Ну и имбирь, конечно. Мой личный рецепт. Своими руками в каменной ступке, никаких миксеров. Шафран — это непременно, но не простой, с рынка — в тот добавляют мел, куркума — тропический шафран, индийский. Потом тмин, кардамон… Мелисса, майоран и мускатный орех — с этим надо очень осторожно, а то появится парфюмерный привкус, вроде одеколона. Что еще? Лавровый лист, анис, барбарис. Хотя барбарис можно заменить лимоном. В самом конце потереть чуть цедры, уже когда добавляешь зелень…

Он снова перемешал овощи, нагнулся, заглянув под сковороду, уменьшил огонь. Зажег еще одну конфорку, совсем маленькую. Раскрыл шкаф, вытащил казан. Придирчиво глянул внутрь, зачем-то дунул, поставил казан на огонь.

— Это вегетарианское блюдо? — спросила я первое, что пришло в голову, он как раз вывалил овощи в казан.

— Курбак?! — Тамерлан засмеялся, чертов попугай закаркал следом. — Настоящий курбак готовился из конины. Когда еще мы были кочевниками… сакские племена, кстати, тоже пришли из Индии, как и скифы…

— А-а, так что мы, считай, братья?

— Все люди братья. — Он снова засмеялся, резко и неприятно, потом серьезно добавил: — Почти все.

— Вот дурак! — встрял в беседу Василий Иваныч.

— А вот северные племена — кшатрии, — Тамерлан продолжил свою кулинарно-историческую лекцию, — которые кочевали в предгорье Гималаев до гор Гиндукуш… В «Махабхарате» их причисляют к шудрам и называют «выродившимися воинами». Так вот эти кшатрии готовили курбак из…

Он запнулся, повернулся к плите, заглянул в казан. А я уже почти догадалась, из какого мяса готовили эти «выродившиеся» свой проклятый курбак.

— Так! — Он влез пальцами в банку, бросил три щедрые щепотки оранжевой трухи в казан. — Специи надо добавлять перед самым концом — не раньше и не позже.

— Почему? — быстро спросила я, меня начало мутить.

— Если рано, то жар убьет весь дух...

— А позже если? — я сглотнула и сжала губы.

— Они не успеют отдать аромат...

Он раскрыл холодильник и достал кусок розового мяса. Бережно положил румяную мякоть на разделочную доску. Нежностью цвета мясо напоминало свиную вырезку, но мне было ясно, что свинины тут просто не может быть.

— Вот... — Тамерлан ласково похлопал ладошкой по вырезке, звук получился чмокающий и гадкий. — То что нужно...

— Вы забыли лук! — выдохнула я, тыча пальцем в пиалу с жареным луком.

— Нет, лук мы сверху положим. На мясо. Чтоб сок мясной с луковым перемешался.

Тамерлан выбрал нож с узким и хищным лезвием. Плавным жестом примерился и начал резать мясо на длинные тонкие ломти. Я судорожно сглотнула, во рту было сухо. Не отрываясь, Тамерлан вдруг начал декламировать. Неспешно и весомо, точно отливая каждое слово из тяжелого, благородного металла.

— *Над головой вселенная вращалась,*
Судьбы предначертанье открывалось.
Не подобает от любви страдать
Тому, кто миром должен обладать.
Сегодня пир, а завтра — пусть война,
Носить корону — не ребячье дело.

Мой взгляд прилип к стальной бритве ножа, к мокрым розовым кускам, кровяному соку, вытекающему из-под мяса на доску. Я почти выкрикнула:

— Ну зачем?! Какого черта? Десять миллионов! Ты ж знаешь, прекрасно знаешь... — я задохнулась, меня мутило. — Ведь никто, никто не будет тебе никаких миллионов платить! Никто! И ты знаешь, и я знаю! Так какого черта? Какого беса... зачем...

— Зачем! Зачем! Вот дурак! — каркнул попугай.

— Заткнись, курица крашеная! — заорала я и, схватив со стола обрезок баклажана, пульнула им в птицу.

Конечно, промахнулась. Попугай взмахнул крыльями, увернулся и точно истребитель, просвистев мимо, вылетел из кухни. Из соседней комнаты донеслось его возмущенное карканье — он щелкал клювом и матерился. Тамерлан перестал резать мясо и с удивлением глядел на меня.

— Ну что уставился?! — рявкнула я и одним жестом смела все с разделочного стола. — Гоша!

Миска, пиала, овощи — все с грохотом и звоном полетело на пол. Застучал-запрыгал молодой картофель, покатились морковки, помидор шлепнулся и брызнул соком по кафелю.

— Как вы мне все осточертели, господи! Если бы вы только знали... Господи...

Без сил опустилась на пол, закрыла лицо руками. Я всхлипывала, без слез, без плача, без звука — просто дергалась, как сломавшаяся машина. Как заевший механизм, застрявший в бессмысленной и жуткой конвульсии.

Мясо оказалось всего лишь телятиной. Парной телячьей вырезкой. Курбак, или как там он называл свое варево, напоминал заурядный венгерский гуляш с тушеной паприкой и баклажанами. Впрочем, вполне съедобный и даже вкусный, если вам, конечно, нравятся восточные специи. Я предпочитаю еду попроще.

Мы сидели на высоких стульях за узким разделочным столом. Сидели напротив друг друга, словно собирались играть в шахматы. Я уныло ковырялась в тарелке, есть не хотелось совсем. Тамерлан с аппетитом жевал, изредка поглядывая на меня, точно ожидал, не выкину ли я еще какой-нибудь номер. Моя вилка звякнула о тарелку, руки еще тряслись. Он вскинул глаза, я мрачно улыбнулась в ответ.

— Вкусно, — сипло буркнула. — Спасибо.

Попугай вернулся, он уселся подальше, взгромоздился на угол холодильника. Наклонив голову, прислушивался к разговору и пялился на меня недобрым глазом.

— Пожалуйста, — вежливо ответил Тамерлан. — Немного овощи... пережарил.

— Извини... Моя вина.

— Да ладно, — он вытер крахмальной салфеткой рот, — бывает...

— Я не понимаю...

— За тобой приедут завтра. Утром...

— Зачем я Сильвестрову?

— Точно не знаю. Но догадываюсь.

— Зачем? Зачем?

Он сложил салфетку, посмотрел внимательно мне в глаза.

— Точно не знаю, — повторил он.

— А деньги? Выкуп?

Тамерлан хмыкнул, кивнул на мою тарелку.

— Доедай. Или не нравится?

— Да вкусно, вкусно... Сколько раз повторять нужно? С аппетитом проблема... знаешь, Гоша, бывает у заложников, которым голову струной резать будут...

— Какой струной?

— Какой-какой! Рояльной! — Я бросила вилку, отодвинула тарелку. — Рояльной струной.

Он невозмутимо взял обе тарелки со стола, со звоном кинул в раковину. Василий Иванович вздрогнул.

— Театр... — Тамерлан вернулся и сел. — Спектакль! Представление! Шоу! Понимаешь, Каширская?

Я не понимала, но решила не перебивать. Он положил на стол загорелые руки. Переплел пальцы, длинные, почти аристократические, с узкими ногтями. Каждый ноготок отполирован — и кто ему тут маникюр делает? Этому Гоше?

— У меня с Сильвестровым свои дела. У нас разные зоны влияния, но схожие цели. Как ты понимаешь, вся идеология рассчитана исключительно на публику, поэтому мы не очень афишируем наше... — он засмеялся, — сотрудничество. Ислам или православие, халифат или империя — терминология для внешнего потребления.

— При чем тут шоу? Театр? При чем тут я?

— Думаю... — он помедлил, точно прикидывая, говорить или нет, — думаю, Сильвестров решил дать тебе главную роль.

— Какую роль?

— Жанны д'Арк. Орлеанской девы. Спасительницы отечества.

— Какого, к чертям собачьим, отечества?!

— Как — какого? — он весело засмеялся. — Русского.

28

Меня разбудили около шести. Наверху шел дождь. Грязный монастырский двор был завален деревянными ящиками. Они намокали и темнели на глазах. В глубокой коричневой луже, в самом центре двора, стоял бронированный «Хаммер». Приземистый, в зеленых и бурых пятнах камуфляжа, с крупнокалиберным «гатлингом» на крыше и железной решеткой на лобовом стекле, он напоминал помесь танка с черепахой.

Мы ждали под ржавым навесом, капли с каким-то бешеным злорадством колотили по жести. Охранник закурил, предложил мне. Я сунула сигарету в рот, он, придерживая автомат под мышкой, чиркнул зажигалкой. Его указательный палец был срезан по вторую фалангу и торчал розовым обрубком. Дождь усилился и превратился в уверенный ливень, дробный грохот перешел в мощный упругий гул. Стало темно, день, не успев начаться, превратился в сумерки. Я с удовольствием затянулась, выпустила дым и засмеялась. Охранник удивленно повернулся; мне стало смешно — я абсолютно не могла вспомнить, какой сейчас месяц. Не знаю отчего, но этот факт мне показался очень забавным.

Из подъезда монастырской трапезной вышли вооруженные люди, человек шесть. Впереди шагал Тамерлан; в длинной черной шинели, с блестящим мокрым черепом, он шел уверенно и не торопясь, точно никакого ливня не было и в помине. Проходя мимо броневика, он, не замедляя шага, стукнул кулаком по крыше и указал в нашу сторону. Мой охранник дважды торопливо затянулся и выбросил недокуренную сигарету под дождь.

— Формальности закончим, — крикнул Тамерлан мне, заходя под навес. — Как ты?

Я пожала плечами, мол, бывало и получше. Дверь «Хаммера» раскрылась, из машины прямо в лужу выпрыгнул человек. Мне показалось, что это подросток, мальчишка. На ходу подняв воротник и сунув руки в карманы куртки, он голенасто зашагал к нам.

— Это от Сильвестрова? — спросила я. — Мальчик?

— Угу, — кивнул Тамерлан. — Девочка.

Подросток оказался девицей лет двадцати, от силы двадцати трех. С худой шеей и выбритым затылком, по-татарски скуластая, она, в своих высоких солдатских ботинках, напоминала солдата-новобранца. Девица хмуро кивнула Тамерлану, вынула из кармана своего полувоенного френча телефон.

— Эта? — спросила, мельком взглянув на меня.

Набрала номер, прижала телефон к уху. Дождь продолжал громыхать по крыше. Девчонка отошла в сторону.

— Да, я на месте, — ответила она. — Что? Нет... Ливень... как из ведра. Что?

Она, морщась, зажала другое ухо ладонью. Кивнула несколько раз головой.

— Да, хорошо. — Повернулась ко мне. — Подойди сюда, тут светлей. Встань тут. Вот тут.

Она потянула меня за локоть. Я отдернула руку, подошла, встала ближе к свету. Поток воды с крыши хлестал по плечу, левый рукав тут же промок насквозь. Девчонка тюкнула пальцем в экран телефона, включила камеру.

— Смотри сюда! — крикнула она мне.

Я покорно уставилась в зеркальный дисплей.

— Говори, кто ты. Имя там, все дела...

— Какие дела? — зло спросила я.

— Фамилия, профессия... — раздраженно ответила она. — Говори!

— Каширская... Катерина... Репортер... — Я сделала шаг и вышла под ливень. — Журналист и заложник!

Подняла голову, распахнула руки, подставила дождю ладони. Капли хлестали по лицу, струи воды стекали по горлу под свитер.

— Москва, Донской монастырь... — засмеялась я, перекрикивая шум ливня. — День, неделю, число не помню! Месяц тоже! Год... год последний от Рождества Христова. Надеюсь, что последний!

Девчонка брезгливо поглядела на меня, выключила камеру. Прижала телефон к уху. Кивнула, потом еще раз. Нажала отбой.

— Все норм, — сказала, повернувшись к Тамерлану. — Это она. Сильвио подтвердил. Берем!

Мокрая насквозь, я вернулась под навес. Вытерла рукавом лицо, весело окликнула девицу:

— Эй!

— Чего тебе? — откликнулась она, не отрываясь от экрана телефона.

Я подошла, вырвала телефон у нее из рук, размахнулась и с силой запустила мобильник в сторону «Хаммера». Девчонка опешила. Она взглядом проследила за траекторией полета — телефон ударился в бок машины и шлепнулся в лужу.

— Ты!.. — Она сжала кулаки. — Ах ты!..

Задыхаясь, бросилась на меня. Именно этого я и ждала: ловко ушла в сторону и хлестко влепила ей пощечину. Ее голова мотнулась влево, она опрометчиво выставила подбородок.

Сжав кулак, я подалась вперед и вложила в удар всю свою злость.

— Не «ты»! Вы! — крикнула я, морщась от острой боли в костяшках. — Вы!

282 ───────────────────────── Валерий Бочков

Девчонку успели подхватить охранники. По ее подбородку стекала струйка крови, похоже, она прикусила губу. Или язык. Я повернулась к Тамерлану.

— Скажи этой засранке... — Я слизнула кровь с разбитого кулака. — Меня зовут... Екатерина Каширская.

В «Хаммере» воняло как в казарме — потом, окурками и ружейной смазкой. Тамерлан захлопнул за мной дверь, подал сигнал. Танк, перегораживающий въезд в монастырь, взревел и отъехал в сторону. Ворота раскрылись. Наш водитель врубил скорость и дал газ, «Хаммер», разбрызгивая грязь луж, вылетел на Донскую улицу.

Сзади, рядом со мной, оказался дикого вида бородач, похожий на сказочного разбойника. Правда, вместо суковатой дубины он сжимал новенький десантный М-17 с инфракрасным прицелом и подствольной базукой. Грязный указательный палец лежал на спусковом крючке. Когда я влезала в машину, разбойник снял автомат с предохранителя и, выпучив глаза, вперился в меня безумным взглядом. Я кивнула ему и улыбнулась. Без ответа. Девчонка села рядом с водителем.

Мы свернули на Страстную и погнали на северо-запад.

— По Третьему давай, — приказала девица водителю.

— Через Ленинский безопасней, — ответил тот.

— По Третьему! — рявкнула она.

Впереди мелькнула арка и колоннада входа, дальше зеленой горой вставал Нескучный сад. Водитель что-то буркнул, не сбавляя скорости, резко свернул в правый переулок.

— Костик! — бросила через плечо девица бородачу. — Выйдем на кольцо, прикроешь.

— А эта? — Он кивнул на меня; у разбойника оказался фальцет кастрата.

— Что — эта? — Девица раздраженно повернулась. — Прикроешь, я сказала!

Ее подбородок распух, а губа налилась красным и капризно выпятилась. Костик, косясь на меня, поставил автомат на предохранитель. Кряхтя, полез наверх, встал на сиденье. Раскрыл люк, высунулся. На ногах у него были кроссовки, покрытые коркой засохшей грязи. Дождь продолжал лить. Костик передернул затвор пулемета и что-то запел тоскливым бабьим голосом.

«Хаммер» выскочил на кольцо. У обочины стояли брошенные машины. На той стороне реки, за Лужниками, что-то здорово горело, — черный дым косматым столбом поднимался в грязное небо. «Мне малым-мало спало-ось», — горестно донеслось сверху.

— Справа! — заорал водитель. — Автобус! Справа!

Из-за обгоревшего остова автобуса появились люди — человек пять-шесть. Стреляя, бросились нам наперерез. Костик дал короткую очередь. «Така-така-та» — мощно прогремел пулемет, длинные блестящие гильзы, весело звеня, посыпались на сиденье и мне на колени. Один из нападавших на бегу вскинул руки, я видела, как его голова разлетелась кровавой кляксой, другие кинулись обратно в укрытие. Костик для острастки полоснул по борту автобуса. Мы пронеслись мимо и вылетели на мост.

— Пятнадцать минут! — крикнула девица водителю.

— Успеем. Не вопрос, — отозвался тот, лавируя между брошенными машинами и трупами.

Сверху донеслось уныло: «Ох, пропадет, он говори-и-ит, тво-оя буйна голова». Сквозь заляпанное грязью стекло я разглядела серый и плоский, как театральная декорация, контур небоскребов Сити. Внизу, посередине реки, из перламутровой мути воды торчала корма затопленной баржи, над ней деловито кружили вороны.

На набережной, задрав в небо мертвую пушку, чернел сгоревший танк. «Э-эх, мне-е во сне привидела-ась», — Костик в такт тихо притоптывал ногой.

На съезде с моста мы влетели в глубокую лужу. Костик выматерился, коричневая жижа потекла из люка на сиденье, я отодвинулась к двери. Водитель заржал, не сбавляя скорости, мы выскочили на набережную. Щетки дворников конвульсивно размазывали грязь и дождь по лобовому стеклу. Девица вскинула руку, повернулась к шоферу:

— Десять минут!

Тот утопил педаль газа. Резко свернул налево, меня бросило к двери. Мы понеслись вдоль железной ограды Лужников. За мокрыми березами мелькнул алюминиевыми ребрами купол стадиона, блеснул бутылочной зеленью стеклянный фасад бассейна. Когда-то, в другой жизни, бабушка Катя возила меня сюда в секцию плавания; вспоминается снежный январь, морозные сумерки, желтые отсветы уличных фонарей на сизых сугробах. Помню, от хлорки щиплет глаза, голова гудит. Ужасно хочется спать. Ноги от усталости как чугунные, да к тому же в неуклюжих валенках. Память — загадочная штука: отчего-то я ощущаю и вижу все так отчетливо, рельефно, со звуками и запахами. Помню хруст снега, щекотный дух бабушкиной чернобурки с примесью нафталина. После мы возвращаемся на восьмом автобусе, который еле-еле тащится по набережной; «Большой Каменный мост» — шуршит согласными простуженный динамик, а я дышу на замерзшее белое и колючее стекло, прижимаю руку, и тает-тает иней под немеющей ладошкой. В круглую проталину я подглядываю за таинственной Москвой-рекой — от неподвижной воды поднимается пар, он ползет по черному зеркалу седым туманом, другой берег кажется далеким-далеким, он похож на дикий утес, и лишь тусклые окна мутной желтизной выдают присутствие там какой-то жизни.

— Костик! — заорала девица. — За цистерной! Справа!

Я увидела все одновременно: огненный шар, сожженную бензоколонку, черную от копоти цистерну на грузовике и человека с базукой. Человек встал на колено и выстрелил. Рыжий шар беззвучно лопнул, и оттуда, плюясь искрами, вырвалась пылающая стрела. Она неслась мне прямо в лоб. Шофер кинул машину вбок. Увернуться не удалось — граната ударила в крышу по касательной и с визгом отрикошетила. «Хаммер» подпрыгнул, от грохота я оглохла. Сквозь вату орала девица, матерился шофер. На полном ходу он сбил кого-то — тело, как мешок с песком, перелетело через капот. От здания бензоколонки нам наперерез бежали люди. Пули с противным железным стуком били в броню. Как камни в пустое ведро. Одна попала в боковое стекло и застряла в десяти сантиметрах от моего виска. Костик сполз из люка и, словно пьяный, развалился на сиденье. Я быстро отвернулась — на месте лица было черное месиво. Костик был безнадежно мертв.

Нам удалось оторваться. «Хаммер» теперь гнал по главной аллее в сторону центральной арены. За куполом стадиона из грязного месива туч неожиданно показалось солнце. Слепящая ртуть брызнула из узкой прорехи, тут же ожили мокрые липы, вспыхнули асфальт и трава. Обезглавленный памятник Ленину засиял, точно облитый глазурью. Шофер резко затормозил у постамента. Девчонка повернулась, на миг задержала взгляд на трупе Костика.

— И не вздумай дурить! Усекла? — Она сунула мне в лицо ствол пистолета. — Я тебя доставлю живой. Но это

286 ——————————————————— Валерий Бочков

не значит, что в целости. Буду стрелять по ногам. Стрелять без предупреждения! Усекла?

Я вылезла, ноги не слушались. Оступилась и чуть не упала. Удержалась, ухватившись за дверь. Тут же на асфальте, среди осколков и гнутой арматуры, валялась гранитная голова вождя. Ленин припал ухом к земле, будто прислушивался. Девчонка дернула меня за рукав куртки, ткнула пистолетом в бедро. Задрав голову, она начала нервно оглядываться, точно пытаясь разглядеть что-то там, в небе.

Звук мотора донесся с севера, он быстро приближался, рос и за пять секунд превратился в грохот. Из низких туч вынырнул вертолет, завис над нами. Это был старый «Ирокез» с двумя пулеметами по бокам фюзеляжа. Наклонив хищную щучью морду, вертолет начал быстро снижаться. Мощный несущий винт с ревом гнал по земле ветер, морщил лужи, поднимал в воздух мелкий мусор. Мы обе — девчонка и я — непроизвольно пригнулись. «Ирокез», неуверенно покачиваясь из стороны в сторону, коснулся асфальта металлическими полозьями.

Из кабины выпрыгнул невысокий красномордый мужичок, скуластый и раскосый, вроде киргиза, в черном летном комбинезоне, жутко грязном и засаленном до жирного блеска. Размахивая руками и что-то крича, киргиз помог нам забраться внутрь, неуклюже запрыгнул сам. Вертолет тут же пошел вверх.

— На пол! — заорал киргиз мне прямо в ухо. — Ложись на пол!

Грохнулась на колени, чертов киргиз пихнул в спину.

— Вывалишься! Ложись!

Я растянулась. Раскинув руки и ноги, прижалась к ледяному металлу. От пола воняло тухлой селедкой. Вертолет сделал вираж, пустой патронный цинк прогромыхал

мимо и вылетел из кабины. Это была десантная моди-
фикация «Ирокеза» — по бокам два квадратных люка,
без дверей. Изнутри вертолет напоминал старый гараж,
ржавый и грязный. Я начала сползать к люку. Лужники
подо мной вставали дыбом, мелькнул мост, коричневая
река, баржа. Макушки деревьев слились в зеленую пену.
Косо и боком, как мачта тонущего корабля, проплыла
башня университета. Часы на ней показывали без пятнад-
цати пять. Я продолжала сползать. Киргиз ухватил меня
за шиворот, подтащил к железной скамейке, припаянной
к борту. Помог пристегнуть ремень. Девчонка сидела рядом и, вытянув тощие ноги в тяжелых армейских ботинках,
невозмутимо курила. Она что-то крикнула киргизу, оба
захохотали. Определенно, мерзавка острила на мой счет.

Вертолет набрал высоту и взял курс на север. Пейзаж утратил детали, Москва превратилась в опрятный
макет. Пилот (мне был виден лишь его розовый резиновый затылок и большие черные наушники) шел над
Третьим кольцом. Справа тускло вспыхнула петля реки.
Я проверила пряжку, подтянула ремень. Держась за скобу,
осторожно подвинулась к люку и вытянула шею — внизу
серебряными струнами сияли рельсы — они уходили под
крышу дебаркадера Киевского вокзала. Стеклянными
утесами проплыли небоскребы Сити. Верхние этажи
«Империи» дымились, закругленная макушка башни
была черной от копоти. На плоской крыше небоскреба
«Евразия-Восток» стояла зенитка, людей рядом не было.

Дождь закончился, серая муть туч медленно упол-
зала на запад. Мокрый город вспыхнул зайчиками, как
разбитое вдребезги зеркало. Зеленая заплатка, по форме
похожая на Австралию, оказалась Ваганьковским клад-
бищем. Пилот обернулся, что-то крикнул. Сквозь грохот
винтов я не расслышала. Киргиз, он дымил какой-то

вонючей гадостью, закрученной в козью ножку, одобрительно махнул в ответ. Вертолет клюнул носом и резко пошел вниз, потом начал валиться на левый борт, входя в вираж. Пол наклонился, по железу весело запрыгали гильзы, покатились пустые консервные жестянки. Я до немоты в руках вцепилась в скобу, ремень больно впился под ребра. Внизу пронеслись макушки сосен, засверкала вода, круглым озером засиял залив Серебряного Бора. Я заметила, что дно вертолета было беспорядочно просверлено аккуратными отверстиями, сквозь которые бил отраженный от воды свет. Острые лучи мерцали в сумраке кабины, переливались в табачном дыме, как хрустальные спицы. Выглядело это очень эффектно, почти как в планетарии; чуть позже я догадалась, что днище «Ирокеза» было прострелено как решето. Подняла голову — в потолке дырок не оказалось, но ясно виднелись вмятины и царапины от пуль. Я поджала ноги, спрятала их под железную лавку.

Обстреляли нас где-то в районе Гатчины. Мы шли низко, очевидно достаточно низко для прицельного пулеметного огня. Очередь прошла пол. Пули, отрикошетив, заметались по кабине. Я не успела даже испугаться. Киргиз продолжал спать, запрокинув голову и жутковато раскрыв рот. Девчонка дернулась, согнулась, схватилась за плечо. Сквозь пальцы потекло красное. Пилот резко рванул машину вверх.

Девчонка, бледная, с серыми губами, пыталась вылезти из своей куртки. Ее правая рука беспомощно висела, с пальцев на пол капала кровь. Я расстегнула ремень, подобралась к ней. Вместе мы стянули куртку. Рукав свитера был насквозь пропитан кровью, я разодрала мокрую красную шерсть. Пуля застряла в плече, из раны торчал кусок серого металла.

— Там пуля! — перекрикивая треск винта, заорала я. — Она там!

— Вытащи...

Я не расслышала ее слов, догадалась по губам. Хотела спросить — как? Чем?

— Бинты? — крикнула я. — Есть тут бинты?

Она кивнула головой — к борту фюзеляжа, справа, был припаян жестяной ящик с красным крестом. Щелкнула замком, внутри было пусто. Я вернулась, встала на колени. Наклонилась. Пуля, видимо, отрикошетила от потолка и вошла в плечо под острым углом, как заноза. Я видела кусок свинца — его нужно было просто чем-то подцепить... Просто подцепить чем-то вроде пинцета. Я посмотрела на свою руку, на грязные пальцы с обломанными ногтями. Потом на пол. В человеке, даже в такой пигалице, невероятно много крови — на полу уже краснела целая лужа.

— Нож есть? — крикнула я.

Она отрицательно мотнула головой.

Я положила ладонь на ее предплечье, сжала. Мне казалось, что так я смогу выдавить кусок свинца из раны. Девчонка дернулась, замычала. Кровь потекла сильней, потекла по моей руке, под рукав. Пуля крепко сидела в теле. Да, как заноза, как проклятая заноза!

— Сейчас... — пробормотала я.

Приблизив лицо к ране, я широко раскрыла рот, вдавила губы в ее плечо и зубами ухватила пулю. Вытащила, выплюнула на пол. Кровь брызнула из раны.

— Остановить надо! — вытирая рукавом рот, крикнула я. — Чем? Чем перевязать?!

Она здоровой рукой дернула ворот своей майки. Вместе мы порвали майку, я скрутила тряпку и как тампоном зажала рану.

— Прижми! Крепко!

Она послушно прижала тряпку левой рукой. Ее лицо, серое, цвета сырого теста, покрылось испариной, точно мелкой росой. Мокрые волосы прилипли ко лбу. Как ребенок, господи, больной ребенок.

— Как зовут тебя? — спросила я.

— Зина.

— Меня — Катя...

Она попыталась улыбнуться.

— Да... Я знаю...

Киргиз продолжал спать, запрокинув голову и приоткрыв рот.

К Питеру мы подлетали с юго-запада, пилот вел машину над Невой, повторяя изгибы реки. После бурой мути Москвы-реки Нева казалась почти ультрамариновой от отраженного в воде северного неба, невероятно высокого, холодного и пустого. Начались пригороды. Серые квадраты спальных кварталов, унылые, как солдатские кладбища, сменялись зеленью недобитых деревень, на левом берегу выросли заводские трубы, мы прошли над мертвым заводом. Впереди вспыхнули золотые зайчики, показался купол Свято-Троицкой лавры. За ней, вдали, точно мираж проклюнулся шпиль Петропавловки. Следом, чуть погодя, проступил и весь город. Строгий и мрачный, разрезанный диагоналями проспектов и зажатый стальными обручами каналов, великий город Санкт-Петербург. Столица Возрожденной Русской Империи.

— Ты как? — крикнула я Зине.

Нам удалось остановить кровь. Зина сидела спиной, привалившись к борту фюзеляжа; не открывая глаз, она подняла здоровую руку и выставила мне большой палец.

Мы уже шли над Невским, впереди я разглядела Мариинский, медным лбом высунулся Казанский собор.

Справа, точно застыв на бегу у самого края канала, выставил в небо свои пестрые репки двойник Василия Блаженного. Перед Дворцовой пилот пошел на снижение, вся площадь перед Эрмитажем была забита военной техникой — грузовиками, бензовозами, пусковыми установками. Проскользнули над аркой Главного штаба, над Александровской колонной Монферрана, — казалось, я могла дотянуться до макушки ангела с надменным лицом русского императора.

Вертолет завис над внутренним двором Зимнего, по периметру белели пни срубленных деревьев. Столетние дубы, распиленные на бревна, лежали тут же. Из арки главного входа высовывался тяжелый танк. Нас ждали трое — два солдата и человек с узким лицом крокодила в старомодном плаще-макинтоше.

29

Мы поднялись по ступенькам, через боковой вход зашли в полутемное фойе. Солдаты остались здесь, макинтош пригласил меня жестом: вдвоем — я впереди, он следом — мы пошли вверх по пологой лестнице. Мрамор стерся, покатые ступени походили на прибрежные морские камни. На втором этаже он распахнул высокие двойные двери, дальше шла широкая галерея. С потолка свисали пыльные люстры, стены до потолка были увешаны портретами усатых генералов в парадных мундирах времен Наполеоновских войн. Галерея упиралась в тесную комнату, заваленную старинными стульями и креслами. Мы остановились у белой двери с массивной латунной ручкой.

— Присядьте тут. — Макинтош беззвучно придвинул кресло на золоченых львиных лапах. — Вот.

Садиться я не стала. Он подошел к двери, вежливо постучал. Прислушался, чуть повременив, постучал еще раз. Снова прислушался, его спина выражала настороженную покорность. Он мне напоминал рептилию, внимательную и боязливую. Я кашлянула.

— Послушайте…

Он тут же повернулся.

— Да?

— Как вас звать?

Он растерялся.

— Зачем вам? — дернул плечом. — Впрочем… Юрий.

Снова дернул и добавил:

— Кузьмич. Юрий Кузьмич. А что?

— Ничего, Юрий Кузьмич, — грубовато ответила я. — Туалет у вас есть тут?

Юрий Кузьмич смутился.

— Уборная? Внизу... да... И там тоже... — Он, понизив голос, кивнул на дверь. — Там тоже есть. Только я не могу...

Я подошла, Юрий Кузьмич ссутулился и пугливо подался назад, точно я собиралась его ударить. Ладонью толкнула дверь. Та нехотя подалась и распахнулась.

Там, за этой дверью, был настоящий тронный зал: вызолоченный купол потолка поддерживали белые колонны с бронзовыми капителями, стены были затянуты малиновым бархатом с орнаментом из двуглавых орлов, в дальнем конце на подиуме из трех ступенек стоял настоящий царский трон. Над троном в затейливой бронзовой раме висел портрет императора Петра Первого с какой-то полуголой дамой. Трон был пуст. В зале пахло как в кладовке — пылью, нафталином, мышами.

— Где уборная? — Я переступила порог.

— Вон, — Юрий Кузьмич нерешительно ткнул рукой в сторону трона. — Дверь там. За креслом...

Под ногами поскрипывал древний узорный паркет, орнамент ручной работы — ромбы, квадраты, цветы — был набран из разных пород дерева.

— Пожалуйста, я прошу... — пискнул вслед Юрий Кузьмич.

Дверь, тайная дверь в царский сортир, была замаскирована тем же малиновым бархатом, что и стены. Вопреки ожиданиям (говорят, Екатерина Вторая использовала в качестве стульчака трон одного из своих любовников, польского короля Понятовского) туалет оказался вполне заурядным, такой запросто мог находиться в какой-нибудь конторе или частной клинике провинциального дантиста. Стены были выкрашены тусклой болотной краской, похабных надписей, к моему разочарованию, обнаружить не удалось. Не было тут и полотенца, сполоснув руки, я вытерла их о джинсы.

Я вышла, прикрыла дверь.

На троне, поджав под себя ноги, сидела девочка лет девяти-десяти. На коленях у нее лежал жирный котяра пепельного окраса. Вытянув шею, он позволял ей чесать его за ухом. Утробный мур-р-р разносился по залу. Девочка подняла на меня глаза.

— Это ты там ссала как лошадь?

— Нет, — смутилась я. — Там была лошадь.

— Зачем ты врешь? — Она скинула кота на пол — тот недовольно ушел, сама девчонка соскочила с трона и заглянула за дверь. — Там нет никакой лошади.

— Тебя как звать?

— Катька.

— Вот это да! Меня тоже!

— Снова врешь, — мрачно сказала Катька. — Как всегда.

— Нет! Правда-правда. А где твоя мама?

Мрачная Катька подошла ко мне.

— Дай мне свои руки. Ну!

Я нерешительно протянула, раскрыла ладони.

— Вниз! — приказала она. — Вниз переверни ладошки!

Она взяла меня за запястья. Сжала. Ее руки были в пунктире кошачьих царапок, а холодные тонкие пальцы оказались цепкими и сильными.

— Ты... — начала я.

— Заткнись!

Я замолчала, ощущая себя полной дурой. Катька прикрыла веки, сосредоточенно, точно пытаясь что-то вспомнить. Дверь была раскрыта, но Юрий Кузьмич исчез. На боковых стенах висели батальные полотна в золотых рамах, на правой картине, среди толпы всадников, я узнала царя Петра, усатого и похожего на сытого кота. Он сидел верхом на неудачно нарисованном коне с почти человеческим лицом. В руках царь держал кривую саблю. Настоящий, живой котяра, развалившись на паркете, старательно вылизывал свою лапу. Топырил когти и лизал. Послышались шаги, гулкие, кто-то уверенно и не спеша шел по галерее. Шаги приближались.

Безусловно, когда-то Сильвестров был красавцем. Относился к типу мужчин брутальной наружности, был высок и атлетичен. Уверенные неторопливые жесты, внимательный, чуть ироничный взгляд; с людьми держался просто, без барства, но и амикошонства не терпел — короче, знал себе цену, мужик. С таким непременно пойдешь, знаешь, что гад и сволочь, но пойдешь все равно. И будешь ненавидеть себя потом, ненавидеть до истерик... И до следующего раза. Если позовет, конечно... Тяжелый подбородок, высокий лоб — лицо мудрого тирана умирающей империи; белый мрамор и старая бронза. Я дважды брала у него интервью, еще там, в Москве.

Он вошел в зал и остановился. Чуть сутулый, с большими крестьянскими руками. Заметил кота, присел на корточки, почесал его за ухом, что-то тихо приговаривая. Кот, урча, перевернулся, выставил пепельно-белое пузо. На бритом черепе Сильвестрова белел короткий шрам с тремя стежками.

— Как там, Катюша? — спросил, не поднимая головы.

— Нормально. — Она отпустила мои руки.

— Нормально — это хорошо...

— Я пойду, Глеб? — Девчонка говорила с ним как со сверстником.

— Иди, Катюша.

Она подошла к коту, наклонилась.

— Самсон!

Тот кокетливо выгнулся, зевнул во всю пасть и потянулся.

— Во, разлегся! Фу ты ну ты! — со взрослым бабьим недовольством фыркнула. — А ну пошли!

Не церемонясь, подхватила кота под мышки. Кот Самсон, выставив передние лапы, бессильно повис. Его толстый хвост покорно мел паркет. Сильвестров, сидя на корточках, взглядом проводил их до двери. Его обе дочери, близняшки, Жанна и, кажется, Анна, жили где-то в Англии, бывшая жена тайком вывезла их три года назад.

Паркет протяжно скрипнул, Сильвестров встал.

— Знатный кот. Лезет только, — он отряхнул ладони. — Царских кровей зверь. Тут мышей пропасть была, императрица Екатерина своим указом распорядилась котов завести. Во дворце.

Сильвестров заблуждался: на самом деле указ «О высылке ко двору котов» был издан Елизаветой Петровной. Тридцать лучших котов-охотников доставили аж из Казани, а горожан, прятавших своих котов, наказывали штрафом. Впрочем, самого первого кота привез во дворец Петр Первый, зверь был родом из Амстердама, но в Петербурге откликался на имя Василий. Моя бедная голова забита информационным мусором, который время от времени всплывает из глубин памяти на поверхность. Разумеется, хвастать своей эрудицией я не стала. Вспомнила, в Москве, после интервью, Сильвестров сказал: *для меня соблюдение правил игры важнее победы*. Тогда я не поняла, что он имел в виду. Концепция «цель оправдывает средства» кажется мне более рациональной.

— Соблюдение правил игры важнее победы? — спросила я. — По-прежнему?

Он взглянул — смесь удивления и уважения. Улыбнулся, чуть заметно, одними глазами.

— Зависит от игры.

— Я про эту.

— Эта называется «жизнь».

— Жизнь. Ну и?

— Безусловно.

Он снова потер ладони, повторил:

— Безусловно... Победа — это финал. Конец. Своего рода смерть. Какой смысл в победе, если это смерть? Процесс важнее результата. Процесс и есть жизнь. Соблюдение правил процесса — игры — есть суть жизни.

— Расстрел «Железной гвардии» Кантемирова на Красной площади... — Я сделала паузу. — Тоже по правилам игры?

Сильвестров не ответил. Сунув руки в карманы пиджака, неспешно дошел до подиума, на котором стоял трон. Поднялся по ступеням, ковер заглушил шаги, провел пальцами по спинке, по поручню. Повернулся и медленно сел.

— Осторожней, Каширская, — без улыбки проговорил. — Ты умная баба. Думай, прежде чем говоришь, хорошо?

Сильвестров закинул ногу на ногу. Устроился поудобней, хлопнул ладонью по голенищу — на нем были высокие кавалерийские сапоги. На троне Сильвестров выглядел вполне естественно, как любили говорить пару лет назад — органично. Тиран на троне — вполне органично, чего уж там, что может быть органичней.

— Давай договоримся по-хорошему, а? — Он наклонил голову. — Я устал, зверски устал...

Он действительно выглядел неважно. Я подошла, остановилась перед подиумом. Эти три ступеньки были простым, но хитрым трюком — человек на троне смотрел на стоящего перед ним сверху вниз.

— Когда человеку нечего терять... — Сильвестров смял лицо руками, провел ладонями по бритому черепу. — Деньги и слава, друзья и бабы, семья и дети — все это здорово отвлекает.

— От чего? — не удержалась я.

Он не ответил, продолжал мять лицо, точно пытался проснуться. Кого он имел в виду — меня? Себя? Петр Первый с портрета за троном с довольной усмешкой смотрел на меня, на бритую макушку Сильвестрова. Императора под руку ухватила некая румяная особа, грудастая и похотливая, скорее всего античная богиня. Над их головами из пышных туч выглядывал ангел, розовый бутуз лет пяти с лицом будущего хулигана. Во дворе что-то разгружали, гремели доски, кто-то весело пел по-татарски.

— Ты авокадо любишь?

— Что? — не поняла я.

— Когда я работал в Латинской Америке... — Он начал и запнулся, точно сам удивился своим словам.

Он несколько лет работал в посольстве, кажется в Колумбии. Или Никарагуа. Сразу после МГИМО.

— Ну да и бес его возьми... — засмеялся он нервно. — Ты слышала про картель «Орден тамплиеров»? Нет? Ну да, обычный бандитский клан, сначала семейный, вроде корсиканской мафии, после превратился в настоящего спрута — своя армия с вертолетами и танками, свои спутники, свой флот. Начинали «тамплиеры» в Колумбии, к десятым годам это уже была международная корпорация с миллиардными операциями. Начинали, разумеется, с кокаина и героина, производство и транспортировка, сеть распространения... сперва Штаты, после Европа. Хлопотливый бизнес, скажу я вам, все эти тайные плантации и секретные лаборатории, постоянная война с полицией, таможней, береговой охраной, подкуп чиновников — страшная головная боль. Страшная...

Я слушала. Во дворе врубили циркулярную пилу, пилили длинные доски. Иногда пила застревала, точно поперхнувшись, после с новой силой взвизгивала и шла дальше.

— Да... к чему это...

— Авокадо, — напомнила я.

— Да! Авокадо! Девять из десяти плодов авокадо на нашей планете выращены в Мексике, причем в одной провинции, в Пуэбло. Девять из десяти. Девяносто процентов мирового производства авокадо сосредоточено в одной точке.

— Я не люблю авокадо.

— Я тоже к ним равнодушен, — кивнул головой Сильвестров. — Дрянь зеленая... «Тамплиеры» взяли под контроль Пуэбло. Плантации, хранение, транспортировку. Подмяли под себя всю провинцию. Начали с того, что похитили дочь одного из плантаторов. Присылали ее отцу по частям — палец, ухо... Длилась экзекуция долго — месяц, вся провинция следила. К концу месяца желающих сопротивляться мафии не осталось. Цены на авокадо выросли втрое. Доход превысил прибыль от торговли героином.

— А дочь?

— Что дочь? А... Прислали голову в коробке.

— И он не отомстил?

— Отомстил... — Сильвестров тяжко вздохнул. — У него две другие остались. Еще две дочери. Если человеку есть что терять, он в твоей власти. Вот какая незадача...

Он замолчал. Пилу выключили, за окном пошел дождь. Редкие капли звонко долбили по жестяному карнизу. Я думала о его словах.

— Тебе кажется, Каширская, — он посмотрел мне в глаза, — что тебе-то терять нечего, да? Нет друзей, нет родни, даже любовника завалящего нет.

Говорил он насмешливо, но глаза, холодные глаза, были серьезны.

— Ты слышала про «Кулак Сатаны»?

Он встал, бесшумно спустился по ступеням. Подошел ко мне. От него пахнуло куревом и еще чем-то сладким, противным, вроде детского земляничного мыла.

— Система межконтинентальных баллистических ракет с ядерными боеголовками, — ответила я и подалась назад. — Мобильных ракет... И шахтного базирования. Комплексы «Тополь» и «Ярс-М»...

— Триста пусковых установок! — резко перебил Сильвестров. — Триста! Тысяча ядерных блоков! Доставка в любую точку планеты! Из России — с приветом! Вот так!

Он выставил ладонь и звонко ударил в нее кулаком. Точно припечатал.

— Вот так...

У Петра Первого на портрете появилась презрительная ухмылка, я догадалась, что его спутницей была богиня мудрости Минерва. На ее круглом голом плече сидела сова, которую раньше я не разглядела.

— Все это очень впечатляет, — осторожно начала я. — Но при чем тут...

— Ты? — закончил Сильвестров. — Ты, Каширская, будешь моим голубем. Вестником. Ангелом смерти!

Последнюю фразу он прокричал во весь голос, сочным баритоном, как в опере — даже хрустальная люстра тихо звякнула. Мы одновременно подняли головы. Сильвестров довольно усмехнулся, обвел зал торжествующим взглядом, словно вся вселенная, вплоть до последней подвески на люстре, подчинялась ему лично. Повернулся в профиль. Его левое ухо казалось каким-то мятым, словно парафиновым. У основания был виден шрам и стежки. Болтали, что лет пять назад кто-то откусил ему это ухо в драке. Я опустила глаза, сунула руки в карманы. А ведь он просто чокнутый...

— Ты ж понимаешь, — тихо ухмыльнулся Сильвестров, глядя сквозь меня. — Негоже всемогущему богу напрямую общаться с чернью.

Господи, он ведь просто сумасшедший. Банальный псих. После падения Москвы, после бегства в Питер, после провозглашения какой-то невразумительной новой Российской империи с расплывчатыми границами и неясными целями, Европа и Америка закрыли на Сильвестрова и его новорожденное государство глаза. Проходимцы, которые называют себя политиками, крашеный клоун, шестой год изображающий из себя президента США, — вся эта официальная сволочь сделала вид, что к востоку от Европы лежит пустыня, Великое Ничто. Территория, где ничего не происходит. За все пять лет после убийства президента Пилепина ни у кого на Западе не хватило храбрости вспомнить о ракетных шахтах в Козельске, Иркутске и Нижнем Тагиле. О нервном пальце славянского тирана на красной кнопке ядерного пуска.

После резни в Москве, после уничтожения Грозного и превращения половины Чечни от Гудермеса до берега Каспия в пепелище Сильвестров перешел в разряд почти мифических злодеев. Журналисты пару месяцев стращали западного обывателя новоявленным русским чудовищем, помесью Распутина, Гитлера и Ивана Грозного, бредящего кровавыми триумфами и необузданной властью. Географическая удаленность придавала истории завораживающую притягательность страшной сказки — заснеженные улицы, мрачные дома с темными окнами, по ним рыщут банды бледных людей с мутными глазами. Убийцы — не арабы, не мексиканцы — эти русские, они один в один как ты и я. И оттого еще страшней — они вроде тех оборотней из дурацких фильмов про зомби и живых мертвецов.

Но приближалось Рождество, и ужасы России — хмурый пейзаж с кирпичным Кремлем и мутной панорамой из маковок православных церквей — сменились привычным ханжеством сусального благолепия, бубенцами Санта-Клауса и подарочной суетой супермаркетов. О России забыли. Забыли о Сильвестрове, забыли об отраженных в черной воде башнях с двуглавыми орлами, забыли о повешенных на мостах, о нерадостных пустырях с бесконечными помойками, незаметно переходящих в жилые кварталы, а после снова в пустыри и помойки.

Но Россия не исчезла. На бескрайних хмурых просторах величиной в три Америки продолжали жить люди, несчастные и отчаявшиеся, брошенные на произвол своими вороватыми правителями и лицемерными благотворителями с Запада. Тусклые города и гнилые деревни, кажется, позабытые самим Господом Богом, продолжали цепляться за жизнь в исконно русском упорстве бесконечного страдания и бессмысленной муки. Финал великой империи, бешено вспыхнув головокружительной феерией мятежа и бунта, постепенно выдохся и перешел в фазу унылого умирания.

30

— Почему я?

— Почему ты? — усмехнулся дед. — А почему нет?

Мы с ним шли по заснеженному лесу, похожему на черно-белую фотографию. Тяжелые белые шапки свисали с еловых лап, серые стволы, шершавые, как слоновьи ноги, были в пятнах снега, точно тут играли в снежки, прячась за деревьями.

— Дедушка? — Я тронула рукой ветку, и снег беззвучно соскользнул вниз. — Но ты ведь умер?

Он остановился, повернулся ко мне.

— Не говори глупостей. Что ты знаешь о смерти?

Я растерялась, действительно — что?

— Ты исчезаешь, — проговорила. — И с тобой исчезает весь мир...

— Какая восхитительная чушь! — Дед засмеялся, захохотал. — Какая дичь! Исчезаешь, и мир исчезает! Потрясающе!

Он перестал смеяться и торжественно сказал:

— Дело обстоит ровным счетом наоборот: мир не исчезает, ты уносишь его с собой! Весь мир! Все это! Все!

Он раскинул руки, точно хотел обхватить заснеженные елки, горбатые сугробы, синее небо.

— Все это я унес собой! Все, понимаешь? Каждую крупицу вселенной — от этих вот снежинок, — дед с размаху ударил по еловой лапе, — до самых дальних созвездий. Все это теперь мое — навсегда! Каждый миг моей жизни! Каждый удар моего сердца! Навсегда! Вот что такое смерть!

Лес качнулся, ели, точно потеряв равновесие, наклонились вбок; небесную синь затянуло серым, небо стало заваливаться, быстрее и быстрее. Снег потемнел,

304 ————————————————————— Валерий Бочков

серый, как пепел, он летел в глаза. Черные елки, перестав притворяться, выставили хищные лапы. Дед пытался поймать мою руку, но его тоже куда-то потащило. Мир рушился, рассыпался на моих глазах. Я до боли в суставах вытянула пальцы и закричала.

Проснувшись, лежала не открывая глаз — пыталась вспомнить начало сна. Там, в самом начале, мне казалось, было что-то очень важное. Самое важное. Чем сильней старалась, тем иллюзорней становился весь сон, зыбкие картины таяли, распадались на неясные осколки, на мутные фрагменты. Скоро и в них уже не было уверенности.

После солдатского завтрака — кирпичного цвета чай, кубик желтого масла и гречневая каша (греча — как на питерский манер назвал ее Юрий Кузьмич, принесший мне еду) — меня погрузили в дряхлый автобус. Я поднялась, дверь за мной закрылась. Водитель не повернулся, в профиль он напоминал дельфина. В пустом салоне воняло карболкой. Все стекла, кроме водительского, были замазаны белой краской. Я прошла до конца, села на последнее кресло. Коричневый дерматин, пыльный, исполосованный бритвой, был заляпан белыми кляксами.

Передняя дверь открылась, и в автобус поднялась Зина.

— Привет! — Она подошла. Улыбнулась. Бледная долгая шея, худая, как у сироты из нищего приюта.

— Как рука?

— На месте. Спасибо.

Рука висела на перевязи из какой-то грязной тряпки вроде цыганского платка. Зина села рядом. Ее стриженые волосы, мокрые после душа, стояли торчком.

— Трогай! — крикнула она шоферу-дельфину.

Автобус зарычал, развернулся. За ветровым стеклом проплыл фасад Зимнего дворца, каменные боги, античные вазы, ангелы — говорят, Растрелли расставил эти скульптуры по краю крыши, чтобы закрыть многочисленные печные трубы, страшно бесившие эстета-итальянца. Заглянула макушка Александрийской колонны, шестерка бронзовых коней на триумфальной арке Главного штаба — и тут наш русский размах — немцы на Бранденбургских воротах скромно обошлись квадригой. Проехали под гулкой аркой, по Большой Морской выбрались на Невский.

— Куда едем? — спросила я.

— К Мерзаеву.

— Это что, фамилия?

— Нет. Ларион Мирзоев. Но по сути — Мерзаев.

Автобус набрал скорость. Светофоры не работали. Мы двигались на юго-восток, в сторону Московского вокзала. Шофер-дельфин высвистывал какую-то неясную мелодию, отдаленно напоминавшую болеро Равеля.

— Тебе не кажется, — тем же небрежным тоном спросила я. — Что он сумасшедший?

— Мирзоев?

— Сильвестров.

— Сильвестров? — Она повернулась удивленно. — Сильвио?

Я молча кивнула. Зина улыбнулась.

— Да он просто чокнутый! — сказала смеясь.

Я показала глазами на затылок водителя. Зина отмахнулась. Шофер продолжал высвистывать болеро.

— Ты была здесь, когда Пилепина закоптили? — Зина поморщилась, она пыталась раненой рукой залезть в карман куртки. — Достань сигареты, пожалуйста. Тут вот. И спички.

Я сунула руку в ее карман, вынула мятую пачку китайского курева и коробку спичек.

— Куришь? — спросила она.

Мы закурили. Сизый дым поплыл по салону. Тут же завоняло палеными тряпками.

— Ты про Гриневу слышала? — Зина сплюнула табачную крошку. — Про Анну Гриневу?

Я кивнула. Речь шла об убийстве тогдашнего президента Тихона Пилепина. В число заговорщиков входили люди из его ближайшего окружения, включая министра обороны и маршала ВВС. Анна Гринева финансировала операцию. Хрестоматийный дворцовый переворот потерпел фиаско: после устранения президента мятежники упустили инициативу, и к власти пришел Глеб Сильвестров, энергичный руководитель думской фракции «Русский штык». Он объявил чрезвычайное положение, но ни армия, ни полиция ему не подчинялись — люди просто разбежались.

Страна зависла на краю великой смуты. Москва стремительно погружалась в безумную дурь хаоса, в столицу хлынули банды, начались погромы. Дымные сентябрьские ночи, душные от пожаров и страха, безумные оргии публичных казней на Красной площади, пытки и расстрелы в тюремных дворах, грабежи магазинов и складов — так жила новая Москва. Повешенные на мостах, под ними плыли баржи с пьяными бандитами и неистовыми цыганами. Человеческая жизнь не стоила ничего, душегубы резали людей забавы ради. Москва сошла с ума, провинция с ужасом наблюдала за кровавой вакханалией.

— А про сестру ее, — она затянулась, — про Ольгу Гриневу слыхала?

— Там, кажется, какая-то банда боевиков... — щурясь от кислого дыма, выдохнула я. — Какие-то подростки, что ли... «Молодая гвардия» типа, да? Тимур и его команда. Борцы с кровавым режимом Пилепина?

— Ну да. Типа того, — насмешливо сказала Зина и добавила серьезно: — Их всех казнили. На Красной площади. Как в цирке. Знаешь, сколько народу пришло смотреть?

Она бросила окурок на резиновый пол, аккуратно придавила ногой.

Мы свернули с Невского и ехали вдоль какого-то канала. На той стороне показался золотой шпиль и зеленые крыши Михайловского замка. Значит, набережная Мойки. Водитель уже не свистел, Зина, отвернувшись, смотрела в закрашенное окно. Я помнила те фотографии: им, тем детям, рубили головы. Топором, как в Средневековье. Середина сентября — бабье лето, жаркий полдень. Белесое прозрачное небо, толпа — тысячеголовая, злая, с вытянутыми шеями и жадными глазами. Россия, Москва, двадцать первый век...

— Тебе сколько лет? — Я тронула Зину за плечо.

— Мне? — она рукавом вытерла глаза, повернулась. — Сто... Двести... Какая разница! Такое чувство, что я в этом дерьме уже вечность живу. Знаешь, как в аду — нет времени, сплошная вечность.

Она шмыгнула носом, усмехнулась.

— Что за страна такая — родилась при одном упыре, теперь другой. Еще краше прежнего.

— Да, с упырями нам определенно везет, это точно. Только, знаешь, валить все на упырей тоже нечестно. Неправильно. Упырь на троне — это следствие. Результат. Вроде диагноза. Ведь ты не будешь винить врача за результат твоего анализа. И если у тебя сифилис, то врач тут, скорее всего, ни при чем. Ты, конечно, можешь мне рассказать, что подцепила заразу в бане. Или пила из чужого стакана в баре.

— Выходит, Сильвио — наш русский сифилис?

— Нет, Сильвестров — симптом.

— Ага! Сильвестров — провалившийся нос сифилитика на лице нашей родины-матери. Хорош симптомчик!

Автобус остановился.

— Приехали! — Водитель открыл переднюю дверь.

Мы с Зиной вышли. Перед фасадом скучного бежевого дома, похожего на провинциальную библиотеку, стояли две пушки-зенитки, выкрашенные мышиной краской. Я узнала место сразу, хотя не была тут тридцать лет, наверное, больше. Тогда меня привез сюда дед, его пригласили открывать какую-то тематическую выставку.

— Музей обороны Ленинграда?

Зина кивнула и постучала кулаком в дверь.

Высокий полутемный вестибюль с широкой мраморной лестницей на второй этаж и портретами маршалов по стенам был заставлен картонными коробками. В таких, со штампами «Не кантовать!», «Хрупко!», перевозят стиральные машины, холодильники и прочую бытовую технику. Под ногами мягко шуршали опилки, пахло мокрой сосной, как в лесу после дождя.

Спустились по тесной лестнице в гардероб. Среди пустых вешалок раздевалки висело одинокое пальто. По коридору прошли мимо закрытых дверей — «туалет», «бойлерная» и загадочная «Щ-17». Коридор закончился, мы остановились у железной двери, похожей на вход в бомбоубежище. Зина вдавила кнопку в стене, где-то включился могучий мотор.

— Лифт? — удивилась я. — Куда?

— Туда, — Зина показала глазами под ноги. — В ад.

— Ну уж прямо... — я хмыкнула. — Не надо только драматизировать.

В кабине лифта, обычного лифта, с грязным линолеумом, тусклым плафоном, пятнами от окурков на сером пластике стен — я даже разглядела выцарапанное матерное ругательство, адресованное неизвестно кому, — мы долго ползли вниз. В двери, в круглом окошке без стекла, бесконечно уходила вверх грязная серая стена. Мне нестерпимо захотелось потрогать ее, эту стену, ощутить шершавость бетона. Я сунула руки в карманы. Лифт, точно поперхнувшись, остановился.

— Ты поаккуратней с ним, — Зина толкнула дверь. — С Мерзаевым. Редкая сволочь...

Что я ожидала увидеть тут? Подвал, казематы, пыточные камеры — не знаю. Выйдя из лифта, мы очутились в неожиданно большом помещении. Не подвал — настоящий зал. Мне он напомнил железнодорожный вокзал в Вашингтоне. По стенам висели огромные мониторы, светящиеся табло с бегущими цифрами. На гигантском экране светилась развернутая карта мира с контурами континентов и пунктиром границ. По карте ползли какие-то огоньки — зеленые и красные.

— Что это? — спросила тихо я. — Центр управления? Байконур? Хьюстон?

Зина ткнула меня в бок. К нам, отделившись от группы военных, бодро направлялся какой-то улыбчивый красавец, похожий на опереточного гусара.

— Катерина Сергевна! — подходя, гусар раскинул руки. — Добро пожаловать! Я — Мирзоев!

Вблизи он оказался постарше, далеко за пятьдесят, с крашеными усами и сочным омерзительно красным ртом.

— Имейте в виду, — он хохотнул и ухватил меня под локоть, — вы у меня в долгу. Да-да-да! Я уломал Глеба привлечь вас. А то! У нас же целый кастинг имел место — а вы как думали? Кандидаты и кандидатки! Ярмарка тщеславия современной тележурналистики. Журнателистики! Ха-ха!

Он захохотал, внезапно остановился.

— Выпить хотите? Шампанского, а? Шампанского! «Мадам Клико», «Дом Периньон»! Периньонов дом, мать вашу так! За знакомство, за встречу! За начало нашей прекрасной дружбы!

Заорал через плечо:

— Костиков! Где ты там, ленивая мразь?

К нам подлетел солдат, длинный, похожий на тощую ворону. Согнулся почтительно.

— Шампанского сюда!

Солдат исчез. Мирзоев облизнул губы.

— Видали скотину? И ведь все такие! Все! Какой там умный немец сказал: «Славяне — навоз истории»? Кто сказал? Гегель? Бебель?

— Бабель, — буркнула Зина.

— Что с крылом, птица счастья? — косо взглянув, спросил Мирзоев. — Кость цела?

Зина не ответила, даже не посмотрела на гусара. Тот брезгливо скривил губы, продолжил, обращаясь ко мне:

— Пороть подлеца! Пороть! — сладострастно проговорил он. — Русская душа плеткой крепка. Нагайкой пороть! Кнутом — до кровавого мяса, до белой косточки! Ведь если русского мерзавца не пороть, то он непременно освинячится. Оскотинится. Народ-то по натуре своей дикий. Скоты, как есть скоты!

Солдат вернулся с бутылью какого-то пойла, запыхавшись, сорвал фольгу, начал откручивать проволоку с пробки. На этикетке по-польски было написано «Газированный яблочный сидр».

— Дай сюда! — Мирзоев грубо выхватил бутыль у него из рук. — Где фужеры?

Произнес слово на французский манер, грассируя, воткнув вдобавок «е» в середину. «Фужеры», всего два, оказались в карманах галифе солдата. Пробка жалко пукнула, полезла желтая пена, напиток был разлит по бокалам. Потянуло кислыми яблоками.

С бокалами в руках мы неспешно, точно на лесной прогулке, шли меж столов, заставленных компьютерным хламом. Переступая через провода и кабели, заглядывая в экраны мониторов, двигались по залу. Операторы, парни и девицы, не обращали на нас внимания. Мирзоев тоже, похоже, воспринимал их частью технического оборудования.

— Милая Катерина Сергевна, вы уже догадались, где мы находимся? — Он кокетливо рыгнул в кулак. — Пардон, шампанское...

То, что он называл шампанским — дрожжи и сивуха, — у меня вызвало моментальную и немилосердную изжогу. Пальцы липли к теплому стеклу, я невзначай оставила бокал на краю стола. Так, мимоходом. Мирзоев не заметил, был здорово увлечен собой.

— Армагеддон! — Он растопырил пальцы и вскинул руку. — Вот тут!

Звонко топнул ногой в цементный пол. Только сейчас я разглядела его лаковые сапоги на высоком, почти женском, каблуке.

— Нервный центр конца света! Да! Мозг страшного суда! Тут! В моих руках! Вот он, «Кулак Сатаны»!

Он сжал кулак, неубедительный розовый кулак евнуха.

— Видишь, вон там, — неожиданно перейдя на «ты», он ткнул в большой экран на стене, — смотри! Я могу уничтожить любой город! На любом континенте! Просто нажать кнопку — кнопку! Кнопку!

Он осушил бокал и хрястнул им о цемент пола. Операторы продолжали пялиться в свои экраны, никто не поднял головы.

— Нью-Йорк! Лондон! Париж! — Мирзоев торжественно развел руки. — Берлин! Анкара! Багдад! Одним движением вот этого пальца я превращу любой из них в пепел! В пустое место!

Я отвернулась. Господи, что за мерзость?! Пошлый кривляка, второсортный имитатор — я все это сто раз видела в дешевых боевиках, слышала эти фразы, пафосные и банальные. Жесты и позы, провинция и драмкружок, неужели такой шут действительно может уничтожить любое государство? Сжечь миллионы людей одним махом? Неужели тысячелетия эволюции, Эйнштейны и Коперники, Гомеры и Канты, Достоевские и Шекспиры, вся наша цивилизация уткнулась в это ничтожество в бабских сапогах? Господи, воля твоя, где же твое достоинство? Где величие и размах? Я понимаю, человечество обгадилось по полной программе, но нельзя же так! Ничтожество, паяц! Не Гитлер и не Сталин, не Наполеон или Чингисхан — ряженый шут! Гусар из массовки к «Веселой вдове»! Такая гнусь, да еще с яблочной отрыжкой!

К нам подошел серьезный офицер, обратился к Мирзоеву. Тот рассеянно оглянулся, точно проснувшись, выпучил глаза и заорал на офицера. Он кричал и топал, размахивал кулаками. У меня промелькнула мысль — логичный и восхитительный план спасения вселенной: мы с Зиной обезвреживаем гусара (кляп, веревки), к чертовой матери поджигаем (взрываем) это дьявольское подземелье, отстреливаясь, выбираемся на поверхность. Там как раз разыгрывается в нашу честь умопомрачительный закат солнца. Мы скромны, но полны достоинства. Человечество рукоплещет. Кланяемся (сдержанно). Цивилизация спасена, зло побеждено. Хеппи-энд.

Я не успела додумать, отчего Зина должна предать своих и начать помогать мне. Мирзоев, румяный и злой после ругани, хлопнул в ладоши.

— Вот такой вот коленкор, милая Катерина Сергевна, — и неожиданно ласково спросил: — Ну что, начнем?

— Начнем что?

— Работать.

Я растерялась, он взглянул мне в лицо.

— Ага... — догадался. — Так Сильвио вам не объяснил ничего? Не ввел, так сказать, в курс дела?

Я отрицательно помотала головой.

— Мы с ним про авокадо беседовали...

— Авокадо... Как прелестно, он все свою юность комсомольскую вспоминает... — Мирзоев приблизился, доверительно взял под локоть. — Ладно, не беда, я все объясню.

Он повел меня в сторону большого экрана с картой мира.

— Роль у вас простая. Простая, но важная. Очень важная, — перестав паясничать, он говорил нормальным серьезным голосом. — Ваша репутация, репутация честного репортера, плюс ваша известность...

— Известность? — засмеялась я.

— Да. Не надо кокетничать. Известность и репутация — вот ваш главный козырь. Наш главный козырь.

— Мы во что играем? В подкидного?

— И чувство юмора. — Он нежно погладил мою ладонь. — Вы когда-нибудь задумывались над природой страха? Что такое страх?

— Страх? Самое паскудное чувство на свете. Самое никудышное... — вспомнила я деда. — Страх... страх — это ответная реакция на угрозу.

— Правильно. Но есть нюанс. Страх основан на инстинкте самосохранения. Страхом мы называем эмоцию, вызванную опасностью, — правильно? Реальной опасностью или воображаемой. Ключевое слово — воображаемой. Причем угроза воображаемая гораздо действенней угрозы реальной. Человеческая фантазия безгранична, неведомая угроза парализует сознание, превращаясь в панический, в животный ужас. Вы следите за ходом моей мысли?

Я кивнула.

— Не из гуманизма, — он усмехнулся, — не хочу я нажимать кнопку. Из прагматизма исключительно. Куда бледной реальности тягаться с фантазией человека, с его подсознанием? У них там по чуланам да по чердакам такого понапрятано, — он постучал пальцем по лбу, — Эдгару Алану По даже и не снилось... Ну спалил тогда Сильвио пол-Чечни, ну и что? Через неделю и забылось. Да и пугать-то, если честно, особо нечем: после удара «двадцаткой» даже руин не остается, так, обратная сторона Луны. Камни да пепел. Ни крови, ни трупов...

— Не в подкидного, значит... — Я начала понимать.

— Нет, — Мирзоев продолжил. — Скорее преферанс.

Остановился, тихо, словно боясь посторонних ушей, приблизился ко мне. Даже на каблуках он был ниже меня.

— Мы создали концептуально новое государство. Вы, конечно, можете возразить, что ничего нового нет и быть не может. Отчасти согласен. Да, империя. Да, все та же старая испытанная модель. Но чем сильна империя? Что делает империю великой? У Александра Македонского была не просто мощная армия, у него была армия концептуально нового типа. Римская империя довела эту идею до абсолюта — тактика и стратегия стали искусством. Захолустную Британию сделал великой ее флот. Россия, и царская, и советская, чем мы были сильны? Нашим народом. Нашими людьми. Ни одно мало-мальски цивилизованное государство с таким чарующим безразличием не отправляло на убой миллионные армии своих сограждан. Ни одно! Но именно в этом восхитительном каннибализме и была наша сила.

— А Америка? — спросила я. — Там тоже новая концепция?

— Безусловно! Американцы ближе всех подошли к великой идее. Гениальная нация в оковах посредственности! Ух, мне бы такой народ! Они подкрепили военную мощь финансовым терроризмом. Остроумно, очень остроумно! Но сделать последний шаг им помешало ханжество. Стать поистине величайшей империей Америке не позволило христианство. Сами попали в свой капкан! Не хватило пиндосам цинизма. Религия, задуманная как узда для охлоса, стала помехой. Мораль — вот проблема!

— Ну у вас-то с этим, надеюсь, не возникнет загвоздки.

— Катерина Сергевна, дорогая, вы полагаете, что обвинением в отсутствии моральных принципов вы меня оскорбили? — Он отрицательно покачал головой. — Как раз наоборот! Сияющий пик абсолютной свободы, цитадель звонкой силы — о да! Хор безумных демонов: «Еще! Еще! И навеки!»

— Только не надо Ницше цитировать, хорошо?

— И не собирался! Старика Фридриха с его алхимией духа оставим в покое. Хотя во многом он прав. Но вернемся к истории, если вы не против...

Я была не против. Мирзоев бережно, точно они были приклеены, поправил указательным пальцем усы — один ус, другой. Вздохнул невесело.

— Тихон Пилепин был ограниченным плебеем, ничтожеством, он так и не сумел выбраться из своей питерской подворотни. Двоечник, прыщавый мастурбатор, до самого конца пытался шантажировать мир при помощи цен на нефть... Какое убожество, какая пошлость, прости господи... — Мирзоев печально покачал головой. — Но нет худа без добра — двадцать лет его нелепой диктатуры полностью развратили народ. Им даже православие удалось уничтожить. Нравственность перешла в категорию условных ценностей ограниченного употребления. Для Европы и Америки мы официально стали государством без моральных принципов.

— У вас мания величия, Мирзоев, — стараясь говорить спокойно, я скрестила руки на груди. — Западу плевать на Россию. С принципами или без. И сейчас плевать более, чем когда либо раньше. Плевать!

Я зачем-то плюнула ему под ноги.

— И вот вы снова правы, дорогая моя. — Он наступил на мой плевок сияющим сапогом. — Но именно эту досадную нелепость мы и постараемся исправить с вашей помощью. И при абсолютном...

Он не закончил, запиликал телефон. Мирзоев достал мобильник.

— Что? — каркнул в трубку. — Да! Немедленно! Да, сюда!

Появилась тройка: крепкий майор в ремнях и с кобурой, круглая тетка с бухгалтерской стрижкой и очкарик. Очкарик нес камеру, профессиональный камкордер.

— Господин маршал! — вытянулся майор. — Группа в составе...

Мирзоев (ого, не просто гусар, маршал, усмехнулась я) остановил его, махнув рукой.

— Где текст?

Бухгалтерша протянула несколько листков. Он пролистал, недовольно буркнул:

— Сойдет, — протянул бумажки мне. — Это примерный текст. Он на русском. Так сказать, общие направления. Напрямую переводить не нужно...

— Я поняла. Информация к размышлению.

Мирзоев хохотнул:

— Во-во! — И добавил с кавказским акцентом: — Дэвушка нэ бэз чувства юмора!

«Русский ядерный арсенал является крупнейшим и наиболее технологичным в мире, — прочла я. — В составе ракетных войск стратегического назначения на сегодня находится около 300 пусковых установок ракетных комплексов межконтинентальных баллистических ракет, способных нести более 1000 ядерных боевых блоков, в том числе в боевой готовности находится 45 тяжелых ракет типа СС...»

Дальше на пол-листа шли цифры, перечисление типов ракет, снова цифры.

— Вы это серьезно? — повернулась я к Мирзоеву. — Вы хотите, чтобы я читала эту белиберду из Википедии в камеру?

Он недовольно посмотрел на меня.

— Ну?

— Вы действительно хотите испугать кого-то этой абракадаброй? Этими цифрами? Никто, никто не знает, что такое РТ-2ПМ2 «Тополь» и всем плевать, что их у вас аж шестьдесят. Да хоть тыща! — Я сунула бумаги ему в руки.

— Но профессионалы знают! Военные! — зло крикнул он. — Ваши политики знают! Ваш президент!

Гусар-маршал Мирзоев понимал, что я права, от этого бесился еще сильней. Он снова начал орать, с меня переключился на майора. Тот вытянулся, тараща глаза, надул щеки. Казалось, вот-вот лопнет. Я оглянулась, Зина по-прежнему стояла у дверей лифта и наблюдала за нами. Она кивнула мне, так, по крайней мере, мне показалось.

31

Джип остановился на середине Дворцового моста. Мы с Зиной вышли, охрана и шофер остались в машине. Зина перегнулась через кованое ограждение, я тоже заглянула вниз. Под нами катила Нева, мощная и спокойная река. Серая, точно свинцовая, вода закручивалась в водовороты, тоже неспешные и уверенные. Я положила ладони на холодный поручень, крепко сжала. Представила: пружинистый толчок обеими ногами, перекидываю тело через ограждение, лететь метров тридцать, удар, вхожу в воду. Выныриваю… Интересно, будут стрелять?

— Будут, — тихо сказала Зина. — Будут стрелять.

— С чего ты взяла… — Я отряхнула ладони.

— Не надо, а? Не надо меня разочаровывать. У меня и так уже никаких идеалов не осталось.

На правом берегу, на Университетской набережной, белела башня кунсткамеры с таинственным стеклянным шаром на макушке.

— Меня туда пускать не хотели, — кивнула я в сторону Васильевского острова.

— В кунсткамеру? Я не была… Что там?

— Мне лет десять-одиннадцать было. Я приехала в Питер с дедом, он в парадной форме, при орденах и медалях — сияет, как елка на Новый год… Дед тут какую-то выставку военную открывал.

— В кунсткамере?

Мы вместе засмеялись.

— Мне потом эти уроды заспиртованные года два снились. — Я перестала смеяться. — Пока настоящие ужасы не начались.

Охранники вышли из машины, закурили. Один сел на корточки у колеса, другой прогуливался, шаркая подошвами и не очень умело пуская кольца. Ветер подхватывал дым, комкал и уносил в сторону залива. Зина снова перегнулась через перила.

— Ты смерти боишься? — спросила я.

— Нет.

— Как это?

— Я о ней просто не думаю. Как можно бояться того, о чем не думаешь?

Она плюнула вниз. Молча мы проследили, как белая точка долго летела, а после исчезла в серой воде.

— Смысл жизни важней самой жизни.

— Что это значит? — не поняла я.

— Потом поймешь. Ты детей видела в Зимнем?

— Да. Чудную одну, Катю. Она вроде как не в себе, что ли...

— Ну да. Не в себе. Но вот в ней-то и смысл. В этой самой Кате.

— Я не очень что-то...

— Ладно, — перебила Зина. — Поехали. Куда ты хотела?

Адрес моей бабки я помнила наизусть. С того самого дня, как она мне рассказала про ноябрь того года. Рассказала про погром, про убийства. Что после стали называть революцией. Великой революцией. Я помнила улицу и номер дома, точно сами буквы и цифры таили в себе ужасную правду, были тайным кодом доступа в тот давний кошмар, открывали какую-то священную дверь. Не знаю, почему мне так хотелось прикоснуться к ступеням, по которым топали сапоги убийц, потрогать стены, которые слышали крики умирающих. Не знаю... Было тут нечто от русской сказки, когда квинтэссенцию зла можно победить лишь поступательным движением — сундук, ларец, утка, яйцо и игла. Сломать иглу — и рухнет сатанинский замок, иссякнет проклятие, рассеется морок, разлетятся демоны.

По Невскому добрались до Восстания, раскрутившись на площади, свернули на Гончарную. Проехали мимо заколоченной кондитерской, мимо серого дома с кариатидами: шестой, восьмой, десятый — я выискивала глазами номера на четной стороне улицы.

— Стой! — сказала шоферу. — Тут...

Зина пошла за мной, я обернулась, грубо бросила «нет». Она остановилась, хотела что-то сказать.

— Нет! — рявкнула я.

Именно таким он мне и представлялся, таким виделся в кошмарах — этот дом. Скучный, крашенный коричневым, пыльным и светлым, словно красили его порошком какао. С лаконичным декором по фасаду, эркеры в три окна, на пятом этаже вместо эркера полукруглый балкон — квартира портного Зайцева, к которому ходили новобранцы шить мундиры. Над подъездом портик с лепниной — десять раз замазанная побелкой сцена из греческой жизни.

Парадная дверь. Я протянула руку, потрогала гладкую шоколадную краску. Обрывки каких-то объявлений, шершавые ржавые кнопки — вдавленные и забытые навсегда.

Я закрыла глаза.

Дверь выломали, понеслись вверх по ступеням. Широкая мраморная лестница, гулкие пролеты. Врывались в квартиры, резали, кололи штыками женщин, детей. Грабили. Искали ценности и деньги. Били посуду, рвали платья, рубили мебель — зачем? Громили люто, беспощадно — за что? Откуда такая ненависть? Ведь убивали не проклятых иноземцев — немцев-супостатов или нехристей-турок, резали своих же братьев и сестер — православных! Русских! Скорлупа христианства — тысячелетняя! — оказалась совсем непрочной и на удивление хрупкой. Возлюби ближнего, не убий, не укради — все к чертям собачьим в одну ночь!

От цепей морали, которые сковывали бесовские силы, от узды человечности, что стягивала внутренний ад, от сострадания и любви русский человек избавлялся страстно и дико, точно вырывался из плена на волю. Рвал жилы, грыз вены. Будто освобождался от себя самого. Словно рождался заново. И вкусив горячей крови, очертя голову бросался в огненный поток горящей серы, проклятый навеки и преображенный навеки — стальная чешуя, звериные когти, рубиновая печать Каина во лбу. Жуткий новый Феникс. Русский Феникс.

Он, гордый и безжалостный, расправляет перепончатые крылья. Он — символ смерти, его песня — гимн грубой силе. Гимн вселенской ненависти. Опьяненный безумием и грехом, среди белых молний, рвущих черно-дымный пейзаж, он разворачивает огненное знамя воли к власти. Кипящая ртуть пульсирует в его венах, грохочет, гремит стальное сердце. В экстазе он ведет за собой грядущие поколения — мы убили Бога! Бога нет! Через жесткость придем мы к правде. Добра нет! И любви нет! «Правда — вот мерило всего!» — в бешеной эйфории кричит он, не подозревая, что та же самая сила, что породила его, уже заносит над ним беспощадный сияющий топор.

— Все верно, милый друг, — слышу я голос деда. — Все так. Но ведь и в твоих жилах эта самая кипящая ртуть. Та же самая волчья кровь, что и в моих венах.

— Нет. Я пытаюсь найти в душе силы, чтобы простить тебя.

— Эх ты, ранетка садовая! — смеется он. — Прощать! Нет у тебя такого права — прощать. Ты можешь проклясть меня, можешь меня ненавидеть. Но простить может лишь... Ну, сама знаешь кто.

— А я?

— Понять. От тебя нужно лишь одно — понять. Понять и принять. И перестать врать — врать самой себе. Ты только погляди, куда вранье наше Русь-матушку завело! В Кремле магометанин, в Зимнем — безумец. И ведь все от вранья!

— Ну уж прямо...

— Именно! Вранье во благо, для высших целей! Во славу России! Да не нуждается Россия в вашем вранье! Тыщу лет простояла и еще тыщу простоит! Без вранья! Да и врете вы во благо себе. Подкрасить, подлакировать, а что-то и под ковер замести, будто и не было. Все было, милая моя, все! И пытки, и расстрелы. И летел впереди эскадрона, и пела шашка от крови алая, и катились по траве головы несмышленых мальчишек, моих ровесников, таких же храбрых и таких же глупых. Все было. И предательство, и трусость, и ложь. Когда Блюхеру пальцы ломали, когда Мишку Куцего пытали, когда Синявского вели на расстрел. Когда по правде и по совести нужно было встать и сказать. Ведь чуяла душа, знало сердце, что гангрена началась, и если б каждый, каждый...

Он замолчал, точно поперхнулся. А разве мертвые могут плакать? Ведь смерть и есть покой, разве нет? К чему слезы, к чему печаль?

— К чему? — сипло крикнул дед, будто каркнул. — Так ведь к нам Он тогда вопрошал! К нам!

— Что? — Я уже ничего не понимала.

— Где брат твой, Каин? Где твой брат? Вот что! Вот что! — Он тяжело дышал, задыхался. — А мы... Мы! Вот тогда вранье и началось! Не сторож я брату моему! Не знаю, где Авель! И прилетел ворон, и раскидал ветки и землю, и открыл взору Господа мертвое тело Авеля. Труп брата!

Если бы он уже не был мертв, я бы испугалась, что его может хватить кондрашка.

— Ага! — орал дед. — Так ты еще и врун! Паскудник! Убийца и лжец! Завистливый негодяй, будь ты проклят во веки веков! Ты будешь скитаться до скончания века, и каждый встречный будет тебе плевать в глаза, но никто не посмеет убить тебя, ибо за то ему отмстится всемеро. И клеймил Господь Каина печатью прямо в лоб, дабы каждый встречный знал, кто перед ним. Братоубийца и лжец.

...Очнулась я в машине, на заднем сиденье. Охранник держал меня сзади за плечи, Зина тормошила и больно хлестала ладошкой по щекам.

— Эй! Эй! — кричала мне в лицо. — Ну ты что?!

— Что? — Мне удалось поймать ее руку.

Реальность постепенно входила в фокус и приобретала относительно устойчивые очертания.

— У тебя что, эпилепсия? — Зина продолжала трясти меня.

— Да вроде не было... раньше, — робко ответила я. — Кончай трясти.

Кусок времени от дверей дома до заднего сиденья машины куда-то исчез из моей памяти. Провал — очень верное определение.

— Ладно, поехали! — Зина хлопнула водителя по спине. — Мерзаев-маршал два раза уже звонил. Извелся, бедный.

32

— Вот, знакомьтесь, — маршал Мирзоев отступил назад и сделал плавный жест руками, вроде па из восточного танца. — Сергей Бархотенко. Ваш куратор.

Куратор протянул мне руку. Я посмотрела на ладонь, крестьянскую и широкую, как лопата. Потом на лицо. Бородатый и неухоженный, какой-то пегий, с серым лицом, он напоминал не очень удачливого конокрада. Казалось, он только что проснулся.

— Куратор? — спросила я Мирзоева невежливо. — Зачем?

— Ну, консультант, — тот игриво отмахнулся. — Не помешает! Господин Бархотенко отлично осведомлен, опытен. Он, он...

Мирзоев запнулся, а конокрад тут же встрял, широко улыбаясь:

— Специалист по формированию общественного мнения.

Его голос, вкрадчивый, почти приторный тенор, показался мне знакомым. Где-то я слышала эти интонации, этот округлый говор, провинциальный, какой-то волжский. Консультант ухмыльнулся сыто.

— Радио, — ласково сказал. — «Пульс столицы».

Точно! Эта радиостанция, дерзкая, вызывающе либеральная, каким-то чудом продолжала вещать все годы правления Пилепина. На Западе считалось, что «кровавый режим» таким манером выпускает пар. Своего рода паровой клапан диктатуры. Однако некоторые пессимисты видели в радиостанции более прагматичный инструмент власти — что-то вроде блесны. Или магнита. Липучка для мух тоже будет верным, хотя и не совсем аппетитным, определением. Оппозиционерам предоставлялся микрофон. В теплых студиях, приободряемые смелыми ведущими, они беспечно высказывали бунтарские идеи; слушатели звонили в прямой эфир и тоже несли крамолу. И гости и слушатели резонно полагали, что раз существует такая радиостанция и власть ее не закрывает и не врывается спецназ в студии и не вяжет храбрых радиоведущих-карбонариев — а те уж чуть ли не открытым текстом к бунту призывают, — то, значит, осталась еще свобода слова. И конституция с волнующими словами о правах граждан не простая бумажка.

— «Пульс столицы»... — повторила я. — Да... Говорите «общественное мнение»? А что это такое?

— Общественное мнение? — с готовностью отличника отозвался консультант. — Это образ реальности, в котором действуют группы людей и персоны, делегированные от таких групп, так называемые политические деятели. Образ реальности — вот ключевые слова. Не сама реальность, а создаваемый нами имидж.

— Фикция? — хмыкнула я.

— Что есть фикция? И что есть реальность, уважаемая Екатерина Сергеевна?

Я повернулась к Мирзоеву.

— Не нужен мне ваш консультант. Я сама.

Бархотенко не обиделся, он улыбался, точно я его похвалила.

— Зря вы так, — беспечно сказал, копаясь в бороде. — Я из вас, милочка, за три дня сетевую звезду сделал.

— Кого? — Я подавила желание плюнуть ему в лицо — «милочка», сукин сын.

— Принцессу Интернета. Вы себе и представить не можете своей всемирной славы...

Он, дурачась, тихо засмеялся высоким тенорком.

— Ну нет так нет! — нетерпеливо встрял Мирзоев. — Все! Решили! Но имейте в виду: запись пилотного репортажа через три часа. Вас отвезут в Зимний и к пяти доставят обратно. Вопросы?

Он вздернул руку, строго посмотрел на часы. Я пожала плечами. Бархотенко продолжал скалиться и звучно скрести свою бороду.

С Зиной мы спустились в столовую.

— Знаменитые буфеты Эрмитажа. Прошу! — Она пропустила меня в зал. — Душевная атмосфера и диетическое питание.

Отчего-то тут воняло сырой собачьей шерстью. Драный линолеум, тюремная краска на стенах, дохлые лампы под потолком. В подвальном помещении столовой, душном и одновременно промозглом, заставленном алюминиевыми столами и стульями, едоков было немного. В дальнем углу, за сдвоенным столом, обедала группа детей. Обритые под ноль, в одинаково серых одежках, они напоминали экскурсантов из сиротского дома. Класс пятый. С ними сидела блеклая тетка в тугом платке. Зина махнула ей ладошкой, та в ответ едва кивнула.

— Из приюта? — спросила я, выбирая поднос почище.

— Местные! — отчего-то зло фыркнула Зина. — Проходи к раздаче, вон очко.

Мы подошли к окну, я поставила свой поднос. Красные руки неопределенного пола (голова скрывалась за верхней рамой амбразуры окна) литровым половником шмякнули в мою миску какой-то бурой еды, похожей на речной песок. Кинули ломоть черного хлеба.

— Рагу «Петергоф», — Зина, гремя стулом, уселась напротив. — Кушайте, ваша светлость, кушайте.

— Само понятие «рагу» подразумевает... — начала я, но продолжать мне стало лень. — Зина, а зачем ты здесь?

— За рагу «Петергоф».

— Нет, серьезно.

Я воткнула алюминиевую ложку в свое месиво. Похоже, это была дробленая гречка. Греча.

— Какого черта ты делаешь с этими... — Я запнулась, пытаясь найти слово. — С этими...

— Выродками? — подсказала она. — Маньяками? Подонками?

Зина подалась вперед.

— А ты знаешь, — она сказала вкрадчиво, — я ведь могу тебя пристрелить в любую минуту. Прямо здесь могу. Вот сейчас. В этой столовке.

Я слушала, не перебивая.

— Меня Сильвио к тебе приставил. Так и сказал: если что... Я вообще у него на особом счету.

— А-а, особа, приближенная к императорскому телу...

— Да, приближенная! Да, фаворитка! — Она стиснула ложку в кулаке, выставила как нож. — Тебе, должно быть, любопытно, сплю ли я с ним? Да? Да?

— Перестань...

Я протянула руку через стол, она зло дернулась, оттолкнула мою руку.

— Ведь любопытно? Да? — крикнула она. Две тетки за соседним столом, похожие на вахтерш, обернулись.

— Нет! — отрезала я.

— Он засыпал, а я рыдала! Зажав рот... От унижения рыдала. От желания уничтожить его. Раздавить! Убить! Вот так... Вот так!

Она с силой ткнула себя ложкой в грудь. Алюминиевая ложка согнулась. Зина швырнула ее на стол.

— Не злость — мощнее! Не ненависть — глубже. Страсть! Сумасшедшая страсть. Мне казалось, я вся состою из этой бешеной страсти, — Зина вперилась в меня взглядом. — А ты когда-нибудь отдавалась мужику, которого тебе хотелось убить? Нет, не просто мерзавцу или подонку, нет! Воплощению всего, что ты ненавидишь? Всей гадости на свете?

Я подумала о своей бабушке. Зина взяла ложку, начала выпрямлять.

— Ты знаешь, а ведь Сильвио уверен, что это я выдала Ольгу Гриневу. И всех остальных. И Димку, и Незлобина. И Золотову с Кириллом.

— Кто это? — спросила я, на ходу поняв, что речь идет о казненных на площади.

— Конечно, конечно, — разглядывая ложку, сказала она. — Можно застрелиться... Или как Золотова — вены, если страшно пулей. Можно. И не страшно. Знаешь, сколько раз я... Сколько раз...

Вот это я знала. Отлично знала.

От детского стола к нам подошла девочка. Я узнала Катю. На меня она даже не взглянула.

— Зина, отчего ты не приходишь к нам?

— Катюша, — улыбнулась та. — Видишь, дела.

— Не езди с этой, — девочка, не глядя, кивнула в мою сторону, — там будет плохо.

— Как плохо?

— Очень плохо. Эту (кивок на меня) убьют там. И всех убьют там. Ты не езди, пожалуйста.

— Я не могу, Катюша. Мне нужно туда поехать. Нужно.

Девочка задумалась. Она скуксилась и очень по-детски пробормотала:

— Мы без тебя в Яблочный Рай не поедем.

Тогда я заметила, что у нее, у этой Катюши, светлые, почти сиреневые глаза и что она гладит Зину по плечу, точно та ей очень дорога.

— Катюша, — Зина притянула девочку к себе. — Вы поедете в Яблочный Рай. Со мной или без меня. Я — хлам. Мусор. Я не имею значения. И ты это знаешь.

— Что такое Яблочный Рай?

На мой вопрос никто не ответил. Девочка пристально вглядывалась в лицо Зины, смотрела жадно, точно пыталась там что-то прочитать.

— Тебя ранили. Почему ты не пришла к нам?

— Ерунда. Царапина. Само заживет.

— Не заживет. Дай сюда.

Зина вытянула больную руку, поморщилась.

— Видишь, — ехидно сказала девочка. — Само заживет.

Она положила маленькую белую кисть на предплечье, там, где была рана. Зина снова поморщилась.

— Заживет... — повторила Катюша.

— Как там Самсон? — спросила Зина.

— Не мешай! — оборвала ее девочка.

Пахнуло чем-то свежим, будто сквозняк донес откуда-то запах скошенного луга. Июньского солнечного утра и сочной травы. Катюша глубоко вздохнула, по-взрослому.

— Он кот, что ему. Мыша поймал вчера, голову отгрыз, а туловище мне принес. С хвостом. Длинным таким...

— Фу, гадость.

— Вот и я ему — гадость. А он гордый и мурлычет. Кот, одним словом.

Катюша ушла. Мы сидели с Зиной напротив друг друга и молчали. Потом Зина сняла с шеи платок, на котором висела простреленная рука.

— Что это было? — спросила я.

Зина пожала плечами. Скомкала платок, сунула в карман.

— Как? — спросила она. — Как ты это сделаешь? Ведь Мерзаев будет тебя записывать. Не прямой эфир — Мерзаев тоже не дурак.

— Думаю.

— Одной вакуумной бомбы хватит. Но как? Как координаты сообщить?

— Думаю.

— Думай шибче. Мне так кажется, что после твоего первого репортажа ваши генералы с перепугу весь Питер с землей сровняют. Вместе с окрестностями. Как Багдад или Тегеран.

— Нет. Не после первого. Вашингтонская бюрократия — одобрение Конгресса нужно. Дня три у нас будет. А то и неделя. — Я замолчала, потом спросила: — А что такое Яблочный Рай?

— Деревня. У Чудского озера. Рядом с литовской границей. Там сады, говорят, яблоневые. Говорят, весной, когда цветет все...

Она запнулась, покачала головой.

— Спасать их надо. Детей. Вывозить отсюда к чертовой матери.

— В Яблочный Рай?

— Мне Ольга Гринева говорила про этих детей, еще тогда.

33

Цветущий яблоневый сад напоминал облако. Невесомое, розовое, пушистое облако. Бесконечное — я шла, нет, скорее плыла внутри этого облака, и не было видно ни конца ни края. Вот уж точно рай. Я трогала пальцами бело-розовые цветы, нежные, как пена, а уж запах — словно где-то рядом херувимы пекли свои ангельские бисквиты, знаешь, эти, воздушные, с ванилью и взбитыми сливками.

— Клубнику не забудь, — подсказал дед.

Пахнуло свежей клубникой. Дед, как всегда, был прав: ничего нет вкуснее клубники со сливками. Да еще с райскими пирожными в придачу.

— Вот через эту самую клубнику чертову, — дед сплюнул, — я, милый друг, и потерял свою веру.

Я засмеялась: мой дед, мой солдатский генерал, мой деревенский Сократ был мастер изящной фразы и иногда выдавал афоризмы, вполне достойные бронзы или гранита. Ну или бумаги, на худой конец.

— У Евы — яблоко, у тебя — клубника?

— Не смейся, Катька! Я о серьезном сейчас. О серьезном и важном.

— Это про Ленинград, про командировку? — догадалась я.

— Да. — Дед замолчал.

Начиналась первая зима войны. Деда направили из ставки в Питер. В Генштабе к сентябрю уже поняли, что войска из города и области вывести не удастся. Сам Верховный считал положение города безнадежным. «Еще несколько дней, и Ленинград придется считать потерянным» — вот его слова. Восьмого сентября началась блокада.

Двадцать второго сентября из Берлина в штаб армии «Центр» пришла директива:

«Довести немедленно до сведения всего командного состава. Фюрер принял решение стереть город Ленинград с лица земли. После поражения Советской России дальнейшее существование этого крупнейшего населенного пункта не представляет для Великого Рейха никакого интереса.

Фюрер приказывает окружить город тесным кольцом и путем обстрела из артиллерии всех калибров и беспрерывной бомбежки с воздуха сровнять его с землей. Если вследствие создавшегося в городе положения будут заявлены просьбы о сдаче, они будут отвергнуты, так как проблемы, связанные с пребыванием в городе населения и его продовольственным снабжением, не могут и не должны нами решаться. В этой войне, ведущейся за право на существование, мы не заинтересованы в сохранении хотя бы части населения».

В середине ноября в пятый раз сократили паек, в Ленинграде начался голод. В городе не осталось ни кошек, ни собак, ни крыс. От голода люди умирали дома и на работе, в очереди за хлебом и на улице. Каждый день похоронные команды собирали сотни трупов. Триста, четыреста трупов в день.

— Ты слышала и читала про блокаду сотню раз, мне добавить особо нечего. Я прибыл накануне, ехал с шофером через город. Мертвый город. Мертвые лежали на мостовых. Сам видел, как с трупов срезали мясо. Начался обстрел. Фугас лег рядом, машину отбросило взрывной волной.

Очнулся в палате — контузия и пара сломанных ребер. Врач ушел, мой сосед, аккуратный мужичок из гражданских — усики, очочки золотые, пижама

в полоску, — подсел ко мне с картишками: в преферан-
сик, говорит, гусарика расписать не желаете? Не умею,
отвечаю. Ну в дурачка-то умеете? Шлепаем мы, значит,
в подкидного. Тоже ранен? — спрашиваю я. Нет, грыжа,
отвечает. Инструктор из горкома, грыжу вот защемил,
неделю уже загорает тут. Но играл, шельмец, ловко — два
раза кряду меня с погонами оставил.

— Вы уж не обессудьте, товарищ генерал-майор, —
говорит инструктор. — Тут покамест вы в беспамятстве
пребывали, сестра приходила. Так вот я обед и десертик
вам заказать осмелился.

— Десертик? — смеюсь. — Крем-брюле?

— Нет. Клубничку со сливками взбитыми.

— Клубничку. Тоже неплохо. А что там в меню еще?

— В меню? — хихикает инструктор, а сам под козырного короля мне заходит. — На закуску — икорка,
балычок, язык заливной. Плюс кагор массандровский,
стаканчик, для аппетиту. Из супов, если желаете по-
острее — суп-харчо отменный, уха стерляжья. Или бор-
щец, тоже хорош. Его тут с пампушками подают, с чесночком и сметанкой.

— Сметанкой? — хохочу. — И чесночком?

По третьему кругу я в дураках остался. Тасую карты,
а инструктор продолжает заливать:

— А уж на жаркое — будьте любезны: и баранинка,
и антрекотик. С вареной картошечкой...

— А картошечка-то с укропом? Ведь без укропу,
сами понимаете...

— Знаете, врать не стану, про укроп вот не припомню. — Он карты аккуратно веером развернул, усмехнулся,
снова я ему козырей, видать, насдавал. — Я рис, знаете
ли, уважаю. Мне по диете рис положен.

— А на десерт?

— Выпечка чудесная, ромовая баба или пирожки. Эклеры тоже. Или клубника.

— Со сливками? — А сам руки потираю, сейчас я тебя прищучу, четыре валета на сдаче пришли.

— Ну да.

Улыбается, а сам всех моих валетов одного за другим дамами прихлопнул. Ну что ты будешь делать — я со злости и козырного подкинул, так он и его аккурат четвертой дамочкой убил. Сидит и очочками поблескивает.

Тут дверь отворилась, и в палату вкатывается медсестра с тележкой. А на тележке — еда. Все один-в-один, как инструктор рассказывал. И балычок, и икорка. И клубника, мать твою, со сливками. Инструктор салфетку крахмальную расправил, воткнул себе под воротник и мне кивает.

— Кушайте, товарищ генерал-майор. Кушайте.

Я таращусь на поднос. На тарелочки-судочки, на стаканчик кагора, на розетку с клубникой этой. От контузии да от злости башка кругом пошла.

— Ах ты, грыжа защемленная, горкомовская, — хриплю (от ярости, понимаешь, у меня аж глотку перехватило). — Да ты знаешь, что в городе народ клейстер жрет, кору варит? Трупаков уличных гложет? По осьмушке хлеба на душу! Сто двадцать пять грамм!

— Вы не нервничайте, товарищ генерал-майор. У вас контузия, вам нервничать вредно, — говорит мне инструктор ласково. — Все мы знаем. Но раз партия так решила...

— Партия? — ору. — Какая партия?!

— Товарища Сталина партия.

И пялится на меня, сволочь, стекляшками бесстыжими.

— Ах ты падаль человеческая! Да как ты смеешь такое имя марать! Я с товарищем Сталиным с самой

Гражданской! А с товарищем Буденным с Первой мировой... Мы под Царицыном таких вот кровососов, как ты... вдоль дороги... С Семен Михалычем! На столбах телеграфных! Да я тебя, гад, сейчас как клопа...

Короче, спасли его санитарки. И контузия моя помешала, да два ребра к тому же...

Дед замолчал. Я взяла его за руку, в моей ладони всего-то три пальца уместились. Мне снова было одиннадцать лет.

— Вот такие вот шанюшки, мил-друг душа моя. — Дед провел ладонью по моим волосам. — И никогда, до гробовой доски, не смог я забыть той клубники ленинградской. Да и после смерти, видишь, вспоминаю.

Пробежал шелест по райскому саду, ветер всколыхнул розовую пену, полетели-закружились лепестки. К клубничному аромату добавилась какая-то химия, что-то вроде ацетона. Голос совсем рядом спокойно произнес:

— А может, не знал товарищ Сталин про клубнику?

Я обернулась, дед тоже. Почувствовала, как он крепко сжал мою ладонь.

Разводя пушистые ветки плавными руками, к нам неспешно вышел босой мужчина в белой крестьянской рубахе и льняных портках. Лицо, да что там лицо — я узнала его сразу, он был похож на все свои портреты сразу, но ни один из этих портретов не был похож на него.

— Да и должен ли великий Сталин знать? — Голос, вкрадчивый баритон ведущего ночного радио, был почти нежен. — Или великий Ленин? Или Наполеон? Или божественный Цезарь?

Он тихо рассмеялся, а мне отчего-то стало жутко. Его глаза, карие, цвета горького шоколада, смотрели пристально, почти зло. Мне вдруг вспомнилось из русской классической литературы, что темные глаза и светлые волосы есть несомненный признак породы.

— Человек, — продолжил кареглазый, — он не просто слаб. Человек плох по своей сути. По своей природе. Скверен. Ведь так, генерал?

— Так. Только вот не надо девочку пугать, — буркнул дед.

— Пугать? Да упаси... Не пугаю — разъясняю. Девочке предстоит изменить ход истории всего человечества! — Он значительно поднял указательный палец. — Или нет. Не изменить и погибнуть мучительной смертью. Умереть бестолково и совершенно напрасно.

Он весело потер ладони.

— А от кого... — пискнула я, откашлялась и продолжила нормальным голосом: — От кого это зависит? Это «или»?

— Ты ждешь, ты хочешь ответа «от тебя», да? — подмигнул он. — Увы. Не только от тебя. Увы...

Женским жестом, изящно, он откинул назад волосы, длинные, русые, тоже по-женски ухоженные и красивые.

— Хорошо... — Я с трудом сглотнула, во рту была полная сушь. — Хорошо. А от кого?

— Ну почему вы всегда задаете не те вопросы? Что за народ! Удивительно! Неужели так сложно отличить главное от второстепенного? Не мозгами, сердцем? — Он строго посмотрел на меня. — Вот ответь мне: что делал Бог на седьмой день творения?

— На седьмой день...

Я запнулась, но тут же из ниоткуда появились моя бедная мать, отчим Джошуа, молельный дом в амбаре и выжженный Канзас в виде весьма условной декорации. Без запинки я ответила: — И благословил Бог седьмой день, и освятил его, ибо в оный почил от всех дел Своих, которые Бог творил и созидал.

— Прекрасно! Выходит, Бог работал, и Бог устал, так? Устал! А чем интересен шестой день?

— Он сотворил человека.

— Ответ не совсем точен! Он сотворил мужчину! На шестой день, после пяти дней титанического труда. Причем сделал его из грязи. Из грязи, хм? Похоже, первое, что подвернулось под руку. Очевидно, на результате творения сказались усталость и недоброкачественность исходного материала. Даже у гения бывают промахи. А то! Взять Его лучшие произведения. Млечный Путь — потрясающая концепция! Закат в Малибу — какая палитра! Узор бабочки — ювелирная филигранность! А полет орла! А грация гепарда! Да простая снежинка в тыщу раз удачней! В мильон!

Кареглазый азартно хлопнул в ладоши.

— Но дело тут даже не во внешнем уродстве — все эти волосы, прыщи и бородавки... Ногти на ногах. Проект в целом, мягко говоря, подкачал. Ответь мне: в чем квинтэссенция мужчины?

— То есть суть? — задумалась я. — Сила, пожалуй. Ум. Логика.

— Точно! Именно так — физическая сила, ум, логика. Качества не только никуда не годные, но даже вредные и опасные.

— Почему?

— Грубая сила порождает противодействие — другую силу. Ум — понятие весьма относительное, а логика всегда основывается на конкретных знаниях и опыте. Как правило, односторонних и весьма ограниченных. Да Он и сам это понял.

— И сделал женщину?

— Ну да. Исправляя ошибки. Любовь вместо грубой силы, интуиция вместо логики, хитрость вместо ума.

Он грустно усмехнулся.

— Но, увы, человечество уже пошло гибельным путем. Размахивая дубиной и гордо выставив детородный орган. Сила стала эквивалентом истины. Война и убийство из списка грехов перешли в разряд доблестей. Тупость переименовали в упорство. Культ насилия стал структурной основой всего, от воспитания детей до отношений между государствами. По порочному принципу верховенства силы были выстроены все институты — семья, детсад, школа, армия, тюрьма. Одна и та же тупая модель! Одна и та же выкройка! Само государство есть не что иное, как инструмент насилия... Ну, впрочем, это уже банальности.

Кареглазый говорил запросто, от высокомерия не осталось и следа. Я тоже осмелела:

— А не слишком ли вы категоричны? Все-таки критикуете не кого-нибудь, а самого...

Я показала глазами вверх. Кареглазый опешил. Дед сжал мою ладонь, я чуть не взвыла. У деда не руки — клещи, кузнец бывший, как никак.

— Подойди. — Кареглазый поманил меня рукой.

Я сделала шаг. Он наклонился и коснулся моего лба губами. Я зажмурилась, ожидая удара молнии, грома, ожога, наконец. Ничего, обычный поцелуй.

— Не делай глупостей только, — сказал тихо. — Хорошо?

34

Мирзоеву явно нравилось играть роль режиссера. Кем он там себя мнил — Хичкоком, Спилбергом, Антониони, — этот маленький маршал в лаковых сапожках? Махнув рукой, звонко крикнул: «Мотор!» Устроился в кресле, скрестив кренделем ноги. Нахмурился и деловито закурил, бережно поглаживая усы указательным пальцем.

Оператор-очкарик включил камеру. Вспыхнул рубиновый глазок.

— Что такое «Кулак Сатаны»? — строго спросила я в мертвый глаз объектива.

От крупного плана мы перешли к среднему, за моей спиной появились мониторы с флуоресцентными картами, прыткими синусоидами и юркими цифрами.

— Я веду репортаж из центра контроля за ядерными силами Российской империи (драматическая пауза). Отсюда управляются ракеты, расположенные в шахтах и на транспортерах, на русских подводных лодках и на секретных базах Венесуэлы и Нигерии. Если вы смотрите меня в Нью-Йорке, то ракета из Капустина Яра до вас домчится за тридцать две минуты. А из Венесуэлы — за восемь минут. Ракета, выпущенная с подводной лодки, взорвется на Манхэттене через четыре минуты.

Крупный план электронный карты, зум на северо-американский континент.

— За четыре минуты можно успеть заварить себе чай. Но выпить уже не получится.

Крупное восточное побережье, еще ближе — Нью Йорк, еще — Манхэттен. Можно разглядеть прямоугольник Центрального парка, строгую геометрию Мидтауна, путаницу Гринвич-Виллидж и Сохо.

Я снова в кадре — крупный план.

— «Кулак Сатаны». Ядерный центр России. Удар в любую точку планеты. Что это? — ядерный терроризм или неопрагматизм двадцать первого века? Новое тысячелетие — новая мораль. Или отсутствие морали?

Средний план.

— В следующем репортаже я буду говорить с человеком, чей палец лежит на ядерной кнопке. Повелитель Армагеддона — Глеб Сильвестров!

Красный огонек погас. Я выдохнула. Мирзоев захлопал в ладоши, к нему нерешительно присоединились остальные. Конокрад Бархотенко ухватил мою руку и, припав красным ртом, немедленно обслюнявил ее всю до запястья.

— Монтировать! Немедленно! И в эфир!

Мирзоев энергично встал. Я вытирала руку о джинсы.

— Ваша импровизация насчет интервью, — он усмехнулся, — с повелителем Армагеддона очень эффектна. Но есть нюансы, которые нам надо обсудить.

Он отвернулся и заорал:

— Крылов! Сокова! Какого черта! Я ведь приказал — немедленно! У кого мониторинг рейтинга? Что значит «у Дьякова»? Сюда! Ах, ты тут... Ну что ты мне, дурак, какие-то цифры суешь? Мне динамика нужна! Я тебя сейчас расстреляю, идиота, вот и будет тебе динамика, понял? Что? Ну? Ах, это и есть динамика...

В Зимний мы возвращались на том же старом автобусе с замазанными стеклами. Сквозь процарапанную в краске дыру я подглядывала за темными сырыми сумерками. Серая хмурь опускалась на город, расползалась по пустым улицам, стекала под мосты. Плыла сизой мутью по лиловой воде.

Зина сидела рядом. Молчала, прикрыв синие веки. За нами, развалившись вдоль сиденья и выставив в проход длинные ноги, устроился Бархотенко. От сапог его разило ваксой, они сияли, точно конокрад вырядился на танцы. Враль, танцор, хитрец, иуда...

Трепался он не переставая. Рисуясь и явно наслаждаясь своим голосом, своими интонациями с выверенными актерскими модуляциями. Слушать было противно, не слушать не получалось. Оказывается, он учился в семинарии и собирался стать священником. Зина, не открывая глаз, беззвучно выругалась. Воткнула кулаки в карманы куртки.

— Христианство порочно в своей основе. Аморально в принципе. Ведь если я люблю Бога и не грешу лишь из боязни угодить в ад, то цена такой святости медный грош. Копейка! Христианство возводит идею ада в основополагающий принцип своей концепции, и эта идея висит над человеком дамокловым мечом всю сознательную жизнь. То есть превращается по сути в бесконечную пытку. А ведь человек под пыткой скажет и сделает абсолютно все, и даже суд, земной наш грешный суд, не станет рассматривать доказательства, полученные под пыткой. А тут — суд божий! И под пыткой! Какова ценность духовного величия, достигнутого страхом адских мук! Я стал святым, потому что боюсь боли и не хочу быть поджаренным чертями на сковородке. Не любовь к Отцу небесному, не сострадание к ближнему, не величие духа — нет! Всего лишь боязнь адских мук. Какое пошлое ханжество! Какой прагматизм!

Автобус вывернул на Невский. В черничном киселе закатных туч сверкнула золотой молнией игла Адмиралтейства. Гордая плечистая башня уже ушла во тьму по самое горло. Золото вспыхнуло и пропало. Город неумолимо погружался в ночь, как гибнущая эскадра.

— Неудивительно, что к началу двадцать первого века человечество решило повернуть вспять — от просвещения в сторону тотального идиотизма. Человек интуитивно почуял опасность знания, ведь интеллект неразрывно связан с моралью, а невежество отличается легкостью бытия. Скользя по поверхности жизни, ты свободен от мучительных вопросов о вечности души и реальности ада как наказания за грех. Ты сам сделал свой выбор. Ты — идиот! Но по собственному желанию и абсолютно добровольно. Совершенно сознательно. Твоя жизнь гораздо проще и во сто крат приятней, чем жизнь какого-нибудь пыльного интеллектуала, измученного веригами моральной ответственности за все на свете. За любое проявление зла в самой отдаленной точке планеты. Не спрашивай, по кому звонит колокол! Он всегда звонит...

Зина рывком обернулась.

— Хорош трепаться! Самого-то не тошнит?

— Нет. Совсем не тошнит. — Бархотенко бессовестно ухмыльнулся улыбкой конокрада. — Кстати, почему бы самой не послушать? Может, пробелы в образовании удалось бы восполнить.

— Ну уж нет! Трепач-провокатор! — Зина выкрикнула. — Хрипун! Удавленник! Фагот!

— О!

Автобус въехал на Дворцовую площадь.

— Вас куда, Зинаида Витальевна? — повернулся шофер. — К центральному или тут высадить?

Отделаться от говоруна Бархотенко удалось только после ужина. Из подвала столовки мы поднялись по Октябрьской лестнице, прошли через Золотую гостиную, через Малиновый кабинет императрицы Марии Александровны, потом через ее будуар. Зина шла впереди, шла молча, я читала названия комнат и залов на бронзовых табличках. Я понятия не имела, что от гречневой каши может быть такая изжога. На пыльном дворцовом паркете валялся мусор, рваные промасленные тряпки и скомканная бумага. Долгим темным коридором, кажется, он тянулся через все левое крыло дворца, мы добрались до комнаты, заставленной стеллажами с книгами. «Готическая библиотека императора Николая Второго», — прочла я на табличке.

— Тут, — Зина достала телефон, потыкала пальцем в экран, сунула мобильник обратно в карман, буркнула: — Ждем.

Она была не в духе, отвернулась к шкафам, делая вид, что разглядывает корешки. Я вдохнула, глубоко и с удовольствием — тут пахло воском, ветхой бумагой, теплым старым деревом. Подошла к письменному столу на мощных львиных лапах, важному, как саркофаг. Мореный дуб, черный, матово сиял заковыристой резьбой. По бокам вился виноград, среди ягод и листьев прятались купидоны с луками. Я провела пальцами по карамельному лаку столешницы. Тронула письменный прибор с задиристым орлом, свечами по бокам и мраморной чернильницей. Тут же лежал нож для бумаги с рукояткой из литой бронзы в виде Будды.

Я села на пол, вытянула ноги. Зина стояла спиной ко мне, сцепив руки сзади, ломала пальцы.

— Доброго вам вечера, — тихо произнес женский голос.

Зина вздрогнула, я тоже не слышала, как она вошла. Женщина остановилась и поклонилась Зине, потом мне. Обстоятельно и с достоинством, точно мы были в Японии.

Я узнала наставницу, которую видела вчера в столовой с детьми.

В тугом сером платке она походила на богомолку, но без кротости в лице. Оленьи глаза, темно-ореховые, глядеть в такие можно долго, не отворачиваясь. Таким легко открыть душу без утайки.

— Вы готовы? — спросила меня наставница.

Я поднялась с пола, кивнула. Зачем-то застегнула куртку.

— Они в Ротонде. — Наставница повернулась к Зине. — Подожди нас здесь.

Из библиотеки мы прошли полутемными комнатами, под ногами хрустело, точно паркет был усыпан речными ракушками. Вдоль стен распахнутым нутром чернели растерзанные шкафы с выломанными ящиками. В дальнем углу, скрученные, как пыльный реквизит, стояли знамена с золотым шитьем — с орлами, крестами и славянской вязью. По полу валялись книги, рваные фолианты, скомканные гобелены. В камине белел античный бюст с отбитым носом и дырками от пуль.

Пошли по галерее, лампы тут тоже горели вполнакала. Наставница приложила палец к губам. Я остановилась и услышала звук, тихий, но значительный, похожий на шум далекого прибоя. Мощный шелест.

Неприметная дверь в самом конце галереи напоминала вход в кладовку.

— Тут лестница, — прошептала наставница. — Дайте руку.

Сухая теплая ладонь. Сильные пальцы сжали мою кисть, на ощупь я пошла за ней. Винтовая лестница круто карабкалась вверх. В темноте звук прибоя приблизился, стал громче и как бы шире, объемней. На самом верху в низкой комнате, похожей на чердак — балки, паутина, вонь мышей, — из пола торчала полусфера вроде макушки гулливерского глобуса. Из круглых окошек глобуса тек свет. Я заглянула.

Мы находились на внешней стороне купола ротонды. Внизу, в круглом зале, прямо на полу сидели дети. Сидели по кругу, в центре которого стоял человек. Я узнала Сильвестрова. Детей было одиннадцать (зачем-то я их пересчитала), скрестив ноги по-турецки и сложив ладони в молитвенном жесте, они сидели и дышали. Дышали в унисон, слаженным хором. Именно этот звук, усиленный акустикой купола, я приняла за прибой. У йогов этот способ дыхания — глубокий вдох сквозь зубы, пауза, долгий горловой выдох — называется «шум моря». Сильвестров, сутулый и хмурый, стоял неподвижно, сунув руки в карманы длинного пальто. Все это напоминало какую-то странную медитацию.

Я оглянулась, наставница спокойно кивнула, мол, ждем.

Мерный шум внизу, казалось, стал слаженнее, громче. Точно прибой набирал силу. Точно приближался шторм. Сильвестров вынул руки из карманов, медленно развел их в стороны. Раскрыл ладони, растопырил пальцы, словно собирался кого-то обнять, схватить. Он выпрямил спину, расправил плечи и выпятил грудь. Как птица, готовая взлететь.

Дети сидели не двигаясь. Дышали. Спокойные сосредоточенные лица. Исполинские меха раздували неведомое пламя. Сильвестров вытянулся и привстал на цыпочки — так мне показалось сверху. Потом он поднялся чуть выше, потом еще. Тень на полу стала отодвигаться все дальше и дальше от его ног. Он висел в воздухе. На расстоянии метра от пола.

Наставница тронула меня за плечо.

— Пошли, — прошептала она мне в ухо.

Шли молча. По дороге я вспомнила слово «левитация», впрочем, оно ничего не объясняло. В одной из захламленных комнат мы остановились.

— Как вас зовут? — спросила я.

— Лариса.

— Что это было? Левитация? Или...

— Не важно.

— А что важно?

— Прана. Энергия.

— А дети, они... они, — я пыталась найти слово, — производят эту энергию? Дети?

— Нет. Они прану направляют. Огонь кундалини... долго объяснять.

— Откуда? Откуда она?

— Не знаю. Из тела, из души. Из космоса. Из земли. Из воздуха.

— А Сильвестров? Он тоже... этот...

— Нет. Он пустой. Дети — они как зеркало. Как зеркало и линза. Ловят энергию и направляют. Через себя.

— Как солнечный зайчик?

Лариса не ответила. Она отодвинула опрокинутый стул, подняла с пола картину. Развернула лицом и прислонила ее к стене.

— Господи... — выдохнула я. — Это же...

Это была «Юдифь» Джорджоне. Я подошла ближе. Почти равнодушная Юдифь, с флорентийской лисьей раскосостью полуприкрытых глаз, в правой руке — меч, а левая придерживает подол пурпурного платья. Она, словно родная сестра Венеры, грация на грани с негой, румяная упругая плоть — сладострастный колорит итальянского Ренессанса, сменившего девственную меланхолию бледного Средневековья. Узкая ступня, розовая и босая, уперлась в мертвый лоб отрубленной головы. Живописцы той эпохи не знали палитры, они смешивали краски заранее: цвет майского неба, цвет тосканских полей, цвет женского тела. Лицо мертвеца было серо-бурым, наверняка Джорджоне назвал полученную смесь «цвет трупа».

Отчаянная баба, вот уж воистину сорви голова, Юдифь пришла в лагерь врага под видом странствующей прорицательницы. Буйная кровь генерала взыграла от счастливого пророчества, к тому же пифия оказалась соблазнительно аппетитной чертовкой. Устроили пир, но похотливый ассириец переборщил с алкоголем и уснул. Бритвенная сталь меча, сорванная портьера, побег сквозь ночь с кровавым трофеем. Осажденный город встретил триумфом.

«Вот голова Олоферна, вождя Ассирийского войска, и вот занавес его, за которым он лежал от опьянения, — и Господь поразил его рукою женщины. Жив Господь, сохранивший меня в пути, которым я шла! Ибо лицо мое прельстило Олоферна на погибель его, но он не сделал со мною скверного и постыдного греха».

— Она дожила до ста пяти лет, — Лариса подошла ко мне. — И тихо умерла в кругу семьи.

— Я знаю.

— В Библии ей посвящена целая книга. Самая знаменитая женщина Ветхого Завета.

— Не надо меня уговаривать. — Я присела на корточки, чтоб получше разглядеть мертвую голову. — Вы специально меня тут повели?

— Разумеется. Но только не я, — на шутку она ответила серьезно. — А вам мир видится клубком случайных совпадений?

Отрубленная голова была исполнена с виртуозной убедительностью. Через пятьсот лет такая живописная манера вылупится в отдельное направление, которое станет называться гиперреализмом. Джорджоне, верный сын Ренессанса, писал голову с натуры, писал дотошно, до тех пор, пока модель не начала пованивать. Да, вот он, цвет трупа. Достоверно, очень натурально, почти с запахом. Впалые щеки, сквозь щелочки прикрытых век проглядывали желто-лимонные белки, серые губы сжаты, волосы прилипли ко лбу. Патологоанатомическая эстетика.

— Когда, — я поднялась с корточек, — когда вывозите детей?

Лариса бережно взяла картину за раму, подняла, развернула лицом к стене.

— Вы обратную дорогу найдете? — спросила. — В библиотеку?

Там, в библиотеке, кроме Зины меня ждал Бархотенко. Еще в коридоре я услышала его медный баритон:

— Ад — это выбор сильной души. Личности! Лишь в аду ты можешь остаться самим собой. В раю тебе уготована участь раствориться в Боге. Исчезнуть. Не это ли есть тривиальное определение смерти?

Я вполголоса выругалась и открыла дверь. Зина сгорбившись сидела на столе, листала какой-то фолиант. Лица не видела, но даже спина выражала дикое раздражение. Бархотенко с собачьей прытью направился ко мне.

— Ага! — обрадовался он. — Ну вот! Наконец! Где же вы пропадали, милая Екатерина Сергеевна?

— Живописью любовалась. Эрмитаж, как никак. Когда еще придется...

— Тлен! Пыль! Мусор! Фантики цивилизации! Искусство умерло!

— Вы уверены?

— Еще бы! Ведь мы сами его убили. — Он захохотал, скребя пальцами бороду. — Наповал! Всех этих Рафаэлей и Ван Гогов, Моцартов и Шостаковичей! Этих Достоевских! Мусор!

Зина тайком подавала мне какие-то знаки. Палец к губам — единственное, что я поняла.

— Ницше! Но наоборот! Заратустра, но шиворот-навыворот! О да! — Бархотенко понесло. — Мы убили Бога! Мы обрели свободу, но не свободу сверхчеловека — сияющую гордым Монбланом духа и воли, нет, нет, сбросив оковы морали и вериги культуры, мы рухнули в самую грязь. Лицом! Мордой! Рылом! Нет Бога! Все можно! Теперь, братцы, все можно!

Он восторженно орал, пуча цыганские глаза и размахивая большими ладонями. Точно уродливая большая птица, нелепая и шумная. Вызывая смесь гадливости и желания раздавить.

— Не Бога вы убили. — Зина подняла голову. — Вы человека убили в человеке.

Она громко захлопнула книгу. Ловко соскочила со стола.

— Христианство! Два тысячелетия, да? Ну и что из этого вышло? А? — Бархотенко плюнул в ладонь и сжал пальцы в крепкий кукиш. — Вот! Ни шиша! Все эти сопли христианские про любовь к ближнему? Про доброту, мораль и прочую ахинею! Ханжество! Лицемерие и вранье!

Зина подошла, заинтересованно посмотрела на его кукиш. Бархотенко смутился, перестал орать. Спокойно продолжил:

— Впрочем, мы что-нибудь взамен вашего Христа изобретем. Что-нибудь посовременнее. Каких-нибудь марсиан или вселенский разум... Космический. Религия для внутреннего потребления нужна, вроде ошейника и намордника, чтоб быдло в узде держать. Чтоб на хозяина, скот, не смел рыкнуть. А русский человек как был зверем, так им и остался. Чуть цивилизацию сколупни — тут же клыки и когти, тут же! Рвать будут, глотку в клочья! Да еще и живьем сожрут.

Он захохотал.

— Слыхали, у нас там два охламона, на Сретенской... — давясь смехом, продолжил он. — Значит, поймали девку... Отымели ее, как сидорову козу... и в хвост и в гриву, а после...

Мы не узнали конца истории, хотя финал уже начал смутно вырисовываться по общему контексту.

Самого удара я не увидела. Бархотенко дернулся и замер. Сдавил горло двумя руками, точно пытаясь задушить себя. Между пальцев брызнула кровь — струйками, как из дырявого шланга. Зина подалась назад, из ее белого кулака торчало узкое лезвие. Она разжала пальцы, на паркет упал нож. Это был старинный бронзовый стилет для разрезания книжных страниц, некогда принадлежавший последнему русскому императору. С фигурной ручкой в виде Будды. Впрочем, Николай Романов вряд ли им пользовался, чтению он предпочитал городки и стрельбу по воронам.

— Ты сошла с ума, — выдохнула я.

Я старалась не смотреть на дергающиеся ноги Бархотенко. На те самые, надраенные ваксой, сапоги, что он, такой наглый и живой, выставлял в проход салона автобуса всего пять часов назад.

— Вовсе нет. — Зину трясло, она стиснула ладони, зажала их между коленей. — Ты что, не понимаешь, зачем он увязался за нами? Нет?

— Нет. Не понимаю.

— Да? Нет? Неважно... Помоги мне...

— Господи, Зина! — вскрикнула я. — Дай ему хотя бы сдохнуть!

— Ненавижу! Как я все ненавижу! — Она отвернулась, закрыла лицо ладонями. — Ненавижу! Ненавижу!

Я не стала утешать ее, просто ждала, пока истерика пройдет. Потом, отодвинув кресло, вдвоем мы впихнули труп под письменный стол императора: там между боковых тумб оказалось вполне достаточно места для крупного мужчины.

35

Детей мы выводили на рассвете. Дворцовая набережная была тиха и пустынна. Плоское небо светлело. Бархатная чернота линяла в мышиное сукно. По пыльной Неве полз туман, и неподвижная река казалась бескрайней дымящейся степью. На том берегу, дальнем, почти вымышленном, угадывался тусклый намек на башню, тощую, точно вставшую на цыпочки. Там, на Заячьем острове, проступал серым контуром Петропавловский собор, изящная, в стиле барокко, оплеуха юного царя мужиковатой звоннице Московского Кремля.

Их было одиннадцать. Одиннадцать девочек. Старшей не больше двенадцати, младшей, даже не знаю, лет шесть-семь. Сонные, в одинаковых сиротских пальто, они походили на тихих старушек, отправлявшихся в паломничество. Послушно держась за руки, гуськом они перешли мостовую. Лариса шагала впереди, мы с Зиной замыкали. По набережной, вдоль мокрого гранитного парапета мы двинулись в сторону Троицкого моста. От воды пахло сырым сеном.

— Не передумала? — спросила Зина, не поворачиваясь в мою сторону.

Говорить не хотелось, я мотнула головой — нет.

— Ну зачем... — начала она, но замолчала, безнадежно махнув рукой; похоже, у нее тоже не было настроения говорить.

Миновав два спуска, мы остановились у третьего. Лариса вопросительно вытянула вверх ладонь, Зина показала вниз. По мокрым ступеням дети осторожно сошли на пристань. Из воды, выпятив ржавый бок, огромная, как кит, торчала полузатопленная баржа. Из-за нее выглядывал неказистый речной трамвай, плюгавый и битый, он был пришвартован у самого края причала. По борту кораблика висели линялые флажки и мертвые фонарики. На мачте бурой тряпкой болтался драный флаг неопределенной державы. У трапа нас ждала худая рыжая тетка в каторжной телогрейке и мужицких сапогах. Судно называлось странно и просто «Зина», я уже хотела пошутить, но тут разглядела, что начало слова было замазано белилами.

— Через Невскую губу пройдем Кронштадтским фарватером. — Рыжая тетка нервным пальцем чертила в воздухе. — Кронштадт пройдем левым бортом, дальше — зюйд-вест. После Лебяжьего…

— Все чудесно, — перебила ее ласково Зина. — Прекрасно все. Мы вам полностью доверяем, Грета Викторовна… Давайте отчаливать, а?

— Прогноз благоприятный, — с испуганным выражением лица отозвалась Грета. — С Кохтла-Ярве радиостанция русская передала. Да, давайте грузиться.

Она встала у трапа, для верности наступив сапогом на деревянный помост. Лариса перешла первой. Девочки по одной потянулись за ней. Зина закурила, отвернулась от корабля и от реки — там на востоке, за синими крышами, уже готовился к премьере незатейливый северный рассвет. Я подошла, тронула ее за плечо. Она зло сбросила мою руку.

— Зачем? Ну зачем? — Она выплюнула дым мне в лицо. — Зачем ты это делаешь? Ну кому нужна эта… эта твоя жертва? Америке твоей? Европе вонючей? К чертям их! К чертям собачьим! Они же все сгнили — их просто уже нет! Труп ходячий! Неужели ты не понимаешь, что тот мир уже давно кончился? Сдох!

Она зло затянулась и закашлялась. Я взяла у нее из пальцев сигарету, кинула на доски причала, придушила окурок носком сапога.

— Ты что, не видишь, — Зина сплюнула, — не видишь? Это ж все фикция! Декорация и муляж! Все! Все!

Она ткнула рукой в сторону востока. Над черным контуром ломаных крыш розовое небо наливалось юной персиковой негой.

— Покойники нарумяненные в гробах! Тут уже медицина бессильна, нечего тут уже менять, да и исправлять поздно. Это даже не конец света — конец времени это! Конец времен!

Я не могла оторвать взгляд от неба. Небо, господи, ну и небо! Казалось, ничего более нежного и прекрасного я не видела в своей жизни. И одновременно пошлого, вроде тех ковриков с лебедями.

— Тут нет будущего! Тут смерть, прах, тлен! Тут тупик! Конец! Ну как ты не понимаешь?

— Да все понимаю, все, — ответила я, не отрываясь от зефирной красоты над крышами, точно боясь пропустить там что-то главное. — Понимаю все... Просто я сама часть этого самого тупика. Часть этого праха и тлена. Этого конца. Конца этого мира.

Зина смотрела на меня. Я — сквозь нее, на восток.

— Нас приучили бояться смерти, а ведь в ней ничего страшного нет. Наоборот, самая естественная штука на свете. Это рождение — случайность, смерть — неизбежность. Я часть этого мира, и я умру... вместе с ним. Тьфу, ну и пошлятину я несу!

Я засмеялась, обняла Зину. Она фыркнула и засмеялась тоже. Меня кто-то дернул за рукав.

— Ты не плывешь с нами.

Это была маленькая Катька, она смотрела на меня снизу вверх. Я присела на корточки.

— Нет.

— Жалко, — Катька наклонила голову набок. — Ты мне сначала не понравилась. А сейчас... Жалко.

— Мне тоже.

— Там сад. Яблочный Рай называется.

— Я знаю.

Катька внимательно разглядывала мое лицо, потом протянула ладони.

— Дай мне свои руки.

— На. Держи.

Я положила свои ладони поверх ее.

— Прижми, — сказала она.

Я прижала, ее крошечные ладошки оказались горячими и сухими. Ничего, кроме тепла, я не почувствовала. Катька что-то шептала, почти беззвучно шевеля губами. Что-то вроде детской считалки. «Узелок да ниточка» удалось разобрать мне.

— Ну вот... — Она по-взрослому вздохнула и, не сказав больше ни слова, пошла к трапу.

— Что это? — спросила я у Зины, поднявшись.

— Она впустила тебя. Созерцателем.

Разумеется, восход я проворонила. Солнце уже вылезло, резво плеснув по крышам горящей ртутью. Тут же полированной сталью вспыхнула река, речной трамвай, пыхтя и воняя соляркой, развернулся и на удивление бойко стал удаляться от пристани. Я успела прочитать название на левом борту — «Мнемозина». Да, все-таки, как ни крути, Питер — на удивление интеллигентный город.

Я подошла к самому краю пристани. Мне никто не махал с палубы, там вообще никого не было — и дети, и взрослые давно спустились в трюм. Они уже одной ногой были в своем Яблочном Раю. А я осталась тут, осталась навсегда. Хотелось плакать, стало вдруг до ужаса жалко себя.

— Ну, душа моя, ты ж сама выбор сделала.

— Правильный? — спросила я деда.

— Ну я-то откуда знаю? Только ты можешь знать, ведь выбор-то твой. Хотя, конечно, рай этот... как его?

— Яблочный.

— Во-во! Яблочный — весьма заманчиво звучит.

— Там сад. Говорят.

— Сад? — задумался дед. — Конечно, сад. Что же еще там может быть.

36

Меня привезли к Мирзоеву в десять утра. Сильвестров со свитой был уже там. Вертолет с золотым двуглавым орлом на фюзеляже стоял на заброшенной детской площадке, пилот в кожанке и белом шарфе жеманно курил, лениво покачиваясь на качелях. Тут же рядом по мостовой перед входом в музей бродили хмурые автоматчики.

Два охранника спустились со мной, передали у лифта какому-то лысому майору. Появился Мирзоев, нервный, с бритвенным порезом на подбородке, заклеенным обрывком газеты.

— Чудесно! — буркнул он мрачно. — А где этот трепач? Где брехло хохляцкое? Ладно, пошли, Цезарь ждать не любит.

Цезарь сидел в разлапистом конторском кресле. Кресло фальшивой кожи вишневого цвета подняли на подиум, сооруженный из деревянных ящиков с чернильными штампами. По кругу стояла личная охрана, семь красавцев-здоровяков в черных галифе и высоких кавалерийских сапогах.

Сильвестров, мрачный, с серым лицом, казалось, дремал. За ним сияли синие экраны с картами полушарий, на мониторах появлялись и исчезали какие-то неясные топографические объекты, спутниковая трансляция неопределенных участков земли. Впрочем, на боковых экранах поменьше ясно угадывались панорамы Лондона, Парижа и Нью-Йорка.

— Где Савушкин? — злобно прошипел Мирзоев, косясь на сонного Сильвестрова.

— Тут! — тихо отозвался толстяк с ликом херувима. — Тут я!

Мирзоев матерно сострил в рифму, тоже вполголоса. Спросил:

— Симулякры готовы?

— По Нью-Йорку тип-топ. «Феррари-Мазератти» ручной сборки! Париж — так себе, три с плюсом. Лондон — лимон полный, сбивка по уровню и цвет фуфлит. Пересчитывать нужно и гамма, слои менять.

— Я тебя, павиан румяный, — шепотом заорал Мирзоев, вцепившись в купидонову рубаху, — сейчас порву на тряпки! Что-нибудь готово? Можно показывать что-нибудь?!

— Нью-Йорк можно...

Уши у купидона налились пунцовым. Мирзоев вертляво приблизился к подиуму, охрана расступилась.

— Ваше императорское высочество? — позвал он. — Глеб? Ты что, задремал?

— Тут я, — тот приоткрыл мутный глаз. — Что?

— Глеб, у нас там готов ролик. Поглядишь?

Сильвестров сделал неопределенный жест вялой рукой. Мирзоев подал знак Савушкину. Тот начал проворно тюкать по клавиатуре ноутбука. На центральном экране вместо карты появился десктоп с порочной мулаткой в леопардовом купальнике и на мотоцикле. Стрелка курсора заметалась между папок, выбрала одну, нажала.

Возник Нью-Йорк. Панорама Манхэттена с набережной Нью-Джерси — стеклянные дылды небоскребов Уолл-стрит, толчея домов поменьше, те, словно кубики, высыпались из коробки и застыли у самой кромки залива. Чуть дальше — ажурный Бруклинский мост, еще дальше — кварталы кирпичного Бруклина. Эти вполне правдоподобно уходили в перспективу и таяли в сизой дымке.

Экран разделился на две части: в правой голубел беспечный Нью-Йорк, в левой из темноты выплыла огромная красная кнопка, которую тут же беспощадно вдавил до упора чей-то решительный палец. На лужайке соснового бора раскрылся люк, из черноты шахты вырвалась стальная ракета. Плюясь рыжим пламенем, оставляя шлейф дыма в облаках, ракета унеслась ввысь. Выскочили рубиновые цифры электронных часов. Нули и семерки нервно заморгали, ракета уже неслась среди звезд. Внизу школьным глобусом виднелся бок нашей планеты.

По лицу Сильвестрова трудно было понять, нравится ему кино или нет: сутулясь, он сидел вполоборота, капризно покусывая нижнюю губу. Грузный, как мешок с сырым песком, он напоминал тяжеловеса в углу ринга, побитого и смертельно уставшего. На экране лопнуло солнце ядерного взрыва, Манхэттен вспыхнул, точно бумажный макет.

Сильвестров приподнял руку, выставил вверх указательный палец. Мирзоев остановил видео, подбежал к креслу.

— Да? — спросил снизу.

— Фуфло, — отчетливо буркнул Сильвестров. — Фуфло это все.

— Но Глеб, — Мирзоев занервничал, — Глеб, мы прогоняли через фокус-группы, очень неплохие, очень...

— Какие, нахер, фокус-группы? — Сильвестров подался к нему. — Ты что, нью-йоркских домохозяек опрашивал? Ты кому арапа заправляешь, зайка? Мне?!

В подвале стало тихо. Мирзоевская команда замерла, лица застыли — с такими лицами знатоки слушают Вагнера.

— Мне любопытно, это ты меня за идиота держишь, — Сильвио выпрямился в кресле, — или ты сам идиот?

Он не повышал голоса, но даже операторы в дальних углах огромного зала слышали его. Привстав и вытянув шеи.

— «Кулак Сатаны», — мрачно сказал он. — Центр управления концом света. Генштаб Армагеддона. Страх и ужас двадцать первого века...

Сильвио замолчал, точно задумался. Откуда-то, из параллельной вселенной, скорее всего, долетела песня — фальшивый женский голос выводил цыганский романс про наш костер.

— И ты хочешь вот этим мультиком, — Сильвестров ткнул в пустой экран, — напугать весь мир... Вот этой доморощенной анимацией...

Он поднялся, выпрямился. Мирзоев безвольно качнулся вперед, мне вдруг показалось, что он сейчас припадет к ногам Сильвио, начнет целовать его ботинки. А Сильвио пнет его, оттолкнет. Ничего этого не случилось, увы.

— У нас всего один шанс. Всего одна попытка. Мы должны так напугать их... так... — Сильвестров сжал кулак. — Мир должен остановиться. В ужасе застыть... Как тогда, в сентябре, когда башни рухнули... Шок! Вот что мне нужно! Шок!

Брезгливо взглянув на Мирзоева, добавил:

— А не мультики, — повернувшись к охране, вежливо попросил: — Придушите его. Прямо тут.

Мирзоев замер, его лицо в одно мгновение стало лимонно-желтым. Оно не выражало ничего, как гипсовая посмертная маска. Маска мертвеца. Два охранника, деловито и без суеты, принялись душить Мирзоева: один обхватил его сзади и приподнял, другой сдавил горло. Клещи огромных рук смяли шею, как тряпку. Мирзоев из лимонного стал пунцовым, даже кисти беспомощных рук стали цвета спелой малины. Экзекуция проходила в полной тишине.

Сильвестров внимательно, с каким-то особенным, почти детским, любопытством вглядывался в лицо задыхающегося.

— Прекратить! — неожиданно звонко гаркнул он.

Охранники отпустили Мирзоева, тот беспомощно рухнул на пол. Открыл глаза и сел. Раскачиваясь, будто пьяный, он попытался подняться, но руки подламывались. Ноги тоже не слушались. Он все пытался и пытался, но только скреб сапогами по бетону, как сломанная заводная игрушка. Сильвестров наблюдал, ухмыляясь чуть брезгливо, но в целом, похоже, благосклонно. Мирзоеву удалось встать на четвереньки.

— Поди, лапуля, сюда, — ласковой рукой поманил его Сильвестров. — Поди-поди, не бойся...

Мирзоев поднялся, шатаясь пошел к ящикам. За ним тянулся мокрый след, сзади на штанах Мирзоева расплывалось темное пятно.

— Ну вот видишь, — ласково сказал Сильвестров и наклонился. — Видишь? Вот что такое шок. Теперь ты понял, что нам нужно?

Мирзоева качнуло, он ухватился за ногу Сильвио.

— Прости... — просипел он. — Прости, Глеб... Я... я...

— Да уж... Ты... — Сильвио присел на корточки и, будто оправдываясь, сказал: А то ведь ты вон вырядился в малиновый камзол, как медведь в цирке, галуны золотые... Ну что это такое, а? Штаны-галифе. Сапоги лаковые... Мультики мне показываешь...

— Прости...

— Да уж...

— Прости!

— Да ладно. Иди уж.

Мирзоев послушно развернулся и пошел.

Сильвестров, сидя на карачках, вытащил из кармана пальто револьвер и выстрелил Мирзоеву в затылок. Тот упал. В зале кто-то вскрикнул.

— Кто кричал? — заорал Сильвестров, вставая. — Кто?!

К нему подвели некрасивую тетку в военной форме и домашних тапочках.

— Ты? — спросил ее Сильвио, тыкая револьвером. — Это ты кричала?

— Да, — выдавила тетка.

— Почему?

— Испугалась...

— Испугалась? — Сильвио тихо засмеялся. — Чего ты испугалась? Разве ты в чем-то провинилась?

— Нет, — промямлила она, не отводя взгляда от пистолета.

— Ну так и нечего пугаться тогда. — Сильвио сунул револьвер в карман, запахнул пальто и плюхнулся в кресло. Закинул ногу на ногу, оглядел зал. — А кто эту анимацию делал?

Савушкин выполз из-за стола. Сутулясь привстал, поднял руку, как школьник.

— Я делал...

— Молодец, — похвалил неожиданно Сильвестров. — Профессионально.

Испуганно улыбаясь, купидон зарделся. Расцветая румянцем, он несколько раз боднул головой, наверное в знак благодарности.

— Вот что, — продолжил Сильвио. — Слушай внимательно! Вместо Нью-Йорка — остров… допустим, что-то адриатическое. Греко-итальянское… Лазурное море, белые чайки. Залив, пристань с яхтами. Все общим планом, панорама, никаких зумов, понимаешь?

Тот боднул головой.

— Идиллия… — Сильвио плавной рукой изобразил идиллию. — Золотистый песок пляжа, нарядные зонтики — цвета неба. Уютные домики под черепицей карабкаются на гору, на макушке древняя крепость — башня с часами, стены в диком винограде, что еще? Ну, пара кипарисов… Да, еще вот: не палец, на кнопку — пусть кулак давит. Ясно? Вот так!

Сильвестров с размаху саданул кулаком в поручень кресла.

— Вот так…

Он потер кулак и добавил:

— И чтоб через час ролик был готов! Будем выходить в прямой эфир. Дать анонсы прямо сейчас!

37

Мы сидели в кабинете Мирзоева, тут еще воняло его приторным бабским одеколоном. Знание, что хозяин кабинета мертв, придавало аромату сирени почти кладбищенскую тошнотворность. Впрочем, Сильвестрова никакие запахи явно не смущали — он сочно грыз яблоко, большое темно-красное яблоко. Этот сорт в Калифорнии называется просто — «вкусное красное».

— Про Зину знала? — Он вытер сок с подбородка. — Знала-знала. Конечно, знала. Никому нельзя доверять. Ни-ко-му... Если бы человека нужно было описать как зоологический тип, то он именовался бы «лживое животное». Ложь — наш основной признак. Наше главное отличие. Человек — продукт лжи.

Я пожала плечами. Разглядывала фотографии на стене. Какие-то красивые мужчины, похожие на регбистов в маскарадных одеждах. Такие лапочки.

— И куда — тоже не знаешь?

Я снова пожала плечами. Наверное, они уже там. Доплыли. Яблочный Рай... Интересно, какая скорость у речного трамвая? Километров сорок? Может, пятьдесят.

— Бегут... Бегут. Все бегут. — Брызнув соком, Сильвестров с хищным хрустом впился в красный бок. — Давно, лукавый раб, замыслил я побег...

— Усталый, — непроизвольно поправила я.

— Что?

— Усталый раб. Замыслил я побег, в обитель дальнюю трудов и чистых нег.

— Ну да. На свете счастья нет, но есть покой и воля. Ты думаешь, он это о смерти? Побег, в смысле. Ведь счастья и вправду нет, да и покой и воля тоже весьма сомнительные обещания. Уж поверь мне.

Он скорбно покачал головой.

— Вот ты думаешь: Сильвестров — тиран. Сатрап и деспот. Скрутил русский народ в бараний рог. Ведь думаешь, думаешь? Ядерный капкан ставит! Так?

Он откусил еще. Покрутил огрызок, бросил в угол.

— Капкан... Все мы в капкане. Тебе не приходило в голову, что наша Земля — самое поганое место во вселенной? Нет, с астрономической точки, без эмоций. Хуже только Луна. Мало того, что мы на самой окраине Млечного Пути, так и еще в нашей системе мы на последнем месте. Дикое захолустье вроде Лыткарино. Помнишь, в девяностые, в Москву наезжали любера? Шпана из Люберец? Глушить москвичей. Мочить столицу. У них это называлось «Операция «Тумак»...

Сильвио брезгливо вытер руки о полы пальто.

— Любера... Слово-то какое!

Запахнув пальто, он откинулся в кресле и вытянул ноги.

— Эх, с каким бы удовольствием... — он прикрыл глаза. — Лю-бе-ра... Все мы лю-бе-ра.

В дверь постучали, негромко и с почтением.

— Да, — сонно буркнул Сильвестров, не открывая глаз. — Кто?

Дверь скрипнула. Охранник, упираясь бритым лбом в притолоку, вытащил, точно фокусник, из-за своей спины Савушкина.

— Готово, — промямлил тот.

Сильвио вдруг резко повернулся ко мне.

— А ты обратила внимание, Каширская, ни одна сволочь тут не обращается ко мне «Ваше Императорское Величество»? Ни одна!

Больше меня удивило, что он, оказывается, помнил мою фамилию. Савушкин явно пытался что-то сказать, но лишь беззвучно раскрывал рот.

— Ну что ж... — Сильвестров звучно потер сухие ладони. — Будем рубить головы на площади! Пороть батогами на конюшне! Сатрап так сатрап!

Он встал, снял со стены рамку с фотографией мускулистого красавца в сомбреро. С размаху жахнул об пол. Осколки брызнули во все стороны.

— Любера, мать вашу! — Сильвио хохотнул и скроил зверскую рожу. — Пойдем, Каширская, объявлять конец света! Армагеддон открывать будем!

Мы вернулись в зал.

Тишина тут звенела от страха — попробуй собрать в замкнутом помещении сотню перепуганных насмерть людей, и ты поймешь, о чем я. Труп унесли. На бетонном полу подсыхала багровая лужа, похожая на африканский континент. Съемочная группа топталась вокруг подиума из ящиков, софиты были включены, гаффер с помощником выставляли свет. Я наклонилась к звукооператору, тот, стоя на коленях, колдовал над пультом.

— Что? — Стянув наушники, парень испуганно уставился на меня.

— Ручка есть? Лучше фломастер.

— Сойдет? — Он протянул мне толстый черный маркер.

Печатными буквами я стала писать на ладони.

— Шпаргалка? — спросил звукарь.

— Да. — Я подула на ладонь. — Спасибо.

Сильвестров досмотрел ролик Савушкина, явно остался доволен. Потрепал купидона, ухватив двумя пальцами за румяную щеку. Повернулся к съемочной группе.

— Эшафот убрать! — приказал.

Те кинулись разбирать ящики. Идея подиума принадлежала, скорее всего, легкомысленному Мирзоеву. Невесть откуда, цокая шпильками, появилась высокая девица эскортного пошиба. Чернявая с красным ртом, гордая, как испанская королева, крепкими бедрами она протиснулась между охранниками. Звучно крикнула:

— Глеб Глебыч!

Тот обернулся.

— Даша! — кивнул. — Ну что там?

— Супер! — улыбнулась она в ответ.

Улыбнулась заученно похотливо, скорее всего по привычке.

Сильвио подошел, провел тыльной стороной ладони по ее щеке.

— Ну?

— Все новостные агентства... — Даша запнулась, взглянула брезгливо на меня, повторила: — Практически все новостные агентства объявили о прямой трансляции.

— Си-Эн-Эн? «Фокс»? «Ройтерс»?

— И «Евроньюс, и «Ассошиэйтед пресс»! На низком старте все! Готовы прервать трансляцию и вывести нас в эфир.

— Нас вывести в эфир. — Сильвестров подмигнул мне, повернулся к съемочной группе. — Ну, тогда не будем терять времени. Готовы? Эфир через пять минут!

Он наклонился к Даше, что-то сказал.

— Почему? — спросила она недовольно.

— Немедленно. — Сильвестров легонько оттолкнул ее. — Я сказал. Где Каширская?

Я была рядом. Тут. Включили софиты, белый свет вырвал круг, в центре — мы с Сильвестровым. Я проверила микрофон, звукооператор кивнул, поднял вверх большой палец.

— Внимание сюда! — громко сказала. — Камера!

Оператор подошел, за ним потянулись и остальные.

— Эфир через три минуты. Выводишь меня средним планом, минуты две на раскачку, как только «Си-эн-эн» включит нас, начинаю работать с Сильвестровым. Средний план — я и он. Передаю ему микрофон, Сильвестров — крупный план.

— Средний... — буркнул Сильвио.

— Хорошо. Средний. Когда мы пускаем... кино ваше?

— Кино.

Сильвестров хмыкнул, засмеялся, а после начал хохотать. Он покраснел, закашлялся, хрипя, начал хлопать себя по коленям. Он не мог остановиться — кашлял, хохотал, хрипел. Кто-то прибежал с водой. Вот это был бы финал, подумала я, впрочем, без особой надежды.

— К-кино... — сипло выдавил Сильвио, вытирая рот рукой. — Ну, Каширская...

Он прокашлялся.

— Ролик пускать по моей команде. Савушкин, слышишь! Пустишь на большой монитор, вон тот. — Он ткнул пальцем. — Камеру не переключать! Пусть фоном идет, ясно?

38

Дальнейшее происходило странно, какими-то рывками, словно, что-то случилось со временем: одни куски проскакивали спешно, как на перемотке, другие тянулись бесконечно. После команды «мотор!» я начала говорить в камеру, такие вводные я отрабатываю на автопилоте. За оператором стояли мониторы, транслирующие «Си-эн-эн» и «Евроньюс», пока они нас не вывели в свой эфир, я могла нести все что угодно. Я и несла: пересказывала историю прихода Сильвио к власти: покушение на Пилепина и резню в Москве, расстрел Железной гвардии Кантемирова на Красной площади — султан на белом коне и кровавый фарш на камнях брусчатки стали уже хрестоматийными символами новой России. Напомнила про ядерный удар по Грозному, про битву за Москву и бегство, пардон, перенос столицы в Санкт-Петербург.

Краем глаза я следила за экраном с «Си-эн-эн»: там бежала бесконечная красная строка «Сенсация! Мир на пороге ядерной катастрофы! Прямое включение из Санкт-Петербурга». Нью-йоркская дикторша в беззвучной истерике разевала рот, строка повторялась снова и снова, я продолжала молоть чушь. Мое беспокойство плавно стало переходить в панику. В чем дело? Почему они не выводят нас в прямой эфир? Почему? Я болтаю уже минут десять — почему? Что там происходит?

Вот тут я и заметила, что с момента нашего включения прошло всего полторы минуты. Минута тридцать семь. Следующая секунда, тридцать восьмая, застряла еще на секунд пятнадцать нормального земного времени. Никого, кроме меня, этот факт, похоже, не волновал — Сильвестров (он пока был не в кадре), стоя чуть в стороне, разглядывал свои ногти, оператор и звукарь продолжали спокойно работать. Что происходит?

— Ядерный терроризм. Мы живем с этим понятием уже четверть века, — рассеянно произнесла я. — Но никогда раньше угроза терроризма не исходила от сверхдержавы. Бывшей сверхдержавы.

В этот момент «Си-эн-эн» вывело нас — я увидела себя на экране. За моей спиной раскрывался гигантский подвал, заставленный столами с компьютерами, мониторами и прочей технической дребеденью. Точно кто-то переоборудовал подземный гараж, колоссальный, как футбольное поле, в офис. Я приблизила микрофон к губам и отчетливо повторила:

— Но никогда раньше угроза терроризма не исходила от сверхдержавы. Я веду свой репортаж из секретного бункера «Кулак Сатаны»...

Вот тут время вдруг понеслось, точнее, поскакало. Рывками, именно так — иногда оно вдруг застревало, начинало дергаться, как пленка в дрянном кинопроекторе. После нескольких фраз я передала микрофон Сильвеstrову. Вопреки моим ожиданиям, он не стал корчить из себя ни дьявола, ни злодея. И английский его был хорош, не хуже моего. Великолепный словарный запас, отметила я с завистью.

Сильвио был спокоен, тих, почти трагичен. Как хороший актер, играющий Шекспира; мне даже показалось, что он ввернул что-то из Гамлета, когда говорил о вселенской несправедливости.

— Большинство из вас думает, что справедливость — это получение того, чего вы хотите, а не того, чего вы заслуживаете. Мы, русские, не исключение.

Улыбка, нет, тень улыбки на грубом и усталом лице. Не на губах — в прищуре глаз. Тяжелый лоб, бритый череп, мраморный подбородок — последний римский цезарь. Тиран поневоле. Я представила, как он был красив, как был страстен и неистов тогда, в самом начале. От героя к сатрапу — как несправедливо.

— Вся жизнь, от начала и до конца, является несправедливостью. Например, мы должны умереть — это наиболее несправедливо. Мы делим вещи на справедливые и несправедливые, но какое право мы имеем на это? Вся органическая жизнь основана на несправедливости. Вот, к примеру, люди и акулы. Мы можем представить жизнь как независимое хозяйство по разведению акул и людей. Акулы едят людей, и люди едят акул. Что является справедливостью для акул? А что для людей? Это жизнь.

Я не могла понять, почему он ничего не требует, — ведь в этом смысл шантажа? Тем более ядерного. Он даже особо не угрожал, его речь напоминала академические рассуждения на общие темы морали, что-то социологическое, почти скучное.

— Что такое ваша справедливость? Справедливость, основанная на западных принципах? Демократия? Свобода? Права личности? — Он усмехнулся. — Вряд ли. Вы давно уже променяли свою демократию на комфорт. А свободу — на личную безопасность. Смысл вашей жизни — сама жизнь. Процесс. Жить любой ценой, жить как можно дольше, как можно богаче. Но, главное, жить. Больше всего на свете вы боитесь умереть. Именно тут ваша главная слабость.

Он замолчал, опустил руку в карман пальто.

— Мы, русские, тоже любим жить. Что бы вы там ни читали у Толстого и Достоевского. Кстати, все знаковые женские персонажи русской классики похожи, как пуговицы из одной коробки: это все одна и та же Настасья

Филипповна — и в «Братьях Карамазовых», и в «Анне Карениной» тоже она, и Катерина из «Грозы». И даже Наташа Ростова, и булгаковская Маргарита — один и тот же психотип: страстная до безумия, чокнутая, но хитрая, упорная и настойчивая, готовая пожертвовать всем. Даже жизнью. Пожертвовать — но ради чего? Ради любви, а? Нет. Ради великой идеи? Ради вселенского счастья?

Сильвио вдруг повернулся ко мне.

— А вы, Каширская, жизнью бы пожертвовали ради вселенского счастья?

Я растерялась. Он неожиданно сунул микрофон мне в руку. Оператор взял средний план. Я поднесла микрофон, открыла рот, и тут время снова застряло. Мне вдруг показалось, да что там, меня окатило уверенностью: Сильвио знает, что я собираюсь сделать. Знает! Моя левая рука затекла, ладонь налилась горячей тяжестью — я держала ее на отлете, стараясь не размазать фломастер. Я стояла с открытым ртом, парализованная страхом внезапной догадки, и это тянулось и тянулось, похоже, целую вечность. Даже почувствовала, как на спине выступил пот и щекотная капля медленно сползла по позвоночнику вниз и застряла у резинки трусов.

И вот тут я увидела, что Сильвестров вынул из кармана револьвер.

— Справедливость... — Сильвестров подался вперед, я послушно подставила ему микрофон. — Справедливость по-русски... Чем же отличается наша, русская, справедливость от вашей?

Он неспешно поднял руку с револьвером. Показал пистолет, точно собирался демонстрировать какой-то трюк.

— Фатализмом. Основной компонент нашей справедливости — это судьба. Фатум!

Он ловко откинул барабан, вытряхнул на ладонь патроны, похожие на золотые желуди. Взял один и вставил обратно, остальные убрал в карман. Щелкнув, вернул барабан на место. Крутанул о ладонь, стальной механизм маслянисто затрещал-защелкал.

— Справедливость... — Прикрыв глаза, он медленно поднял револьвер и приставил ствол к виску.

Мама-мамочка, боже ты мой, господи, ведь я все это уже видела! Видела! Там, в проклятом, чертовом Канзасе — ну зачем, господи, ты опять это все мне показываешь? Зачем? Липкое время потекло тягучим сиропом: серый указательный палец с обломанным ногтем сонно начал жать на спуск, барабан лениво повернулся и подставил под жало бойка одну из пяти ячеек. Боек сладострастно цокнул, точно влепил звонкий поцелуй. Железный чмок угодил в пустую ячейку.

Сильвестров медленно открыл глаза.

— Вот... — проговорил тихо.

Микрофон в моей руке дрожал. Сильвестров взял его, сказал:

— Бог подарил мне жизнь. Бог справедлив. Бог меня, похоже, любит. Теперь мы поглядим, как Он относится к вам. Начнем с журналистки.

Я сразу и не поняла, кого Сильвестров имел в виду. Только когда он поднял пистолет и приставил ствол к моему лбу. Испугаться я не успела, но мне вдруг стало ясно, что случилось с мозгом моей бедной мамы. Короткое замыкание — вот что! Как включенный утюг уронить в воду! Все пробки летят к чертям собачьим — вот что! Горит вся защита, которая предохраняет наше сознание от этого сумасшедшего мира! Мозг остается голым! Как яйцо без скорлупы! Вспышка и все. Темнота.

Кожей, черепом, мозгом я услышала хищный стон стальной пружины внутри револьвера. И тут же — цок! Пустой металлический звон эхом заметался внутри моей черепной коробки. Пусто!

— Ага! — плотоядно вскричал Сильвио. — И этой повезло! Справедливость!

Он оскалился, точно собирался укусить кого-то. Оглядел зал.

— Следующий! — крикнул, будто гавкнул. — Ты! Бородатый!

Оператор, бородатый, но лысый, растерянно вытянулся, как солдат. Но тут же, опомнившись, нырнул под стол.

— А справедливость как же? — зарычал Сильвестров. — Тогда ты! Ты! Иди сюда!

Девица, в которую он целил, завизжала и грохнулась на пол. Началась паника. Люди метались, перепрыгивая через столы и сбивая компьютеры, пытались бежать к выходу. Железные двери оказались закрыты. Там началась свалка. Наш оператор, молодчина, продолжал держать картинку — взял общий план зала, потом перевел на средний, на Сильвестрова. Среди грохота и криков тот алчно наблюдал за переполохом, поводя стволом револьвера, точно выискивая цель. Я подала оператору знак: «На меня, крупный план», он развернул камеру. Подняла руку и выставила ладонь прямо в объектив.

— Каширская! — Сильвестров схватил меня за запястье, вывернул руку. Взглянул на мою ладонь и захохотал. — Каширская! — повторил, давясь смехом. — Бедная, глупая Каширская!

Я выдернула руку, на потной горячей ладони расплывалась клякса. Черная грязная клякса.

Сильвестров выпрямился, гордо выставил подбородок. Перестал смеяться.

— Ты слышишь? — прислушался он. — Слышишь?

Я пялилась на ладонь. На грязную кляксу, в которую превратились буквы и цифры.

— Слышишь?

Сквозь крики и грохот пробился стон скрипок. Тихий ноющий звук.

— Летят... — загадочно ухмыляясь, проговорил он.

Мне показалось, что он рехнулся. Или это я чокнулась? Скрипки ныли на одной ноте громче и громче, звук рос и ширился, точно к нам приближался рой голодных цикад.

— Ты знаешь, Каширская, сколько времени летит ракета с Даугавпилсской базы до Питера?

Я смотрела в его глаза. Безумные. Сапфировые глаза василиска. Скрипки уже нагло пилили вовсю, им вторили альты, еще миг — и мрачно замычали виолончели, с бычьим напором попёрли контрабасы — крещендо! — цикады и валькирии смешались со шмелями и гарпиями, разъяренный Вагнер рвал на куски Римского-Корсакова. Какофонией дирижировал шестирукий Стравинский.

— Три минуты. Сто восемьдесят секунд, — сказал он весело, почти восторженно. — Так что времени, считай, в обрез. Надо все линии завершить, все узелки затянуть — как в хорошей пьесе. Как у Чехова... Чтоб никаких тебе не-до-...

Он не договорил, направил пистолет прямо в объектив камеры и нажал на спусковой крючок. Грохнул выстрел. Оператор, не выпуская камеры из рук, сделал шаг в сторону, эдакий галантный шажок, как в менуэте. После медленно, почти плавно, начал заваливаться назад. Сильвио отбросил револьвер, повернулся ко мне.

— Неужели ты, глупышка, думаешь, я доверю режиссуру заключительного акта моей трагедии какой-то дурехе вроде тебя? Нет! Конечно же нет!

Он схватил меня за воротник обеими руками. Адский оркестр громыхал, я едва различала слова. К струнным добавились духовые, они ревели, точно бесы дули в эти проклятые трубы.

— И неужели ты думаешь, что я стал бы устраивать весь этот маскарад... Гнусный балаган, подлый дурацкий спектакль... — Он уже кричал и плевался мне в лицо. — Если бы... если бы тут хоть что-то работало! Хоть одна пусковая установка! Хоть одна ракета!

Сильвестров оттолкнул меня.

— Хлам! Рухлядь! — Он взмахнул руками, картинно, как актер в греческой трагедии. — Муляж! Стал бы я мультяшные взрывы мастерить, если б у меня была хоть одна настоящая ракета! Хоть одна!

Он сорвал со стены дисплей, выдрал провода и начал, как доской, колотить им по столам. Крушил компьютеры, экраны, стекло и пластик летело брызгами.

— Да, злодей! Тиран! Нерон! Сжечь весь мир — да! Лучшего он не заслуживает! Уходя, так саданул бы дверью, ваша поганая планетка треснула бы к чертовой матери. Пополам!

Сильвестров продолжал орать, но я его уже не слышала. Буйный оркестр подбирался к финалу. Грянула кода — сатанинская кульминация — рев Ниагары, хохот Везувия, рокот сотни ракетных турбин. Заключительное крещендо. Мой мозг был готов взорваться. Трещала черепная коробка — я слышала этот звук. Я видела это небо — кровавое небо Босха. Серые ангелы с обожженными крыльями падали на обугленную землю. Черную, мертвую землю. Грянул заключительный аккорд и...

39

Яблоки. Золотые яблоки. Огромные, как фонари, и с тем же медовым сиянием, таинственно текущем изнутри. Они свисали с веток, неспешно плыли надо мной — или это я плыла под ними? И может ли тишина быть доброй? Она ведь просто отсутствие звука? Пустота. Ничто. Как и смерть… Тоже пустота, тоже ничто.

— Ничто? А как же яблоки? — насмешливо спросил дед. — Вот они, душа моя. Гляди, какие, а?

Да, яблоки были чудо как хороши.

— А аромат? А?

Я вдохнула божественную свежесть. О да!

— Дальше мне нельзя, — сказал дед. — Пойдешь с ним.

Кареглазый. Он возник из воздуха, из тишины, из яблочного духа — так появляется туман над сумеречным озером. Так рой мошкары прядет из закатных лучей свои призраки. Он подошел ближе. Босой, льняная крестьянская рубаха, внимательные рысьи глаза.

— Но ведь это… — я запнулась.

— Ну-ну? — Кареглазый приблизил насмешливое лицо. — Кто я?

Меня снова, как и в прошлый раз в том цветущем саду, охватил ужас. Необъяснимый, бесконтрольный страх. В психиатрии это называется «вегетативный криз», или «эпизодическая пароксизмальная тревожность». Паническая атака, говоря попросту.

— Ну? — Улыбка сошла с его лица.

— Садовник, — прошептал дед мне в ухо. — Зови его Садовник.

— Садовник, — промямлила я послушно.

— Садовник? — повторил кареглазый чуть удивленно. — Садовник… Неплохо, генерал.

Он картинно развел руки в стороны.

— Сад! Руны и иероглифы вечности. Логотип бессмертия. Переход метафорического в метафизическое — рождаясь и умирая, и рождаясь опять, — сад побеждает смерть. Он квинтэссенция деятельного покоя, он изменяется незримо, он движется, оставаясь на месте. Растет! Корни его в земле, а крона в небе. Слияние небесного и земного, прекрасного и полезного. И, наконец, просто вкусного!

Кареглазый сорвал яблоко и протянул мне.

— Пошли.

— А как же дедушка?

— Генералу нельзя. Он шел путем Дракона.

— Что это?

— Это путь Дракона. Но насчет сада — какой молодец! Поэт и философ — вот ведь сукин сын!

— А я каким путем шла?

— Путем Факира.

— А это что значит?

— Одна из примитивных форм бытия круга Спящих, которая проявляется в незнании индивидом своей истинной природы и отождествлении себя с бренным материальным телом и иллюзорным миром. — Он зевнул и добавил: — Характеризуется отсутствием аналитических способностей... Что еще? Путь Факира использует инстинкты с целью избежать боли. Как физической, так и эмоциональной. Факир считает себя рациональным прагматиком, руководствуется опытом и здравым смыслом. Впрочем, и то и другое ценности не имеет и является абсолютным самообманом. Как и все остальное в Пути Факира.

— А Дракон?

— Путь Дракона отличается обостренным чувством справедливости и иллюзорной верой в добро. Но главное отличие — агрессия. Уверенность в рациональности насилия для достижения высшей цели. Все эти пламенные борцы за счастье человечества, энтузиасты строительства рая на земле, о котором их никто не просил. Это практически Путь Монаха, но только с кулаками.

— Путь Монаха?

— Адепт любой религии, механически соблюдающий свод правил этой религии без понимания моральной сути. Имитация добродетели. Муляж. Вроде издали похоже, ан нет — внутри опилки!

— Что, и христианство?

— Конечно! Разве Иисус говорил про инквизицию? Про храмы, забитые золотом? Про золотые купола? Про зажравшихся попов? Да они бы, эти ваши попы, Христа снова распяли, приди он сегодня! То, что ты называешь христианством, никакого отношения не имеет к идеям Иисуса. Все шиворот-навыворот! Вы всё, всё извратили к чертям собачьим! Всё!

Он зло рубанул рукой воздух. Мне вдруг вспомнилась детская считалка про садовника, который не на шутку рассердился. Я проглотила смешок, получился хрюк.

— Что? — резко повернулся он. — Да! Все цветы мне надоели! И особенно церковные. Я не понимаю, у вас же есть Новый Завет, там все написано черным по белому! Про верблюда и про игольное ушко ведь каждый дурак помнит! Так нет, они прутся в церковь слушать жирного паразита, который живет как принц крови. Причем на их же деньги! Насколько нужно быть слепым, чтобы верить, что вот эта свинья в золотой рясе имеет какое-то отношение к Христу? И что именно эта свинья поможет тебе войти в Царство Божие! Умора!

Он резко засмеялся и тут же осекся.

— А не убий? Не убий — просто и ясно. И там нет ни исключений, ни мелкого шрифта внизу, как в страховом полисе. Не убий! Точка! Так нет же — вы придумали и священную месть какую-то, и боевой героизм, и воинскую доблесть. А что за всем этим? Что?! Рыдающая вдова и сироты без отца. Вот весь ваш героизм тут — горе и слезы. Возлюби врага своего — ну что тут не понять? Не пожелай ближнему, чего себе не пожелаешь. Ну куда уж проще?

Он безнадежно махнул рукой.

— Ладно, пошли.

— Нет-нет, погодите! — заторопилась я. — Но почему? Почему?

— Лень и страх. Страх перемен. Представь, вот прекрасный дом: там и библиотека, и кухня, и ванные комнаты с джакузи и саунами, и зал с пинг-понгом и шахматными столами. И бильярд. И зимний сад с орхидеями. Я уж про солярий с бассейном на крыше не говорю. Вот вы живете в этом доме, но только... — Он сделал паузу. — Но только в подвале. Из которого никогда не выходите. А когда вам говорят про библиотеку, орхидеи и бассейн, то вы просто не верите. Нет там ничего, говорите вы. Понимаешь? А вам всего-то нужно поднять свою задницу, открыть дверь и выйти из подвала. И все!

— Неужели так безнадежно?

Кареглазый кивнул.

— Не то слово... Ты что яблоко-то не ешь? — прищурился. — Боишься?

Яблоко медово светилось изнутри. Сияло. Вот тут мне действительно стало боязно.

— Ну же, — лукаво прошептал Садовник. — Это всего лишь яблоко...

40

Ты помнишь тот июньский луг, утренний и сочный, с клеверным духом росы и стрекотом еще сонных кузнечиков? И облака, как сахарная вата, что плывут по небу вертикально, точно сорванные паруса — помнишь? Вертикально вверх — то есть перпендикулярно земле: зеленому лугу, яблоневому саду и сосновому бору за ним.

И река. Или это было озеро? С шуршащим камышом и белым песком, врезанным в стекло воды аккуратным полумесяцем. И мостки с мокрым стуком наших пяток, и смех, запутавшийся эхом в прибрежных соснах.

Ты слышишь?

Прислушайся к себе — тот, кто говорит внутри, и тот, кому ты можешь доверять.

Конопушки на носу и ссадина на колене, божья коровка, готовая улететь с кончика пальца, дым костра пополам с укропом и духом вареных раков — все в тебе; ты перебираешь их как скупец свои самоцветы: вот смотри, этот осколок топаза — кусок калифорнийского неба, в этот рубин — капля твоей крови на полу того подвала в Петербурге. Я впитываю в себя все, внутри меня раскрывается вселенная — я слышу шелест сорвавшейся звезды, фиолетовый шорох небесного шелка, которым подбит Млечный Путь, слышу перекличку китов, тоскливую, как напев слепого негра из дельты Миссисипи; правой щекой ощущаю ледяное дыхание Луны, этого вселенского магнита Смерти (там, кстати, мерзнут души всех грешников), но зато Марс пылает, как печка. Он слева.

Луна управляет земным Злом. Если где-то на планете совершается злодеяние, это делает Луна, так как без влияния Луны этого не может случиться. Луна подобна гире на старинных часах, а органическая жизнь подобна часовому механизму, который поддерживает ход посредством этой гири. Луна действует посредством одной только гири, и она получает более высокие энергии — те самые души грешников, — которые постепенно делают ее живой. Живой и беспощадной к Добру.

Нас одиннадцать, мы сидим в саду. Мы учимся. Чему? — простым вещам и сложным. Лишь сумма превращает отдельные деревья в сад. Дыхание — самая совершенная форма общения. Наше тело — модель вселенной: только для человека вещи выглядят отдельными, в действительности все они связаны друг с другом, подобно различным частям тела. Это похоже на циркуляцию крови в организме или на движение сока в растущей ветке.

Мы учим буквы, мы играем буквами, как дети играют в кубики, мы составляем слова. Это новый язык, язык Мироздания.

Аола — это Луч Творения, тайный код Мироздания. Воля вселенского Абсолюта. Ключ к секрету — хотя никакого секрета и нет, — ведь мы всегда обладали необходимым знанием: каждая религия, каждая теория о сотворении мира, о космическом разуме или о Творце, о свободе выбора или божественной воле, все они, на первый взгляд противоречащие или исключающие друг друга, на самом деле являются гранями одной большой Истины.

Мысль обладает энергией, точнее, она сама и есть энергия. И впечатления тоже. Мысль можно представить как впечатление, идущее изнутри. Разница в том, что количество впечатлений изнутри ограниченно, внешний же поток безграничен. Функция, кажущаяся бесполезной, например смех, помогает трансформировать впечатления. Наше тело подобно энергетической станции с четырьмя центрами — интеллектуальным, эмоциональным, двигательным и инстинктивным, мы впитываем энергию, трансформируем, передаем. Мы встроены в гигантский организм Аола.

Аола можно представить как музыкальную октаву. Это нисходящая октава в смысле расширения и видоизменения. Первый интервал в этой октаве заполнен Волей вселенского Абсолюта. Чтобы заполнить второй интервал между планетами и Землей, космически был создан специальный инструмент. Этим инструментом является органическая жизнь на Земле. Органическая жизнь на Земле играет весьма важную роль в эволюции Аола, ибо она гарантирует передачу энергий.

Не плачь о созвездии, что умирает в дальнем углу ночного неба, не грусти об увядшем цветке — смерти нет. Умирая, каждый из нас рождается, чтобы жить вечно. Да, и еще — мы одиноки во Вселенной. Других цивилизаций, подобных нашей, в природе не существует. Увы. А может, к счастью.

Ты меня спрашиваешь, ты хочешь знать, чем же все кончилось. Кончилось? Как сказал кареглазый, вы, люди, всегда задаете не те вопросы.